NARRATORI MODERNI

REBECCA GODFREY
con LESLIE JAMISON

LA PRINCIPESSA D'ARGENTO

La saga dei Guggenheim

Traduzione di
ROBERTA SCARABELLI

Garzanti

Prima edizione: aprile 2025

Traduzione dall'inglese di
Roberta Scarabelli

Titolo originale dell'opera:
Peggy

ISBN 978-88-11-01531-4

Printed in Italy

www.garzanti.it

LA PRINCIPESSA D'ARGENTO

PARTE PRIMA

ANTICHI MAESTRI

«Adoro galleggiare.»
Peggy Guggenheim

PROLOGO

Sono figlia di due dinastie; si ritiene che io abbia più soldi di chiunque altro in questa città, seconda solo al nostro vicino, Rockefeller. Entrambi i miei nonni erano nati in una stalla, come Gesù, ed entrambi erano arrivati in America su un ponte di terza classe, scappando dalla Baviera e dalla Svizzera. Queste non sono leggende. Non sono miti del sogno americano. I fatti: entrambi erano ragazzi di quattordici anni dai capelli scuri, dapprima muti, poi incespicanti nelle consonanti dell'inglese; Joseph e Meyer, questi erano i miei nonni, entrambi venditori ambulanti, contadini, disprezzati. Nel Midwest non sapevano fare né il cowboy né il minatore. Vendevano calzascarpe, occhiali, stringhe, colla, sigari. Se gli giungeva voce che in un villaggio c'erano due galline malate, percorrevano a piedi trenta chilometri fino a quel villaggio per vendere le loro due galline. Ben presto Meyer inventò una specie di pasta lucidante per stufe; in seguito vendette uniformi all'esercito americano. Poi fu la volta delle miniere, e ne accumulò una, cento, tutte le miniere d'argento in Alaska e in Cile, tutte le miniere di rame in Messico. Joseph imparò la matematica, studiò le azioni e fondò una propria banca. Il presidente Grant lo voleva a capo del dipartimento del Tesoro. (Lui rifiutò; era troppo timido.) Quando nacqui io, nel 1898, Manhattan si stava velocemente avviando verso una sorta di regalità europea e i miei nonni non erano più contadini bensì re, sospinti verso i palazzi dorati lungo Fifth Avenue.

Ho dodici zii. Washington, Samuel, Eugene, Jefferson, Isaac, DeWitt, Daniel, Murry, Solomon, Robert, William, Simon. È a questi fratelli che verrà affidata la responsabilità delle fortune. Chiunque poteva prevedere che ciò avrebbe causato problemi, ma nessuno ci pensa. La famiglia di mia madre, i Seligman, è una famiglia riservata e distinta. Si sussurra che mio padre l'abbia sposata per il suo prestigio: i suoi antenati erano originari di una zona meno malfamata della Germania. La fortuna dei Guggenheim non proveniva da banche o uffici, ma dalla terra umida delle miniere, dal sottosuolo, dalla sporcizia. Si dice che il maggiore Daniel sia il più saggio e il senatore Simon il più potente, ma è mio padre Benjamin a essersi imposto all'attenzione della città. Era «affascinante», scrivevano i giornali, e venne soprannominato il Principe d'argento. Nel ritratto della Guggenheim & Sons, gli uomini sono tutti seri, baffuti, con colletti alti e larghi panciotti pesanti. Hanno cancellato ogni traccia del contadino. Solo mio padre sorride. È all'estremità del lungo tavolo di mogano brunito, seduto sul bracciolo di una sedia e appoggiato allo schienale. Tutti gli altri uomini guardano dritto davanti a sé, in una sorta di sfida, una postura comune di sicurezza di sé, invece mio padre guarda di lato, come verso un'altra stanza. I suoi fratelli tengono in mano un libro aperto, una penna stilografica; suo padre tocca il modellino di una miniera. Già allora, lo capisco adesso, mio padre stava tramando la sua gloriosa fuga.

La tragedia della nostra famiglia, perlomeno la tragedia precedente a quella che sto per raccontare, è semplicemente che i miei genitori hanno avuto solo tre figlie. In un ritratto fatto in Svizzera, noi tre siamo vestite di bianco. Portiamo ampi cappelli di paglia, abiti di cotone bianco, calzine alla caviglia con volant. Io ho dieci anni e tengo in grembo un mazzo di fiori; il mio vestito a pieghe ha un sottile bordo di pizzo. Hazel ha cinque anni, i boccoli e le fossette, un fiocco nei capelli. Benita ha quattordici anni. Ci sovrasta con il suo collo lungo, le dita affusolate, il mento solo leggermente sollevato. Ha le maniche a sbuffo sulle spalle e increspate ai polsi. Abbiamo un'aria agiata e fresca. Siamo nuvole, siamo passeggere, siamo pura dolcezza, il fiore in cima a una torta nuziale. Siamo il biancore delle cose che aleggiano e tentano. Agghindate per essere frivole e tranquille. E così io sono la figlia di una dinastia, ma non sono diventata altro che una dilettante. Mia sorella è nota come un'assassina. Siete sorpresi? Forse dovreste esserlo. Forse questo è solo ciò che hanno detto di noi. Solo l'inizio di ciò che siamo diventate.

Sono nata a Park Avenue. Nel 1898. Vivevamo in una villa strana e sontuosa. Mio padre riempiva la casa con i suoi capricci e i suoi tesori: un'aquila testabianca da lui uccisa, un Corot, un Watteau, sandali a gabbia provenienti dal Marocco. C'era una cupola di vetro che lasciava entrare le stelle, un'immensa tromba delle scale, un piano separato per le figlie, un ascensore che ci terrorizzava tutti. Le pareti erano cupe e appesantite da ritratti a olio grigio-verdi dei nonni, enormi specchi dorati e arazzi scuri che raffiguravano scene come il trionfo di Alessandro Magno a Roma. Ci sembrava strano, quasi illecito, che mio padre ci lasciasse vivere in quel modo. Dovevamo restare tranquille, nascoste e discrete, in parte per imitare gli Havemeyer, gli Huntington e i Rockefeller, ma in parte perché in teoria non dovevamo affatto essere lì. Si capiva che se avessimo fatto troppo rumore o ci fossimo mostrate, il mondo se ne sarebbe uscito fuori con dei commenti come quando mio nonno se ne andava in giro per l'Ohio. *Ebreo, giudeo, assassino di Cristo!* Era stato lapidato, gettato nel fango. Mia madre portava un solo diamante. Io e le mie sorelle ci nascondevamo sotto cappelli alla marinara e guanti bianchi. Eravamo sempre accompagnate dalle governanti tra la Sessantesima e l'Ottantesima, nel piccolo mondo delimitato da Central Park e Fifth Avenue. Persino i nostri orologi ticchettavano piano, l'ascensore non faceva rumore, i passi della servitù erano silenziosi. Il peggio che si potesse dire di una ragazza era che fosse «appariscente». I nostri vestiti arrivavano da Parigi, in sordina così come venivano infilati sui nostri corpi discreti. Questi abiti dovevano essere dei migliori tessuti, però mai di colore troppo vivace, e non dovevano sembrare troppo nuovi. Parlavamo in codice, con abbreviazioni. La nostra casa era conosciuta come «15» e gli altri della nostra cerchia ci chiamavano semplicemente «le Googs». Quando noi, le ragazze tranquille con i nostri nomi cristiani, ci ammalavamo, venivamo mandate negli alberghi del New Jersey. Un semplice colpo di tosse, ci sembrava, avrebbe potuto appestare la calma di quelle stanze pulite e accoglienti. Più si era ricchi, meno si doveva dare nell'occhio.

Tre anni dopo la presunta scomparsa di mio padre, mia sorella cercò di fare lo stesso. Sui giornali comparirà un titolo: SMARRITA EREDITIERA DEI GUGGENHEIM. A White Plains, Hazel e mia madre riposavano insieme a Willets Mansion. Alle dieci del mattino, dopo aver ricevuto un rimprovero da mia madre, Hazel sparì. Passarono le ore e il sole cominciò a calare. Mia madre aspettò qualche ora prima di chiamare la polizia, poi arrivò un'intera squadra di agenti, che ispezionarono ogni stanza della villa. Gli ospiti e gli stallieri di un albergo vicino si unirono alle ricerche; i campi verdi si riempirono di uomini in gilet di lino bianco. Si pensò che fosse stata rapita. Si pensava, a torto, che mia sorella fosse l'erede di una grande fortuna. Furono messe delle guardie alla stazione ferroviaria. Mia madre insistette perché gli uomini allargassero il loro raggio d'azione; credeva che mia sorella fosse scappata oltre il perimetro perlustrato. Alla stazione ferroviaria, tutte le vetture vennero fermate, come pure le auto sulle strade. *Avete visto una bambina?*

Uno sceriffo lasciò il gruppo e si diresse da solo verso le vecchie rovine vicino alla villa. Tra le pietre che si sgretolavano, e l'edera e il glicine che si aggrovigliavano ai suoi piedi, si avvicinò al debole scheletro di un ampio muro. Tra gli alberi intravide qualcosa di bianco. Corse dietro a quel bianco, che si rivelò essere una bambina in fuga. Si stupì del silenzio di mia sorella, ma perché lei non avrebbe dovuto tacere, anche quando si era persa? Ci avevano insegnato che la cosa peggiore era essere notate.

1.

IL PRINCIPE D'ARGENTO

1912

Rigata e abbattuta, la tigre era stesa a terra e io allungai il mio corpo bramoso su di lei. Era in parte tesoro, in parte preda. Nonostante possedessimo così tanto, spesso ignoravo le chaise longue e le poltrone di raso, sdraiandomi invece con il mio libro su questo animale morto e cencioso. «Spostati», diceva mia madre, se le capitava di trovarsi nella stanza. «Peggy, vieni via dalla bestia!» Tale richiesta faceva sempre scoppiare a ridere mia sorella Benita. *Vieni via dalla bestia*, l'avrebbe imitata in seguito. A un certo punto la lingua si era staccata ed era stata sostituita da un'infelice copia in gesso. Mentre leggevo, facevo penzolare le dita nella bocca, toccando il rialzo frastagliato dell'ebano. Spesso la testa s'inclinava di colpo; la bocca rossa e scorticata, in qualche modo viva sotto gli occhi di cristallo immobili.

«Oh, Peggy», ripeteva mia madre, «vieni via dalla tigre e *alzati dal pavimento.*» Io sfioravo la pelliccia della tigre con la mano e fissavo il soffitto, estasiata. Per un momento, tutto in quella stanza elegante mi sembrava selvaggio, inquietante.

Vivevamo al Waldorf-Astoria. Ci eravamo trasferiti dalla nostra precedente casa al 15 della Settantaduesima Est, proprio di fronte all'ingresso di Central Park. Mio padre era a Parigi per affari; è ciò che ci era stato detto e che ripetevamo doverosamente. Dopo avere atteso per settimane il suo ritorno, mia madre ci trasferì in albergo. Non c'era da preoccuparsi. Anche Daniel, il fratello di mio padre, viveva lì. L'intero piano sotto il nostro era riservato alla sua famiglia; immagino che gli Astor fossero mortificati. *I Googs stanno occupando l'hotel.* Come per i soldi e l'amore, nella mia famiglia non si discuteva mai di questi improvvisi cambi di residenza. Avevo quattordici anni, ma ero certa di possedere una conoscenza che sfuggiva agli altri. Sapevo che mio padre non sarebbe mai tornato.

La mattina in cui se ne andò, pregai Victor, il suo cameriere personale, di lasciarmi pettinare i baffi di mio padre. Cantammo insieme, una canzone dolce e segreta che aveva inventato per me. In francese e in inglese. *Oui, oui, Peggy. A whistle, a dun-la-dun,* e io mi mettevo a volteggiare. Nella sua tasca, infilai di nascosto la lingua della tigre.

Con sé, mio padre portò i suoi segreti e la sua vergogna, impacchettati in uno dei suoi diciassette bauli. D'argento fino alla fine, ci prese in braccio una alla volta mentre intorno a noi fiorivano i ciliegi di Fifth Avenue. Le nuvole sopra di noi si squarciarono. Gli corremmo dietro. Con i corsetti e le gonne di seta lunghe fino alle caviglie, eravamo impedite. I nostri cappelli da marinaio volarono via nella brezza, fluttuando leggeri sulle ruote della sua carrozza.

I singhiozzi di Hazel si sentirono per tutta Park Avenue. Adeline Havemeyer e Alma Harrington guardavano dalla finestra. La carrozza di mio padre proseguì verso le sponde scure del fiume in una zona della città dove non eravamo mai state. Un viaggio di lavoro, informò mio zio Daniel mia madre. «Pare che si sia messo in testa di fondare una sua società, la... credo che si chiamerà International Steam Company.» Sembrava sbigottito, perché mio nonno aveva sempre raccontato ai fratelli la storia di Esopo, cioè che dovevano restare uniti come una fascina di legna. «Florette, ti ha mai parlato dei suoi affari?»

«Davvero pensi che l'abbia fatto? Insomma, Daniel...»

«Ha mai parlato di...» Si fermò, vedendomi sul tappeto. «Peggy», disse dolcemente. «Non mi ero accorto che fossi lì.»

«Ha una storia d'amore malsana con quella bestia», spiegò mia madre. «Non riesco a immaginare come saranno i suoi figli.»

«Intelligenti, ne sono sicuro.»

«Pericolosi», ribattei, inarcandomi all'indietro con la schiena e mostrando i denti.

Il St Regis era sfarzoso e cupo. Le finestre erano coperte da sbarre e avevano i vetri sporchi. Il parco era solo una scheggia di luce attraverso la finestra. Mi mancavano i capricci e i tesori di mio padre, per quanto morbosi e stravaganti.

Mia madre diventò una sentinella. Il fatto che il proprio matrimonio, una fusione di feudi, fosse chiaramente in declino sembrava solo aumentare il suo interesse a far sposare le figlie di suo fratello. Passarono settimane e settimane senza che mio padre facesse ritorno, eppure lei diventava sempre più caparbiamente votata alla possibilità di un amore romantico. Furono organizzati una cena per Mr Harry Loeb e un pranzo per Mr Roger Straus. Spedì battaglioni a Barrytown a caccia di fragole; da una valle della Russia arrivò l'ermellino. Indossava sellini e camicette abbottonate fino al collo. *N.B.*, diceva di un nome sulla lista degli invitati. *Non buono.* Un segno di penna. Il più povero cancellato.

Come faceva mio padre a non desiderare di rimanere a Parigi quando questa era la donna che lo aspettava a casa? Cominciai a disprezzarla.

A Parigi, mio padre doveva essere felice di non essere più costretto a partecipare all'ennesimo ballo, all'ennesima festa soffocante in Fifth Avenue. Più mia madre ci trascurava, più cresceva in me la certezza che mio padre sarebbe rimasto in un'altra città con altre donne snelle e allegre. Le immaginavo così belle che quasi m'innamoravo anch'io di quelle creature. Piume di pavone tra i boccoli, lo scollo bianco tra i seni.

Si è liberato di tutti noi, dissi a Benita. Le sue sciocche figlie, i suoi avidi fratelli, la moglie snob. Non vedi? Si è liberato degli Havemeyer e degli Harrington e dei Loeb e degli Straus e degli adorabili Rockefeller.

Lei mi rispondeva sempre; a volte parlavamo come una canzone. Le nostre parole si intrecciavano, vertiginose. Era una sorta di linguaggio attraverso una melodia proibita. Ma quando dissi questo, si diresse verso il pianoforte. Suonava Wagner perfettamente a memoria. Decisi di non parlarne più, visto che sembrava così ferita mentre batteva il do diesis, fissando lo spartito di una musica che non stava suonando.

Lui ci scrisse delle lettere. Io e Benita ce le leggevamo a vicenda, sdraiate sul letto di nostra madre. Rovistavamo tra i biglietti nel portagioie della mamma, dove li teneva sotto nastri e smeraldi. In aprile mio padre mi scrisse. Era via da nove mesi. *Sono felice di ricevere la tua lettera affettuosa e spero che troverai spesso il tempo di scrivermi. Ho trovato...*

A quel punto smisi di leggere. «Trovato cosa?» chiese Benita. «Un bel regalo per Hazel», mentii.

«Ah, Haze», disse lei, sospirando.

Perché non lo dissi a Benita? Immagino che il resto della frase avesse scatenato in me una gioia così violenta che sentivo che se l'avessi condivisa avrei potuto ricevere un rimprovero. *È solo una promessa; le fa sempre.* Piegai la lettera diciassette volte, fino a renderla sottile come un fiammifero. La infilai nello stivaletto di pelle mentre Benita si alzava, chiedendomi di fare la parte del ragazzo per aiutarla a esercitarsi nella riverenza.

A Parigi, mio padre costruiva ascensori per arrivare in cima alla Torre Eiffel. Questo fatto da solo mi riempiva di amore. Mio padre! Andare verso le nuvole mentre tutti i suoi antiquati fratelli mandavano ancora gli uomini giù nelle miniere infernali. Mi sembrava che lui non avesse paura delle macchine moderne; si rifiutava di tornare nei luoghi dove lo aveva mandato suo padre: le rocce aride del Messico settentrionale, le fornaci soffocanti delle fonderie in funzione tutta la notte in un Colorado deserto. Mio padre credeva in ciò che non era testato, nella volizione, in una visione più ravvicinata delle nuvole.

Una mattina, poco dopo aver ricevuto la lettera incoraggiante di mio padre, fui fermata in Fifth Avenue da Mr Rockefeller. Agitò il suo bastone e mi fece avvicinare. Non lo vedevo da quando ci eravamo trasferiti dal «15». Era invecchiato, con macchie bianche negli occhi e un profumo di giglio e pini. Guardavo sempre da vicino questi uomini, cercando di capire che cosa noi tutti cercavamo così disperatamente di essere. La sua voce era tagliente e magnetica. «L'intelligente Miss Guggenheim», disse. Mise l'accento sull'*heim*. Graffiante, tedesco, un suono come se si stesse schiarendo la gola.

Iniziai una riverenza, poi, senza completarla, esclamai trionfante: «Mio padre è a Parigi. Sta costruendo ascensori per la Torre Eiffel!». Sapevo di sembrare ridicola e maleducata, ma l'annuncio mi diede soddisfazione.

«Davvero?» chiese. Parve valutare se l'idea fosse degna della sua considerazione. «Ascensori?»

«La Torre Eiffel è l'edificio più alto di Parigi», lo informai.

Annuì. «Sì, il più alto a cadere.»

Il suo divertimento non mi infastidì. Immaginai mio padre a cavallo dell'immensa impalcatura, sospeso. Sotto di lui gli archi di Notre-Dame, il Louvre.

Stavo per riprendere a parlare, ma la governante Cora mi strinse la mano. Il sole alto le sfiorava il viso; sollevò l'ombrellino da terra. «Peggy», disse. «Non lo sai? Hazel non te l'ha detto?»

Non le era permesso abbracciarmi, ma sembrava che volesse sollevarmi quando le sue mani si avvicinarono al mio petto. Fu allora che mi raccontò che mio padre aveva prenotato un biglietto di andata e ritorno per il compleanno di Hazel. «Fra tre settimane tuo padre sarà a casa.»

Oltre a non dare nell'occhio, per i principi era importante essere *colti*.

I fratelli erano mandati in Europa per assistere alle opere e imparare la letteratura, le lingue e l'arte. Le loro sorelle venivano raffinate in Svizzera. Si trattava in parte di un tentativo di imitare l'idea britannica di civiltà, ma c'era anche un desiderio genuino di apprezzare qualcosa che andasse oltre l'accumulo, spesso selvaggio, di carbone, minerali, metalli e beni di altri uomini. Quando eravamo piccole, mio padre insisteva perché trascorressimo le estati in Europa, per imparare quello che lui chiamava «buon gusto». Mia madre passava la maggior parte del tempo dai *couturiers*, mentre noi andavamo nei musei con una signora che si chiamava Miss

Hartman. Mio padre le diceva che era suo dovere insegnarci la cultura. Ci portò al Louvre, al Carnavalet e nei castelli della Loira. Ci insegnò la storia francese e ci lesse Dickens ed Eliot. Nell'ultimo di questi viaggi che avrei fatto con mio padre, andammo a un Salon, poiché aveva sentito che la mostra aveva suscitato un certo scandalo. «Andiamo a vedere il perché di tutto questo scalpore», mi disse. Attraversammo il parco mentre lui cantava la sua sciocca canzone. «*Peg-ee, oui-oui.*»

«*Arrêtez-vous!*» gridai, mentre mi faceva volare in alto. I piccioni sciamavano vicino ai suoi piedi. Lì le strade erano sporche, ma a nessuno dei due sarebbe mai importato.

Ci fermammo davanti al quadro di una semplice casa di campagna francese. Bianca con le persiane verdi, dietro due alberi spogli ma graziosi.

«Cosa ti ha insegnato Miss Hartman?» chiese. «Cosa sai dirmi di questo quadro?»

Allora, come oggi, ero abbastanza orgogliosa di esprimere le mie opinioni, ma mi sentii improvvisamente terrorizzata, visto che raramente qualcuno mi chiedeva di rivelare i miei pensieri.

«Questo è Braque, credo», risposi. Avevo dodici anni, ma mi piacevano le lezioni del Louvre. «È un impressionista, nato nel 1882.»

«Sì, sì. Cosa mi sai dire di questo quadro?» Indicò i fiori nell'angolo, resi come macchie rosa. «Che razza di pasticcio è questo?»

«Questi quadri sembrano incompiuti, ma sono fatti apposta a casaccio», dissi. Non ero nemmeno sicura di cosa significasse, ma era tutto quello che avevo capito dell'Impressionismo. «Questa tecnica viene chiamata "a colore spezzato". Il pittore non prepara o mescola il materiale sulla tavolozza; aggiunge pennellate sulla tela finché appare il colore. Non gli interessa ricreare qualcosa di preparato, quindi questo momento, questa casa, deve sembrare qualcosa di bello in cui si è imbattuto, forse per caso.»

«Sembra incompiuto ma è fatto apposta a casaccio. Mi piace l'osservazione, mia intelligente Peggy. Ma tutto quello che devi sapere», disse indicando il dipinto, «è che questa è la vita. E questa», disse lasciando cadere a terra una moneta, «è la morte.» Scalciò la gamba in avanti, come se stesse sollevando della sporcizia. «Fammi vedere qualcun altro di questi pasticci», aggiunse, e per il resto del pomeriggio gironzolammo guardando i quadri.

Forse è stato grazie alle lezioni di Miss Hartman, ma c'erano momenti della mia vita da cui preferivo allontanarmi per vederli come se fossero dei quadri. Sembravano più comprensibili a una certa distanza, più belli con qualche elemento di composizione.

Così, quando appresi del ritorno di mio padre, che trovai difficile da conciliare con il messaggio della sua lettera, pensai a lui come a un quadro. È a Parigi, ovvio, e piuttosto prevedibilmente in un caffè. Non quelli sudici con le panchette bordeaux che frequenterò io in seguito, con il grasso di pollo sui bicchieri da vino, il parlottio di poeti arrabbiati. Il suo è più formale; lui siede nella luce ambrata sotto un lampadario senza polvere. È con il figlio di Daniel, Henry, che ha da poco terminato gli studi a Harvard e sta facendo un apprendistato alla International Steam Company. Discutono dei pericoli dei forni fusori, delle rivolte in Angola, del reticolo di mani bruciate rispetto ai piaceri del vapore e degli ascensori. *Un giorno,* dice mio padre, *i numeri dei piani s'illumineranno, una luce rossa brillerà, una campana annuncerà un'altra altezza. Nono piano,* canta forte, *la-ling.*

O forse è con la signorina Léontine Aubart, una ragazza francese che lui chiama Ninette. Lei intinge un'ostrica nel cognac di mio padre, la sbocconcella con le labbra perfette. Lui è spensierato con Ninette; la prende in grembo e le chiede di cantare la canzone che ha cantato la sera prima sul palco, quando indossava un vestito che sembrava fatto interamente di piume. Mentre lei canta, un certo senso di responsabilità lo attanaglia. Forse si tratta delle lettere di sua figlia. Non le mie, ma quelle di Hazel. *Caro padre, sarai a casa per la festa del mio nono compleanno?*

È per lei, per mia sorella, che percorre a piedi i dieci isolati fino agli uffici della White Star. Chiede se c'è un transatlantico che arriverà a New York in tempo per la festa di compleanno di sua figlia, il 30 aprile. Compra lui stesso un biglietto. Compra un biglietto per Mademoiselle Aubart a nome di Mrs B. Guggenheim. Compra i biglietti per il suo cameriere personale, Victor, e per quella di lei, Emma. Ognuno di questi biglietti è assurdamente costoso, anche per mio padre, che si rifiuta in modo sconsiderato di essere parsimonioso. È contento di vedere che anche John Jacob Astor è a bordo, ma s'interroga sui pettegolezzi che potrebbero nascere dal fatto che lui viaggia con Ninette.

Per un attimo pensa di annullare il viaggio, poi ricorda tutti i pettegolezzi che circondano Astor, che ha fatto ciò che raramente si fa tra quei principi: ha divorziato da Ava Willing, sua moglie, e ora viaggerà con la sua sposa adolescente incinta. Acquistati i biglietti, torna al caffè del mio quadro. Ninette sta già chiedendo ventiquattro chemisier e una valigia di Vuitton. Lui sposta la conversazione sulla velocità. *Su questa nave nuovissima, questo* Titanic, *sarà un viaggio fantastico; il transatlantico, mi hanno promesso, stabilirà un record.*

Ninette è sprezzante. Ci vorranno settimane per arrivare a New York, lo sa.

Non è vero, ribatte lui. *Non ti ho forse già detto,* aggiunge, sollevando alle labbra la mano non guantata di lei e mettendosi comodo nelle luci ormai crepuscolari e bordeaux, *che il mondo sta diventando più veloce?* Si imbarcheranno a Cherbourg, le dice, e saranno a New York in sette giorni.

Una tale frenesia per il suo ritorno. I copiosi fiori inebrianti sulla mensola del camino cadevano sotto il loro stesso peso. La schiena di mia madre era piena di punture di spillo per le tante prove. Lucidò personalmente ogni specchio; strappò via ogni petalo che accennava ad appassire.

Alla lezione di dizione di Benita, mi sedetti a gambe incrociate sul pavimento a leggere *The Lustful Turk.* Mia sorella gorgheggiava. A una ragazza veniva insegnato il modo corretto di dire «ah» alla fine di ogni frase, o di smorzare la durezza delle «t» e delle «n». Era un altro codice, destinato ad avvertire i figli della nostra gente che lei era pronta, era degna. Ma si stava esercitando anche per mio padre. L'avrebbe amata abbastanza, questa volta? Avrebbe deciso di restare?

Ascoltare il suo dolore quando si soffermava troppo a lungo su una vocale mi provocava una fitta nel profondo del cuore. Come facevo a dirle quello che sapevo? Tutto quell'esercizio così inutile, visto che nostro padre non sarebbe tornato. Dovevo recuperare la lettera, mostrarle la sua promessa a me?

L'insegnante, un'olandese con un neo nero tra gli occhi, premette senza garbo sulla gola di Benita, con un movimento così brusco e deciso del palmo che mia sorella strinse i denti. Eppure rimase immobile sulla pedana, con il suo sorriso gentile e sereno. Mi sarei potuta opporre all'insegnante, tanto ero certa che non avrei mai gorgheggiato. Desideravo solo andare a scuola, cosa che mia madre mi proibiva. Leggevo Thackeray, Trollope, qualsiasi libro Isaac, un mio cugino che abitava al piano di sotto, portasse a casa da scuola. Non riuscivo a immaginare nulla di più noioso che essere una debuttante, ma Benita era in estasi per il suo ballo.

Sembrava che in quei giorni, prima del previsto ritorno di mio padre, ci fossimo fossilizzate nei ruoli da cui non ci saremmo mai completamente allontanate. Hazel era dispersiva e sbadata; aveva lasciato la sua bambola ingioiellata sulla carrozza; sbagliava a scrivere il suo secondo nome. Tuttavia, c'era una certa dolcezza in lei. Singhiozzava se vedeva un animale zoppicare; portava di nascosto i dolci nelle stanze di una cameriera malata. Benita era quella bella, aggraziata e buona. Anche prima di prendere lezioni di dizione e di danza, aveva raggiunto il grande obiettivo: cancellare il *gug*, l'*heim*, il *lig*, il *mann*. Ora la sua voce era gorgheggiante, la sua colonna vertebrale dritta, il suo naso piccolo e all'insù.

Io avevo un naso elegante come una patata, i capelli crespi. Non ero brutta; non mi sono mai sentita brutta, e quindi non ho mai provato invidia per mia sorella, più bella di me. Ero indifferente al mio viso, al mio corpo. Mi guardavo raramente allo specchio.

Il giorno in cui mio padre doveva entrare al St Regis, mi

infilai un vestito e corsi via prima che la mia cameriera potesse tirare bene la fascia.

La nave di mio padre avanzava con il suo moto decadente nell'Atlantico, dopo aver lasciato Cherbourg in una calda giornata di aprile. I lampadari di cristallo si riflettevano sulla superficie della piscina; le camelie si avviluppavano intorno a corde di fragili bambù; ogni corridoio era un sentiero di velluto e marmo. Era un tipo di ricchezza che serviva solo a adornare e abbagliare; chiunque fosse stato delicato sarebbe crollato sotto quel peso. La sera mio padre si separava da Ninette e, con il suo cameriere personale, tornava al ponte B per fumare sigari con gli inglesi. Verso mezzanotte, mentre il transatlantico sfrecciava verso l'America, un iceberg squarciò il fondo della nave con una tale forza che la prua e la poppa si inclinarono verso il fondo dell'oceano.

Mio padre infilò il salvagente che gli venne consegnato, poi aiutò le donne e i bambini a salire sulle scialuppe. Quel salvagente, quel ridicolo galleggiante, lo infastidiva. Non era un uomo abituato al disagio. Forse era frastornato per il bacio d'addio della signorina Aubart. L'aveva aiutata a salire sull'ultima scialuppa; aveva detto a Emma, la sua cameriera, che era solo un iceberg, per l'amor di Dio. *Ci rivedremo presto.* Una volta che tutte le imbarcazioni furono riempite di donne, bambini e qualche viaggiatore di terza classe, gli inglesi si misero a fumare sigari e a giocare a carte. Mio padre decise di tornare nella sua cabina e di togliersi il salvagente, chiedendo a Victor di liberarlo da quello stupido dispositivo. Sempre fedele, anche Victor se lo tolse. Entrambi indossarono la giacca da sera e vagarono per i ponti bui. Forse si stava dirigendo verso le note di un'orchestra che suonava il ragtime; persino un cembalo o un rullo di tamburo avrebbero potuto tentare mio padre spingendolo ad allontanarsi dalla sicurezza.

La spaccatura: ormai aperta, uno squarcio di ghiaccio.

Chi potrebbe dipingere la scena? Quando il mondo intero inizia a inclinarsi; quando quelli che sono sotto vengono salvati, e quei grandi re di New York sono inghiottiti da una violenza nera. Chi dipinge queste cose: i padri sottratti, il cielo crudele come una bara? Corpi, a centinaia nelle acque gelide.

Il pianista e il cavallo di seta se ne vanno. Il diadema di diamanti viene tolto dai capelli di Hazel. Si levano festoni e ghirlande dalle pareti. Bambine di nove anni vengono ingannate dalle loro governanti. Entra una processione di uomini seri con le buste. Arrivano gli zii e ci troviamo tutti insieme ad aspettare a casa di Daniel. Con noi c'è persino mio nonno Joseph, con la sua fluente barba bianca e lo sguardo terrificante, e un canarino stranamente appollaiato sulla spalla. Tengo gli occhi fissi sul canarino, come se la semplice assurdità di quell'uccello arancione e starnazzante mi tenesse in vita. Vengono annunciati i nomi di altri uomini mancanti all'appello, come se importasse che mio padre fosse in buona compagnia. Edgar Meyer, John Thayer, Isidor Straus. *Isidor Straus! Ho sentito che sua moglie si è rifiutata di lasciarlo e ora è dispersa anche lei.*

«L'ingegnosità moderna», dice Daniel. «Sappiamo costruire una piscina su un transatlantico, ma non riusciamo a trovare spazio a bordo per un numero sufficiente di scialuppe di salvataggio. A cosa possono mai servirci, ditemi, una piscina e una palestra?»

Quando i giornali riportano la notizia dei dispersi, includono Mrs Benjamin Guggenheim. Le sue amiche arrivano in massa: *Oh Florette, sei qui, oh sei viva!* Mia madre, da parte sua, vuole solo vedere gli elènchi. Gli elenchi di coloro che sono stati salvati. Settecento persone sono state tratte in salvo a bordo del *Carpathia*, ora in viaggio verso New York da Terranova. Mia madre insiste nel dire che mio padre è vivo e per la prima volta disobbedisce a Daniel. «Andrò agli uffici della compagnia da sola, se ti rifiuti di accompagnarmi», dice, «sono certa che è sulla nave da Terranova.»

Murry la interrompe. «Perché non c'erano soldati su quel transatlantico? Uomini con la pistola?»

«Ne sono stati salvati settecento, Daniel. Non credi che tra questi ci siano anche quelli più in vista, gli uomini dei ponti superiori?»

«Forse, Florette», dicono Murry, Daniel, Simon, Meyer, Robert e William. «Florette, speriamo tutti che lo trovino.»

Dopo che lei ci ha lasciato, per andare negli uffici della White Star con suo cognato DeWitt, io entro da sola nell'ufficio di mio zio Daniel. Non sono stata invitata; entro lo stesso nella stanza. C'è la sedia della fotografia, la sedia su cui mio padre si è messo in disparte. Mi siedo proprio lì. «Io lo so», dico loro, «lo so che non è sulle scialuppe di salvataggio.»

Daniel annuisce; il suo sguardo è acuto ma al tempo stesso sfocato: è la prima volta che gli sono abbastanza vicina da notare che i suoi occhi screziati sono sia azzurri sia verdi. Mi prende la mano, usa il mio nome completo: «Marguerite».

C'è la tristezza terribile, quasi violenta, di tutti quegli uomini, i loro respiri affannosi, i singhiozzi strozzati. Mio zio, il senatore del Colorado, è riuscito a contattare via telegrafo il capitano di quel transatlantico, il *Carpathia.*

«Tuo padre», dice, «non è di certo su quella nave. Hanno recuperato molti corpi ma lui, ma il suo... non è stato ancora trovato.»

«Lo so, io...» "Leggigli la lettera", mi dico.

Ma Simon ora si siede accanto a me, mi prende l'altra mano. Mi dice che i fratelli hanno preso accordi affinché i piroscafi perlustrino i mari. Un esperto aviere di nome F.C. Ditmar, della California, si offre di inviare aerei dotati di segnali al fosfato di calcio. Faranno una ricognizione nel raggio di un centinaio di miglia dal luogo in cui è affondata la nave per cercare esclusivamente lui, per cercare il suo corpo.

Quando mia madre torna a casa, è solo per un breve momento; così può ordinarci di vestirci tutte di nero. Abiti rigidi, pizzi come carbone e stivali come cenere. Scompare in un albergo del New Jersey con un'infermiera. I giornali la descrivono sconvolta.

Ogni sera, per una settimana, pare che altri maggiordomi o camerieri personali arrivino nella hall. Implorano di essere ricevuti da mia madre; sostengono di essere stati gli ultimi a vedere mio padre vivo. Daniel mi trova e mi porta con sé per ascoltare le loro storie. Mia madre è affranta, spiega lui ai visitatori accorati.

«Oh», sospira James Etches. Ha i capelli pettinati con cura, ma gli mancano i gemelli. Ci dice che era un assistente maggiordomo e che ha un messaggio solo per la moglie di Benjamin Guggenheim. «Siamo stati insieme fin quasi alla fine. Io mi sono salvato. Lui è affondato con la nave. Andava da una scialuppa all'altra, gridando: "Prima le donne". L'ho visto più tardi e gli ho chiesto perché si fosse messo la giacca da sera. Mi ha risposto: "Siamo pronti ad affondare come gentiluomini".»

«Forse è vero», dico a Daniel.

«Molto probabile», concorda lui.

Con i capelli arancioni e le ginocchia valghe, John Johnson si gratta il collo; insiste che lui era un nuotatore esperto. «Ho un messaggio per la vedova», afferma. «Posso consegnarlo solo a lei.»

«Ascolta, è prostrata dal dolore. Consegnalo alla figlia», gli dice Daniel.

«Be', Mr Guggenheim ha detto: "Questo è un gioco da uomini, e io lo giocherò fino alla fine".» Il ragazzo dall'improbabile nome di John Johnson si commuove. «Ha aggiunto: "Dille, Johnson, che ho giocato fino alla fine e che nessuna donna è rimasta a bordo di questa nave perché Ben Guggenheim era un codardo. Dille che il mio ultimo pensiero sarà per lei e per le nostre figlie".»

«Un imbroglione», dico a Daniel.

«Un imbroglione», concorda lui.

I giornali hanno scritto che mio padre ha lasciato novantadue milioni di dollari alla sua famiglia. Una settimana dopo aver mandato via John Johnson, viene ritrovata una sedia a sdraio in Africa occidentale. La settimana successiva Mr Astor viene ritrovato mentre galleggia, con il corpo fiero, l'orologio d'oro che segna ancora l'ora di New York e le tasche piene di tutto quel denaro inutile.

Dormivo accanto a Benita, nei nostri abiti neri. Andammo alla sinagoga e ci alzammo insieme per recitare il Qaddish.

Mia madre non c'era; le governanti ci permettevano di dormire vestite, ci lasciavano stare. Quando sentii il respiro di Benita, sicuro e leggero, mi concessi di srotolare la lettera. *Di' alla mamma che le chiederò se vuole che affitti una bella casa di campagna a Saint-Cloud, vicino a Parigi, per luglio.* Sapevo che mio padre era lì. Sapevo che la casa che aveva trovato vicino a Parigi era bianca con le persiane verdi. Forse all'inizio era precipitato giù negli abissi, ma poi era risalito, l'acqua era calda e, con le tasche piene di gioielli e oro, aveva pagato un pirata perché lo portasse in un posto migliore.

In questo quadro, mio padre aspetta il mio arrivo. In questo quadro, vedo la più luminosa distesa di giallo che si possa immaginare: girasoli, passeri, ombre di luce sui due alberi spogli, e mio padre che sorride, in un abito di lino sbiancato dal sole, mezzo sdraiato su una panchina sbiadita e grezza. Tutto intorno a lui, la luce è stata dipinta con pennellate grossolane per evitare che la scena diventi troppo sentimentale, troppo nostalgica. In un angolo del giardino ci sono alcuni gigli, solo uno o due, un po' sciupati.

2.

VOLTEGGIARE

1914

«Volteggia», mi ha detto, e io l'ho seguito. Non sono una abituata a seguire, ma qualcosa nell'espressione seria di Mr Erlesto, come se questo fosse importante, come se stesse insegnando Dante invece che a volteggiare per il suo cotillon all'ennesima ragazza di Park Avenue, ha attratto il mio senso del perverso.

«Così», ha detto, per cinque volte. «Arretra, leggermente, ora sulle punte dei piedi.»

Mr Erlesto è tarchiato e gentile. Gli piace fare l'occhiolino, girovagare, cantare canzoni che dice essere brasiliane. Gli ho promesso che ballerò perfettamente. Non ho bisogno di passare i prossimi anni a esercitarmi. «Quei ragazzi», ho detto, facendogli a mia volta l'occhiolino. Horace Homer, Robert Stillman. «Puoi scommettere che saranno in fila contro la parete.»

Ho quindici anni; mi stanno preparando. Mia madre ritiene che io sia troppo indisciplinata e cupa; deve iniziare subito la mia formazione. *Stai per essere presentata in società?* mi chiedono le signore ai tè di mia madre. *Stai per fare il tuo debutto? Quello di Benita è stato un tale successo... La prima pagina del «Times»! Oh, non era forse la ragazza più bella che fosse mai entrata al Ritz?*

Benita era dalla sarta con mia madre mentre io ero a lezione. Nella sua stanza mi sono spogliata. Il suo abito di tulle era appoggiato sul letto, rigido e immenso, come una creatura di un balletto morboso. Non sapevamo che quello sarebbe stato il nostro ultimo giorno di lezioni di ballo e di sartoria, che dopo quel pomeriggio non saremmo mai più state così adorate e spensierate.

Benita aveva tutte le ultime riviste, aperte con cura e disposte in file sul pavimento. «Vogue», «Harper's Bazaar». Ha segnato alcune pagine per mostrarmele, usando i suoi pettini d'argento come segnalibri. «Questo è troppo vistoso», ha detto ispezionando il modello con un lunghissimo strascico di pizzo. «Hazel Goodman ne ha indossato uno il mio anno ed è stata una catastrofe. Troppo sgargiante! Nessuno le chiedeva di ballare, tranne il piccolo Bernheim. Quello con quel labbro. Poverino, non aveva scelta.»

Ha continuato a sfogliare le pagine patinate.

«Sei così magra... Dovresti indossare una delle nuove lunghezze. Come questa. Sorella, dovresti mettere in mostra le caviglie.»

«Oh, lo farò», ho detto.

Hazel, l'intrusa, ha bussato alla porta. «Posso unirmi a voi?»

«No», ho risposto con decisione.

«No», ha detto Benita con tenerezza.

Hazel, quell'intrusa, quell'assassina. Era una specie di vendetta ignorare la nostra sorella minore che, secondo noi, aveva attirato nostro padre nel suo ultimo viaggio.

Oh, papà! Al pensiero di lui, sono rimasta immobile in piedi, nuda, davanti a mia sorella. Ci spogliamo spesso, noi due. Come se in questo albergo stessimo soffocando, con gli arazzi, i ritratti e gli argenti, il peso di tutto ciò, non solo della ricchezza, ma proprio *di tutto*, dei cristalli e delle porcellane e delle pellicce di coniglio. Anche Benita è nuda. Con le ginocchia strette al petto, si sta esercitando nella dizione. Questo mese hanno fatto arrivare uno specialista russo che insiste perché lei lavori sulla cadenza. Dove mettere l'accento. Così ogni sua parola si alza, al punto giusto, la pausa perfetta che trasmette puro piacere. E anche se mi sembrava impossibile, questa cadenza ha reso Benita ancora più bella.

Ora le migliori famiglie di New York la invitano a prendere il tè; i loro legittimi eredi prendono in considerazione di sposarla. «Il tuo naso», le ho detto, «mi ricorda questa poesia.» Mi sono messa in piedi sul tulle e recito Tennyson. *Leggermente all'insù era il suo naso sottile / come il petalo di un fiore.*

«Basta, Peggy», ha esclamato lei ridendo. «Stai schiacciando il mio vestito.» Il suo sorriso ha il fascino della gioia, mentre il mio è sornione. Questa è la nostra più grande differenza: i nostri sorrisi, dopo il naso. Ma non devo più passare il tempo a esaminare il motivo per cui Benita può entrare, e io no, nel mondo dei Frick e dei Rockefeller. Il matrimonio mi sembra grottesco; devo fare altri progetti.

Hazel stava bussando.

Con tenerezza, Benita ha detto: «Forse tra un po', Haze».

Ma io stavo già aprendo la porta. Nuda, ho salito le scale.

Haze ucciderà in seguito i suoi figli. Dirà di aver lasciato cadere i due bambini dalle sue calde braccia, ma tutti a Park Avenue diranno che li ha gettati come sacchetti di carta dal tetto dell'attico. E fra i tanti momenti di crudeltà della mia vita, per qualche motivo ricorderò sempre questo in particolare, quando passai accanto a Hazel e salii nuda le scale della servitù.

Non ero mai stata quassù prima d'ora, negli angoli alti e nascosti del tredicesimo piano. Ceneri e piume di piccione.

Ai piani di sotto le cameriere mi passano accanto affaccendate, a occhi bassi. Qui non so cosa faranno. Così cammino come se fossi una ragazza pistola; inclinata, pronta a mirare. *State pensando di chiedere a mia madre perché mi aggiro nuda al piano di sopra? Abbandonate quest'idea! Scacciatela dalla vostra mente.* Trovo facilmente il mio vestito nero, nella stanza del cucito, appeso a un filo teso e immobile. La sarta del piano di sopra è stata incaricata di riprenderlo, perché ho perso tre, poi quattro chili. Daniel è l'unico a essere allarmato. «Deve farsi vedere da qualcuno. Florette, sta appassendo.»

«Mi sto solo preparando», gli rispondo cantando, «preparando per il ballo.» Per un po' di tempo, dopo il mancato ritorno a casa di mio padre, sono stata l'ombra di Daniel. Mi portava in carrozza nei suoi uffici al porto, mi parlava delle sue avventure. Com'era bello l'argento a Soweto. Per tutto l'inverno, mentre la neve cadeva su Wall Street, mi ha portato giro. Abbiamo visitato i caveau; osservato Isaac agitarsi in un'aula di tribunale. Potevo essere la prima ragazza destinata a rilevare la fortuna? Avevo quindici anni, come ho detto, ed ero facilmente in grado di dare forma a una simile fantasia. Lui mi ha mostrato le macchine per i numeri e mi ha osservato da vicino mentre tentavo di fare i calcoli. Hai mai visto quelle macchine? La rapidità con cui le somme volano su uno schermo. Avevo un talento con i tasti; memorizzavo la posizione dei numeri, poi digitavo, ascoltando il ronzio.

Alla fine dell'inverno, Daniel ha smesso di invitarmi e ora, in questo giugno, sembrava sentirsi intimidito e in colpa ogni volta che mi guardava. Quando parlava, adesso, era come se io non fossi nella stanza.

Sentivo le voci delle cameriere. Dovevano essere nella stanza dietro di me, quella con le porte verde scuro e molto scrostate. All'inizio ho pensato che fosse Moira, così ho avvicinato l'orecchio alla porta. Per sette settimane avevo vissuto da sola con Moira, mentre avevo la pertosse e Benita veniva preparata per il debutto in società. Mia madre non voleva che mi avvicinassi a mia sorella. Mi aveva mandato con Moira in un albergo sulla Ottantaduesima.

Moira era allampanata, con i capelli neri e lucenti raccolti stretti in due trecce, che lei attorcigliava continuamente; aveva un occhio pigro e storto. Le volevo bene; mi ha insegnato a fare l'occhiolino; era sana e golosa. Ordinava il *coq au vin* per sé; mi portava a vedere i drammi di William Gillette, mi spiegava il codice dei gangster, la minaccia irlandese. Di notte, beveva whisky dalla sua tazza da tè mentre io leggevo Tolstoj. Era una specie di paradiso. Quando tossivo e rimanevo senza fiato, lei mi accarezzava i capelli. Quando le dicevo quanto desiderassi vedere mia sorella, lei organizzava tutto con una precisione sorprendente. Alle 15.15 passavamo davanti alla finestra del St Regis. Benita sarebbe stata alla finestra del soggiorno, portata lì da Agnes, e alle 15.20 ci saremmo salutate con un cenno, le mie mani protese in alto verso il suo viso illuminato.

Ma in questo sabato, non è Moira a dire con cordoglio: «*Oh, c'est très triste... les jeunes filles*». Ho tra le mani il vestito nero, umido e inalterato: lo indosso. Se Moira fosse qui, tradurrebbe per me. Le cameriere parlano troppo rapidamente, con l'urgenza di un nuovo pettegolezzo, grande e terribile. Genevieve, la governante di mia cugina Gladys: riconosco la sua voce dolce e preoccupata. Mi avvicino allo stipite della porta. «Arretra, leggermente, ora sulle punte dei piedi.»

Le domestiche non sono mai nei quadri. Non riesco a immaginare la scena dietro la porta. Come sorridono, come si torcono le mani. Sento solo le loro parole, seguite da un sussulto. *Père deux*, dicono. Questo è ciò che penso stiano dicendo, qualcosa a proposito di due padri, ma in seguito mi renderò conto che stanno dicendo *perdu*, stanno dicendo perso, mentre trattengono il fiato, stanno dicendo finito, tutto finito.

Nella sinagoga c'è un ragazzo che penso di dover baciare prima di diventare una debuttante. Si chiama Morris, ma lo dico in fretta, solo con l'angolo della bocca, così sembra Morse. Si lascia incantare facilmente. «Chiamami Morse», dice, «sarò il tuo codice.» Il suo ebraico è pessimo. Ha il naso storto, sembra che sia stato picchiato. Questo mi basta; so che non è uno di noi. Poco dopo quel giorno in cui avevo frainteso le parole delle cameriere, io e Morse siamo andati a piedi fino al lago. Non era il primo ragazzo che baciavo, ma ho fatto finta che lo fosse. Già allora sapevo di essere speciale. Nessun'altra ragazza aveva labbra come fiamme. La sua mano sul mio petto; era caduto all'indietro. Mi sono sdraiata sul pendio erboso. Dove finiva il verde iniziava il lago e, sul lago, remavano coppie in lino bianco. È il 1914, mio padre è scomparso da due anni, ma non abbiamo ancora trovato né seppellito il suo corpo. Se solo non fossimo stati ebrei, avrei potuto credere nella sua reincarnazione.

Ogni gabbiano e ogni rosa potrebbero racchiudere la sua anima. Se solo Ninette non avesse fatto una tale scenata pubblica, scrivendo lettere ai giornali e facendo causa alla nostra famiglia per riavere indietro il valore di ogni oggetto prezioso contenuto nella sua valigia perduta, avrei potuto continuare a credere che fosse scappato con lei a Parigi. Ognuno credeva a ciò che gli veniva detto. Ma io non avrei creduto che si trovasse in fondo al mare, freddo, silenzioso e immobile. Invece, mi sono aggrappata alla convinzione che stesse ancora scendendo, come se fosse per sempre nel punto in cui il suo corpo aveva lasciato la barca e precipitasse nel blu sottostante. Ho visto così spesso questa immagine di lui che credo sia diventata parte di me. Doveva essersi ferito, avevo deciso, doveva aver battuto la testa su una roccia dura e crudele. Perché mio padre, lui non avrebbe galleggiato come Astor. Si sarebbe alzato e avrebbe chiamato a gran voce una barca di salvataggio. Avevo fatto delle ricerche.

Andai al Grolier Club e chiesi di vedere tutti i giornali dall'aprile del 1912. Il Grolier Club si trovava sulla Trentaduesima; mi presentai come la nipote di Daniel Guggenheim. Mi aprirono le porte e mi offrirono un tè. Moira mi aspettava dall'altra parte della strada, da Steiner. Non era facile ingannare Moira. Dovetti dirle che stavo facendo delle ricerche per il rabbino e lei mi assecondò, troppo timorosa di mostrarsi sospettosa nei confronti della nostra religione. Lessi ogni dettaglio di ogni sopravvissuto. Appresi della causa di Ninette. Venni a sapere dei salvatori di Terranova. Eppure continuavo ad aggrapparmi all'immagine del corpo di mio padre. Ogni volta che arrivava un'onda, il suo corpo veniva spinto in avanti. Era per sempre in una corrente, che rotolava, incolume.

Benita mi aspettava nell'atrio. Il sabato alle tre ci era permesso di andare da sole fino a una gelateria di Central Park South. Ma quel giorno, mentre camminavamo insieme, mi disse che dovevamo parlare; dovevamo saltare le ciliegie, la dolcezza. Avanzammo lungo Fifth Avenue tenendoci per mano e solo dopo qualche minuto mi affrontò.

«Sapevi che la mamma ha appena chiesto a tutte le cameriere di andarsene?»

«Certo che no», risposi.

Mi raccontò che quel pomeriggio la mamma le aveva fatte mettere in fila, come in un poligono di tiro, e una per una aveva detto loro che dovevano lasciare immediatamente il St Regis.

«Cosa è successo quando sei salita negli alloggi della servitù questa mattina? E perché mai l'hai fatto?» sussurrò. «Perché sei salita svestita? Non ci è permesso salire lassù. Qualcuno ti ha visto? Qualcuno ha urlato?»

Cercai di calmarla. «Ho solo preso un vestito dalla lavanderia; ho ascoltato alla porta. Non mi hanno vista; non mi sono soffermata.»

«Sta succedendo qualcosa di terribilmente strano», disse lei in tono accusatorio. «Ho visto Isaac nell'atrio e mi è passato accanto tutto altezzoso, senza nemmeno dire "buon pomeriggio". E quando ho incrociato il suo sguardo, mi ha guardato come se fossi una bestia ripugnante. Non so come descrivertelo, Peggy. Non è stato come quando è morto papà. Era qualcosa di più crudele. Era disgusto, suppongo, disgusto o pietà.»

L'attenta cadenza delle vocali era stata dimenticata; le parole le uscivano di getto e scintillavano di panico. Mia sorella era sempre serena, imperturbabile; provai un certo timore nel vederla così sconvolta.

«Sarà divertente senza cameriere», le dissi, cercando di rincuorarla. «Solo che mi mancherà Moira. Ci siamo divertite tanto quando ho avuto la pertosse. Mi ha detto...»

«Siamo qui come ospiti, Peggy», disse bruscamente, interrompendomi. «È una cosa di cui non sembri renderti conto. Papà ti ha viziato fino a questo punto. Con me, mi rendeva partecipe.»

«Dove? Al St Regis?»

«Qui.» Tese le mani verso il parco, il bel parco, i lunghi campi verdi. «Possiamo chiedere al presidente di invitarci a cena. Tutti i nostri milioni. Siamo comunque solo ospiti.»

«Non capisco cosa stai dicendo, Benita.»

«Devi essere meno sconsiderata. Non puoi andare in giro come un'orfana in età da marito e infatuata. Non dovresti baciare quel Morris nel parco. Non dovresti dire ai portieri del 1125 che ti chiami Raskol'nikov. Il minimo sospetto che siamo strane o bizzarre, le *Googs*, e non saremo più qui.»

«E sarebbe così brutto?»

«Sì», rispose Benita con le lacrime agli occhi, «una tragedia.»

Quando arrivammo al nostro appartamento, un uomo con un cappotto sudicio stava portando via il ritratto di mio padre.

«Vostro padre ha lasciato i suoi affari in una confusione terribile», ci disse Mr Harris. Dopo che io e Benita tentammo di strappare il ritratto dalle mani dell'uomo sudicio, mia madre ci spinse in biblioteca. Lì Mr Harris, il suo avvocato, su sua indicazione, ci parlò dei segreti di nostro padre.

«Queste ragazze adorano il loro padre», gli disse lei quando vide che era riluttante a raccontarlo a noi, ragazze in camicia alla marinara e gonne di lino. «Dovrebbero sapere la verità sulla questione, altrimenti continueranno a idealizzare in modo insensato quell'uomo.»

«Sì, be', vedete, è piuttosto complicato, ma in buona sostanza ho appena scoperto che vostro padre ha preso delle decisioni infelici riguardo agli affari. Ho informato vostra madre del pasticcio finanziario questo pomeriggio.» Mr Harris era un uomo molto alto; anche seduto su una sedia, sembrava incombere e svettare. La sua faccia liscia e scura era scaltra, ma lui aveva un atteggiamento sconcertato. «All'insaputa mia e di vostra madre, diversi anni prima di andare a Parigi ha interrotto la collaborazione con i suoi fratelli. Questo significa che non era più socio della Guggenheim Company. I suoi fratelli hanno fatto delle scelte intelligenti, persino geniali, quindi questa è stata forse una decisione avventata da parte sua.»

«E a Parigi...» disse mia madre.

«E a Parigi, sì, viveva in modo piuttosto dispendioso. Riceveva richieste di generosità da parte di alcune... di molti suoi amici. E credeva in imprese, in invenzioni, che in ultima analisi non erano degne della sua fede. Ha perso una quantità impressionante di denaro.»

«Non c'è bisogno di entrare nei particolari», intervenne mia madre. «Queste ragazze non hanno la minima idea di queste cose. Io stessa faccio fatica a capirle.»

«Com'è possibile che lo scopriamo solo adesso?» esclamò Benita piuttosto saggiamente. «Papà è morto da più di due anni. Se ha perso tutti i nostri soldi, come abbiamo fatto a vivere così?»

«Da quanto abbiamo appreso, i vostri zii hanno fornito alla vostra famiglia, in modo nobile e discreto, i fondi necessari.»

«Tenendoci nell'ignoranza più assoluta», precisò mia madre. Era infuriata, le fremeva il naso. «Devo porre immediatamente fine a questa situazione assurda. Venderemo quello che abbiamo. Ci trasferiremo in un appartamento più modesto.»

Accanto a me, Benita aveva cominciato a ridacchiare. Era una risata isterica e triste, e volevo ridere anch'io, ma ero rimasta ammutolita dal coraggio di mia madre. Il giorno in cui avevamo appreso dell'affondamento del transatlantico, lei era crollata, inetta e confusa. Ora sembrava quasi nobile e, quando le presi la mano, vidi le sue dita nude e immaginai che avesse già iniziato a vendere i propri anelli. Su questo avevo ragione, perché nei giorni successivi avrebbe perso ogni attaccamento sentimentale verso i suoi numerosi beni. Trascorreva le mattine a impacchettare, lucidare e piegare, poi usciva all'improvviso, furtivamente. Riuscì a vendere i quadri, gli arazzi, i gioielli. Era come se avesse chiamato a raccolta le abilità dei suoi antenati e fosse diventata, com'erano stati loro un tempo, una venditrice ambulante capace, seppur riluttante.

Lasciammo il St Regis. Ci trasferimmo in un appartamento assolutamente decoroso all'angolo della Cinquantottesima, il che significava, come se avesse importanza, che potevamo ancora avere un indirizzo in Fifth Avenue. Non mi mancava nulla della nostra casa precedente e presto mi sembrarono un sogno, o la scena di un film, quei giorni in cui vivevamo in un appartamento che si estendeva per isolati della città. La nostra nuova casa era piuttosto spoglia, anche se Hazel insisteva per attaccare dipinti e disegni di cavalli che aveva strappato da varie edizioni di *Black Beauty*. Io e Benita dividevamo la stanza, ma l'avevamo sempre fatto, in modo non ufficiale, e quindi non sembrava affatto una privazione. Avvicinammo i nostri letti, tanto che non c'era possibilità di cadere nello spazio tra di noi.

Nella nostra camera c'erano due grandi finestre e, sdraiate lì, sui nostri letti stretti e sfatti, riuscivamo a vedere le finestre dell'appartamento di un violinista, che appoggiava continuamente l'archetto sulle corde e lo muoveva avanti e indietro con un grande slancio drammatico; noi imparammo ad amare la sua parte, la parte che sentivamo di una sinfonia. Oggi non ricordo più la stanza di mia madre o quella di Hazel. Non ricordo la loro ubicazione, né il loro arredamento. Ma ricordo ancora la lampada d'ottone con il paralume cremisi che ero riuscita ad appendere al muro in modo da poter leggere fino a notte fonda senza svegliare mia sorella dai suoi sogni.

Per qualche mese mia madre fece del suo meglio per essere parsimoniosa. I suoi sforzi erano comici e destinati a fallire. Lavava il tonno nell'acquaio; lucidava le nostre scarpe con asciugamani bianchi. Non aveva idea di come cucinare; ci serviva pollo crudo e carote bruciacchiate. «Non passeremo l'estate in Europa», annunciò, «ma raggiungeremo la mia famiglia a Elberon.» Elberon si trovava nel New Jersey e i palazzi erano orribilmente gotici, come le case di qualche pazzo vittoriano.

La costa era desolata. I pochi rosai erano miseri e pieni di spine. Nella vicina Allenhurst c'era un albergo che non accettava gli ebrei, e la notte in cui bruciò io e i miei cugini corremmo tutti fuori alle cinque del mattino per osservare con interesse le fiamme. Ma tutto questo non aveva importanza: il cibo terribile, la fine dell'Europa. Cominciai a credere che avrei potuto amare di nuovo mia madre; ammiravo il modo in cui si era trasformata in una persona battagliera e attenta; il suo orgoglio, una volta risvegliato, sembrava ostinato.

Si rifiutò di chiedere aiuto ai fratelli e al padre. C'era l'eredità Seligman; suo padre aveva novantadue anni. Presto sarebbe stata in grado di ripagare i miei zii; fino a quel giorno li avrebbe evitati. Trascorreva le serate con un grande libro verde, trascrivendo numeri, con un'aria del tutto soddisfatta. Era difficile credere che si fosse mai occupata di pettegolezzi e tè.

Quando tirai fuori di nuovo l'argomento scuola, cedette. Suppongo che fosse perché non poteva più affidarmi a delle istitutrici. E poi, disse, tutte le brave ragazze ora vanno alla Jacobi School. Esther Allinger, Rose Sulzberger, Adeline Kuhn. Pensava che fosse una scuola per signorine, come le altre, dove avrei imparato le lingue e le buone maniere. Se avesse saputo che presto avrei studiato Oscar Wilde e l'anarchismo, sono sicura che non mi avrebbe mai permesso di frequentarla. Ma una volta iniziata la mia istruzione, fui attenta a mantenere il segreto sulle mie lezioni.

Poco prima di iniziare a frequentare la Jacobi School, fui rapita. Un pomeriggio, fuori dalla sinagoga, mentre camminavo con Morse. Fu lo zio Daniel ad avvicinarmi e ad accompagnarmi verso un'auto in attesa. Non avrebbe avuto bisogno di trascinarmi con sé; lo avrei seguito volentieri. Mi appoggiai alla sua spalla e lui aveva l'odore di mio padre: lavanda e tabacco.

Daniel mi abbracciò e, con il suo orologio, mi misurò il polso per vedere se la fascia si sarebbe sfilata. «So che hai sofferto immensamente», mi disse. «Tu noti le cose più della maggior parte di noi, Peggy. Ho pensato che magari avresti avuto voglia di parlare con qualcuno.» Entrai in un edificio e lui mi lasciò lì. Era sulla Settantaduesima, vicino alla nostra vecchia villa, un appartamento al piano terra. Non ero mai stata in un appartamento al piano terra prima di quel giorno, e mi sembrava quasi illecito stare in una stanza così vicina al rumore della strada.

Naturalmente il dottor Beren era il migliore, e naturalmente era molto distinto. Capelli d'argento tagliati corti e un bel bastone di mogano. Non avevo ancora sentito parlare di Freud, ma intuii, con quello che forse è il mio unico talento, che presto ci sarebbe stato un grande interesse per quella che mio zio chiamava la cura della parola.

Mi sdraiai sulla lunga poltrona di pelle. Cercai di tenere gli occhi chiusi, come mi aveva suggerito, ma non potei fare a meno di guardare. In alto, verso i suoi certificati, uno scaffale con una collezione di manufatti guatemaltechi. "Quanto dolore c'è stato in questa stanza?" mi chiesi. "Ha sentito parlare di omicidi? Ha sentito parlare di stupri o solo di ragazze che svengono e vagano?" Guardandolo, sembrava sereno, immune dalla malinconia. Guardai le mie ginocchia, graffiate dove mi ero appena inginocchiata quella mattina, e grattai via lo sporco. Poi alzai di nuovo lo sguardo, assimilando il fresco beige della stanza, la perfetta quiete del ventilatore a soffitto immobile.

«Suppongo», dissi, «che vorrebbe che le parlassi di mio padre, ma preferirei di no.»

Lui non rispose, e io formulai la risposta in modo preciso nella mia mente, come si costruiscono le scuse. "A volte lo vedo fluttuare; immagino come dev'essersi sentito, è così che mi perseguita. Le mie sorelle non si chiedono come si sia sentito con quello strattone, quella risacca. Invece io immagino quel momento per la maggior parte delle mie giornate. Ora mi domando se abbia scelto questa morte per sfuggire ai suoi debiti. Non sapeva che aveva dei debiti? Be', chieda ai suoi fratelli. Otto milioni, che ha sperperato a Parigi.

"E, vede, lui indossava sì un giubbotto di salvataggio, ma se l'è tolto e ha indossato una giacca da sera. Non è una cosa meravigliosa? Immagino che abbia sentito l'inclinazione della nave, eppure ha camminato con la sua amante verso la sala dell'orchestra. 'Oh, Benjamin', ha detto lei. È piuttosto bella, labbra ad arco di Cupido, capelli a boccoli, pelle d'alabastro. Ho visto la sua foto sull''Herald'. Un giorno andrò a Parigi, la troverò e le dirò: 'Dimmi quali sono state le ultime parole di mio padre e perché si è messo quella maledetta giacca da sera!'."

«Dottore», dissi infine ad alta voce, «sui giornali si dice che è stato un eroe e che ha dato il suo giubbotto di salvataggio a una donna o a un bambino. Non credo che sia vero. Vede, io conosco mio padre, eravamo molto uniti.»

«Ah sì?» dice lui, ora interessato.

«Oh sì, ero la sua figlia preferita.»

Non è vero, lo era Benita – e chi può biasimarlo, perché Benita è anche la mia preferita, paziente e serena.

Poi, bruscamente, confesso.

«Cerco fiammiferi», dissi al dottore.

Quanto sembrava sciocco, quanto era banale. Sentii la mia voce alzarsi, implorante. L'accento rapido, affettato, vagamente britannico che le ragazze di Park Avenue usavano in quella stagione non era il mio. Io preferivo i suoni gutturali. Forse ero la prima adolescente dell'Upper East Side a emettere tali suoni. Un *rat-a-tat* da mitragliatrice, la mia voce era ridicola e piena di spavalderia, la voce che si sarebbe sentita in seguito nei film con Jimmy Cagney. La usai con il dottore, sperando di scuoterlo.

«Vado in giro a raccogliere fiammiferi dai marciapiedi.»

«Perché i fiammiferi?» chiese lui in tono affabile.

Come si faceva a mantenere un tono così piatto? Più avanti, nella mia vita, fuggirò da chiunque abbia un tono come questo, distaccato, affabile, immune dal dolore, e questo significa che fuggirò dai banchieri e dai medici, e correrò verso chi ha violenza o sporcizia nella voce.

«Perché i fiammiferi», mi chiese, «e non, per esempio, le pietre?»

«Li raccolgo per evitare che causino incendi.»

Questo non è del tutto vero, perché raccoglievo anche fiammiferi usati, toccando le estremità carbonizzate sperando in un residuo di fiamma.

«Probabilmente lei pensa che io cerchi calore, ma non è così.»

«No», disse. «Lo capisco.»

«È solo che mi sembra un peccato lasciarli lì. E il fatto è che sono ovunque.»

Tornando a casa lungo il sentiero delle carrozze raccolsi sette, poi venti fiammiferi. Cercavo sempre quello vergine, quello che non era ancora stato usato, quello che poteva ancora accendersi.

3.

LIBERTINI

1915

Il mio primo amore è stata una ragazza che conobbi quando iniziai a frequentare la scuola. Si chiamava Fay Lewisohn. Fu lei a raccontarmi la storia spaventosa degli uccelli neri. All'epoca non me ne resi conto, ma questa semplice storia mi avrebbe cambiata per sempre. Sembrava incredibilmente macabra, ma Fay giurò che era vera.

Eccola qui:

Al ballo delle debuttanti di Ava Fairchild, in una nicchia nel soffitto dello Stratford Hotel di Filadelfia furono collocate delle colombe bianche. Forse la nicchia era priva d'aria; forse i ragazzi incaricati di curare gli uccelli erano vendicativi. Le colombe furono quasi subito dimenticate e trascurate, finché non giunse il momento della presentazione di Ava Fairchild. Indossava un abito lungo di tulle chiaro; quando lei si chinò per fare la riverenza l'abito si gonfiò sotto il seno e le mani le tremarono nervosamente. *Dove sono le colombe?* doveva essersi chiesta. Sua madre era stata così incantata dal vestito da dimenticarsi di dare il segnale?

Ava non poteva alzarsi per chiederlo. Alzarsi dopo la riverenza è vietato a una debuttante. Aspettò, nella sua posizione obbligata, più goffa che pudica. I guanti di seta le scivolarono sotto i gomiti. Con gli occhi bassi, sentì prima un tonfo, poi dei respiri trattenuti, e nei minuti successivi udì solo uno strano suono duro, pesante. Intorno a lei gli uccelli cadevano, non volavano, cadevano dal pozzo in alto. Ormai cadaveri, con le piume scurite dalla morte, gli uccelli scendevano sul tavolo da pranzo.

La sua famiglia aveva voluto solo un battito d'ali. Un simbolo di purezza. Invece le colombe morte giacevano intorno alla figlia, plumbee e immobili. Molte caddero nell'immenso lampadario, il peso dei loro corpi provocò una scintilla, uno schianto di cristallo, un guizzo in alto, come lo sfarfallio di un fulmine.

Non mi sorprese che fosse stata Fay a raccontarmi questa storia. Era la prima ragazza con cui volevo fare amicizia; la seguivo come un'ombra accanita.

I Lewisohn vivevano in un palazzo di arenaria bianca su Fifth Avenue costruito dal re delle ferrovie, Edward Harriman. Per una famiglia ebrea, riuscire ad acquistare ciò che era appartenuto al magnate WASP era ovviamente simbolico e le permetteva di essere ammirata da tutti. Vi racconterò altri dettagli della villa e di ciò che vi vidi in seguito perché, come la storia degli uccelli neri, osservare il modo in cui vivevano i Lewisohn, in particolare la madre di Fay, Adele, mi avrebbe cambiata.

Ma, prima, mi colpì soprattutto il tetto della loro villa. Là, sopra la città, sopra il parco, c'erano sei cariatidi, donne di pietra in piedi, versioni delle statue delle grandi dee dell'Acropoli, e mi sembrava giusto che Fay vivesse in una casa con Atena e Artemide sul tetto sopra di lei. Lei stessa aveva l'aria di una dea moderna; aveva gambe lunghe e un'espressione serena, con occhi straordinariamente belli, di un colore cangiante, ora viola, poi blu. Portava i capelli sciolti con la riga di lato e fumava sigarette Corona da un semplice portasigarette nero e disadorno. I nostri nonni erano in lotta per il controllo delle miniere in Arizona, come avrei appreso in seguito. I nostri nonni non erano brave persone, mi disse con fare circospetto, quando ingenuamente le accennai che mio nonno aveva scoperto il rame. «È stato *mio* nonno a scoprire il rame», replicò sospirando, «tuo nonno ha scoperto il carbone. In ogni caso, sono entrambi dei bastardi.»

La sera presto Benita tornò in camera inebriata dalle ore trascorse con il conte Litsky. Indossava un abito di seta rosso fucsia in stile impero, con un nastro di velluto nero legato a fiocco sopra il seno. Mi sembrava perfettamente appropriato che mia sorella sposasse un nobile russo. In effetti, ero felicissima e la irritavo con la mia curiosità. Aveva parlato del suo castello? Aveva gozzovigliato con un orso?

Peggy, sei fuorviata dall'immaginazione, diceva spesso mia sorella quando le facevo queste domande. Il mondo reale non è *Guerra e pace*. Ma non lo era? Perché non poteva esserlo? Lei era lì, principessa di due dinastie, innamorata di un uomo affascinante che indossava l'ermellino e abbassava la testa per abitudine, dopo l'assassinio del padre. Una fossetta sul mento, una chioma di capelli scuri, occhi piuttosto crudeli e smeraldini.

Quella sera pensai di parlarle degli uccelli neri, ma lei mi passò accanto di corsa, gettando sul letto un qualche regalo, avvolto in una velina rosa e rami di lillà. Preparò un bagno e sentii il profumo eccessivo dell'acqua, l'aroma pesante, uno strano odore di gigli e calamina.

Avevo ancora addosso la divisa; ho sempre trovato difficile svestirmi. Mi piaceva quella sobrietà. La semplice camicia bianca, la lunga gonna di lana blu scuro. In quel momento mi sembrava di appartenere a un esercito segreto, una truppa di ragazze incendiarie, tutte vestite allo stesso modo. La somiglianza mi aveva sorpreso, perché prima della Jacobi mi ero sentita solo una disadattata, quasi orfana. Per sedici anni, mia madre mi aveva tenuta accuratamente rinchiusa e protetta. Non avevo mai avuto amici. Perciò mi aspettavo di essere presa in giro a scuola. Come Jane Eyre, sarei stata derisa e malvista, la ragazza malinconica e amante dei libri che veniva emarginata.

Invece le ragazze della Jacobi, persino Fay, sembravano adorarmi per ragioni che non riuscivo a comprendere. Le ragazze, anche le figlie delle amiche di mia madre, le Loeb e le Warburg, erano cupe e argute. Discutevano di anarchismo e di lavoro. Ognuna di loro avrebbe potuto essere la mia immagine speculare, con i capelli scuri e ribelli, gli occhi vivaci e attenti. Quando mi toglievo la divisa, provavo sempre un senso di perdita. Senza di essa, ero di nuovo ordinaria, non amata, alla mercé delle regole rigide e delle incessanti richieste di mia madre.

Avevo addosso l'odore di fumo di Fay. Inalai il muschio scuro sul mio polso sottilissimo. Alle prove per il vestito da debuttante, mia madre aveva dichiarato che il mio seno era troppo piccolo, «non c'è nulla in realtà». Con un terribile ghigno, il sarto aveva annuito, poi mi aveva infilato del cotone nel corpetto, mentre mia madre mi allacciava stretta, come se fossi un cavallo imbizzarrito e lei dovesse trattenermi con le redini. Quel cotone ficcato contro la mia pelle soddisfaceva mia madre: quell'imbottitura, quella finzione. Ero *troppo* delicata, troppo magra, ma non m'importava. Ripensai alla risata di Fay quando mi aveva raccontato dei cadaveri di uccelli sui piatti di porcellana. Seduta accanto a lei, mi ero sentita scossa, come se mi avessero inserito un filo elettrico nelle ossa. «Dovresti far cadere anche tu uccelli morti dal tetto durante il tuo ballo», mi aveva detto. Era una specie di sfida. *Sei pericolosa come me? Sei pronta a inscenare un disastro che diventerà leggendario?*

Mancavano mesi al mio ballo; mia madre aveva affittato la sala da tè del Ritz. Avevo sicuramente tempo per scoprire una bancarella che vendesse corvi morti. Avevo quasi sedici anni; credevo di poter scovare bancarelle di animali malati e scartati, se fossi riuscita a trovare il coraggio di vagare in zone sconosciute della città.

«Che farsa è il ballo delle debuttanti», aveva detto in tono drammatico Fay quando ci eravamo sedute sui gradini, a guardare le foglie scarlatte cadere. In realtà si tratta di offrirci come vergini per la tribù.

«Che farsa», concordai ad alta voce, come se fossi su un palcoscenico. «Che noiosa esibizione di frivolezza!»

Ora Benita tornò nella nostra camera, con la pelle calda e arrossata, i capelli morbidi per il vapore. Sembrava così serena e tranquilla che decisi di non accennare alla storia di Ava Fairchild, anche se mi sembrava che valesse la pena di indagare se il racconto di Fay fosse vero. Io e mia sorella fummo convocate per la cena da una scampanellata frenetica e brusca. Ci guardammo preoccupate, forse perché entrambe avevamo un senso di colpa nel cuore. Mi tolsi velocemente la divisa, coprendomi con un ridicolo vestito a balze, un affare svolazzante di mussola, con sopra uno scamiciato a scacchi verdi e bianchi. Benita si tamponò rapidamente la pelle umida; sembrava stringere le gambe come se nascondesse una morbidezza segreta.

Ci stringemmo le mani. Dall'acutezza del suono della campanella capimmo che stavamo per essere rimproverate. Guardai dritto davanti a me dalle grandi finestre che si affacciavano sul parco e fui certa di aver visto due corvi alzarsi in volo dalle foglie ramate. Spaventata, lo presi come un buon auspicio, ma ero sciocca. *Fuorviata dall'immaginazione.* Se fossi stata più in sintonia con l'atmosfera della nostra casa, avrei potuto capire che mia madre aveva scoperto una violazione. Io e mia sorella dovevamo essere trattate come soldati erranti, perché quella mattina mia madre era venuta a conoscenza del superamento di un confine.

Benita era allegra. Sedeva impettita e immobile, con un viso il più possibile piacevole e innocente. Aveva sistemato i lillà del suo regalo non aperto in uno chignon, la pelle ancora a chiazze come se fosse appena uscita da un ruscello argentino. Mi ricordò il ritratto di una ragazza che legge di Fragonard. All'improvviso, ricordai vividamente una volta a Parigi, quando avevo dodici anni. Mio padre mi aveva portato in una casa privata. Lì, mi aveva promesso, avrei visto il famoso quadro della *Ragazza che legge*, di proprietà di un uomo che avrebbe investito «capitali» negli ascensori della Torre Eiffel. Quell'uomo era un chirurgo del Texas e si chiamava Theodore. Mio padre desiderava che gli spiegassi perché lui trovava il quadro così commovente. «Lasci che mia figlia le spieghi questo capolavoro», aveva detto a Theodore, un uomo rubicondo che sembrava confuso e chiassoso, e si pavoneggiava con una caratteristica pronuncia nasale e con quella particolare arroganza americana.

«Questa è la *Ragazza che legge*», avevo detto a bassa voce, colpita dal colore puro del quadro, dalle pennellate brillanti di giallo. «È stato dipinto da Jean-Honoré Fragonard nel...» Avevo fatto una pausa, non ricordando la data. Mio padre stava forse cercando di fare sfoggio di me come una ragazza intelligente e colta? Non ero sicura del motivo che mi aveva spinto a parlare, ma sentivo che era importante per me conquistare quell'uomo. Già allora detestavo l'idea di accumulare, di «collezionare», e, anche se avevo solo dodici anni, mi mordevo le labbra per non rimproverare Theodore per aver nascosto un quadro così bello nella sua biblioteca di avenue Montaigne, accanto a corna di toro e a uno strumento chirurgico dorato.

«Jean-Honoré Fragonard mostra il suo soggetto di profilo per dare risalto all'atto della lettura», avevo detto. «Usa la luce per illuminare il volto della ragazza e suggerire che l'atto della lettura è simile all'illuminazione. Fragonard è noto per le sue pennellate vigorose e per l'uso di colori vivaci. Il giallo e il cremisi di questo ritratto sono un esempio dell'uso sia del colore sia della forma, per creare solennità piuttosto che capriccio.»

Theodore era sembrato sorpreso.

«Peggy ha studiato al Louvre con Madame Hartman», aveva spiegato mio padre, e per la prima volta mi ero chiesta se volesse che imparassi l'arte per scopi più calcolati, come una forma di esibizione, non diversa dal superare un altro uomo abbattendo un fagiano a caccia.

«È un peccato che un quadro così bello non sia in un museo», avevo aggiunto, solo perché gli uomini si erano allontanati e stavano discutendo di qualcosa di incomprensibile: cilindri di cera, scatole sigillate, il fonografo di Edison.

Rimasta sola, avevo fissato il giallo del vestito della ragazza. La mia esposizione era stata scialba. Non riuscivo a trovare il linguaggio per una tale bellezza; non riuscivo a trovare le parole per ciò che sentivo: e cioè che l'unica cosa che contava del dipinto era la luce dalla finestra, il colore del suo vestito, un colore che mi aveva sorpreso perché nelle riproduzioni era piatto, familiare, invece lì l'abito sembrava infiammabile e audace, come se l'artista avesse voluto che la ragazza fosse adornata con l'ombra del fuoco.

Dopo che Benita ebbe iniziato a mangiare, cercai di fare lo stesso. Rigirai il cibo nel piatto, respinta dal colore della senape e dell'osso, uno spuntone marmorizzato. «Peggy», disse mia madre in tono brusco. La sua voce poteva essere sorprendentemente sgarbata per una donna così innamorata delle buone maniere. «Peggy, dove sei stata oggi?»

«A scuola», risposi piano, osservando i fiori dipinti sulla porcellana scanalata del mio piatto intatto. Negli ultimi quattro mesi, da quando ero alla Jacobi, avevo temuto che mia madre scoprisse i miei sotterfugi. L'avevo ingannata continuamente, raccontandole che studiavo la ceramica veneziana mentre in realtà leggevo delle rivolte in Angola. Solo la settimana prima, quando ero andata con Helen Kastor a vedere la fabbrica di coltelli di suo padre in Canal Street, avevo detto a mia madre che stavo aiutando Ava Bernheim con il latino. Mentivo con una facilità che ogni tanto mi turbava.

Mia madre si disinteressava a tal punto di me, così presa a leggere le pagine mondane e le vicende della famiglia di sua madre, che dubitavo notasse la mia voce, il modo in cui vibrava, a imitazione di una ragazza che avevo visto in un film, una ragazza con una voce pura e seria. Solo una volta sospettai che fosse scettica.

Settimane prima mi aveva quasi beccato e, sebbene mentissi costantemente sui miei spostamenti, quella volta avevo avuto l'impressione che il mio aspetto mi avrebbe incriminato.

Ero rimasta in piedi nel corridoio con un'aria devastata e sporca. Non mi aspettavo che fosse in casa e le ero passata davanti di corsa, in modo che non potesse vedere che ero in uno stato di beatitudine. Non ero mai stata così sudicia e agitata. Avevo rametti tra i capelli e sentivo ancora i palmi dell'agente di polizia che mi aveva spinto giù sul cemento.

Era stata Fay a portarmi sull'albero. Dopo la scuola, mi aveva afferrato la mano, sussurrandomi: «Questa città sta per esplodere». Insieme attraversammo di corsa il parco, ignorando i fischi degli uomini, ignorando lo stridore dei carretti, ignorando il profumo delle castagne e del letame. Dietro di noi, Ava e Helen e Freida e Adelaide e Florence, Edithe e Rosa. Avremmo seguito Fay ovunque; mi sentivo onorata di essere stata scelta come sua compagna. Nei nostri abiti blu scuro, una striscia blu tra gli alberi, tutte noi desiderose di vedere la città esplodere. "Non siamo scolarette", pensai, "siamo ordigni incendiari."

Ci fidavamo di Fay perché sapevamo che sua madre era amica delle persone interessanti. Adele Lewisohn girava per la città come una graziosa cercatrice, con occhi attenti e curiosa. Non era timida e posata come mia madre.

Quando ero stata a casa Lewisohn, Adele mi aveva chiesto cosa ne pensassi dell'opera. «Non ci sono mai stata», avevo risposto. «Mai stata!» aveva ripetuto lei, stupita. "Mai stata", avevo pensato, "mai stata, mai stata." Sul suo tavolo avevo visto dei giornali, l'inchiostro ancora umido, lettere ebraiche come un codice preciso. Falci e girasoli. Simboli di cui desideravo conoscere il significato. Mi aveva presentato Enrico Caruso, il tenore che canta Puccini all'opera. Era seduto in salotto, sussurrando come se la sua voce potesse provocare una scossa. La barba più nera che avessi mai visto, l'ampio petto avvolto in un'elegante sciarpa di seta bianca. «Enrico è innamorato pazzo di mia madre», aveva detto Fay con nonchalance.

Nella loro biblioteca, avevo guardato i libri portati da Parigi. Dediche sulle prime pagine. *Per la bella Adele, senza la quale questa edizione non esisterebbe.* Che una donna potesse conoscere e aiutare un autore, un cantante, era per me un miracolo. Sarò anche stata innamorata di Fay, un amore di cui non conoscevo ancora le parole, ma volevo vivere la vita di Adele; volevo vivere come lei, con arte e avventura. *Impossibile,* aveva detto una voce, *sei troppo ordinaria.*

L'aria fredda faceva tremare le nostre mani senza guanti mentre ci arrampicavamo sugli alberi. Io e Fay scegliemmo una quercia; eravamo agili e furtive. Helen e Florence caddero nell'erba pulita; sentimmo le loro risate sotto di noi. La chioma delle foglie autunnali mi celava la faccia; avrei potuto indossare una maschera di fogliame. Una parte di me sapeva che avrei dovuto nascondermi. Proprio in quella parte del viale, i due palazzi che avevo di fronte erano di proprietà dei Guggenheim e dei Seligman. I miei cugini erano osservatori. Isaac, studioso e diciassettenne, ossessionato dall'astronomia, avrebbe potuto guardare fuori dalla finestra con il suo telescopio prismatico. Fay non aveva queste preoccupazioni. Si fermò su un ramo, tenendosi in equilibrio nella fessura della corteccia. Avvertii un cambiamento nell'aria;

udii un rumore, un rombo che saliva dalle strade più in basso. In quel momento capii. Come ho già detto, questa *perspicacia* poteva essere il mio unico dono. Anche prima di vedere le donne, riuscii a percepire che il mondo stava cambiando, proprio in quel momento, in una giornata fredda, mentre eravamo appollaiate sugli alberi come passeri mimetizzati.

Poi apparvero le donne, prima come una foschia, un miraggio, nuvole basse nel cielo. Mentre il chiassoso corteo si muoveva lungo Fifth Avenue, scorsi più chiaramente l'improbabile visione di centinaia di donne in abiti bianchi vittoriani su cavalli bianchi. S'impadronirono della strada sventolando striscioni viola, allegre, energiche, nonostante i loro abiti delicati, increspati e abbondanti. *Una poesia più che una processione*, avrebbe detto poi il giornale. Ragazze non molto più grandi di me portavano corone e reggevano lunghi scettri dorati. Una donna teneva stretto il suo bambino al petto nudo. Ragazzine volteggiavano in grembiulini stropicciati. Il sole colorò di rosa il cielo; i raggi obliqui sembravano allontanare le nuvole e il freddo del pomeriggio.

Gli uomini cominciarono a radunarsi sui marciapiedi, lunghe file di uomini in cappotti neri e cappelli scuri, incorniciando le donne come un confine indesiderato. Gli uomini urlavano insulti; sentivamo le loro voci. *Tornatevene a casa, vecchie streghe.* Quattro donne reggevano una barella, con le urne sul letto di tela al posto di un infermo. VOTATE, si leggeva sugli striscioni. Una donna vestita come una diplomanda, con una tunica di seta e il tocco da studiosa, alzò le mani e immaginai che avesse visto me e Fay e che le sue mani gesticolassero verso di noi, invitandoci a scendere.

«Possiamo unirci a loro?» chiesi a Fay.

«Dobbiamo», acconsentì lei, e saltammo giù dall'albero, correndo dal parco verso il corteo. Come fu facile marciare accanto alle donne; avanzavamo senza paura che qualcuno ci notasse e dicesse: *Quelle non sono le ragazze ebree della Jacobi?*

NOI VI SPOSIAMO. PERCHÉ NON POSSIAMO VOTARE CON VOI? si leggeva su uno striscione. Fay cantava insieme alle altre una canzone che non conoscevo; la sua voce era spensierata e roca. Io facevo oscillare le braccia, camminando veloce nella mia gonna stretta. Dopo qualche minuto di marcia, scoppiò la violenza. Una zuffa, un battibecco. Una giovane donna con la fascia del Wisconsin spinse un poliziotto; lui la spinse a sua volta; non riuscii a vedere le fasi precise dello scontro, solo la giovane donna che cadeva a terra e altri poliziotti che si precipitavano in mezzo al corteo. Fay gridò: «Lasciatela stare!». L'ondata di abiti bianchi; gli spintoni e il calpestio. Inciampai, caddi in avanti, con le ginocchia sul cemento, colpita da uno zoccolo.

Poi il corteo si acquietò, le marce rallentarono. Vidi sulla strada un pezzetto di stoffa, una striscia di velluto, e la afferrai, prima di rialzarmi. Non sapevo cosa fosse e non mi apparteneva. Corsi accanto a una carrozza, cercando di trovare Fay. Quando la vidi, veniva spinta da un agente di polizia che cercava di costringerla a salire sul marciapiede. Le mise il manganello nero sotto il seno. Lei tenne la testa alta; i suoi occhi lampeggiarono, e poi sputò. Il poliziotto, sconcertato, la lasciò andare, come se percepisse che la folla si sarebbe rivoltata contro di lui per aver colpito con un'arma dura una studentessa raggiante. Avrei potuto colpirlo io stessa, se non se ne fosse andato.

Ci abbracciammo. «Sei ferita?» le chiesi, con voce affannata.

«Che bruto!» Fay rise. «Non sono ferita, Peggy. Mi hai visto sputare a quel fantaccino? Oh, è stato stupendo!»

«Non so come fai a essere così coraggiosa», commentai. Pensai al manganello, a come aveva toccato il suo corpo. Ero troppo ingenua per capire perché quella scena mi era sembrata erotica, inquietante. Sapevo però che c'era qualcosa di osceno, di selvaggio e di bruto nel modo in cui lui aveva spinto il manganello nella parte morbida del suo corpo. Fay era eccitata; sembrava animata, felina. Probabile che fosse già stata coinvolta in un simile alterco; non ne era minimamente infastidita. Si tolse le foglie dai capelli e lisciò i miei, premendo i palmi delle mani sui miei zigomi.

«Che cosa hai trovato?» chiese, indicando lo scampolo nero che pendeva dalla mia mano come una coda.

«Deve appartenere a una delle suffragette», dissi. «Non è mio.»

«Appartiene a te», ribatté, e me lo legò intorno alla fronte.

"Appartiene a te", pensai, sentendo la sua voce mentre entravo nell'atrio solenne. "Appartiene a te." Mi batteva ancora forte il cuore; mi sentivo rinvigorita come quando ci si tuffa nell'acqua fredda. Fay mi amava come io amavo lei? Era una confessione? Pensai alle sue mani sul mio viso, alla vicinanza, al suo respiro, alle sue labbra da star. *Appartiene a te.*

Stordita, speranzosa, entrai nella hall del Waldorf; salutai Marcelo in ascensore. Non mi guardai allo specchio; ero così presa dall'ardore che dimenticai di fare attenzione.

Nel nostro appartamento, era come se il corteo non ci fosse mai stato. Non sentivo i piatti e le tube; non sentivo il clamore e le richieste delle suffragette. Mia madre sedeva al tavolo da pranzo e contava i bicchieri scanalati, ispezionando il cristallo cesellato. Provai un'improvvisa compassione per lei. Si sarebbe persa così tante cose; sarebbe rimasta confinata in un mondo vecchio; non avrebbe mai visto una bandiera increspata dal vento; non avrebbe mai sentito una nota discordante né ballato in modo sfrenato. A Parigi, un artista attaccava una scimmia impagliata a una tela e la intitolava *Ritratto di Cézanne*, ma mia madre non avrebbe mai visto una tale assurdità. Si limitava a guardare gli Antichi Maestri.

Questa compassione fu momentanea. Lei si voltò, guardò me, sua figlia in disordine. Quando mi chiese perché portavo una fascia nera, mi fermai. Per un attimo non mi sentii brava né furba. *È solo uno scampolo che ho trovato fra le donne che vogliono spaccare il mondo. È solo un simbolo che indosso per solidarietà. Conosci la teoria di Durkheim sull'effervescenza collettiva, mamma? Tua figlia ha appena partecipato a un'effervescenza collettiva su Fifth Avenue. Alzati, sveglia! Ormai mi hai perso per sempre.*

«Oh», dissi, dopo qualche attimo di silenzio teso, «fa parte di un costume. Mi hanno chiesto di interpretare Amy nello spettacolo scolastico annuale di *Piccole donne.* Mrs Quaife vuole presentarmi al direttore del teatro del Vassar College.» (Era vero: mi era stato chiesto di interpretare il ruolo della sorella crudele.) Non raccontai nulla a mia madre di quel pomeriggio meraviglioso. Se mio padre fosse stato vivo, sapevo che glielo avrei raccontato. Le maestose donne a cavallo; gli stendardi dorati che s'increspavano e si alzavano nel vento; il modo in cui la parola «voto» – una semplice parola – diventava canto e spada. Non dissi nulla a mia madre del momento in cui io e Fay ci eravamo arrampicate in alto, più in alto della finestra della mia camera da letto, precarie e vertiginose. Magari era a causa di quelle omissioni che la mia voce suonava piatta, poco convincente.

Mia madre mi guardò, come se le passasse per la mente che forse non ero sincera. Tentai di rimediare alla sua incredulità. Parlai a vanvera della commedia; recitai una delle mie battute. *È assurdo rinunciare a tutti i doni che hai avuto dal destino solo perché non puoi avere quello a cui tieni di più.* Mi premetti le mani sul petto; usai tutti gli artifici del melodramma. Lasciai che la mia voce fosse dolce e stucchevole. Lei perse interesse per la sua indagine: l'avevo persuasa con la mia ridicola esibizione. In camera mia, nascosi la fascia. Mi tolsi lo sporco dalle ginocchia; andai in salotto, trovai il filo rosso e infilai l'ago nella mussola, sapendo che le avrebbe fatto piacere vedermi impegnata nel ricamo.

Ma il giorno in cui venni a sapere degli uccelli neri, a tavola, subito dopo che lei aveva suonato con rabbia il campanello per la cena, sapevo che era meno probabile che si lasciasse convincere; sentivo nella sua voce sia lo sdegno sia la certezza.

«E dopo la scuola? Sei stata da qualche altra parte dalle tre.»

Guardai Benita. La supplicai con gli occhi e lei, sempre empatica, intervenne. «Mamma, oggi ho visto degli iris nel giardino d'inverno...»

«Stai zitta, Benita. Non mi sono *ancora* rivolta a te.»

«Stavo provando un monologo», dissi. «Mrs Quaife mi ha chiesto di leggerglielo.»

Mia madre mi guardò accennando un sorriso, uno sguardo che spesso rivolgeva a chi trovava stupido e degno di compassione. «Nel primo pomeriggio Solomon mi ha informato che eri sui gradini della casa dei Lewisohn.»

Solomon! Quel traditore. Dato che abitava nelle vicinanze, in Fifth Avenue, doveva avermi visto, disperata per amore e bramosa, entrare nella villa del suo nemico. Ma perché l'avrebbe detto a mia madre? Da tempo aveva perso interesse per la nostra famiglia. Mio padre era dissoluto, mia madre troppo orgogliosa. Quando lo vedevamo in sinagoga, ci salutava con la mano, un'espressione guardinga e atterrita in faccia, come se potessimo attirarlo nella nostra tragedia. Mi chinai verso il tavolo; avevo voglia di premere il mio corpo contro qualcosa di solido. Immaginavo la conversazione, il tono. Turbato, *preoccupato*. Per Peggy. *So che ha avuto dei problemi. So che a Benjamin non importava delle sue figlie mentre se ne andava in giro a divertirsi per Parigi. So che vi ha lasciato in una situazione terribile.* Anche se non avevo sentito la conversazione, ero certa che contenesse questo tipo di condiscendenza.

In quel momento, nel 1915, giurai vendetta. Non in modo astratto, non in modo simbolico. Capii che un giorno avrei dovuto dimostrare a questi uomini che si sbagliavano su di me e su mio padre. Se credevano che fossimo in errore e sconsiderati, avrei dimostrato – in qualche modo – che eravamo noi quelli degni di ammirazione. Già allora, a sedici anni e con un carattere scostante, non gli permisi di farmi sentire in castigo.

Benita mi diede un calcio sotto il tavolo. La guardai e cercai di capire cosa sperava che facessi. *Fingi ignoranza*, dicevano i suoi occhi, *fai finta di niente*.

Ma non ci riuscii. In qualche modo, l'idea che il fratello di mio padre, Solomon, con la vita stretta nei suoi abiti sartoriali, assaporasse l'occasione di paragonarmi alle sue figlie – tre ragazze angeliche e pudiche con nomi cristiani e capelli puliti – mi fece esplodere.

«Sì», dissi, «amo i Lewisohn. La madre è così gentile... Dice che sono una ragazza seria.»

«Ma tu non lo sei, per niente», ribatté mia madre. «E Adele Lewisohn non è certo quella buona per giudicare il carattere. Non pagherei un centesimo per la sua opinione. Lascia che sua figlia vada in giro come una selvaggia.»

«Lascia che sua figlia viva», sbottai. «Lascia che sua figlia partecipi alle feste dove intrattiene cantanti d'opera e *tutti* gli intellettuali di New York.»

Mia madre non si scompose. Non si sarebbe lasciata ferire. «Sciocchezze», ribatté. «Oltretutto, non ho ricevuto alcun invito per te dai Lewisohn.»

«Le donne non hanno più bisogno di essere invitate», disse. «Vanno dove vogliono.»

«È vero, mamma», intervenne Benita. «I biglietti da visita, gli inviti...»

«Benita, non sto parlando con te. Ed entrambe vi state comportando in un modo che non intendo sopportare.» Poi disse a mia sorella di interrompere la sua storia d'amore con il «cosacco».

Io ridacchiai quando usò quell'insulto. Anche Benita cominciò a ridacchiare, una risatina nervosa e imbarazzata, e per un po' ridacchiammo entrambe mentre Bernadette sparecchiava i nostri piatti con il *coq au vin* intatto.

Le nostre risatine dovevano aver stimolato la Minaccia. Probabilmente era nell'arsenale di mamma da settimane, ma non me n'ero accorta. In passato aveva minacciato di lasciare la nostra parte di patrimonio paterno alla Casa ebraica per le ragazze indesiderate, un piano che non mi aveva affatto turbato. «Loro se lo meritano», le avevo detto, «io no di certo. Penso che sia un'idea meravigliosa e nobile.»

Settimane prima, quando mi ero rasata le sopracciglia e avevo dipinto di rosso la tavoletta del water, nel tentativo di cambiare qualcosa, per quanto di poco conto e puramente simbolico, era esplosa di orrore. La vista della mia faccia rasata – subito copiata da tutte le ragazze del mio gruppo scolastico – l'aveva spinta ad afferrare il bracciolo di una poltrona e a inclinarsi. «Se mi fai venire un infarto», mi aveva detto, «finirai per essere allevata da Daniel, che ti tratterà come un'orfana indecorosa. Non nutrirà le speranze che ho io per te.»

A quel punto tirò fuori la Tarrytown School. Hazel era in collegio lì ed era lontana da noi da settembre, un'assenza che mi ricordava solo quanto fosse vuota e pallida la mia sorellina, come fosse sempre stata una specie di assenza, una figura dimenticata. Hazel era felice perché avevano cavalli e campi non lontani da quello in cui si era nascosta un tempo. Ci aveva mandato i disegni del pony nero a cui aveva dato l'improbabile nome di Bol. («Bol», aveva detto Benita, «cosa mai vuol dire?»)

«Pronto», disse mia madre, prendendo il telefono nero appollaiato su un tavolo intarsiato. Non era un telefono funzionante, e non mi era mai stato chiaro perché lo tenesse vicino al tavolo da pranzo; pensai che avesse visto una simile collocazione di un oggetto antico su una rivista. Cominciò a recitare, con voce serrata e ferma. «C'è posto per mia figlia Peggy? Oh, è meraviglioso. Può frequentare immediatamente.»

«No!» gridò Benita, con la voce morbida come la neve. «Non puoi portarmi via Peggy. Mamma, mi sentirò molto sola senza di lei.»

Volevo scusarmi, promettere che non avrei passato un altro momento con Fay. Invece, ripensai alla signora Quaife, alla sua voce seria che diceva: *Credo che il più grande dei tuoi molti e rari talenti sia la tua abilità nella persuasione.*

«Cosa c'è di così sbagliato nella mia amicizia con Fay?» chiesi con calma, come se stessi discutendo di una macchia verde su uno spicchio di clementina. «Perché temi la mia amicizia con quella famiglia?»

«Peggy», intervenne Benita. «Basta!»

«È forse», continuai, alzandomi in piedi e assumendo l'atteggiamento di un pubblico ministero con la toga, «perché suo nonno ha comprato le miniere dalla nostra famiglia?»

"Tutto questo è assurdo!" ero pronta a dire. Potevo farmi adottare da Adele. Potevo trasferirmi in un castello con Benita. Non m'importava più. Detestavo mia madre per la sua fede in un mondo e in un tempo crudeli, bruti, un mondo che ci costringeva a vestiti e balli per poterci mimetizzare.

«Le miniere?» ripeté mia madre. «In nome di Dio, di cosa stai parlando? Sai che non so nulla degli affari degli uomini.»

«Be', dovresti», replicai. «Hanno fatto cose terribili. Fay me l'ha detto. Lei lo sa. Mandavano i ragazzi nei pozzi bui. Picchiavano gli uomini che scioperavano per non dover respirare l'antracite e morire di silicosi. Erano dei bastardi!»

Pensavo che mi avrebbe schiaffeggiato. Il suo viso impallidì.

«Il motivo per cui non voglio che tu frequenti quella famiglia», disse, con una voce che sembrava piuttosto gentile, più gentile di quanto fosse mai stata, «*il motivo* è che non sono buoni. Non Buoni.»

Benita ricominciò a ridacchiare. Credo di aver visto gli uccelli neri alzarsi ancora una volta sopra gli aceri fuori dalla nostra finestra, uno stormo di uccelli, uno schizzo scuro.

«I Lewisohn», continuò mia madre con grande spavalderia, «sono libertini. *Libertini*», ripeté, come se pronunciando due volte la parola risultasse ancora più offensiva, ancora più incriminante.

Dopo, in camera nostra, chiesi, ridendo: «Che cos'è esattamente un libertino?».

«Non lo so», rispose Benita, «sei tu che leggi sempre.»

«Immagino che sarò punita duramente per il mio peccato», dissi sospirando. «Non credo di averla mai vista così arrabbiata. Sto ancora tremando. L'ho sfidata», aggiunsi. «Non intendevo...»

«Peggy», mi avvertì Benita, «te l'ho detto, devi stare più attenta. Perché non mi dai retta?»

«Sei tu che ti spogli per il conte Litsky», dissi con ammirazione.

«Come fai a saperlo?» Lei trasalì e si alzò dal letto per assicurarsi che la porta fosse chiusa a chiave e che anche la finestra fosse sprangata.

«Lo capisco», dissi. «C'è qualcosa di nuovo nel modo in cui muovi il corpo.»

«Mi tocca, e io...» Benita sospirò.

Volevo dire: *Lo so, mi sento allo stesso modo quando sono vicino a Fay. Il corpo non è più un corpo ma è tutto un desiderio, un sospiro improvviso.*

«Promettimi che starai attenta», si raccomandò Benita. «Non potrei sopportare di stare qui senza di te.» Scoppiò a piangere e io mi precipitai da lei; ci stringemmo l'una all'altra, singhiozzando. Avevamo sedici e diciotto anni; i nostri singhiozzi erano quelli di ragazze il cui corpo si risvegliava, con forza e in modo selvaggio.

«Non potrei sopportare di vivere senza di te», le dissi. «Smetterò di stare con Fay, se questo significa che potrebbero separarci.»

«E poi, Peggy, devi anche smettere di parlare con Helen Kastor», disse lei. «La mamma non approva la sua famiglia.»

«Smetterò di parlare con Helen», risposi, pensando al fatto che Helen aveva promesso di portarmi un regalo. «Posso far incidere il tuo nome su un coltello», mi aveva detto. «Mio nonno ha portato in America le lame tedesche e poi ha inventato le sue macchine. Abbastanza buone per l'esercito americano, te lo giuro. Le lame Kastor possono recidere un arto.»

Persino Fay era d'accordo. La fabbrica Kastor era magnifica. Vedere tutti quei coltelli così belli e scintillanti, fila dopo fila di lame seghettate e affilate. «Devi venire con noi, Peggy, quando andremo a visitare la fabbrica di coltelli.»

Quando Benita si addormentò, indossai una camicia da notte bianca e mi spostai in biblioteca. Il dizionario di mio padre, un antico oggetto avoriato, era appoggiato aperto su un piedistallo. Giravo spesso quelle pagine fragili, temendo che potessero sgretolarsi tra le mie mani mentre cercavo di vedere le parole che un tempo aveva sottolineato. *Cavaliere, idraulica, zavorra.* La parola *libertino* non era segnata; la definizione sembrava in qualche modo forte e profonda. Certe parole evocano un desiderio anche quando non sono più un mistero. *Persona libera da costrizioni; persona che agisce secondo i propri impulsi e desideri; epiteto diffamatorio per un libero pensatore.* Guardai la parola come i gemelli devono guardarsi l'un l'altro, riconoscendosi, conosciuti. "Non sono una studentessa", pensai, "non sono una debuttante, non sono la figlia del Principe d'argento." Poi sussurrai, pronunciando il verbo come un voto: «*Sono... sono... sono... una libertina*».

Mesi dopo, a maggio, il transatlantico RMS *Lusitania* affondò vicino alle coste dell'Irlanda. Sulla prima pagina del «New York Times» vidi la fotografia del transatlantico condannato. Avrebbe potuto essere un dipinto: il nero della nave, il bianco del cielo. Non potei fare a meno di ricordare vividamente la fotografia del transatlantico di mio padre affondato tre anni prima. Quanto era simile! E fui assalita dallo stesso timore e dalla stessa inquietudine. Portai il giornale in camera mia, temendo che mia madre potesse vederlo e soffrire a sua volta per il ricordo risvegliato. Fissai la fotografia quasi contenesse un codice. Come composizione, poteva essere intrigante. Se un artista avesse dipinto una scena simile, avrei potuto ammirare l'inclinazione inaspettata, l'abbandono della logica o della forma. Ma il metodo che usavo spesso non mi fu d'aiuto questa volta. Riuscivo a vedere solo la verità della distruzione della nave e a pensare al *Titanic*: gli uomini che pranzavano spensierati e ascoltavano l'orchestra quando il transatlantico aveva cominciato a inclinarsi. Memorizzai l'immagine improbabile: la parte posteriore della nave inghiottita mentre la parte anteriore si sollevava e s'inclinava fuori dal mare, verso il cielo.

L'incidente del *Lusitania* non era stato causato da un iceberg; non era stata una semplice falla. I tedeschi avevano intenzionalmente silurato il transatlantico, inviando due missili da un sottomarino in agguato. Colpita, la nave era affondata molto più velocemente di quella di mio padre. Così velocemente che i sopravvissuti avrebbero poi detto che sembrava che l'affondamento fosse avvenuto in dieci minuti.

A bordo, il nostro vicino Alfred Vanderbilt assisteva al concerto. Indossava un abito di tweed; ascoltava il pianista suonare la coda dei *Brouillards* di Debussy. Flirtava con Lady Marguerite, notando i diamanti Cartier della sua tiara, il marito assente, il modo in cui pronunciava il nome della sua villa di Montreal con un accento che lui trovava affascinante. Ravenscrag, diceva lei, con le vocali tronche come un sobbalzo, per niente affettate. Sapevo che Alfred Vanderbilt si era quasi imbarcato sul *Titanic* perché suo figlio William Henry me l'aveva raccontato mentre facevamo la fila per il guardaroba a un ballo. «Mio padre stava per imbarcarsi sul *Titanic*», mi aveva detto in un modo che non era gongolante, pur avendo comunque un accenno di presunzione, però aveva annullato il biglietto perché aveva avuto una *premonizione*. Ma a maggio

Alfred Vanderbilt si era ritrovato sul *Lusitania*, in navigazione verso la Francia per un convegno di allevatori di cavalli. Alfred Vanderbilt era un principe delle ferrovie; aveva studiato a Yale, si era sposato a Newport ed era, secondo i giornali, un uomo che amava *i piaceri della vita*. Eppure si era ritrovato come mio padre, nei suoi ultimi momenti, circondato dal mare, alla deriva nell'acqua scura, agitandosi e tremando. Non fu salvato; il suo corpo non fu visto in una baia o individuato alla deriva in Africa. Il suo corpo non sarebbe mai stato recuperato. Come mio padre, sarebbe stato descritto non come morto o scomparso, bensì come «disperso in mare».

Persi interesse per i miei studi alla Jacobi. Non potevo apparire sul palcoscenico come Amy, anche se Mrs Quaife aveva invitato i responsabili dell'attività teatrale del Barnard e del Vassar College a testimoniare il mio talento teatrale. Mi sottrassi, adducendo come scusa una malattia. «Potrei avere di nuovo la polmonite», dissi, «potrei avere l'influenza.»

Tornai allo Yale Club e – senza essere accompagnata, nella mia uniforme stropicciata – gironzolai con aria sciocca e bizzarra reggendo cinque o sei giornali appesi alle loro lunghe aste di legno: LA FAMIGLIA VANDERBILT NON HA PERSO LA SPERANZA; LA MOGLIE DEL PIÙ RICCO PASSEGGERO DEL *LUSITANIA* RESISTE NONOSTANTE LA MANCANZA DI NOTIZIE. GRAVE SHOCK A NEWPORT. *Il colonnello Emerson ritiene che un uomo importante come Mr Vanderbilt sarebbe stato riconosciuto se si fosse salvato, anche se fosse stato gravemente ferito.*

Ben presto vennero riferiti gli stessi miti – bugie, sospetto – e l'uomo venne dipinto come dotato di eroismo e non di arroganza. Aveva rifiutato un giubbotto di salvataggio, come mio padre; aveva cercato di salvare gli altri, insistevano degli sconosciuti. «Ha dimostrato galanteria», disse ai giornalisti una donna di nome Ethel Lines. «Trova tutti i bambini che puoi, ragazzo», aveva detto al suo cameriere personale. Dubitavo di queste storie come dubitavo di quelle raccontate dagli sconosciuti che un tempo erano venuti nel nostro albergo, assillando Daniel per ottenere una ricompensa in denaro, insistendo sul fatto che mio padre era diventato sentimentale e banale, quando le sue figlie sapevano che era un uomo licenzioso e sconsiderato.

A scuola, avevo tentato sul serio di abbandonare Fay e Helen. Davo ripetizioni di italiano e latino alle ragazze più piccole, il che mi permetteva di evitare le escursioni e le avventure delle mie compagne di classe. Ma poco dopo il naufragio Helen mi prese da parte mentre mi dirigevo verso la stanza dove avrei dato ripetizioni, una stanza con saggi di ricamo e mappe del mondo.

Helen, che indossava una versione più raffinata della nostra uniforme – camicia di seta bianca e gonna blu con una cintura di pelle nera, stivali con lacci e tacchi alti e sottili, profumata di Patou –, mi disse che doveva rivelarmi *un segreto molto importante.* La sua voce era sommessa e sincera. Eravamo sui gradini della scuola. In primavera le nostre uniformi erano diventate più leggere, meno rigide e pesanti. Amelia aveva iniziato a indossare il papillon, mentre Fay portava le bretelle. Alcune ragazze tentavano di assumere l'aspetto spettrale di Theda Bara, truccando gli occhi con il kohl. Fay, che continuava a saperne più di tutte noi, aveva rivelato che la femme fatale era ebrea. Il suo vero cognome era Goodman. Ma quando ci sedemmo sui gradini, il discorso si spostò sul naufragio. Ci accovacciamo vicine, accanto alla tromba delle scale nei pressi del glicine, fumando Coronet, e ci togliemmo le calze.

«Pensate che andremo in guerra?» chiese Amelia. Roosevelt aveva detto che era inconcepibile che l'America non intervenisse.

«La Germania ha mentito», commentò Frieda, con le mani che tormentavano un braccialetto di corda e la fronte aggrottata. Frieda era un po' una catastrofista; noi la chiamavamo scherzosamente Cassandra. Diceva che i missili erano due, per questo la nave era affondata così rapidamente.

Fay la interruppe. Aveva messo troppa matita nera; i suoi occhi sembravano velati e minacciosi. «C'erano munizioni a bordo», annunciò, con quella sicurezza alla Lewisohn. «Nessuno ce lo dirà, perché vogliono farci odiare i tedeschi. Ma gli americani hanno sempre munizioni sulle loro navi. Che ne dite di questo simbolismo? Fatti esplodere dalla loro stessa polvere da sparo.»

A quel punto intervenne Helen. Mi disse sottovoce: «*So quello che devi sapere*». Sussurrò qualcosa a Fay, che sembrò incuriosita. Si sfilò le bretelle, lasciandole pendere dalla vita come frustini. Si sbottonò la camicetta, strizzandomi l'occhio, mentre io guardavo il pallore della sua clavicola. Ci alzammo tutt'e tre all'unisono e ci allontanammo dalle altre ragazze. Ci incamminammo verso il lago nel parco, lo stesso luogo dove una volta avevo baciato il ragazzo di nome Morse.

«Ho delle informazioni confidenziali», disse Helen in tono grave. Avevamo un aspetto idilliaco e incantevole sotto i rami ricurvi del ciliegio; il cielo era sgombro di nuvole e di un leggero azzurro pastello. Nessuno avrebbe saputo che stavamo parlando di qualcosa di diverso dalle storie d'amore. Helen, a quanto pareva, si trovava nell'ufficio del padre alla ricerca di una penna stilografica, quando aveva notato un telegramma. Un ordine per cinquemila coltelli dell'esercito svizzero. «Per l'esercito americano», sussurrò. Fay annuì.

«Quindi entreremo in guerra», continuò Helen. «Vorrei non saperlo. Che terribile informazione.» Mi sentivo come deve sentirsi una spia.

«Tu sei una spia», disse Fay, accendendo una sigaretta. Mi abbracciò, perché capiva che ero spaventata. Potevamo essere vergini, agnelli da macellare, eppure sapevamo quello che altri non sapevano: la guerra sarebbe stata presto dichiarata. Tornando a casa, vidi dei ragazzi in bicicletta che guardavano meravigliati il bel tempo, con i loro volti raggianti e ingenui. «Dovremmo avvertirli?» chiesi a Fay.

«Oh sì», rispose lei, «facciamogli sapere che stanno per essere fatti a pezzi.» Parlava in un modo che mi sembrava duro, cinico, sarcastico.

Helen cominciò a piangere. «Vorrei che mio padre non...» Pianse sulle sue parole.

«Vorresti che tuo padre si dedicasse alle posate», disse Fay, «ma non lo farà perché c'è da guadagnarci, con le armi.»

«Adesso sembri *tu* Cassandra, Fay», osservai. «Una volta non eri così cupa.»

«Sono sincera, Peggy», disse. «I nostri padri, i nostri nonni sono assassini. Fino all'ultimo di loro.» All'improvviso diede un calcio a un sasso, con una forza tale che si sollevò e lasciò una nuvoletta di terra.

Mi piacque la sua furia, poi la vidi raccogliere alcune pietre e lanciarle in aria. Dimenticai l'avvertimento di mia madre; dimenticai che poteva esserci in giro Solomon. La baciai, le nostre labbra si toccarono. I sassolini le caddero dalle dita; sentimmo i fiori tra i capelli mentre cadevano dai rami sopra di noi, e li lasciammo cadere, per una volta non turbate dal rosa.

4.

ZOLFO

1916

Nella sala da tè del Ritz ballai perfettamente. Mia madre scelse il mio primo partner. Si chiamava Edward Loeb, era magro, aveva ventidue anni e un ciuffo di capelli biondi che gli ricadeva sempre sugli occhi mentre mi faceva girare; ballammo la Star Quadrille. Ci muovevamo dentro e fuori da un labirinto di nastri, volteggiavamo sotto raggi di luna di cartapesta, ci scambiavamo striscioni con piccole luci, il tutto in un movimento coreografico in cui potevamo sembrare stelle luminose. Mr Erlesto sorrideva quando mi vedeva, leggera e aggraziata. «La mia splendida allieva», disse più tardi. «Mi ha insegnato bene», risposi, perché per quella sera ero intenzionata a essere educata. In realtà, sapevo di non aver bisogno di lezioni; avevo sempre saputo come portare la musica nel mio corpo.

M'inchinai davanti a cinquecento figli: ballai finché le dita non s'irritarono e le gambe non mi fecero male. Il corsetto stringeva; ganci neri segnavano la mia spina dorsale. Indossavo tulle bianco, pelliccia di volpe bianca, con i capelli scuri tempestati di diamanti. Sentivo gli applausi quando feci il mio ingresso. Quanto erano sorprese le amiche di mia madre… *Oh mio Dio, è davvero Peggy? Non l'ho mai vista così bella.*

Gli uccelli neri non caddero. Avevo deciso di non inscenare una devastazione, o perché ero gentile o perché ero vigliacca, non so bene quale delle due. Alla fine non avevo fatto altro che disegnare le ali scure, una pagina di carta bianca piena di impronte e sfregi neri. Inventai un titolo di giornale e ne tracciai le parole in caratteri gotici: PEGGY GUGGENHEIM

SBIGOTTISCE LA FOLLA. "Forse è sufficiente", mi dissi, cercando di capire la mia timidezza. Forse l'immagine è importante quanto l'azione. Non è questo l'arte? Un'idea, un'immagine importante quanto un'azione.

Mi scusai con Fay un mese prima del ballo: «Non credo di poterlo fare».

«Cosa?»

«Far piovere uccelli morti sugli invitati al mio ballo.»

«Oh, Peggy...» disse ridacchiando. Si era fatta uno spacco nella gonna blu; i suoi occhi erano rossi e annebbiati. Per tutta la notte aveva scritto un saggio su Baudelaire; studiare letteratura inglese al Barnard era il suo nuovo obiettivo. «Non mi aspettavo che lo facessi.»

«Avrei potuto», replicai sulla difensiva. «Certo che avrei potuto!»

«Dove mai avresti trovato gli uccelli? Li avresti uccisi tu?» Sorrise gentilmente. «Avresti raccolto i piccioni nel parco e avresti dato loro dell'arsenico? Come li avresti nascosti? Non c'è una soffitta nella sala da tè del Ritz. Quel posto pullula di guardiani.»

«Non capisco», dissi. «Perché mi hai raccontato di Ava Fairchild, se non volevi che facessi qualcosa di simile?»

«Ho pensato che ti sarebbe piaciuto il simbolismo», spiegò lei, voltandosi verso il suo taccuino, dove aveva scritto dei versi tratti dai *Fiori del male.*

«E qual è il simbolismo degli uccelli neri? Le vecchie abitudini stanno decadendo? Questi bei posti sono infestati dalla morte?»

«Niente di così complesso», rispose Fay. «Quando ho sentito la storia, ho pensato che siamo noi gli uccelli neri. Noi ragazze ebree della Jacobi siamo state imbalsamate fino a non poter respirare. Non possiamo volare in giro, e poi la gente è disgustata da noi quando non ci libriamo in volo, graziosi esserini spensierati.»

«Questo mi fa venire voglia di farlo», ribattei io all'improvviso.

«Non avere fretta», disse lei passandomi la sigaretta. Come

se mi dicesse: *Non preoccuparti, Peggy. Avrai tutto il tempo per dare spettacolo.*

Mia madre si rifiutò di invitare i Kastor o i Lewisohn al mio ballo. Avrebbero partecipato? Mi guardai intorno mentre assaggiavo la glassa, l'albicocca. Una parte di me desiderava che irrompessero, imbronciati, nei loro abiti sgualciti, con i coltelli della fabbrica di Canal Street. La loro assenza faceva sembrare la stanza grigia e scialba, e io guardavo il cronografo di mia cugina, chiedendomi: "Quanto manca alla mia fuga?". Le conversazioni erano noiose e sciocche. Mrs Rose voleva sapere se avrei passato l'estate a Elberon. Mr Warburg osservò che l'acqua nel suo bicchiere era piuttosto solforosa. «Lo zolfo», disse il figlio, «è una proposta interessante. Davvero. In effetti, abbiamo trovato riserve di questa sostanza nella nostra miniera di Athabasca, ed è di gran lunga superiore a quella che i Rockefeller prelevano dai vulcani della Sicilia.»

Chiusi gli occhi mentre parlavano, fingendo un'espressione eccentrica. Pensai a Fay, in piedi vicino alle dee bianche sul suo tetto, che leggeva ad alta voce una poesia di Baudelaire su Parigi. *Città formicolante, città piena di sogni.* Non mi sarei sorpresa se mi avessero detto che un giorno Fay avrebbe sposato un gangster, un giocatore d'azzardo, il vicecomandante di Arnold Rothstein, il capo della mafia ebraica. Avrebbe tenuto le carte da gioco per Meyer Lansky, sussurrando i metodi per vincere; avrebbe imparato i nomi dei vicoli del Bronx, si sarebbe abituata all'odore dei colpi di pistola.

Né mi avrebbe sorpreso sapere che Helen sarebbe vissuta a Parigi, dove avrebbe sposato il figlio di James Joyce e battuto a macchina le pagine di *Finnegans Wake.*

Seduta nella sala da ballo, tenni gli occhi chiusi; appoggiai le mani in grembo per non essere tentata di strappare i biglietti da visita. Vidi i loro nomi, Felix e Martin, nomi di uomini che, approvando la mia performance, il mio debutto, ora richiedevano *il piacere della mia compagnia.* Ancora una volta, prima di ballare, pensai agli uccelli neri e a come sarebbero potuti cadere. Avrei dovuto trovare un altro modo;

avrei dovuto trovare un altro modo per distruggere questo mondo. Non ero audace o pericolosa come Fay o Helen, pensavo, ma volevo un futuro di gangster o di poeti; volevo violenza e bellezza, ma non riuscivo a immaginare di avere la libertà di fuggire. Quando Edward mi trovò, ero vicino alla fontana, con la mano che scorreva nell'acqua fredda, e guardavo i residui dei desideri, tutti quei futili centesimi.

«Ecco la mia stella», disse Edward. «È il momento del ballo finale.» Lasciai che mi facesse volteggiare, ma quando arrivò il momento di inchinarsi, gli sussurrai all'orecchio: «Nascondimi ora», e lui lo fece. Allargò le braccia e poi mi sollevò con grazia. *Coup de grâce*, forse è così che si chiama. Gli uccelli non caddero e, anzi, ignari del mio cuore oscuro, i banchieri e i loro figli mi tributarono un entusiastico applauso.

5.

AVIERI

1917

La guerra iniziò, anche se ci volle più tempo del previsto. Quasi un anno dopo che Helen Kastor ebbe visto il foglietto sulla scrivania di suo padre, l'America entrò in guerra. Aprile 1917. A quel punto avevo perso i contatti con Helen, Fay e le altre ragazze della Jacobi. Helen era al Barnard, Fay al Vassar. Sarei dovuta andare all'università, volevo andarci e avevo persino scritto un saggio sul Romanticismo e sulla *Zattera della Medusa*, ma Benita mi aveva dissuaso, sostenendo che avremmo potuto viaggiare in Europa insieme, e inoltre, diceva, le donne istruite erano rozze e rovinate. Lei insisteva che era vero. Il figlio di Ethel Warburg era nato senza una mano e il medico aveva dato la colpa a Ethel, dicendo che aveva danneggiato le sue cellule femminili leggendo sciocchezze al Radcliffe. Così mi ritrovai con una sorella ossessionata dai bambini e una madre affascinata dalla morte.

Ogni giorno mia madre leggeva i nomi dei morti. *Oh*, diceva, *il giovane Chafee è caduto a Cantigny*. Scriveva lettere alle madri dei morti, lettere piene di tanto dolore. Si addolcì, divenne poetica quando capì che poteva offrire ciò che non le era mai stato dato in quanto vedova: un'ode, una tenera compassione. Perse interesse per la stagione e le pagine mondane, e io e Benita commettemmo l'errore di credere di esserci liberate dal suo desiderio di alleanze e di dignità.

«Cara Mrs Chafee», scrisse, «so cosa significa sopportare quando ogni consolazione è vuota e il cuore è solo pieno di dolore.» Strappò assegni da un pesante libro e li inviò a sconosciuti, dopo aver parlato con i suoi avvocati, che avevano fatto indagini silenziose e avevano appreso i nomi di vedove bisognose di fondi per una bara adeguata o per un viaggio per assistere alla sepoltura solitaria.

«Peggy», disse mia madre, «non sopporto la tua indolenza. Devi imparare a fare l'infermiera; per una volta potresti renderti utile, occupandoti dei ragazzi con l'influenza.»

Annuii, ma avevo altri progetti. Avevo diciotto anni ed ero, se possibile, ancora più inquieta. Provavo un desiderio embrionale che era fisico; il mio corpo era soffuso di desiderio, e alcuni giorni mi sdraiavo sul letto e mi sentivo come una fiamma sottile e in movimento. Non avevo un linguaggio per questo desiderio; non sapevo nemmeno che fosse erotico. Riuscivo solo ad avere la visione di galleggiare sull'acqua, di essere trasportata via dalla corrente mentre mi lasciavo contorcere e soffrire.

La guerra iniziò in aprile, e a giugno la nostra infanzia era ormai finita. Ci innamorammo degli avieri. Immagino fosse inevitabile, ma ci sembrava pericoloso e strano. Li incontrammo nel parco prima del loro ritorno in Francia. Sotto gli alberi di ciliegio, si rilassavano, con il mento rivolto verso le nuvole. «Raccontateci cosa si prova a stare dentro una nuvola», implorammo io e Benita. I fiori cadevano sulle spalle degli uomini, proprio come un tempo erano caduti su quelle di Fay. Ora i petali rosa cadevano contro le uniformi cachi. Ci sedemmo sulle loro ginocchia, toccando la stoffa ruvida.

In quei pomeriggi apprendemmo cos'è la battaglia. Si potrebbe pensare che la guerra sia un dato di fatto solido come il metallo, ma in qualche modo io e Benita sentivamo cose diverse quando gli avieri parlavano. Questo avrebbe portato alla nostra prima frattura, che ci avrebbe separate come i naviganti che scelgono un ramo diverso del fiume. Ricordate, io ero la figlia morbosa, lei quella innocente. Così io ascoltai gli avieri e non vidi nulla di romantico o glorioso nei loro racconti. La guerra era una farsa assurda come il mio ballo delle debuttanti, uno spettacolo, un sacrificio.

«Di cosa sono fatti i vostri aerei?» chiesi, quando si vantarono di volare tra le nuvole.

«Le ali sono fatte di lino», risposero.

«Lino! Questi uomini sono in pericolo», dissi a Benita più tardi, quando tornammo a casa, con le labbra inaridite dai loro baci. «Le ali dei loro aerei non sono fatte di metallo. Sono di lino tenuto insieme con un filo di ferro, più fragili delle ali degli insetti.»

A Benita non importava. Tremava quando ci raccontarono di aver volato a quindicimila piedi sopra Chamery. «Ecco come tengo la mia Vickers», dissero, prendendo le sue dita delicate e curvandole intorno alla mitragliatrice immaginaria.

«Cosa succede quando vi sparano?» volli sapere.

«Se ci colpiscono», risposero, «l'aereo cade e noi scappiamo come matti.»

Benita era in adorazione e mi rimproverava di essere cinica. Prese un berretto con visiera e se lo mise sui capelli castani puliti.

«Non avrei mai pensato di essere così affascinato da una ragazza di New York», disse l'aviere.

Si chiamava Edwin. Non mi piacque il modo in cui disse «ragazza di New York», come se mia sorella potesse essere insudiciata dalle fogne.

«Oh, davvero sei affascinato?» domandò Benita. «Non credo che tu lo sia.»

In quel momento la sua voce cambiò: lei abbandonò la sua dizione e si sforzò di allungare le vocali, come faceva Edwin, che pronunciava *Chartres* all'inglese. Possibile che io provassi davvero timore per il modo in cui lei evitava la pronuncia francese?

«Sono maledettamente affascinato», insistette lui, e produsse una prova. Strappò un bottone di metallo dalla sua uniforme e consegnò a mia sorella l'Aquila americana come se fosse una miniatura d'argento. «Tienila finché non ci potremo sposare come si deve», disse.

Quando tornammo a casa, Benita conservò il bottone come se fosse uno zaffiro.

«Non mi piace quell'aviere», dissi.

«Lo sposerò», ribatté lei.

«No, non lo farai. Te lo proibisco. Sei fidanzata con il conte Litsky!»

«Non lo amo più», fece lei con un'alzata di spalle, «e inoltre è improbabile che lasci la Russia, ora.»

Sapevo che non era vero, perché era tornato poco prima dell'inizio della guerra, sostenendo che avrebbe potuto essere arruolato dallo zar.

«Tanto meglio», dissi, «possiamo andare noi a Mosca. Possiamo fuggire! La mamma è troppo malinconica per accorgersene. Dovremmo partire prima che mi mandi a curare i soldati con la sifilide.»

Era mai successo che Benita non ridesse allegramente per i miei sogni a occhi aperti? Ma in quel momento non rise, nemmeno per le brillanti allitterazioni nella mia frase: «mamma malinconica» e «soldati con la sifilide».

«Il conte Litsky è un depravato», affermò. «È decadente e lascivo. Preferisco di gran lunga Edwin.»

«Edwin è un bruto», ribattei, ma lei stava già tracciando il profilo in rilievo dell'aquila con l'anulare. Per la prima volta in vita mia, mia sorella ignorò le mie parole. Non mi stava nemmeno ascoltando.

Mia madre voleva farmi frequentare le lezioni della Croce Rossa, ma io m'iscrissi a un corso di dattilografia dopo aver visto un annuncio su uno dei giornali che mia madre chiamava *carta straccia.* LEZIONI PRATICHE PER SIGNORE, diceva l'annuncio. VELOCITÀ, PRECISIONE, TECNICA. Cosa poteva esserci di meglio? Non ero abbastanza gentile per fare l'infermiera; mi davano fastidio le croste e la pelle cadente. Se fossi diventata una segretaria, forse avrei potuto lavorare per un diplomatico o per un editore. Mi vestii nel modo più sobrio possibile. Indossai una gonna di pied-de-poule e un cardigan di cashmere. Mi pulii le unghie con il coltello che mi aveva regalato Helen. Stava trascorrendo l'estate a Cambridge e ogni tanto mi mandava delle lettere piene di poesie. *Qui, nella grigia tetraggine, gli uomini mi recitano poesie morbose, e spesso quando sento questi versi penso a te, cara Peggy. Ero in riva al Tamigi a leggere Eliot quando un uomo tronfio di nome Rufus o Neville mi tolse il libro dalle mani e mi lesse questi versi:*

Tessi, tessi la luce del sole nei tuoi capelli –
Stringi i tuoi fiori a te con penosa sorpresa –
Gettali a terra e volgiti
Con fuggitivo risentimento negli occhi:

Mentre leggevo per la prima volta le lettere di Helen, mi sentivo un'idiota e mi vergognavo. *Fuggitivo risentimento.* Quelle espressioni mi confondevano; sentivo che c'erano strati e idee che ero troppo stupida per afferrare. Pensare a Helen a Londra che si lasciava sedurre da poeti dinoccolati lungo il Tamigi, pensare a come possedeva una bussola che la indirizzava sempre verso la scena più vivace. Scavai con il coltello sotto l'unghia, anche se non c'erano più tracce di sporco.

Negli ultimi tempi non avevo mai voglia di fare il bagno. Benita, invece, o era nella vasca o era fuori con Edwin, e io non volevo stare sul freddo pavimento piastrellato ad ascoltare il ronzio delle tubature mentre, come gli indizi in un giallo, la collezione di profumi e ciprie parigine di mia sorella lasciava macchie e tracce. Di lì a una settimana Edwin sarebbe tornato a combattere e io speravo che lei si dimenticasse di lui. Mi trattava come se fossi «fastidiosa». Aveva preso a chiamarmi Pegleg, «gamba di legno», un soprannome che mi faceva infuriare. Mi spazzolai i capelli con la spazzola di crini di cinghiale fino a farli brillare. Stranamente, ero diventata più bella quando avevo compiuto diciotto anni. I miei capelli ora erano più lucidi e meno ribelli.

Avevo gli occhi più azzurri, i lineamenti meno duri, anche se il mio naso era ancora ripugnante. La mia sarta mi disse: «Hai un bel fisico», e io annuii: Sì, *finalmente.* Prima di uscire per andare alla mia prima lezione di dattilografia, indossai stupidamente la pelliccia. Era estate, ma tendevo a rabbrividire negli alti palazzi dove gli uomini avevano i loro uffici. Mia madre insistette per farmi accompagnare al corso dal suo autista, perché considerava il luogo, la Trentatreesima strada e Madison Avenue, come N.B. Quell'estate le strade erano di un colore orrendo, non so perché. Il cielo e le strade sembravano perennemente sbiaditi e grigi. Abbassai il finestrino e il cielo puzzava di arsenico. Sembrava che a ogni angolo ci fossero infermiere della Croce Rossa con i loro cappelli bianchi, i vestiti bianchi e le mantelle scure, con in mano cartelli che dicevano: L'UMANITÀ VI CHIAMA. QUAL È LA VOSTRA RISPOSTA?

«Signorina», disse Henry, mentre accostava la Rolls-Royce al bordo del marciapiede, «ecco il suo indirizzo.» Mi porse un pezzo di carta come se sospettasse che potessi fuggire. Sapevo che probabilmente era stato incaricato di osservarmi, per assicurarsi che entrassi nell'edificio giusto. E così feci. Entrai in un atrio color oro pallido con luci tremolanti, presi l'ascensore fino al secondo piano, con una ragazza che portava stivali slacciati e aveva una borsa con la chiusura rotta. «Sei qui per il corso di dattilografia?» chiesi.

«Sì», rispose lei, «anche tu? Davvero?» Sogghignò vedendo la mia pelliccia e mi sentii come se avesse passato una falce su tutto il mio corpo. Anche allora non capivo come la mia sola presenza potesse suscitare tanta ostilità.

«Prendiamo la mano sinistra», disse l'insegnante. «Il quarto dito è 2 q a z. Il secondo dito 4 e d c, il primo 5 r t f g v b.»

Eravamo sedute a tavoli graffiati, una accanto all'altra, come operaie in una fabbrica. Le altre ragazze indossavano collane con croci pendenti, vestiti a quadri e calzettoni di lana al ginocchio. Portavano i capelli legati in chignon morbidi e sbadigliavano continuamente. Le loro mani si muovevano con destrezza.

«Primo dito, Miss Guggenheim», disse l'insegnante in tono brusco. I simboli si confondevano e io premevo i tasti con troppa esitazione. "E se consegnassi una fila di buchi neri?" pensai. Era richiesta abilità anche solo per sapere quanto forte premere, come creare un'impronta delicata sulla pagina, e io non avevo questa abilità. Premetti troppo; mi guardai intorno impotente.

«Primo dito, Miss Guggenheim», ripeterono le ragazze in corridoio mentre, in sincronia, stringevano e riaprivano i pugni. Pur sapendo che si trattava solo di un esercizio, di un modo per liberarsi dai crampi causati dal loro fervido battere sui tasti, osservai con stupore, pensando che fosse piuttosto bella la simmetria di così tante dita.

«Non so come facciate», dissi, «scrivete a macchina così velocemente, tutte.»

«Ti metterai in pari con noi», disse dolcemente una ragazza con le lentiggini e un foulard a fiori. Ma la ragazza con cui ero salita in ascensore sibilò: «Oh, hai bisogno di aiuto, vero? Perché non chiedi al tuo autista?».

A casa, Benita mi aveva lasciato un biglietto perché la incontrassi nel parco; sarebbe stata con Edwin. Invece, mi sdraiai sul suo letto e scrissi una lettera. *Caro conte Litsky, Benita sente terribilmente la sua mancanza e si chiede quando tornerà. La sta corteggiando un uomo indegno di lei, timido e ordinario. Confido che tornerà presto a New York, dove la accoglieranno le sue devote ammiratrici, le sorelle Guggenheim. Spesso riesco a prevedere i cambiamenti del futuro e posso garantirle che moriranno molti altri uomini, quindi le consiglio di evitare di arruolarsi nell'esercito russo e di nascondersi nel Palazzo d'Inverno, se possibile.*

Poi mi esercitai per due ore a battere a macchina, finché alla fine le mie dita trovarono i punti giusti senza che i miei occhi scrutassero i tasti. Sempre inquieta, sempre sola, indossai la mia fascia da suffragetta e un vestito estivo di cotone frusciante con il corpetto scollato. La stoffa si allargava sui miei fianchi: mi misi un cappello di paglia bianca con un nastro di gros-grain. Gli uomini fischiavano mentre camminavo sul prato. Com'era strano ritrovarsi improvvisamente a essere un richiamo. Una sirena. Riflettei sulla poesia. *Con fuggitivo risentimento negli occhi.* Tenevo il coltello in tasca come una promessa.

Benita era nel nostro posto preferito, presso il Dodworth Building del Met, proprio accanto alla stanza dove gli uomini sorvegliavano il primo oggetto, il sarcofago romano. Il terreno era in discesa e c'era un acero assurdamente splendente. Benita era appoggiata a Edwin, le spalle morbide contro l'uniforme di lui, che aveva il mento posato sulla testa di lei. Chiunque avrebbe potuto pensare che quella fosse una postura protettiva, ma già sapevo che Edwin non era il salvatore di mia sorella e non lo sarebbe mai stato. Lui fece una smorfia quando mi vide. Benita balzò in piedi e mi abbracciò con un calore che mi fece girare la testa. Non mi chiese della lezione di dattilografia; mesi prima avrebbe aspettato che tornassi, sapendo che avrei potuto avere bisogno di conforto.

«Pegleg», disse Edwin in tono asciutto, «hai un'aria estremamente imbronciata.»

«È così che sono», replicai, «imbronciata, morbosa, mordace.»

Guardai attraverso la finestra e vidi un bel giovane in uniforme da aviere che osservava le ossa del dinosauro.

«Edwin verrà mandato in Italia», annunciò Benita, «la prossima settimana.» Si scambiarono uno sguardo furtivo e complice.

«Devi visitare la tomba di Dante», dissi.

«È difficile fare il turista quando sei su un aereo a cui sparano addosso, Peggy», ribatté Benita. «È in battaglia, non nel Grand Tour. Davvero!»

Il bell'uomo mi salutò con un cenno attraverso il vetro e io mi allontanai da mia sorella. Entrai nel museo. Ci incontrammo sui gradini. Era allampanato e pareva avere un cuore passionale; sembrava che potesse scagliare un machete. Mi diede il suo biglietto da visita. HOWARD WESSEL, c'era scritto, ESERCITO AMERICANO.

«Com'è quando siete in cielo?» gli chiesi. «Riuscite a vedere la consistenza delle nuvole?»

«Non abbiamo il paracadute», rispose accendendo una sigaretta. «I paracadute ti rallentano.»

Mi chiesi se avesse in qualche modo frainteso nuvole per paracadute.

«E cosa succede quando si viene colpiti?»

Lui fece spallucce, soffiando il fumo oltre la mia spalla. «I tedeschi... quello che fanno, ormai lo so, è mirare all'elica. Quindi, secondo me, se si viene colpiti è meglio far volare l'aereo in mare. Il tuo aereo di lino e filo. Fallo volare dritto in mare. I paracadute sono per i codardi.»

«Ammiro la tua indifferenza per una così notevole perdita di quota», dissi. *I paracadute sono per i codardi.*

«E cosa mi dici di te?» mi domandò. «Posso portarti a prendere il tè domani?»

«Domani vado alla mostra canina di Westchester.» Risi, ridacchiai persino. Sembrava così banale dopo aver sentito la sua storia di guerra. «Io e mia sorella...» A quel punto indicai Benita, che si trovava a pochi metri di distanza sull'erba, con il suo cappello blu leggermente storto. «Il nostro cane Twinkle è in gara. Cercaci sui giornali.»

«Be'», disse, «a me sembri una campionessa.»

Ovvio che mi piacque allora. Non m'importava nemmeno se stesse facendo dello spirito.

Chi mi aveva mai detto una cosa del genere? *A me sembri una campionessa.*

Benita mi scorse e subito mi salutò con la mano. Anche Edwin mi salutò. Avrei potuto dire a Howard che odiavo Edwin, anche se tutti noi dovevamo amare gli avieri. Un lampo di riconoscimento illuminò gli occhi di Howard, che fece cadere la cenere e mi guardò negli occhi per la prima volta. «Vuoi un avvertimento?» disse.

"No", pensai, "non lo voglio. Tutta la mia vita è stata fatta di avvertimenti."

«No», dissi ad alta voce.

«Be', campionessa, te ne darò uno comunque.»

Sembrava che stesse imitando una star del cinema, un attore che cavalcava all'amazzone e accendeva il fuoco con due pietre.

«Sono un po' preoccupato per il mio amico Edwin», continuò, mettendomi le mani sulle ginocchia. «Se tua sorella gli spezza il cuore, lui potrebbe fare qualcosa di stupido.»

«Ha già fatto qualcosa di stupido», replicai. «Lei è troppo bella per lui.»

«Be', nessuno può negarlo», ammise Howard. «Ho provato a dirglielo, ma è innamorato. Sono preoccupato», ripeté. «Se lo ferisce nel cuore, be', allora...» Be', allora.

Howard Wessel spostò la mano dal mio ginocchio, dov'era piacevolmente appoggiata, e la trasformò in una pistola. Pollice verso il palmo, dito verso il cielo. Dito alla tempia. «*Bang, bum*», disse forte. Scagliò la sigaretta nell'erba, con un gesto perfetto proprio come avevo immaginato che potesse scagliare un machete. Mi piacque il modo in cui s'inarcò e si librò nell'aria, l'impatto nel cielo azzurro.

Poi mi baciò. "Che strano modo di baciare una ragazza", pensai, "subito dopo aver mimato il suicidio di un amico."

La mostra canina di Westchester aveva luogo a Willets Mansion, vicino al campo verde in cui nostra sorella Hazel si era nascosta come Houdini. EREDITIERA SCOMPARE. Si era goduta il trambusto, aveva ridacchiato alle sirene, ai passi della squadra di ricerca? O aveva provato una sorta di smarrimento, in mezzo al verde dei campi? Mia sorella *era* lo smarrimento. Viveva in quello stato. Non potevo credere che avesse architettato la propria assenza. Anche in seguito, quando fece quella cosa terribile, rimasi aggrappata all'immagine di Hazel come di una bambina che vagava, un'innocente smarrita.

Sia io sia Benita ci vestimmo alla moda, ma più modestamente di quando eravamo con gli avieri. Sapevamo che saremmo state giudicate tanto quanto il nostro animale peloso e profumato. Io indossai un abito di seta, verde chiaro a motivo cashmere. Un corpetto bianco abbottonato e un bordino arricciato, e volant in fondo alle maniche. Benita aveva una camicetta avorio e una gonna solo di qualche tono più scura; avrebbe potuto mimetizzarsi, se non fosse stato per il suo cappello scarlatto con un grosso fiocco di velluto. Indossavamo décolleté bicolori e calze bianche e dovevamo avere un aspetto perlomeno attraente mentre portavamo a spasso il nostro cane – obbediente e composto come si conveniva – intorno al ring sabbioso. Non avevamo invitato gli avieri e sembrava che avessimo ritrovato la nostra antica alchimia; ci muovevamo in tandem; le nostre spalle si toccavano; sapevamo, senza parlarci, quando tirare il guinzaglio, quando allungare il passo per non svelare il passo veloce del nostro animale. Ricordo, e ricorderò sempre, Benita nel sole caldo di quel giorno, il suo sorriso timido, la sua leggera incredulità mentre la folla applaudiva.

Eravamo abituate a essere rimproverate e corrette da nostra madre, ma lì, sul Gedney Field, sentimmo gli applausi e vedemmo la gioia dei giudici. «Flora Whitney ci sta sorridendo», sussurrò Benita, e mentre Twinkle s'inginocchiava a formare una sagoma graziosa e morbida, scorsi una scintilla negli occhi di mia sorella. Era solo l'applauso? La vidi alzare i suoi begli occhi per osservare la folla. Salutò con un leggero movimento della mano, come se temesse di sembrare troppo appariscente.

Io, naturalmente, ero meno modesta e sorrisi direttamente ai tre giudici, poi mi voltai per ringraziare la folla che applaudiva alle mie spalle. Il luccichio negli occhi di Benita, il modo in cui rideva mentre Twinkle le mordicchiava le caviglie. Dev'essersi sentita incoraggiata, perché sembrò improvvisamente più sicura di sé. *Posso fare quello che voglio,* pareva aver capito, *posso piegare il mondo e trionfare.* La conoscevo così bene che non c'era bisogno che mi dicesse della sua epifania; la percepii e capii – trasalendo – che sarebbe stata lei a fuggire.

Ci mandarono dal fotografo ma ci dissero che, nonostante avessimo vinto il primo premio, avremmo dovuto aspettare che fotografassero i vincitori delle altre categorie, come Toelettatura e Alani. Benita scrollò le spalle, lasciando intendere risentimento e impazienza, forse sospettando che fosse perché eravamo le uniche – *le prime* – ragazze ebree a vincere a Westchester. Senza dire una parola, si allontanò da me. Sollevò la lunga gonna per non farle sfiorare l'erba. Io la seguii, lasciando che il mio vestito mi toccasse le caviglie, senza preoccuparmi di tenerlo pulito.

Ci sdraiammo vicino a degli arbusti di lillà. Intorno a noi, i campi di una fattoria di Westchester apparivano infiniti, di un verde vividissimo e non calpestato.

«Come odio la città», disse Benita. «Come odio il cemento.»

Amavo la città e avevo cominciato, dopo la lezione di dattilografia, a farmi portare in giro in auto da Henry per cercare luoghi strani. Non avevo una macchina fotografica, ma avevo memorizzato alcuni angoli.

«Questa è Willets Mansion», dissi. «Riesci a immaginare Hazel che si nasconde qui? Non posso credere che abbia avuto il coraggio di farlo. I terreni sembrano opachi, troppo curati. Come è possibile che gli sceriffi abbiano faticato a cercarla in campi così uniformi e deserti?»

«Forse allora erano più selvaggi», disse Benita, «forse hanno raso al suolo una foresta.»

Parlavamo raramente di Hazel, che era ancora in collegio. «Suppongo che dovremo invitare Hazel ai nostri matrimoni», dissi sospirando.

Benita accarezzò Twinkle, titubante. Sui suoi zigomi si formò subito un cerchio rosa.

Benita faceva fatica a nascondere i segreti. La sua pelle la tradiva. Trovò un modo per tenere occupate le mani.

«Io non inviterò Hazel», chiarì. «È probabile che se ne dimentichi comunque, o che si presenti il giorno sbagliato.»

«Io la inviterò», dissi per compassione. «Ma sarai tu la mia damigella d'onore.»

A quel punto lei mi guardò e sussurrò come se fossimo in mezzo a una folla. «Peggy, promettimi che non dirai nulla di crudele... ma credo di dover sposare Edwin molto presto, prima che parta per l'Italia. Dice che se non lo sposo, si suiciderà.»

Benché lo sapessi, benché fossi stata avvertita da Howard, la cosa mi sconvolse lo stesso.

«È terribilmente manipolatorio da parte sua», osservai. «Si sta approfittando della tua dolcezza.»

«Ma io lo amo. E non potrei sopportare che tornasse in guerra con il cuore spezzato. Però è molto impaziente. Non vuole un matrimonio in grande stile. Vuole sposarsi semplicemente, in municipio.»

«La mamma ti impiccherà.»

«Riesci a immaginare la sua rabbia? Cosa pensi che possa fare se le presento il certificato di matrimonio, se le dico: "Bene, l'ho fatto. Ora me ne vado. Addio"?»

Mi misi a sedere, alzandomi dall'erba così di scatto che Twinkle abbaiò: un suono acuto e penetrante, disarmonico e dolente.

«Ma non puoi sposarlo davvero», esclamai.

«Io e Edwin siamo fidanzati, Peggy. Perché non dovrei sposarlo?»

«Anch'io sono fidanzata.» Era un po' un'esagerazione, comunque Howard mi aveva accennato che voleva farmi conoscere la sua famiglia a Chicago. «È un passatempo», dissi, «amoreggiare con gli avieri; è molto divertente. Ma non li si può sposare davvero.»

Lei si appoggiò sulla schiena, stringendo Twinkle al petto. «Adoro Edwin. È meraviglioso.»

«È noioso», obiettai. «È troppo noioso per te.»

«E che dire di Howard Wessel?»

«Immagino che lo abbatteranno», dissi, arrotolando una sigaretta di erba. «Non sto facendo la morbosa o la sciocca. Credo che sia inevitabile: tutti i nostri avieri moriranno. Cadranno dalle nuvole. Proiettili nel cuore, ali di lino in fiamme. Anche Quentin Roosevelt morirà. Penso che sia piuttosto bello avere questa certezza. A differenza che con papà. Sono perfettamente preparata alla morte di Howard.»

«Ti stai trasformando in una nichilista», disse Benita con disprezzo. «Pensi davvero che Edwin sia noioso?»

«Lo è terribilmente. Sarà anche bello, ma lo è in modo appariscente. Non mi piace come mi parla.»

«Ma tu lo provochi. Usi quella voce assolutamente ridicola che hai imparato alla Jacobi. Lo stuzzichi. È come se volessi farmi capire che è stupido. Perché devi chiedergli se andrà alla tomba di Dante? Non è un amante dei libri come te. Serve solo a umiliarlo... ammettere di non sapere chi sia Dante.»

«Si vantava di essere di stanza in Italia.»

Lei tirò fuori dalla tasca un anello. Un gioiello verde chiaro e una sottile fascetta di metallo.

«Benita, non devi sposare Edwin!» Non avevo mai alzato la voce con mia sorella. Non ero mai stata furiosa con lei prima di quel momento. «Benita», continuai, con voce ora agitata e implorante. «Perché non dai al conte un'altra possibilità? Potresti avere ai tuoi piedi tigri ammaestrate, sedere su un trono nel Palazzo d'Inverno, invece di stare con qualcuno inferiore a te, che s'interessa solo di sport e battaglie.»

«Sei una snob come la mamma», ribatté lei, voltandomi di scatto le spalle.

«Che cosa vuoi dire?»

«Tu credi che lui non sia all'altezza perché non è straordinario, perché non ti ricorda il personaggio di un romanzo, e lei crede che non sia all'altezza perché suo padre non possiede una fortuna.»

«Be', il mio motivo è intelligente, il suo è insensato.»

«Sono solo esausta per tutti gli sforzi che facciamo per metterci in mostra. Mi sono esercitata e ho provato e... mi sento come Twinkle; è tutto per lo spettacolo, tutto per impressionare, e poi hai visto come Mrs Whitney non ci ha nemmeno salutato? E perché vogliamo così tanto stare nel biondo mondo dei cristiani quando sono tutti così frivoli e crudeli?»

«Io non voglio starci», insistetti, ma lei scosse il nastro dorato che mi ero appuntata in vita.

«Danno nastri ai nostri cani», disse, con voce dura. «Tutti questi balli, tutte queste feste, tutti questi vestiti, tutti questi concorsi... tutto per poter fingere di non essere più contadini, di non essere più disprezzati. Mi piace che Edwin non abbia grandi sogni. Guarda dove l'hanno portato i grandi sogni di papà, a farsi sballottare nella sua giacca da sera, per sempre sul fondo di qualche mare. Io non sono come te o come papà. Io sono come Edwin. Non abbiamo grandi sogni.»

«Ma, Benita, abbiamo l'obbligo di fare qualcosa di straordinario.»

«Io, però, non credo che lo farò. Voglio essere grassa e gentile, con cinque figli. Sarò perfettamente felice di vivere nell'Iowa guardando ogni giorno il mio campo di grano.»

«Cinque figli», ripetei, e la mia voce s'incrinò.

Lei si accarezzò la pancia. Già allora percepii la morte nel suo desiderio. Ma prima che potessi avvertirla, fummo richiamate nella zona della fiera. Un fotografo ci fece sedere vicine su uno sgabellino. Doveva aver intuito la tensione tra noi, perché ci chiese se preferivamo essere fotografate separatamente.

«No, certo che no», risposi a voce alta, come se la nostra

posizione su uno sgabello potesse impedire l'abbandono di Benita.

«Siete due gemelle identiche?» chiese il fotografo, ridendo come un pazzo. La sua macchina fotografica si allungò come una fisarmonica. Stava in piedi con una posizione da battitore.

Fissai l'obiettivo, chiedendomi se un giorno sarei stata fotografata da qualcuno che sapeva come distorcere l'immagine.

«Più vicine», disse, «lasciate che le spalle si tocchino.» Condividevamo uno sgabello; piegai la gamba sinistra all'indietro e la agganciai allo sgabello per non cadere. Benita sorreggeva Twinkle; il suo sorriso era sereno, mentre il mio era storto. Sotto il mio petto c'era il nastro del premio; mi sentivo come una mucca alla fiera della contea. Nessuno avrebbe saputo che io e mia sorella avevamo appena litigato. Quel ritratto era dunque una bugia?

All'improvviso desiderai di essere fotografata da un artista, da un mago, da una persona in grado di catturare un'idea e non un oggetto. Io e Benita dovremmo essere divise, non intrecciate. Dovremmo essere nude, sconvenienti e sfacciate. Proprio lì, sul campo dove una volta mia sorella minore aveva inscenato la propria sparizione, io sparii nel sogno a occhi aperti di un nuovo stile.

In quel preciso momento immaginai il dadaismo. Avevo solo diciotto anni, ma ebbi una divinazione; feci la Cassandra, chiusi la porta sugli Antichi Maestri. Le future fotografie avrebbero brillato e disturbato. Non potevo sapere che di lì a qualche anno sarei stata in studio con Man Ray, ma previdi che un giorno le mie sembianze sarebbero state distorte. Una figura simile a un violino sulla schiena nuda di una donna, lacrime come gocce di ghiaccio sotto le ciglia. Un serpente avvolto intorno alle scapole di una donna mondana. Avevo previsto queste fotografie? Ho voluto io stessa introdurmi in un mondo in cui potessero esistere?

Fissai per terra mentre l'otturatore faceva un suono come un clarinetto, mentre la testa dell'uomo si nascondeva dietro un panno nero. *Non ci hai immortalato affatto,* volevo dire. *La tua foto è una bugia. Ci catturi come sembriamo, non come siamo realmente*. In verità, avrei preferito una fotografia che ci mostrasse come ai raggi X, rivelando ciò che avevamo dentro. Macchie nere e bianche. Nell'utero di Benita c'era un feto che poteva essere una bomba. Io avevo un candelotto di dinamite che poteva essere una figlia, o una galleria.

6.

LA SUNWISE TURN

1920

Continuai con la scuola di dattilografia finché le ragazze non cercarono di uccidermi.

Alla fine del mese avrei trovato un nuovo posto, un nuovo scopo; tutta la mia vita si sarebbe trasformata in un sogno. E questo non sarebbe successo se le ragazze non avessero fatto quello che fecero.

È buffo perché, all'epoca, quando lasciavano bigliettini sulla mia scrivania – stelle ebraiche con gocce di sangue, caricature di me, una ragazza con un naso grottesco, come un bulbo giallo, una zucca estiva troppo cresciuta –, non ero minimamente infastidita. A dire il vero, sentivo di meritare quegli attacchi. Perché non avrebbero dovuto odiarmi? Perché non avrebbero dovuto mettermi in guardia? Immaginate, pensavo, se avessero saputo dell'ingente somma che avevo ereditato il giorno del mio ventunesimo compleanno, solo pochi mesi prima. L'avevano messa in un fondo fiduciario dove non potevo toccarla. «Perlomeno Benita sarà prudente», aveva detto mia madre al suo avvocato. «Dobbiamo stabilire un sistema di protezione per Peggy; è come suo padre e non saprà come comportarsi con saggezza *con una somma così ingente.»*

Avevo pianificato di... non potevo pianificare. Non riuscivo a immaginare un elemento finanziario. Non avevo avuto nemmeno una paghetta. Chiesi una piccola somma di denaro per poter attraversare il Paese in auto e anche allora, in viaggio, era sempre sorprendente scoprire il prezzo delle cose. Eravamo cresciute in un mondo in cui il costo delle cose, da una mela a una collana, non si discuteva. Mia madre pretendeva che le mostrassero i vestiti con il cartellino del prezzo tagliato. Portatelo via, insisteva se le mostravano un oggetto di valore con il costo in bella vista. I numeri erano volgari; i numeri erano pacchiani; dei numeri dovevano occuparsi gli uomini.

Una donna, Mrs Willerton, arrivava una volta alla settimana e riempiva le nostre credenze di barattoli di senape, ciliegie conservate, nastri di gros-grain, saponette, fichi, Vapo-Cresolene. Non dovevamo chiedere nulla di più di quello che ci portava Mrs Willerton. Non ci si aspettava che fossimo frugali, ma non dovevamo nemmeno manifestare interesse per gli oggetti materiali. Era uno dei pochi valori che condividevo con mia madre e la sua gente, la convinzione che l'economia fosse un sistema astratto e opaco, e che trovare soddisfazione nello spendere fosse in realtà una ricerca vana, una specie di malattia; era troppo facile che diventasse una perversione, una caricatura, il demone dal naso adunco, disprezzato per la sua superiorità, la sua avarizia.

Presto, a ventun anni, non mi avrebbero più chiamato una Goog; avrei avuto la stessa ricchezza di una regina. Avrei potuto comprare un'isola tropicale lontana, un trono d'oro; avrei potuto requisire un esercito. Ma questa «ingente somma» era, come mi aveva insegnato Mrs Kohn, ingiusta e immeritata. Non potevo far altro che dare via quella fortuna e magari vivere, come voleva mio padre, in una casa nascosta a Saint-Cloud. Ma le ragazze dovevano aver intuito che non avrei passato la vita a battere a macchina per uomini obesi in uffici soffocanti, e che stavo imparando un'abilità, non un mestiere.

Un giorno, dopo un mese di corso, sentii un sibilo tra i tasti. Un sibilo, poi un fruscio quando ne emerse un serpente. Non urlai. Mi limitai a raccoglierlo, metterlo in borsa e tornare all'esercizio. Si aspettavano forse che una ragazza viziata strillasse e si agitasse come le ragazze ricche e stupide dei film? Ero sconcertata. Avevo visto un bambino morto, avevo sognato il cadavere di mio padre ricoperto di mucillagine marina; un serpente non mi terrorizzava. Mentre lo mettevo in borsa, pensai di voltarmi verso le ragazze e dire quello che

Raskol'nikov aveva detto al suo accusatore: *Non mi lascerò torturare! E non giochi con me! Non si permetta...*

Invece, digitai in silenzio l'esercizio successivo, il numero 33. Punteggiatura. *Egregio signore: Gentile signora: Mio egregio signore: Mia gentile signora: Cordiali saluti, Distinti saluti, I nostri più cordiali saluti.* Gli esercizi funzionavano come agenti intorpidenti sul cervello. Non del tutto spiacevoli. Avevo perfezionato la mia abilità, diventando abbastanza abile e rapida. Ero certa che avrei ricevuto una lode sul mio diploma.

Forse avrei dovuto parlare, perché due giorni dopo, mentre passavo davanti alle ragazze, con i loro abiti marroni e scialbi e le croci d'argento annerite, loro sibilarono. «Peggy. *Ssssss.*» Un coro di sibili. Pensavano che fossi il diavolo? Mi venne da piangere, ma continuai a camminare. Sentii ridacchiare dietro di me; un fruscio nel guardaroba. Avrei dovuto tenere con me la borsa.

Quando mi sedetti e iniziai a battere sui tasti, desiderosa di scomparire ancora una volta nel ronzio senza pensieri dei miei esercizi, le lettere erano così deboli sulla pagina da risultare quasi invisibili. Una volta tirato fuori il nastro, mi resi conto che qualcuno – poteva essere chiunque, o tutte – doveva aver sostituito il nastro buono con uno usato; ma ero troppo imbarazzata per chiederne un altro.

Così quel giorno feci solo finta di esercitarmi, non volendo sollevare un polverone. Non volevo dare loro questa soddisfazione. Digitai e mi piacque molto l'aspetto dell'assenza sulla carta. Battevo forte sui tasti, ma non appariva nessuna lettera. Era perfetto, un foglio di inutilità. Sospirai forte, dissi ad alta voce: «Questa è la pagina più bella che abbia mai visto».

Me ne andai stizzita, facendo finta di nulla. Uscii presto dalla classe, prima che l'insegnante se ne accorgesse; non potevo rischiare che rimproverasse le altre ragazze. Henry non c'era, così mi incamminai verso Madison Avenue. Vicino allo Yale Club, sentii qualcuno urlare il mio nome. «Ciao, Peggy!»

Mi precipitai tra le sue braccia. Harold! Era il mio cugino preferito, il figlio della sorella di mio padre, l'unico che mi aveva tenuto la mano alla commemorazione funebre. Ora portava una coppola, la frangia spettinata e folta sotto il bordo di tweed; indossava un blazer con le toppe e scarpe da tennis. Aveva un aspetto arruffato e affascinante. Era stato a Princeton, aveva imparato a tirare di boxe; si era sposato bene: con Marjorie Content, dei Content, il cui cognome sembrava essere una fortunata combinazione, perché ogni volta che li vedevo al Waldorf-Astoria o a Elberon, suo padre era allegro e ballava. Era l'agente di cambio dei miei zii, oltre che dei Morgan e degli Harriman. A Marjorie fu chiesto di frequentare la Miss Finch, una scuola molto migliore della Jacobi, come piaceva dire a mia madre. «Io sarei *contento* di stare con Marjorie», aveva detto mio cugino Isaac al ballo di Benita, uno sciocco gioco di parole che avrei sentito all'infinito. Naturalmente, pensai con orgoglio, era stato Harold a conquistare il cuore della bella ragazza il cui cognome era sinonimo di piacere.

Quando mi guardò, mi sentii nuda, come se mi vedesse dentro, vedesse il mio scheletro. Il suo sguardo era troppo intenso e consapevole; arrossii e cominciai a balbettare.

«Sono appena tornata dalla lezione di dattilografia; sono dovuta uscire prima perché le ragazze mi hanno rubato il nastro.»

«Cosa vuoi dire, sciocchina?»

Mi abbracciò. Di colpo mi venne voglia di piangere, di raccontargli tutto. Benita mi aveva abbandonato! Mi aveva detto di non andare all'università per poter viaggiare insieme in Europa, ma poi era fuggita con Edwin, sposandosi in municipio. Io ero lì, la sua damigella d'onore, con in mano un bouquet splendido – merletto della regina Anna, gigli, rose – tutto profumato, luminoso e color avorio. Lei indossava un abito semplice e per niente memorabile. L'intero evento era stato pianificato come sotto una pistola puntata. Sommesso, pressante. Avevamo portato a casa i fiori e il vestito nascosti in sacchetti di tela dalla sarta. Alla cerimonia regnava una sensazione cupa e forzata. Il funzionario pronunciò il nome di mia sorella come se lei fosse una persona qualunque.

Per un attimo pensai che mia madre avesse ragione. Benita avrebbe dovuto sposarsi in grande stile, anche solo per sentir pronunciare il suo nome con un tono di classe, anche solo per sentire una sinfonia, invece di passi e colpi di tosse.

«Ho sentito che tua sorella ha causato un piccolo scandalo. Non sapevo che ne fosse capace.»

«Nemmeno io!»

«Pensavo che fossi *tu* la ribelle della famiglia.»

«Be', Benita mi ha rubato la corona. Harold, avresti dovuto vedere il putiferio! La mamma era furiosa!»

«Suo marito è un cacciatore di dote?»

«È troppo noioso per aver macchinato tutto. È ebreo, questo sì, ma dell'*Iowa*. Non è solo questo... il fatto è che Benita si è sposata in segreto e ha privato Mrs Guggenheim di un matrimonio sfarzoso per la nuova signora, nata Guggenheim. La mamma vive per noi, lo sai. Vorrei che si fosse risposata. Negli ultimi vent'anni non ha desiderato altro che organizzare il matrimonio del secolo.»

«Suppongo che Florette abbia fatto intervenire gli avvocati.»

«Ha chiamato la sua cavalleria, non tuo padre né i fratelli, ma questi avvocati dagli occhi di ghiaccio.»

«Avvocati dagli occhi di ghiaccio!» Harold rise di gusto; aveva quel tipo di risata che ti faceva sentire intelligente e adorata.

«Ha cercato di fare annullare il matrimonio. Hanno stilato un elenco... è impotente, è squilibrato. Ha coinvolto l'"assistente" di Eleanor Roosevelt, quello che ha scoperto chi mandava lettere d'amore a FDR, ed è stato emozionante.»

«I detective lo sono spesso, vero?»

«Sì, ma lui ha cercato di coinvolgermi, dicendo che avrei dovuto fornirgli le prove delle cattive intenzioni di Edwin. Sinceramente, volevo farlo... So un sacco di cose, Harold, perché sono la persona a cui Benita vuole più bene. Edwin l'ha costretta a sposarlo con il ricatto, dicendole che si sarebbe ucciso, che avrebbe usato il suo fucile militare o si sarebbe schiantato con il suo aereo. Non potrei mai aiutare un avvocato, però. Odio quegli uomini. Non te, però, Harold.»

«Non sono un avvocato, Peg.»

«Ma non stavi studiando legge?»

«No. Mi hai confuso con gli altri Loeb. Sono contrario a fare soldi, non in generale, ma per me stesso. Voglio occuparmi di qualcos'altro, anche se promette un ritorno minimo o nullo. I broker, gli avvocati... usano una lingua morta, sai. Una lingua morta in un paese morente.»

«Lo so.»

Ci guardammo. Il traffico scorreva lungo il viale. Quanto era raro e meraviglioso che qualcuno trovasse le parole per un'antipatia in embrione. *Una lingua morta in un paese morente.*

Harold si avvicinò a me, sussurrando. Avevamo ragione a essere prudenti. Le fortune crollavano o crescevano in base ai nostri capricci. «Lascio la Guggenheim Brothers», disse sottovoce, come se stesse rivelando un tradimento. «Proprio come ha fatto tuo padre. Sto per dare un taglio con questo mondo.»

Portava con sé una borsa di libri e me la mostrò.

«Qui dentro c'è il manoscritto del mio romanzo. S'intitola *Professori e vodka*. Un piccolo *roman à clef* sul mio torrido periodo a Princeton. E ho appena investito in una libreria, un minuscolo negozio d'avanguardia che stava per fallire. È di proprietà di queste zitelle, che non hanno la minima idea della finanza. Non che io ne capisca, ma credo di poterle aiutare.»

«Oh, devo andarci. Dammi l'indirizzo!»

«È nel Village... dubito che Florette ti lascerà andare laggiù.»

«Oh, ho i miei metodi.»

Aprii la borsa per prendere la penna e il taccuino, ma non appena diedi un'occhiata alla fodera di seta ebbi un sussulto. Il nastro usato. Chiaramente era stato manomesso. Sanguinava inchiostro e si sentiva un ticchettio. Tirai fuori quell'oggetto pericoloso; il blu sanguinò su tutti i miei guanti. Urlai e lo scagliai lontano. Sembrava un fuoco, pesante e caldo. Atterrò sul cemento come una feroce granata.

«Avrebbero potuto uccidermi», esclamai. Scoppiai a piangere.

«Che cos'era? Gesù...»

«Le ragazze della mia scuola di dattilografia; mi odiano. Avrei dovuto dire loro di non scherzare con me!»

«Quelle maledette assassine», disse Harold. «Che streghe.»

«Credi che ci abbiano messo dentro degli spilli o una piccola bomba?»

Guardammo la palla. Stava ruotando sul marciapiede, le lettere d'acciaio erano intatte, ma ancora ribolliva. Mandava scintille. Forse sibilava.

Harold mi prese per mano. «Vieni con me, Peggy», disse. «Ti tirerò su di morale.»

«Dove? Come?»

«Andiamo in libreria», spiegò. «Ti presenterò alcuni artisti. Ti mostrerò delle fotografie. Smetti di piangere, per favore. Fammi ispezionare la tua borsa. Per assicurarmi che non ci siano altri esplosivi.»

In quel momento lo amai. Harold, il mio primo salvatore. Cominciammo a correre lungo Madison Avenue, lui con le sue scarpe da ginnastica, io con i miei tacchi di pelle di coccodrillo.

«Alla Sunwise Turn», aggiunse.

«La Sunwise Turn», gli feci eco, sapendo già che quel nome era profetico; mi stava portando verso una luminosità e io correvo più veloce di lui, nonostante fosse un pugile, un torero, un uomo di cui Ernest Hemingway avrebbe poi scritto in un romanzo.

Appena vidi Madge Jenison, decisi che dovevo essere la sua pupilla. Lei si contendeva la mia attenzione con il negozio e all'inizio mi guardai intorno con occhi avidi, affamati. Mi sembrava di essere finita in un ambiente fiabesco. Le pareti erano di un luminoso arancione acceso. Dagli scaffali pendevano strisce di stoffa tinte a bande e linee nere. Batik, avrei appreso in seguito, era il nome di quel motivo. Un gatto calico zoppicante andò ad accoccolarsi su un davanzale accanto a un vaso di ceramica pieno di tageti. E i libri! Sul pavimento, in pile, su scaffali inclinati, sui tavoli, appoggiati a una vetrata colorata.

In mezzo a quella luminosità, a quella confusione, sedeva una donna magra, con un'ampia casacca di lino a vita bassa, che le ricadeva sui fianchi sopra una gonna a pieghe. Questo – l'abbandono di orli, cinture e polsini, l'ondeggiare e il drappeggio del suo vestito – mi sconcertò. Doveva essere una mistica, pensai, ignara delle mode delle maschiette che andavano per la maggiore nel Village; forse era la figlia di un sultano. Ci offrì del tè; lo bevemmo da bicchieri scheggiati; sapeva di zenzero.

«Devi assumere Peggy», annunciò Harold. Avevo notato che i miei cugini, gli uomini che erano andati a Yale o a Princeton, ostentavano un accento vagamente britannico e parlavano solo per affermazioni, come se ogni frase fosse una salva d'artiglieria, un invito alla discussione. Lo trovavo condiscendente e seccante; avrei preferito che lasciasse parlare Madge prima di dirle cosa lei *dovesse* fare.

Madge posò il bicchiere; sciolse i capelli dallo chignon, che ricaddero in morbide onde. «Hai mai lavorato prima d'ora?»

«No», risposi. Guardai per terra. Avrei desiderato di non essere un'ereditiera; avrei voluto poter dire di aver già lavorato come segretaria. Era così evidente? Tre mesi prima, quando avevo compiuto ventun anni, avevo ereditato la mia parte della fortuna di mio nonno. Questa donna adorabile e saggia riusciva a capire che mi avevano dato 250.000 dollari senza alcun motivo meritevole? Il denaro era tutto in un fondo fiduciario e non potevo toccarlo; avevo lasciato che gli avvocati mi convincessero in tal senso. Ma solo dopo aver chiesto di averne quanto bastava per attraversare l'America in auto.

Madge riusciva a vederlo nei miei occhi, che avevo cercato di sistemare il mio brutto naso a Cincinnati, avevo partecipato a un rodeo in Texas e mi ero sdraiata sotto le stelle con un cowboy che si chiamava Red Ruxton? Poteva vedere l'attricetta che mi aveva rubato l'orologio di diamanti in California, le pianure aride che il nostro treno aveva attraversato, il cielo immenso dell'Idaho, le palme e gli schermi tremolanti dei cinema? Avevo imparato che non mi piaceva la gente del cinema; non mi piacevano il caldo secco e i deserti; di certo non mi piacevano i medici di Cincinnati che mi tagliavano l'osso con una lama dicendo: Non c'è speranza, non ho mai visto un osso così ostinato. Avevo chiesto, come avrebbe detto Tennyson, un naso all'insù come una rosa. Forse il chirurgo avrebbe avuto bisogno di istruzioni più pratiche.

Non ero nemmeno sicura che mi piacesse l'America; avevo sperato che il viaggio mi avrebbe fatto innamorare dell'Ovest, della speranza, dei fuorilegge e delle albe. Invece avevo solo capito che non mi piacevano la polvere e la disperazione, il sospetto e l'ostilità. A Chicago avevo conosciuto i genitori di Edwin, i quali mi avevano detto che ero troppo supponente. Fuori da Reno avevo visto una squadra di forzati incatenati in fila, il sudore sulla pelle, le facce contratte per il riverbero del sole. Speravo che Madge potesse vedere questo in me, perché io lo vedevo in lei: non sono sicura di appartenere a questo paese.

«Non ha mai lavorato, ma ha letto più di chiunque altro io conosca», intervenne Harold con fare protettivo. «Ha letto Browning quando aveva sei anni; ha letto *tutti* i russi.»

«Ti piace qualche scrittore moderno?» mi chiese Madge. Si appoggiò allo schienale, soppesandomi. I miei guanti bianchi erano macchiati dal nastro della macchina da scrivere; indossavo un cappello di cashmere con quattro piume viola e un cappotto con finiture in ermellino.

«Sì», risposi seria.

«Freud?» chiese lei. «Gurdjieff?»

La guardai con occhi assenti. «Mi piacerebbe leggerli», dissi. «Non c'è niente di meglio che scoprire nuove idee. Sono alla ricerca disperata di nuovi scrittori, di nuove idee. Lavorerò gratis, Mrs Jenison. Lo considererei una sorta di apprendistato, e un'educazione...»

«Bene», disse lei ridendo. Vedevo che il mio entusiasmo le piaceva. «Non avevo intenzione di pagarti. Non pago nessuno dei miei commessi. Una libreria è un'impresa fragile. Vendere libri è una causa persa. Quelle grandi, sai, come Brentano e simili» – pronunciò Brentano con disprezzo, come se dicesse fogna o Satana – «sopravvivono solo perché vendono cancelleria. Noi non venderemo cancelleria. Dobbiamo vendere sessanta libri al giorno per sopravvivere, e si potrebbe pensare che sia facile, ma non lo è.»

«Madge, capisco che stai per iniziare un sermone», la interruppe Harold. Si accese una sigaretta. «È assunta o no? Devo andare a un appuntamento con il mio editore.»

«Vedrò come se la cava», rispose Madge. «È un lavoro molto noioso. Bisogna pagare le bollette, fare commissioni e cose del genere. Spesso le ragazze istruite come te non sono abituate a questo tedio.»

Annuii. Percepivo una carica elettrica nei raggi di sole obliqui. Harold mi baciò sulla guancia e io avvertii appena le sue labbra. Avrei potuto andarmene con lui, ma mi sentivo troppo attratta da Madge. Le chiesi di spiegarmi i miei compiti, in modo da poterli trascrivere e memorizzare prima dell'indomani.

«Vieni qui», mi disse. Mi porse una pila di libri. Lola Ridge, Lytton Strachey, Tristan Tzara, Bertolt Brecht. «Ecco alcuni dei miei preferiti. Possiamo discuterne, se ti va, quando avrai finito il tuo lavoro. Sono in debito con Harold, sai, ha salvato il negozio da una morte inevitabile. Ma non è per questo che ti voglio qui. Sai perché ti voglio qui?»

La guardai negli occhi; non riuscivo a immaginare cosa vedesse in me, oltre al fatto che venivo da una famiglia con abbastanza soldi per comprare sessanta libri al giorno.

«No», risposi sorridendo. «Non riesco davvero a immaginare cosa veda in me. Non ho frequentato l'università. Non ho mai lavorato. Il mio naso è stato recentemente massacrato da un chirurgo plastico, quindi sono ancora più brutta.»

Si mise a ridere. «Si vede che non sei una sentimentale.»

«È vero.»

Mi passò accanto, aprendo la porta. La sua gonna si muoveva come il mare, i suoi capelli catturavano il sole e mostravano tracce d'argento; sembrava essere completamente fluida, priva di ossa o di rigidità. «È un suicidio essere sentimentali», disse, pronunciandolo come un editto. E mentre le passai davanti, per tornare al mondo di mia madre, lo disse di nuovo. Dietro di me, la sentii ripetere la frase come un verso della sua preghiera.

È un suicidio essere sentimentali.

Il primo giorno indossai il mio cappotto di fustagno con la fodera di chiffon rosa e raccolsi i capelli come li portava Madge, in uno chignon. Il mio primo giorno di lavoro iniziò con delle commissioni; portai una lettera a Mr Houghton, l'editore, e riuscii a reprimere il desiderio di leggere ciò che aveva scritto Madge. Andai in un piccolo negozio polveroso sulla Trentesima, Sal's Everything & All, e cercai tra i contenitori di legno gli oggetti della mia lista: puntine da disegno, ganci per appendere quadri, due trappole per topi. Cominciai a sistemare la grande pila disordinata di ricevute e richieste che Madge aveva lasciato sulla mia scrivania. Quando le portai gli acquisti fatti da Sal, guardò il mio cappotto e sorrise, un sorriso che sembrava divertito.

«Che bel cappotto. Chiffon rosa! Spero che tu riesca a togliere la polvere.»

«Il negozio di Sal è un po' polveroso», ammisi. Tossii e poi dissi, per distrarla dal mio cappotto e dalla mia tosse: «Adoro i colori di questo negozio. Non ho mai visto niente di simile».

«Siediti», disse lei. «È tutto il giorno che corri in giro. Sapevi che questi colori non sono solo decorativi? C'è una teoria dietro. Quando abbiamo aperto questo negozio, alcuni artisti interessanti stavano sperimentando con il colore... c'era, naturalmente, la mostra dei post-impressionisti del 1915...»

«Oh sì», esclamai entusiasta, felice di poter finalmente sembrare in grado di comprendere i suoi riferimenti sofisticati e sconosciuti. «Gauguin, Seurat...»

«Esattamente. E la Sunwise Turn è stato il primo tentativo di questo paese di trattare il colore in modo avventuroso.» Era strano sentire una donna parlare in un modo che poteva essere considerato presuntuoso, sentirla affermare di essere stata la prima.

Mi avvicinai, quasi sbattendo con le ginocchia contro la teiera che aveva appoggiato in modo precario su uno sgabello imbottito.

«Si dice che l'arancione sia un colore che induce all'acquisto, ecco perché queste...» Indicò le pareti dietro di sé. «E poi abbiamo usato altri colori del prisma. Ciò rende il negozio molto più vivo e completo rispetto a pochi colori contrapposti. Tuo cugino l'ha descritto come se avessimo "gettato un barattolo di vernice in faccia al pubblico".»

Gettato un barattolo di vernice in faccia al pubblico. Pensai alla polvere e al colore; pensai all'immagine di Madge che gettava la vernice sulla folla. Non ebbi nessuna epifania, nessun desiderio, eppure più tardi, molti anni dopo, quando ero a Parigi, avrei fatto la stessa cosa, come se lei mi avesse dato uno scopo in quel lunedì perfettamente ordinario.

«Sembri felice», osservò.

«Mi piace l'idea che lei getti la pittura... intendo dire simbolicamente...»

«Certo», confermò lei, strizzandomi l'occhio.

«Dovrei tornare alla mia scrivania», dissi, notando l'ora. «Ma... mi parlerebbe del nome del negozio? È tratto da una poesia?»

«È di un vecchio marinaio, un capitano credo, che visitò il negozio. Diceva che il vento e il tempo si muovono *sunwise*, cioè nella direzione del sole, in senso orario. E nel *Ramo d'oro* c'è l'idea che nella direzione del sole girano anche una chiave, la vite, le lancette dell'orologio. Ma poteva essere il nome di un negozio? Sembrava più una poesia dell'"Atlantic" o un cottage accoccolato alla svolta di una strana strada tortuosa. Tuttavia mi piaceva il suo significato, e una volta qualcuno mi aveva detto che "il significato è ciò di cui viviamo".»

Naturalmente le credetti e annuii con entusiasmo. Più tardi, tornata alla mia scrivania, esaminai le ricevute e registrai nelle tabelle i costi mensili delle lampadine e del tè allo zenzero. La scrivania era su un soppalco aperto, quindi potevo essere osservata, ma soprattutto potevo guardare dall'alto la vita del negozio. Una campanella suonava, con un tintinnio metallico e melodico, ogni volta che entrava qualcuno. Alzavo la testa dal mio lavoro noioso, solo per un secondo, per dare un'occhiata a chi arrivava. Quasi sempre non si trattava di un cliente, bensì di un amico di Madge che «passava di lì», e sempre trovavo i loro volti affascinanti anche dall'alto della mia posizione privilegiata.

Marsden, dal Maine, con la sua sciarpa bianca e gli occhi spaventati, portava una tela. «Un regalo per Gertrude», gli sentii dire, «lo porterò a Parigi.» Schizzi di pittura, un paesaggio volutamente ridotto a colore. Post-impressionista, mi avrebbe spiegato in seguito Madge. «Non hai mai sentito parlare di lui?» Era scioccata dalla mia ignoranza. «Non hai mai sentito parlare di Marsden Hartley? Non hai mai sentito parlare di Gertrude Stein?» Arrivò una ragazza, figlia di uno storico francese, con un cappotto a quadri e i capelli rossi raccolti in due trecce. La sentii chiedere un libro sul Quartiere Latino.

Entrarono due uomini allegri e chiassosi, non molto più grandi di Benita, uno con una fiaschetta d'argento e l'altro con un clarinetto. «Cara Madge», gridarono, «siamo venuti a farti una serenata.» Dondolandosi, intonarono una canzone che dissero essere scandalosa. «Non tutto il male vien per nuocere», cantarono, prima che uno cadesse, schiacciando quasi i gigli che avevo sistemato con tanta cura. Nessuno parlava della guerra, nessuno parlava della società. Pensai che dovessi imparare quella lingua, la loro lingua. Le parole entravano nei miei sogni. Quartiere Latino, Gertrude Stein, scandalo, serenata. Il mio ultimo giorno da impiegata, Madge mi diede un incarico. «Vai a parlare con l'uomo dei tappeti armeno», mi disse in tono vago, «digli che sono stanca dei suoi topi nel mio giardino.»

Naturalmente, non potevo avere un'enclave, un'evasione, un Eden, senza che entrasse qualcuno dei ricchi Guggenheim. Entrarono le mie zie, nella Sunwise Turn, in un giorno di primavera, quando i ginkgo di Minetta Street erano in fiore e i marciapiedi coperti di piccoli frutti del colore delle albicocche, ma con un odore di marciume profumato. Madge, credo, era colpita dai miei modi diligenti, dagli errori che avevo trovato nei rapporti del contabile. Quando le confessai che non riuscivo a capire *Teneri bottoni*, ma che mi piaceva comunque, mi abbracciò. Ne citai un verso mentre innaffiavo le sue piante: *Un sigillo e dei fiammiferi ed un cigno ed edera ed un vestito.* «Perché non provi a vendere qualche libro?» mi disse. «Hai fatto abbastanza gavetta.»

Ero piuttosto brava a vendere; mi inquietava la facilità con cui riuscivo a intuire quali libri sarebbero piaciuti a degli sconosciuti. Tuttavia, raramente vendevo più di qualche libro al giorno. La maggior parte degli artisti era troppo povera e preferiva leggere il libro in piedi in negozio. Mentre pulivo una traccia di tabacco, vidi arrivare la Daimler; parcheggiò vicino all'ingresso, immensa e lucida, un orso splendente. Poi, prima che potessi scappare, entrarono Cora e Claudine, agitando le loro borsette italiane, puzzando di Patou. «Uh-uh, Peggy», gridarono. «Uh-uh.»

«Zia Cora», sussurrai, «cosa ci fate qui?»

«Siamo venute a comprare dei libri, ovviamente.» Mi guardò con aria di scherno. «Sei tutta impolverata, mia cara; i tuoi capelli sono un disastro. Perché non li schiarisci?»

Claudine, la sorella di mia madre, era meno crudele, meno critica, ma si guardava comunque intorno facendo smorfie. «Avevo sentito dire che era affascinante, ma insomma...» Dalla borsetta tirò fuori un metro a nastro. «Aiutaci, Peggy cara. Ci servono due metri di libri. Per la biblioteca.» Era come se stesse comprando delle tende.

Cora si aggirava per il negozio, tirando fuori edizioni a caso, commentando i colori del dorso. «Mi piace questo malva, ma ho bisogno di un tono più rosso per il mio salotto.»

Rimasi lì in piedi, cercando di sembrare divertita, ma avevo voglia di piangere.

«I libri non sono una decorazione», dissi alla fine. «Perché non comprate carta da parati o oggetti d'antiquariato?»

«Perché vogliamo aiutare te e il tuo piccolo negozio. E li leggeremo, i libri. Non siamo filistei. È solo importante che siano del colore giusto. Perché non aiuti Claudine? Valle a prendere un carretto o qualcosa del genere.»

«Una carriola», insistette Claudine. Era salita sulla scala e stava facendo cadere pile di libri sul tappeto.

Mi ricordai che c'era un carretto nel giardino dell'uomo dei tappeti; uscii e lo recuperai, impaziente di soddisfare le mie zie in modo che se ne andassero prima che Madge tornasse dal suo pranzo con Amy Lowell. La loro insistenza nel sottoporre la copertina di ogni libro a un test estetico – troppo scura, troppo usurata, troppo strana – avrebbe anche potuto divertirmi, ma io non riuscivo a fare altro che restare vicino alla cassa tremando. Iniziai a battere i libri, ignorando i loro tentativi di dare spettacolo. Avrebbero potuto essere da Gimbels a insistere per comprare un candelabro di peltro. «Hai altri libri cremisi? Hai qualche libro con le pagine d'oro?»

«Non lo so», risposi. «Posso dirvi di cosa parlano i libri, o quali libri contengono poesie. Perché non leggete *Teneri bottoni*? È meraviglioso e nuovo.»

Tra me e me, mormorai *un sigillo e dei fiammiferi ed un cigno ed edera ed un vestito.* Quella scena ridicola andò avanti per un po' di tempo e, quando ebbero finito, consegnai loro la ricevuta con la somma dovuta. Ottanta libri comprarono quel giorno le mie zie, più di quanti il negozio ne avesse venduti negli ultimi quattro mesi. Tuttavia, non riuscii a ringraziarle.

«Sei molto scortese, Peggy. Sei pallida.»

«Dovresti prendere un po' d'aria; la polvere qui dentro è indecente. Chi è quell'uomo nell'angolo? È un bohémien?»

«Cora», dissi alla fine, «devo fare una consegna.»

Lei mi fece l'occhiolino, come se avesse capito che la mia era una scusa, e io scappai di sopra. Erano volgari, pensai, erano ridicole. Eppure Madge era euforica quando tornò. Vide l'assegno con il nome Guggenheim; vide la somma; osservò gli scaffali vuoti, tutti i sette volumi di *Storia medievale* ora mancanti, insieme a cinque edizioni delle poesie di Edgar Allan Poe, ormai fuori moda. Ballava come se fosse una bambina. «Devi far venire altri membri della tua famiglia a farci visita», disse.

«Oh, non lo direbbe se fosse stata qui.»

«Certo che lo direi», insistette, guardandomi dritto negli occhi. Tutti gli sforzi che avevo fatto per diventare una persona degna del suo rispetto sembravano inutili. Ora ero solo la nipote ricca, la fonte di acquisti esagerati. Avrei potuto andarmene allora: avrei potuto trovare futile il significato di ciò che desideravo, ma non lo feci. Decisi di fingere che le mie zie fossero fantasmi; spettrali, inafferrabili. Decisi di continuare a origliare e a trascrivere i nomi delle vie di Parigi a cui inviavo pacchi o da cui ricevevo lettere. *Rue Saint-Victor. Rue Hallé.*

Tornai al negozio, risoluta, infatuata, devota. Quella perseveranza mi ricompensò. Solo una settimana dopo la quasi tragedia della visita delle mie zie, entrò nel negozio Helen Kastor, portando con sé l'uomo che avrei sposato. All'inizio non riuscii a riconoscere in lui il mio destino. Ma d'altronde non ci si riesce mai.

7.

TEPPISTI

1920

Laurence Vail entrò spedito nella Sunwise Turn. Girovagò, si pavoneggiò, ondeggiò. Era tutto un movimento, tutto colore e forza. Ormai avevo visto artisti e poeti di ogni tipo; lavoravo in libreria da quasi un anno. Uomini con mantelli di velluto bordeaux che puzzavano di un odore che mi sembrava di castagne; una donna aristocratica che indossava un vestito fatto di giornali; un pittore con un serpente arrotolato intorno al polso; la modella quasi diciottenne di un pittore, nuda sotto il grembiule preso in prestito che le scivolava giù dalle spalle. Ma Laurence Vail mi spaventò. Come se fosse entrato nel negozio polveroso un lupo; un cannone a salve che sparava stelle.

Qual era il suo tratto più particolare? Era fatto unicamente di tratti particolari. I capelli di un rosso chiaro, striati d'oro, gli scendevano fino alle spalle. Non avevo mai visto in vita mia un uomo senza cappello. La chioma non curata e in mostra sembrava da sola illecita, vagamente sessuale. Il naso romano, eroico, era sottilissimo e severo. Aveva dei begli occhi slavati, di un lilla sbiadito, e un sorriso infantile, che contrastava con il viso scavato e altero. Indossava un abbigliamento assurdo: un cappotto di tela olona, color cremisi, e ampi pantaloni di velluto a coste, fatti su misura ma con una tasca strappata.

Era molto alto, più di un metro e ottanta, e quando mi passò accanto i fogli sul bancone si alzarono e svolazzarono in aria. La sua energia era tale da risvegliare la quiete. Camminava in un modo consapevole che sembrava atletico ed espressivo. Mi chiesi quale fosse lo sport che allenava un uomo a muoversi in quel modo. In seguito, non fui affatto sorpresa quando appresi che proveniva da una famiglia di scalatori e che, in effetti, sua madre era stata la prima donna a raggiungere la cima del Cervino.

Aveva piovuto per tutto il pomeriggio e i bar erano chiusi a causa del proibizionismo, quindi non mi sorpresi quando entrò nel negozio con un ombrello aperto e due amici, una dei quali una donna in abito scuro. All'inizio non la riconobbi, perché guardavo per terra, decisa a non fissare Laurence, che evidentemente si aspettava di essere fissato. "Come una calamita impazzita", pensai. Raccolsi le ricevute e gli appunti che aveva fatto frusciare. Una voce familiare disse: «Peggy», con il tono che usavamo quando eravamo ragazze alla Jacobi.

«Helen», dissi, con un dubbio nella voce. *Era Helen?* Il periodo trascorso all'estero l'aveva cambiata: sembrava molto più grande di me; indossava una sciarpa di seta legata al collo, con un nodo pronunciato e stranamente sghembo. Il suo rossetto era molto scuro e portava occhiali di tartaruga, umidi di pioggia. Sotto il suo sguardo mi sentii informe, in disordine. Ma lei sorrise molto calorosamente e si scusò. «Mi dispiace di non aver risposto alle tue lettere. Sono andata da Londra a Parigi e ho incontrato questi teppisti.» Fece un cenno verso il retro del negozio, dove Laurence si trovava ora a conversare con un altro uomo, un uomo ordinario, che faceva penzolare nervosamente l'ombrello gocciolante. «Immagino che tu abbia saputo che mi sono sposata», aggiunse lei.

«Non l'ho saputo! Helen!»

«È stato un matrimonio molto informale», disse. «Ci siamo sposati in rue de Camille, con grande disappunto di mia madre. Ora sono Helen Fleischmann, non suona terribile?»

Helen era una di quelle persone che dicono qualcosa di provocatorio e poi si offendono se tu le assecondi. Non sapevo bene cosa dire. Sembrava terribile, pensai. Fleischmann, il nome della famiglia che viveva al 649 di Madison. Una fortuna nel lievito. Mi fece arrabbiare senza una vera ragione. Non era più Helen dei Coltelli e, forse proprio per questo, sembrava davvero meno brillante.

«Leon, vieni qui», ordinò, con voce dolce ma autoritaria.

Non riuscivo ad alzare gli occhi; ero consapevole della presenza di Laurence come lo si è di un fuoco. Il mio cuore si emozionava e soffriva; un promemoria con un battito rapido. Gli scaffali e la finestra si confusero alla vista.

Furono fatte le presentazioni. «Questa è Peggy, la mia cara amica del liceo. E questo è mio marito, Leon.»

«C'è Madge?» chiese Leon in tono animato, senza guardarmi. Aveva l'ombrello in mano e continuava a farlo oscillare in modo distraente. «Sono un buon amico di Madge. Falle sapere che sono qui, Leon Fleischmann, della Boni & Liveright.» Annuii, riconoscendo il nome dell'editore preferito di Madge. Pronunciò il nome in un modo tale che fui tentata di ridacchiare. Lo pronunciò come se fosse quello di un lord britannico o di una prelibatezza esportata. *Liv-ahh-right.*

«Certo», risposi, dirigendomi verso le scale. Mi sarei aspettata che Helen mi difendesse, o addirittura che si chiedesse perché fossi dietro il bancone della libreria, ma sembrava dare per scontato che fossi una sorta di ligia segretaria, il che era perfettamente ragionevole, visto che in realtà *ero* una sorta di ligia segretaria. «Devo far leggere a Madge *Gaius Gracchus* o Trockij», disse Leon a Helen, che si limitò a mormorare qualcosa in risposta.

Ma, con mia grande sorpresa, non finii per annunciare a Madge l'arrivo di Leon. Davanti allo scaffale delle nuove commedie, in piedi davanti a me, c'era Laurence. Cercai di girargli intorno, ma anche lui si mosse e mi fece ridere il modo in cui formava un cancello, con le braccia sottili tese. «Ciao», disse, anche lui ridendo, «spero che non te ne andrai prima che ti abbia conosciuto.» Parlava con una tale disinvoltura che non mi sentivo più nervosa; era come se fossi stata invitata in un luogo caldo. Lo guardai negli occhi, dissi il mio nome e mi scostai indietro la ciocca che si era sciolta dallo chignon.

«Oh, Peggy», intervenne Helen. Si era avvicinata a me. «Devi conoscere l'altro mio teppista.»

«È questo il tuo nome?» domandai, non volendo tornare alla freddezza del bancone. «L'altro teppista?»

Prima ancora che lui avesse la possibilità di rispondere,

Helen disse di essere affamata e che dovevo unirmi a loro per la cena. Come poteva il cielo essere così caldo quando la pioggia sferzava tutto intorno a noi? Helen saltellava tra le pozzanghere di Greenwich Street; Leon mi teneva aperto l'ombrello, come se fosse un oggetto di scuse. Solo più tardi, quando eravamo molto ubriachi, avrei saputo che il suo nome era Laurence Vail, ma che non veniva mai chiamato con quel nome nei caffè di Parigi. Tutti, appresi, lo chiamavano il Re di Boemia.

Come sapevo che gli avieri sarebbero caduti sui loro aerei derelitti, così sapevo anche che prima o poi Laurence mi avrebbe baciato. Ancora con i cappotti inzuppati di pioggia, ci sedemmo in un'osteria, uno di quei posti con la segatura per terra, le tovaglie di percalle, la carta da parati macchiata dall'umidità che entrava dai tanti buchini. Helen ordinò una bistecca. L'odore del sangue; l'odore della segatura. Lontano dalla libreria, mi sentivo alla deriva; mi sembrava di essere caduta da una botola e di essere atterrata in una stalla di cavalli. Ma Laurence era molto divertente e quasi tutte le persone che entravano nell'osteria gli facevano un cenno con la mano o si fermavano a salutarlo.

Dai suoi racconti appresi che era cresciuto a Parigi e che viveva ancora lì, nell'appartamento di famiglia vicino al Bois de Boulogne. Suo padre era un pittore della Bretagna; un pittore *accademico*, disse con disprezzo. «Il tipo di uomo che dipinge bambine con enormi fiocchi nei capelli e barche con vele bianche all'orizzonte.» (Come ridevano Helen e Leon quando disse *bambine con enormi fiocchi nei capelli*). E ripensai al ritratto di Lembach delle mie sorelle e a come lo amavo ancora e l'avrei sempre amato, anche se era fuori moda. Sua madre era americana, puritana e ricca di famiglia, membro delle Daughters of the American Revolution, campionessa di alpinismo. Potete immaginare, disse, lo scontro di valori e dover scegliere da bambino tra le racchette da neve e la trementina. Sua sorella, Clotilde, era stata la sua salvezza. «Anche la mia lo è», dissi, sperando di fargli capire che comprendevo il legame.

«Oh, ma non è la stessa cosa», intervenne Helen, «tu e Benita non siete scandalose.»

«Le voci che girano non sono vere», ribatté Laurence, sconcertato. «Non capisco perché la gente pensi che andiamo a letto insieme.»

«Oh, dai», disse Leon, mettendomi un braccio intorno alle spalle. «A nessuno importa dell'incesto.»

Cercai di sembrare tranquilla. La conversazione si spostò sullo spettacolo di Laurence, il motivo per cui si trovava nel Village. Il cast era terribile, disse, troppo serio, senza senso dell'umorismo.

Ripensai a sua sorella. "Clotilde", pensai, "che bel nome." La immaginavo in abiti parigini, di seta finissima, con colletti alla Peter Pan. Sopracciglia folte, sigarette macedoni, pantofole di velluto. La loro infanzia distorta, «i soldi sufficienti per vivere, appena sufficienti». Spostandosi tra le Alpi e le gallerie. Clotilde era, nel mio sogno a occhi aperti, la modella di un artista, il suo corpo esisteva in repliche in tutta la Rive Gauche. Clotilde in argilla, Clotilde su tela. Laurence la accompagnava alle sessioni di ritratto, si sedeva in un angolo e lavorava a un'opera teatrale o forse a un quadro, poi portava la sorella in un bistrot, dove condividevano un unico piatto di ostriche. Non c'era spazio per me in queste vivide fantasie; eppure pensavo: "Voglio entrare nella sua vita", che, chissà perché, non riuscivo a smettere di vedere come un film nella mia mente. Clotilde in cappotto, in pantaloni da uomo, i lunghi capelli biondi raccolti e nascosti sotto un basco. Anche se non sapevo ancora che era una cantante, la immaginavo cantare. Durante la passeggiata dalla Senna a Batignolles, era come un pifferaio magico al femminile, che attirava oziosi e studenti solo con la sua voce, con la sua intensa melodia. Quando raggiungevano il Café de la Paix, il gruppo era eterogeneo, esausto. Alcuni se ne andavano; altri si sedevano con Laurence e Clotilde, curiosi di sapere se fossero una coppia, amanti, o un duo del palcoscenico o del cinema; Laurence spiegava continuamente che Clotilde era sua sorella, la sua migliore amica.

Nella mia immaginazione, lui sceglieva sempre il tavolo

più vicino alla luce del sole e si sistemava sulla sedia di vimini, in un posto dove avrebbe trascorso una giornata. Si faceva portare caffè e omelette, mentre Clotilde insisteva per avere caramelle o pasticcini, qualsiasi cosa, diceva, che non fosse stata prima un animale. Per tutto il giorno Laurence parlava con pittori e poeti, senza presunzione né derisioni. Voleva sentir parlare di colori e di trama, di un quadro che poteva essere di una nuvola, poteva essere del mare, ma era un mistero, un frammento, tutto tranne che un ritratto, tutto tranne che una barca a vela nel porto. Clotilde cantava; prendeva in prestito del filo dalla cameriera e cuciva il buco nella sua pantofola, usando il gancio dell'orecchino come ago. Quando un uomo le chiedeva se poteva dipingerla, lei rispondeva che troppi uomini l'avevano già fatto; era come un plagio o la profanazione di una tomba. Quando l'uomo le chiedeva il suo nome, lei lo diceva come se fosse un fiore raro.

Non avevo mai pensato di avere dei figli, nemmeno quando Benita mi aveva pregato di valutare con lei i possibili nomi per i bambini che desiderava tanto. Ma lì, in quell'osteria, pensai con improvvisa lucidità: "Voglio avere dei figli e voglio che crescano come Clotilde e Laurence. Voglio che mangino i *vol-au-vent* di una panetteria dipinta di blu, voglio che cantino sui marciapiedi senza essere rimproverati, voglio che conoscano l'odore della trementina, che abbiano clarinetti e tamburi a calice, che facciano una musica bizzarra prima di dormire; voglio che abbiano le mani screpolate in una valle svizzera, che sciino davanti alle capre, che imparino ad attraversare i ghiacciai".

Pensando a questo, guardai Laurence che stava ancora parlando dello spettacolo, dell'attrice, della sua blesità, della sua mancanza di vitalità. Lo guardai con determinazione; avrebbe potuto pensare che fosse desiderio. Erano davvero diversi? Alla fine della serata, osservai come Helen attirasse senza dar nell'occhio il vassoio con il conto verso di sé, come un mago con il fazzoletto su una carta da gioco. Nessuno dei due uomini fece il gesto di darle i soldi. In strada, il cielo del West Village era color cobalto e senza pioggia. Laurence disse di voler prendere la metropolitana; fu vago e affettuoso nel salutare Leon e Helen con un bacio. Solo quando fui sul taxi mi accorsi che mi aveva infilato un biglietto in tasca. *Sembravi molto annoiata questa sera. Mi farò perdonare domani se ci vediamo fuori dalla Turn alle cinque. Ti prometto che non ti annoierò.* Aveva cancellato *non ti annoierò* e sopra le parole aveva scritto: *ti porterò in un posto divertente.*

Si presentò, puntuale, alle cinque. Camminando accanto a lui, mi sembrava di essere vicino a un forte vento. Indossava un completo di seersucker su misura e, per coincidenza, io indossavo un vestito blu con un colletto arrotondato di pizzo bianco. Mi sorrise con approvazione. «Oggi non ti annoierò», mi disse. «Prometto che faremo qualcosa di divertente.»

«Ieri sera non mi sono annoiata», insistetti. «Per carattere, sono una persona molto silenziosa finché non mi sono acclimatata.»

«Oh, lo spero, ma è molto gentile da parte tua. Andiamo a fare una scalata?»

Cercò di fermare un taxi, con le sue braccia lunghe e attento, agitando la mano in alto sulla strada vuota.

Dov'erano le montagne in città? mi chiesi. Dov'erano le scogliere? Un camion per le consegne si fermò e Laurence parlò con l'autista solo per un attimo prima di afferrare la mia mano e sollevarmi nel cassone aperto. Ci sedemmo in mezzo a scatole di tè, di legno e bordate di rame malconcio, con un leggero profumo di gelsomino.

Alla Centoventicinquesima prendemmo il traghetto per Fort Lee e camminammo vicini lungo il fiume. Il vento continuava a sollevare il mio cappello, così lo diedi a Laurence e gli dissi: «Lo lanceresti nel fiume, per favore?». Ridemmo, guardando il cappello che galleggiava allontanandosi da noi, sollevato dalle onde, come un ricordo di un corpo disperso.

Le sigarette che fumava si chiamavano Egyptian Prettiest; sottili ciuffi di carta marrone e un sapore aspro. Il tabacco mi s'impigliò in gola.

«Sei mai andata a scalare?» mi chiese.

«A Elberon», dissi, «quando ero molto giovane. Ma niente di simile a quello che hai fatto tu.»

«Ti spaventa?»

«Nemmeno un po'», risposi. «Saresti sorpreso di come nulla mi spaventi.»

«Nulla?»

Cercai di pensare. Altre avrebbero potuto dire ragni, topi, serpenti, qualsiasi creatura che suggerisse marciume o maledizioni. Io avevo solo paura di vivere per sempre con mia madre o di perdere Benita, ma non riuscivo a trovare un modo per spiegarlo a un estraneo così spensierato. «Nulla», ribadii. «Non ho mai capito perché qualcuno debba avere paura delle altezze.» Mi vantai: lui era il tipo di uomo che ti faceva venire voglia di vantarti; sentivo che si sarebbe spazientito se non mi fossi comportata con una certa spavalderia.

Raggiungemmo una cengia che sporgeva come un ripiano dalla scogliera principale delle Palisades. Sopra di noi la roccia era consumata fino a diventare bianca sul bordo, dove le onde dovevano averla lambita durante le tempeste o i tornado. Lui cominciò a scalare e io lo seguii, appoggiando la punta dei piedi sugli appigli. Si arrampicò, infilando le mani nelle fessure e facendo oscillare i piedi dalla scogliera. Il cielo era chiaro, di un azzurro pallido, una promessa.

Le nuvole si muovevano veloci; io mi spingevo in avanti aggrappandomi, come se potessi raggiungerle. Ventri bianchi, pensai, parasoli bianchi. Solo una volta sbandai, allungando la mano verso l'alto e toccando l'aria quando avevo già fatto un passo. Oscillai, precaria, per un minuto pensai: "È così che potrei morire, cadendo nell'Hudson", poi afferrai una sporgenza. Quando raggiunsi Laurence, lui mi guardò, i miei capelli scompigliati e le calze strappate, e la sua espressione era tenerissima.

«Tempo da Riviera», disse mentre mi sedevo accanto a lui.

«È bellissimo, commentai, sdraiandomi sull'erba e guardando i grattacieli di fronte.

«L'altitudine mi mette sempre allegria», aggiunse.

«Anche la salita», precisai ridendo. Mi misi a sedere ma tenni gli occhi puntati sulle nuvole, non volendo che mi venisse in mente la città, la malignità dei grattacieli. Chi, nella sua cerchia, avrebbe avuto voglia di dipingere noi lì, su una scogliera piuttosto ordinaria, un'immagine troppo romantica, troppo idilliaca? Non mi ero mai sentita così tenera, confusa, beata, come se non avessi più sangue o ossa ma fossi solo un nastro, un fiume.

Mi baciò e io mi sdraiai di nuovo sulla roccia, attirandolo sopra di me. Mi baciò molto dolcemente; tenne le mani ai miei lati, come per impedirmi di oscillare.

Rimanemmo sulla scogliera, baciandoci solo, finché il cielo non cominciò a scurirsi, e sul traghetto per tornare a casa mi disse che sarebbe partito per Parigi l'indomani mattina. «Dovremo incontrarci lì», concluse, «a un'altra altezza.» Suggerì di darci appuntamento sulla Torre Eiffel, di lì a un mese a partire da domenica.

8.

FERITA ETERNA

1920

Forse non avrei mai lasciato l'America se non avessi ricevuto una lettera da Harold, quel fatidico inverno dopo la fine della guerra e la dichiarazione del sindaco che non si sarebbero più serviti alcolici a New York. I bar si trasferirono in clandestinità; i soldati tornarono a casa e io li vedevo che sembravano precipitare nelle strade quando scendevano le scale che portavano negli speakeasy nascosti. Edwin tornò e iniziò a lavorare per J.P. Morgan. Benita continuava a leggere articoli di riviste, alla ricerca di consigli. Bere tisane di fiori di sambuco, fare sonnellini pomeridiani. La maternità le sfuggiva. Cominciò ad aspettare alla finestra di casa, per poter iniziare a provare con Edwin prima di cena. Malinconica, portai la lettera con me mentre impilavo i libri negli scaffali, mentre sommavo gli importi delle ricevute, mentre innaffiavo le piante di Madge e raccoglievo fragili ragni dai davanzali.

Cara Peggy, ti vedo ancora nella Sunwise Turn, la tua delicata cuspide. Io e Marjorie viviamo in un piccolo appartamento, ma passiamo tutto il tempo nei caffè. Ho fondato una nuova rivista che si chiama «Broom». Come per spazzare via il vecchio. Spazzarlo via! Ho chiesto agli zii di aiutarmi, ma hanno rifiutato, dicendo che non vedono alcuna possibilità di guadagno. E perché respirare, so che pensano, se non c'è possibilità di guadagnarci? Non m'importa. Persevererò. Ho conosciuto una persona che è innamorata di te. È giovane, con una faccia attraente, nobile e selvaggia. È arrivato ieri sera a Le Canard con diverse donne belle e affascinanti. Per tutta la sera volevano tutti parlare di loro e non riuscivano a smettere di guardarli. Quando mi ha sentito parlare della Sunwise Turn, mi si è quasi lanciato addosso. «Conosci una giovane che si chiama Peggy?» mi ha chiesto. «È mia cugina», ho risposto, e lui voleva sapere se tu avessi in programma di venire a Parigi; mi ha accennato alle tue abilità di scalatrice. (Abilità di scalatrice?) Come da istruzioni, ti trasmetto la sua richiesta di fargli visita. Ha parlato della Torre Eiffel, ma non sono sicuro che tu voglia andarci perché è stata la rovina di tuo padre.

Non che andai a Parigi per Laurence, non esattamente. Più che altro mi diede una destinazione. Diede un volto alla mia speranza. Di cosa? Di un altro tipo di vita, lontano da quella in cui ero nata. Una vita tra gli artisti. Dove la gente comprava i libri per l'autore, non come decorazione. Dove non fossi perseguitata, a ogni svolta, dal pensiero della nostra famiglia come qualcosa di maledetto. Vedevo sempre il fantasma di mio padre che, lasciando cadere quella moneta in mezzo al museo, diceva: *questa è la morte.*

Io e Benita restammo sorprese quando Hazel si presentò alla mia festa di addio. «Nostra sorella è qui», sussurrai. Indossava un vestito non della sua taglia, che le aderiva al seno appena sbocciato e si apriva dietro, con i bottoni slacciati. Era con una ragazza del suo collegio e doveva aver preso in prestito un abito. Era stata accettata alla Barnard e stava trascorrendo l'estate in un campo di equitazione. Nonostante il vestito, aveva un aspetto sano e lentigginoso; a suo modo, era adorabile. Da quando avevo convinto mia madre a portarmi in Europa, vedevo tutto sotto una luce dorata, persino la mia problematica sorella. "Che importanza ha?" pensai. La mattina seguente sarei partita per la Francia; sarei salpata sulla *SS Normandy*. Come mio padre, avevo promesso che sarei tornata. Come mio padre, sospetto, non avevo intenzione di farlo.

Quella sera notai che Hazel era più aristocratica; parlava con un accento da nord-est, un po' staccato.

"Eccoci qui", pensai, "tre sorelle che hanno sofferto e sono cresciute con quella pietra dura nel cuore."

Hazel si aggirava tra i presenti, salutando con indifferenza gli zii. «Ti sei dimenticato di me?» disse allo zio Solomon, quando lui le rivolse un'occhiata angosciata. «Sono la figlia di tuo fratello. Sono io che l'ho pregato di tornare per il mio compleanno.»

Solomon annuì; si voltò e cominciò a parlare della sua collezione. Già allora odiavo la parola *collezione*. Mi faceva accapponare la pelle, come se l'arte non fosse un essere vivente ma qualcosa da incasellare. Notai come usasse l'accenno a uno Chagall per ignorare una sedicenne tormentata.

Mi avvicinai a Hazel. «Il tuo vestito è piuttosto stretto», dissi. «Sembri la mamma.»

«Non m'importa. Mi chiedevo solo se l'avessi fatto apposta.»

Lei abbassò lo sguardo sulla stoffa, con un'espressione assente. La toccò e mi guardò come per dire: *Cos'è questo vestito e come ha fatto a finire sulle membra selvagge del mio corpo?*

Quando avrei visto Laurence a Parigi, volevo indossare pelli di donnola. Rossetto rosso in una sfumatura chiamata Eternal Wound, ferita eterna. Volevo mettere in pratica tutte le posizioni e le contorsioni che avevo trovato in un libro illustrato di affreschi di Pompei. Gambe sulle sue spalle, poi intrecciate, poi una verticale. Sarei stata la prima della mia specie. Una vergine temibile. «Ancora una volta», avrebbe detto. «Non ho mai fatto neanche questa.»

Diciassette valigie di Vuitton erano in fila accanto alla finestra della camera da letto, chiusa a chiave. Ogni valigia aveva una serratura; ognuna conteneva un guardaroba diverso per una città diversa. Su ognuna erano incise lettere d'oro, un avvertimento: Miss Peggy Guggenheim. Io preparai la valigia per Parigi, ma lasciai che mia madre riempisse le altre. «Questi ti serviranno per Roma», mi disse, aggiungendo dei sandali con cinturini spessi e una fibbia di perle. «Questo ti servirà per le acque curative», disse, piegando un costume da bagno di percalle con fiocchi sui fianchi. Annuivo, la assecondavo, ma quando parlava di una città diversa da Parigi non la ascoltavo veramente.

PARTE SECONDA

SURREALISMO

«Perché non si dovrebbe amare la bellezza?»
Emma Goldman

9.

LA PRINCIPESSA D'ARGENTO

1922

Andai nello studio di Man Ray con la sensazione di nascondere una bomba. Non sentivo ancora la bambina scalciare, ma sapevo che era lì. Non avevo avuto nausee, né mostravo altri segni precoci: capelli più lisci, pelle dorata. Eppure, quella mattina mi ero svegliata con la sensazione di portare in grembo qualcosa di morbido e vaporoso. Laurence avrebbe riso, se avessi pronunciato queste parole ad alta voce: *una sensazione, morbida e vaporosa.* Ma quando bussai alla porta dello studio, invece di salutare, per poco non mi lasciai sfuggire questo segreto; per poco non dissi la parola *figlia.*

Era una mattina di ottobre. Avevo ventitré anni. Mentre andavo al suo studio, il cielo era grigio e senza sole, ma io non tremavo. I miei tacchi ticchettavano sull'acciottolato. Com'era bello potersi muovere di buona lena! Avevo perso l'andatura della ragazza frenata da insulti e corsetti. Mi precipitai verso il portone in ferro battuto di un edificio in rue Campagne-Première.

«È vicino al locale notturno», mi aveva detto Laurence mentre mi salutava con un bacio, «dove abbiamo guardato quelle donne che ballavano con le piume di pavone.»

"Il mio primo inverno a Parigi", pensai, "vedrò la città trasformarsi." Laurence mi aveva avvertito che la città sarebbe diventata cupa e fredda, tanto che ogni inverno suo padre tentava il suicidio. «Dovremo andare sulle montagne svizzere», aveva detto, «non posso sopportare Parigi senza la bellezza.» Non mi piaceva sciare con la famiglia Vail. Caffè Nestlé e zuppa di piselli. Suo padre che mi sgridava: una montanara non guarda la montagna. Mi immaginavo di fingere delusione. *Non potrò unirmi a voi quest'inverno; sarebbe troppo pericoloso ora che sono incinta.* Persino ora, in quella mattina gelida, misi in dubbio la previsione di Laurence che Parigi in inverno sarebbe stata un luogo tetro che suscitava disperazione. Guardandomi intorno, vidi solo particolari deliziosi e decisi: qualche fiore sui rami spogli dei castagni, una donna con un cappotto patchwork che reggeva un vaso di vetro di un verde brillante.

Andai nello studio sperando di finire entro il pomeriggio. Mi sentivo troppo inquieta ed euforica per stare ferma. Volevo tornare a casa e fare di nuovo l'amore con Laurence. Ancora e ancora. Volevo bere Pernod con degli sconosciuti, chiedere loro consiglio sul nome da dare a mia figlia. Ogni volta che ero veramente felice, immaginavo uccelli neri che cadevano dal soffitto, il corpo di mio padre che rotolava tra le onde. Come avevo fatto a sfidare la maledizione? Ero sposata, ero a Parigi e presto avrei avuto una bambina. Di sicuro ci sarebbe stato un rimprovero da parte delle forze della famiglia di mio padre. *Cara Peggy*, mi aveva scritto Daniel, *siamo dispiaciuti che tu non abbia partecipato al funerale di tua zia. Speriamo ardentemente che tu non confonda il «brivido della novità» con una vita squallida e volgare.*

Da quando ci eravamo sposati, raramente ero stata ferma. Negli ultimi mesi la mia vita era diventata ancora più vorticosa. Se ci fosse stato un americano in agguato con l'impermeabile e gli assegni dei miei zii in tasca, non sarebbe riuscito a starmi dietro. Ogni sera partecipavo a una festa, a una cena, a uno spettacolo. Alle prove di *Relâche* di Satie, osservai le ballerine volteggiare con le lampadine legate ai capezzoli, mentre centinaia di specchi sul palco rifrangevano la luce accecante.

La mattina sceglievo tra gli inviti indirizzati a Madame Peggy Vail. Non riuscivo più a immaginare di essere una ragazza chiamata Goog. Cominciai a credere di appartenere a questa città dai fiumi scuri e dal profumo di anice. Mai una volta mi ero pentita di aver ingannato mia madre e non avevo alcun desiderio di tornare a New York. Niente poteva riportarmi in una città che ora mi sembrava crudele e corrotta. Non ero tornata per il matrimonio di Hazel né per il funerale di mio cugino John. *Mi dispiace di non poter partecipare*, avevo scritto su una carta intestata azzurro chiaro presa in prestito da Clotilde. Solo Benita mi avrebbe riportato indietro. *Peggy*, aveva scritto, *ti prego, torna da me.*

Man è brusco, taciturno. Nel suo studio dalle pareti nere, mi chiede freddamente di aspettare lì, sulla panca. Comincio già a preoccuparmi di essermi vestita troppo elegante. Deve essersi pentito di avermi invitato.

Probabilmente si sta già dicendo: *Con tutti gli stilisti, gli artisti e gli intellettuali di Parigi, devo passare la giornata con questa sciocca ragazza.* Forse sta pensando ai seni di Kiki, a come l'ha messa in posa davanti a una finestra e le ombre sui seni sembravano strisce sulla pelle. Più zebra che donna; ha ritagliato la sua faccia dalla fotografia. Ripensando ai seni perfetti di Kiki, alla sua schiena nuda che in seguito sarebbe stata dipinta per assomigliare a uno strumento musicale, deve aver sospirato: *Di tutte le belle modelle di Parigi, mi tocca questa noiosa dal seno piatto.*

«Aspetta lì.»

Cos'altro posso fare? Sollevo la lunga gonna metallica e la stoffa lucente mi si allarga intorno alle caviglie. Non voglio essere fotografata su una panca, seduta e docile, una natura morta. Ma cosa posso fare? Spesso riesco a ottenere ciò che voglio con il mio fascino, però Man sembra intrattabile.

Così lo osservo armeggiare con le luci, avvolgendo i cavi intorno ai polsi. «Berenice», chiama a gran voce, pronunciando il nome come se fosse un rimprovero. Dalla camera oscura esce una giovane donna. Ha le lentiggini, gli occhi chiari e la frangia tagliata a forma di V. Lo aiuta a districare i fili, in silenzio. Quando le sorrido, sembra sconcertata. I due iniziano a parlare in una lingua che non riesco a capire. Esposizioni. Gelatina ai sali d'argento. Rayografia. Lui sta in piedi dietro un aggeggio che sembra uscito da un vaudeville.

A fisarmonica, con l'occhio di vetro che si estende.

«Sono molto onorata di essere fotografata da lei», dico

quando il silenzio diventa troppo teso. «Non sono certo interessante come Joyce o Cocteau. Non so nemmeno perché lei mi abbia invitato. Spero che non sia per uno di quegli articoli del "Tatler" sulle persone mondane all'estero. Ma ho portato un abito di Poiret. È piuttosto straordinario. Oro e turchese. Con perline, credo. Quindi, perlomeno, il vestito sarà interessante.»

Lui gira uno strumento per misurare o un quadrante. Laurence mi aveva detto di non farmi intimidire. È un ebreo russo di Brooklyn. Il suo vero nome è Emmanuel Radnitzky. Lo osservo e penso con simpatia: "Ha abbandonato il *nitsk*, l'*uel*". Da ragazzo aveva rubato tubetti di vernice in cartoleria e non si era sentito minimamente in colpa per quel furto. «Perché no?» gli aveva chiesto un intervistatore. «Ero ossessionato dai colori», aveva risposto lui, «e quindi la mia coscienza non mi turbava.»

Alla fine del mio Grand Tour, e poco dopo la proposta di matrimonio di Laurence, mia madre mi mandò un telegramma dal suo albergo di Milano: NON SPOSARLO. Attaccai il telegramma alla parete della mia stanza al Plaza Athénée. Nella stanza accanto sentivo Valerie Dreyfus che ascoltava Boccherini, il *Quartetto per archi in mi.* Mi sdraiai sul letto e ripensai a Laurence, in ginocchio sul 367° gradino della Torre Eiffel. *Mi vuoi sposare?*

Ero troppo sconcertata per rispondere, ma devo aver detto di sì, perché lui insistette affinché ci sposassimo presto – subito – come se fossi *io* quella volubile e capricciosa. «Domani andiamo all'anagrafe nel Sedicesimo», mi disse.

«Oh, ma io voglio che mia sorella sia qui per il mio matrimonio», obiettai. «Dobbiamo aspettarla.»

Quando sentii la musica di Valerie interrompersi, bussai alla sua porta. Da un mese eravamo vicine di stanza. Non ero un granché come chaperon, ma facevo del mio meglio perché mi ero affezionata molto a Valerie. Aveva diciotto anni ed era cupa; mi piacevano i suoi modi seri, il fatto che non si lamentasse. Al mattino prendevamo la metropolitana fino al Louvre, con gli occhi cerchiati di kajal. Sceglievamo un piano a caso e io le facevo una lezione su un dipinto. Sceglievo uno di quelli che avevo amato alla sua età – i Manet e gli Uccello – anche se ora non avevano più un effetto così forte su di me. Valerie era sempre interessata a quelle lezioni, ne era rapita e affascinata. Spesso eravamo seguite da gruppi di turisti in visita. Una volta la guida di una classe di studenti di Eton chiese se i suoi ragazzi potessero ascoltarmi. «Lei è molto più brava a spiegare i dipinti.»

Sulla metropolitana per tornare in albergo, Valerie mi raccontava storie sulla sua vita. Venni a sapere che anche suo nonno era un bastardo. Era stato scoperto a vendere grano di *bassissima qualità* nei suoi magazzini, mentendo al dipartimento dell'Agricoltura sulla provenienza. Sosteneva di averlo importato dall'Argentina, ma in realtà lo aveva comprato a Winnipeg, sotto il prezzo di mercato, perché era bruciato in un incendio. «Potrebbe andare in prigione», disse lei scrollando le spalle, «potrebbe essere processato.» Lei voleva restare a Parigi. «Non sopporto di ascoltare conversazioni sugli orologi Cartier e sui costi di produzione del grano.» Mrs Dreyfus le aveva detto che forse avrebbe potuto prendere lezioni in una scuola d'arte se fosse stata abbastanza colta entro agosto. Valerie aveva architettato il suo piano, di cui io ero solo una pedina. In agosto avrebbe presentato a sua madre una serie di saggi sull'*Arte del Louvre*, battuti a macchina con cura. Così, quando tornavamo nelle nostre suite adiacenti, si sedeva alla sua austera scrivania per elaborare questi saggi, facendo riferimento agli appunti che aveva preso durante le nostre visite. Avevo portato con me centinaia di dischi e Valerie prendeva in prestito *La Sylphide* e la ascoltava in continuazione finché non aveva completato una bozza del suo saggio. «So di essere una ragazza emancipata», mi disse un giorno, «ma non mi piace proprio il jazz. Sono già abbastanza nervosa.»

Mentre Valerie scriveva, io passavo i pomeriggi con Laurence. Ci eravamo riuniti quasi subito dopo il mio arrivo a Parigi. Era stato facile trovarlo. Avevo chiesto a Harold dove andassero i poeti americani e, dopo che mi ebbe dato il nome di alcuni caffè, girai per la Rive Gauche e lo trovai seduto alla Closerie des Lilas. Non appena mia madre partì per Milano, Laurence cominciò a venirmi a trovare nel pomeriggio. Ci rotolavamo sul letto, ridendo di come ci sembrava di essere su una nave, con il baldacchino che ondeggiava come una vela al vento. Gli mostrai i disegni di Pompei, gli dissi quanto fossi impaziente di perdere finalmente la mia verginità. «Sento quasi che sia la mia missione», gli dissi, «ora che sono con te a Parigi.»

Mi rispose che non poteva fare l'amore con me al Plaza Athénée, troppo soffocante e claustrofobico. Temeva che mia madre avesse pagato i portieri per vigilare sulla mia castità. Era stanco di usare le scale della servitù; non riusciva a essere sé stesso in un ambiente così sfarzoso e, quando eravamo a letto, immaginava mia madre che irrompeva nell'ingresso, mentre lui si nascondeva nell'armadio. Così un giorno andammo in un piccolo appartamento che aveva affittato, una squallida stanza gialla con uno dei paesaggi di suo padre su un cavalletto. Lo sfinii; ricordavo i disegni, le gambe sollevate, le ginocchia piegate. Se sanguinai, non ci feci caso. «Devi rallentare», mi disse, ma io amavo il modo in cui sospiravo; sdraiata su di lui, senza muovermi, ma provando una sensazione come se mi stessi sollevando su un fiume perfetto.

Poi, pur non sapendo di mio padre, mi chiese: «Ma una volta non avevamo progettato di incontrarci sulla Torre Eiffel?».

«Sì», risposi, mentre facevo girare una cannuccia in un bicchiere di limonata fredda.

«E tu mi hai dato buca», disse ridendo. «Perché non ci andiamo adesso?»

Stavo per dire di no. Temevo infatti che, una volta nella torre, sarei stata sopraffatta dalla tristezza per mio padre. Fino a quel momento avevo tenuto nascosti a Laurence i sogni di mio padre. Non gli avevo mai confidato che aveva perso milioni nell'impresa degli ascensori. Non sapevo bene perché non gliene avessi parlato, al di là di un certo timore di suscitare un accenno di competizione o invidia, benché mio padre fosse un fantasma e Laurence quello fortunato, accanto a me, a vivere.

Laurence fermò un taxi. Il giorno prima si era scheggiato un dente mentre estraeva un tappo da una bottiglia di vino recalcitrante, e quel leggero difetto m'incantava. Pensai che non fosse mai stato così bello. Quando sorrideva, guardavo la piccola tacca nella fila di denti bianchi, la piccola ferita in un viso altrimenti perfetto. Sul taxi mi abbracciò, pronunciando male il nome di Settignano in un modo che trovai altrettanto adorabile.

«Non prenderemo gli ascensori, naturalmente», mi disse. «Quei marchingegni di morte sferraglianti.»

«Non sono sicura di riuscire ad arrivare a piedi fino in cima», obiettai. In verità m'incuriosiva l'idea di salire su una gabbia sicura, ma lui disse che sapeva che ero una vera scalatrice.

«Non guardare giù», mi disse, «e non guardare il cielo. Guarda solo il gradino davanti a te.»

Eppure: una sensazione di vertigine; gli alberi sfocati sotto di me. Ricordai che una volta mio padre mi aveva raccontato di essersi seduto su un parapetto con Edison, quando l'impalcatura della torre si estendeva fino alle nuvole. Era rimasto seduto con l'inventore, dondolando i piedi e bevendo caffè. «Che sensazione magica», mi aveva detto, «sentire la città diventare una miniatura.» Mi costrinsi a continuare. Alla fine Laurence mi prese in braccio, vedendomi vacillare. Il mio cappello volò via e anche il suo, sollevati dalla stessa folata di vento, una simmetria bellissima. Lui sembrò incoraggiato da quell'immagine. I nostri cappelli divennero simili a uccelli; lui mi portò al piano più alto. Prima ancora che riuscissi a ritrovare l'equilibrio e a cogliere il colore del cielo, lui era già in ginocchio. «Peggy, vuoi sposarmi?»

Che strano modo di sentirsi, calma eppure instabile. L'anello che mi porse era una semplice fascetta con un piccolo zaffiro. Mi chiesi se l'avesse preso in prestito da Clotilde. Sembrava ossidato, forse trovato in un negozio di antiquariato accanto a un fodero napoleonico. Mi commossi molto quando tirò fuori l'anello dalla tasca dei pantaloni, dove per tutta la mattina doveva essere rimasto avvolto in un tovagliolo, come si potrebbe portare in giro il dente di un bambino o una briciola di pane. Mi sedetti sulle sue ginocchia e lo baciai. «Te l'ho detto che non sono il tipo da piangere», dissi, e lui rise perché stavo singhiozzando. «Insisto», continuai, «ho il cuore duro e non piango mai.»

«Piangi pure», mi disse teneramente, tenero come non l'avevo mai visto prima. A essere sincera, mi chiesi se stessi piangendo per l'anello o perché, a ogni gradino della torre che salivo, a ogni passo, avevo pensato a mio padre e alla gioia con cui parlava dei suoi sogni. Avrebbe voluto che io fossi qui, pensai, a vedere la stessa striscia di cielo.

Poi mi voltai verso Laurence. Per quanto tempo avrei potuto fare del mio dolore un nido? Trattare la vita come se fosse paglia e fieno, per farne una tana, una culla che in realtà era una bara. «Sì, ti sposerò», dissi, «se sei sicuro. Non so proprio perché tu voglia sposarmi.»

«Che sciocca», esclamò. «Volevo portarti qui da quando sei arrivata a Parigi, ma era impossibile farti uscire dalle camere da letto.»

«Quindi non si tratta di una decisione impulsiva... di un capriccio?»

«È molto meditata. Ho persino messo qui questi», disse, infilando la mano sotto la piattaforma e tirando fuori una scatola di dolci di marzapane e una bottiglia di champagne avvolta in un carta velina bianca. «Non è un capriccio.»

Bevemmo lo champagne dalla bottiglia; lui mi mise la testa in grembo e io gli accarezzai i capelli. «Non ti metti l'anello?» mi chiese.

«Oh, devo?» Arrossii. «Non ero sicura se dovessi metterlo il giorno del matrimonio...»

Mi guardò con aria interrogativa. «Sembri distante», disse.

E lo ero. Improvvisamente ebbi un ricordo vivissimo. Ricordai che mio padre mi aveva detto che se si saliva abbastanza in alto sopra la città, si cominciava a credere di essere parte del cielo, tanto l'aria è limpida, ogni segno dell'uomo scomparso, tutto luminoso e così celestiale.

Più tardi, quando lo raccontai a Benita, lei strillò. «Non era proprio quello che sognavi? Lo avresti incontrato sulla Torre Eiffel!» Immaginai mia sorella che si stringeva le mani, in punta di piedi, e poi volteggiava sul suo tappeto Aubusson. Sospirò; disse con un tono di apprensione e di gioia: «Hai sentito la presenza di papà quando eri in cielo?».

«Sì», risposi. «Benita, l'ho sentito nelle nuvole. L'ho sentito mentre salivo, su ogni gradino. Lo immaginavo con le sue misurazioni e le sue macchine. Un marchingegno di rete metallica. Era in cielo, ne sono certa. E Laurence non lo sapeva! Non gli ho mai parlato degli ascensori. Ha scelto lui quel posto per chiedermi di sposarlo. Non ti sembra un buon segno? Pensi che sia destino?»

«Oh sì», disse Benita, «lo penso davvero.»

Il giorno dopo la sua proposta di matrimonio, trovai Laurence in uno stato terribile. Sdraiato a letto, con la faccia pallida e tesa. Io, invece, ero radiosa come una santa. Alla reception del Plaza Athénée avevo inviato un telegramma a mia madre a Milano: SPOSERÒ LAURENCE VAIL. Poi mi ero immersa nell'acqua di rose, staccando i petali dalla composizione nell'atrio dell'albergo. Indossavo un abito chemisier delle Callot Souers, a vita bassa e con una cintura sotto i fianchi; la sarta non aveva infilato batuffoli di cotone nel corpetto, dicendomi invece: «Oh, le sta bene la silhouette alla *garçonne*».

«Perché profumi di rose?» mi chiese Laurence al mio arrivo.

«Ho messo dei petali nell'acqua del bagno.»

«Devo confessare che non è il mio profumo preferito.» Lo disse in modo imbronciato. Rimasi sorpresa. Il giorno prima aveva cantato alle nuvole, dicendo che mi avrebbe amata per sempre. Era bastato un giorno perché in lui s'insinuasse il dubbio?

Si era messo a camminare per la stanza, mentre io mi sedevo sul letto e infilavo una sigaretta nel mio bocchino color antracite. Il suo pomo d'Adamo andava su e giù; a metà del collo e poi sotto il colletto.

«Che fiore ti piace?» gli chiesi. «Se posso, stacco quei petali.»

«Non ho tempo di pensare ai fiori», rispose freddamente.

«E a cosa hai tempo di pensare?» chiesi, con il cuore già

pesante. Conoscevo la risposta prima che la dicesse. *Penso che non voglio sposarti. Penso all'errore che ho commesso ieri.* Continuai a fumare, lasciando cadere la cenere nel palmo della mano, perché sentivo che se mi fossi alzata – se avessi anche solo preso un posacenere – avrebbe potuto castigarmi di nuovo. «Sporca ebrea», mi aveva sussurrato un uomo un mese prima mentre compravo il giornale vicino all'hotel Le Pigalle. Avevo fatto finta di non sentirlo, ma quella sera mi ero accorta che il mio naso a patata si era gonfiato, sempre più rosso e grottesco, a causa della giornata trascorsa all'aria umida.

Laurence era seduto su una sedia di vimini, accanto a un cavalletto vuoto. Scostò via i capelli dalla sua nobile fronte. Come faceva una fronte a essere così erotica? Come potevo amare la sua fronte, così ampia e nobile, più dei suoi occhi, più della sua voce?

«A cosa penso? Be', dopo il nostro viaggio tra le nuvole, ho pensato al nostro futuro.»

«Sarà entusiasmante», dissi allegramente. «Lo pensano tutti.»

«Chi lo pensa? A chi l'hai detto? A mezza Parigi, immagino.»

«Non l'ho detto a nessuno. Mi è solo venuto in mente che il visconte Stewart-Castle, che ha sposato mia cugina Eleanor, me l'ha detto quando ero a Londra il mese scorso. Quando sono andata a trovarlo, Stewart-Castle, nel suo castello. Abita davvero in un castello!»

Laurence non rise, anche se la ripetizione mi sembrò piuttosto divertente. «Ho conosciuto quest'uomo?»

«No, si riferiva alla *mia* vita. Ha detto che era certo che *io* avrei avuto una vita emozionante e, visto che mi sposerai, sono sicura che condividerai le emozioni. Non vedo perché dovresti cominciare a preoccuparti.»

Impallidì quando dissi «mi sposerai». Il suo pomo d'Adamo ricominciò ad andare su e giù. Era un tic? La sporgenza, lo sforzo improvviso? «Senti, non sono sicuro che dovremmo sposarci», disse. «Se proprio vuoi saperlo... l'idea mi rende nervoso.»

«Non pensavo che fossi il tipo che si innervosisce. Sei salito sul Cervino in mezzo a una tempesta di neve, quando avevi *otto* anni...»

«Lo so. Non sono mai stato nervoso. È una sensazione molto strana e sgradevole. E non è perché non ti amo, Peggy.»

«E allora perché hai cambiato idea?» chiesi, anche se all'improvviso, con quella chiarezza tipica dell'acqua fredda, lo sapevo.

«Clotilde», dicemmo all'unisono. *Clotilde, Clotilde.*

«Non credo di poter sopportare di non avere Clotilde nella mia vita.»

«Ma io adoro Clotilde», mentii.

Clotilde mi detestava. Non faceva alcuno sforzo per nascondere la sua avversione. Quando parlava con me diceva sempre *mio fratello.* «Mio fratello sta lavorando a un romanzo giallo. Mio fratello ti ha letto le sue nuove poesie? Mio fratello dice che hai letto solo Dostoevskij. Non sei andata al college? Ah, no. Che strano. Pensavo che tutte le ragazze ebree andassero al Barnard e al Vassar. Mio fratello ha un debole per le ragazze del Vassar; per questo credevo che tu fossi andata al Vassar. Non pensa che tu sia ignorante, solo non molto colta e un po' tenuta nella bambagia.» Quando bussavo alla porta di casa dei Vail, lei non mi invitava a entrare. «Oh, mio fratello non è in casa. Potresti trovare mio fratello nei caffè.» Una porta chiusa; a volte vedevo uno scorcio di un paesaggio dipinto da suo padre. E nei caffè lei mi ignorava, salutando le amiche o gli sconosciuti e facendo finta di non vedermi.

Invidiavo la sua simmetria. I suoi occhi regolari, il naso sottile e perfetto. Le sue gambe, sempre nude, sempre perfettamente in equilibrio come una ballerina. Gli uomini flirtavano di continuo con lei, affascinati dalle sue labbra carnose, dalla sua crudeltà. Una volta Laurence aveva lanciato una bottiglia di vino a un uomo che le aveva semplicemente chiesto di ballare. Cocci di vetro sulla sua spalla. Non avevo prestato abbastanza attenzione quando Clotilde aveva detto: «Oh no, Laurence, di nuovo».

Ora lui mi guardava, con la faccia stranamente tesa.

«Mi piacerebbe molto se Clotilde potesse unirsi a noi nella nostra luna di miele.»

«Nella nostra *luna di miele*?» ripetei. Per poco non scoppiai a ridere. Laurence aveva proposto di andare in viaggio di nozze a Capri, affittando una villa nella parte dell'isola che ospita la villa di Tiberio. «Possiamo affittare dei sandoli», aveva detto, «possiamo cenare da Morgano con i pescatori.» Mi aveva detto che mi avrebbe presentato un conte che era un lontano parente dell'amante di Maria Antonietta; mi aveva promesso che avrei incontrato una marchesa che girava per l'isola con il suo leopardo. Non avevo sognato altro da quando mi aveva descritto quel luogo incantato.

Clotilde con noi? Non riuscivo a pensare a un'idea più assurda. Immaginai una serie di situazioni assurde. *Madame Vail,* avrebbe chiamato il cameriere, e noi saremmo andate entrambe di corsa. *Telefonata per Madame Vail,* e ci saremmo scontrate sotto un lampadario sfarzoso.

«Be', suppongo che vada bene», dissi. «Posso portare con me Boris?»

«Chi diavolo è Boris?»

«È il mio amico russo. Boris Dembo. Mi sta insegnando il russo.»

«Non ti servirà il russo, se sarai in Italia.»

«No, ma tu sarai impegnato con Clotilde e quindi avrò bisogno di compagnia.»

«Sei impazzita? Non voglio che Boris Dumbo si unisca a noi durante la nostra luna di miele.»

«*Dembo,* non essere cattivo.»

«Senti, è solo una vacanza, davvero. Possiamo stare da soli per qualche settimana e poi Clotilde potrà raggiungerci. Prima Capri, poi Saint-Moritz. È davvero divertente viaggiare con lei. Vedrai.»

«Immagino che andrà bene. Ma non credi che la gente potrebbe pensare che sia un po' strano?»

«E perché dovrebbe importarmi?»

«No, certo, non ti importerebbe.»

«Se non riesci ad accettare Clotilde, non credo che dovremmo sposarci.»

È Clotilde che non riesce ad accettarmi, volevo fargli notare. Invece dissi: «Capisco, Laurence. Provo le stesse cose per Benita».

Il suo volto si addolcì; tornò a illuminarsi.

«Puoi parlarmi della marchesa?» Lo dissi perché volevo pensare a qualcosa di allegro, a un animale selvaggio che si muoveva con passo felpato sulla sabbia bianca di una spiaggia. Avevo bisogno di quell'immagine improbabile su cui concentrarmi mentre mi sentivo come se un filo teso si stesse avvolgendo stretto intorno al mio cuore.

Laurence mi baciò sulla fronte.

«Raccontami del leopardo», sussurrai. Andai a sedermi sulle sue ginocchia; lo abbracciai e gli presi la penna dalla mano. Tirai fuori un taccuino. Feci finta di essere una giornalista della BBC, imitando un accento britannico abbastanza convincente.

«Cosa può dirmi del leopardo di Capri? È vero che l'animale appartiene alla marchesa Casati? Le ha strappato la pelle? Il leopardo dorme nel suo letto?»

Laurence mi prese il taccuino di mano. Era la prima volta che sentivo che era irritato con me. Deluso, infastidito. Mi baciò in modo svogliato.

E poi il pomeriggio successivo, con il pomo d'Adamo ancora in movimento, tirò fuori la mia infanzia. Le mie capacità. Sapevo a malapena bollire un uovo. Cosa avrei fatto senza la servitù? Senza pony belgi e autisti e fragole fatte arrivare da Barrytown?

«Non so da dove ti vengano queste idee», ribattei con fermezza. «Non m'interessano queste cose. Se così fosse, non sarei qui a Parigi.»

«Passi il tempo oziando al Plaza Athénée», rispose in tono severo.

Ripensai alle notti che avevo trascorso con lui nel suo squallido appartamento. Mi ero mai lamentata della sporcizia nella teiera, dell'acqua fredda in bagno, delle spore nere sulla tenda della vasca che facevano marcire il tessuto fino a farlo sembrare un corpo pieno di fori di proiettile?

«Sei giovane», disse, «e sono certo che la povertà sia

un'esperienza divertente, fino a un certo punto. Ma cosa succederà quando avremo dei figli e non potrò mettere le tende di velluto nella loro cameretta e il sole entrerà diretto e loro piangeranno?»

«Io avevo le tende di velluto: avevo tutto ed ero una bambina infelice e sola. Repressa. È proprio la mancanza di tende che voglio. Avremo amici che dipingeranno murales sulle loro pareti; io taglierò i miei vecchi vestiti e farò paralumi di tulle. Voglio che ascoltino musica, che abbiano libri e che imparino a pescare.»

«Non è romantico. Tu pensi che sia romantica, la povertà, ma non lo sarà. Sarà snervante e patetica.»

«Da bambina sognavo i gulag, ecco quanto era terribile vivere come una principessa. Non voglio che tu t'innervosisca per questo. Se non vuoi sposarmi... se è perché non sono molto intelligente o talentuosa o bella...»

«Oh, smettila!» mi interruppe. «Lascia che ci pensi. Andrò via per qualche giorno.»

«Dove andrai?»

«Non posso dirtelo.»

«Quindi stai scappando?»

«Credo di sì. Potrei tornare. Dovresti andare all'anagrafe mercoledì prossimo, come avevamo programmato. Sono sicuro che ho solo bisogno di togliermi questo peso dalla testa. Non preoccuparti.»

Forse sono io che non voglio sposare te, avrei dovuto dire. Invece ricacciai indietro le lacrime. «È piuttosto difficile organizzare un matrimonio se tu non ci sei.»

«Ci sarò», disse. «Cioè, penso che ci sarò. Potrei non esserci, ovviamente.»

«Ti dispiacerebbe farmelo sapere prima, così non mi presento e non mi umilio?»

«Sì, certo. Sono un gentiluomo, lo sai.»

«Non mi prenderò la briga di comprare un abito bianco», dissi.

«No, probabilmente non dovresti.»

«In ogni caso non mi piacciono gli abiti bianchi; mi ricordano quando ero una debuttante.»

Accesi una sigaretta e gettai il giornale nel fuoco. Fissai le fiamme saltellare attraverso il parascintille e poi guardai Laurence con un'espressione piuttosto fredda. «Fai buon viaggio», dissi.

«Non è facile. Voglio sposarti, ma...»

«Sì, sì», tagliai corto. «Addio.» Mi precipitai fuori dalla stanza come la proverbiale eroina respinta e lo sentii gridare dietro di me: «Ti farò chiamare da mia madre», con una voce piuttosto formale e distaccata. «Ti farò chiamare da mia madre se deciderò di non venire alla cerimonia.»

«Bene, d'accordo», risposi.

Era strano, perché anch'io avevo dei dubbi. Da quel che riuscivo a ricordare, non avevo mai avuto un fervente desiderio di diventare una moglie. Perché non essere l'amante di Laurence? A dire il vero, avrei potuto sentirmi sollevata, ma non appena *lui* aveva avuto dei dubbi, io mi ero rafforzata nella decisione di sposarlo. Avanzai lungo il viale come una giumenta infuriata. Calpestai il verde. Perché sposare un uomo innamorato di sua sorella? E pensare che aveva voluto che lei ci raggiungesse in luna di miele! Passai davanti ai caffè, sperando di vedere Mary o Helen o Caresse, per poter ridere di tutta la débâcle dei Vail. *È incredibile la faccia tosta di un uomo che vuole passare un incontro romantico con sua sorella e la sua sposa.* Vidi solo le solite facce: Andre, Yves, Leon, Alexander. Gli americani che vivevano di rendita mentre i genitori li supplicavano di tornare nell'Ohio.

«Quella dell'artista non è una professione seria», aveva detto mia madre quando aveva saputo di Laurence. «Non è una professione virtuosa.» Forse aveva ragione.

Dov'erano le mie amiche? Probabilmente stavano lavorando: Helen aiutava un uomo cieco a battere a macchina il suo romanzo sulla notte, Mary sistemava con cura dei fogli giapponesi sul dorso di un libro. Gli uomini spettegolavano su pederasti e bordelli. Salutai con la mano qualcuno di loro, ma attraversai la strada e camminai da sola lungo il fiume. Non conoscevo ancora il soprannome che gli uomini avevano inventato per me. Forse sibilarono o mormorarono quelle parole mentre li salutavo. Ero già abbastanza ferita; fu una fortuna che non li sentii.

Vicino al fiume, guardai in basso quel quadro vivente estivo – idilliaco e sereno – di tante persone sdraiate sul cemento. Non si può proprio restare arrabbiati a Parigi, mi resi conto, la bellezza era troppo esaltante. Sentivo la gioia degli altri, come per osmosi; assorbivo la loro felicità. Scesi le scale per essere più vicina all'acqua. La gente si crogiolava con la faccia rivolta al sole. Un cavalletto, una tromba: segni di spensieratezza. Non potevo essere imbronciata in mezzo a quei luccichii, a quelle risate. Mi sembrava di camminare in un quadro. "Rimarrò in città", decisi, "anche se non rivedrò mai più Laurence." Lui era stato un richiamo, uno stratagemma. "Ma adesso io sono qui. Posso farmi colpire da momenti improvvisi: un tratto di carboncino su una tela, la comparsa di un disegno di Notre-Dame; una ragazzina con le trecce, che entra nell'acqua con una barchetta fatta di giornali e la sicurezza di un capitano." Come ridacchiava quando la barchetta cominciava a muoversi sul fiume scuro. «*Mon bateau, Maman*», disse, girandosi e indicandola, «*mon bateau.*»

Quando tornai in albergo, il portiere mi lanciò un'occhiata nervosa, poi distolse lo sguardo. Avrei dovuto capirlo. «Voglio mandare un telegramma a mia madre», dissi. «All'Hotel Hassler. Potrebbe farle un telegramma o chiamarla? Il matrimonio è saltato.»

Mi guardò con aria interrogativa.

«Il mio fidanzato ha deciso di non sposarmi», spiegai, «*c'est la vie.*»

«Ma Mademoiselle Guggenheim è arrivata», disse.

«Florette Guggenheim?»

«Sì.» Annuì. «Devo avvertirla?»

«No, la prego.»

Mi avviai in punta di piedi lungo il corridoio, tenendo in mano le scarpe con i tacchi. Trovai un foulard di pizzo nella borsa e me lo avvolsi intorno al viso come il fazzoletto sul volto di un fuorilegge.

Bussai alla porta di Valerie. Povera Valerie, era bianca come un fantasma. «Tua madre è terrificante», sussurrò. «Non mi avevi avvertito.»

«Pensavo che fosse cambiata», dissi.

«È entrata in camera mia e ha cominciato a frugare nei miei cassetti, come se nascondessi dell'oppio. Mi ha detto che non avrebbe dovuto fidarsi di una Dreyfus, che tutti sanno che siamo degli imbroglioni. So che ha ragione, ma il modo in cui l'ha detto, Peggy... non mi sono mai sentita così disprezzata.»

«È una maestra nel denigrare.»

«Credo sia andata agli uffici della Blue Star. Vuole metterti sul primo transatlantico in partenza per New York. L'ho sentita chiedere un autista per Le Havre. Dovresti nasconderti, Peggy. Per quanto mi riguarda, ho passato l'estate a lavorare al mio libro sul Louvre e sarà stato tutto inutile quando lei dirà a mia madre che sono stata complice del tuo comportamento scapestrato. Mi rimanderanno a casa; probabilmente non vedrò mai più un quadro.»

«Valerie», dissi, «so come neutralizzare mia madre. Prendiamo un po' di tè.»

«Hai le guance bruciate dal sole», disse. «È piuttosto affascinante. Sei andata in barca?»

«Ho camminato per quasi dieci chilometri lungo la Senna. Non ho mai visto così tanta gente splendente, oziosa e felice, solo per il calore del sole o per il luccichio dorato sul fiume. Non so perché non ho mai passeggiato laggiù. È molto più bello che camminare per strada.»

«Sembra che tu abbia pianto», osservò Valerie.

Prima che potessi raccontarle del mio litigio con Laurence, bussarono forte alla porta.

Entrarono mia madre e il concierge imbarazzato. Lui prese una busta da lei e se la svignò. "Un altro tradimento", pensai, prima di guardare il volto di mia madre infuriata.

«Ti proibisco di sposare Laurence Vail», disse.

«E perché mai?»

«Non ho nessuna referenza su di lui. Non ho conosciuto la sua famiglia. Sto chiedendo informazioni, ma finché non le avrò, non lo sposerai.»

«Cosa speri di scoprire? Che ha ucciso qualcuno mentre era in trincea o a Oxford? Che ha la sifilide?»

Valerie cominciò a ridacchiare nervosamente.

«Ho sentito parlare di lui a Roma, Peggy. Lo sapevo già prima che tu mi telefonassi. È venuto a trovarmi Leon Fleischmann. "Sarà una catastrofe", ha detto, e ora ho questa parola in testa da giorni. Non voglio che la tua vita sia una catastrofe. Anche Dulcie Sulzberger mi ha fatto visita.»

«Dulcie?»

«Sì, Dulcie si è offerto di sposarti. "Farò qualsiasi cosa", ha detto, "purché Peggy non sposi quell'uomo."»

«Ma io non voglio sposare Dulcie.»

«Ha detto che potresti vivere con lui come una sorella. I Sulzberger sono irreprensibili, la famiglia più rispettata dopo i Seligman. È sempre stato così, anche quando ero ragazza. E Dulcie è innamorato di te da quando avevi quattro anni. Anche sua sorella Marion ti adora.»

Alla menzione della parola «sorella» cominciai a sentirmi frastornata.

«Mamma, Laurence se n'è andato da Parigi. Così puoi smetterla di seminare terrore, comportandoti come una vera strega, e scusarti con Valerie, che è stata un'allieva molto diligente e dolce. Mentre io mi riposo, leggi quello che ha scritto sui maestri del Rinascimento italiano.»

Mia madre sembrava perplessa. «Perché mai», disse, «avrebbe dovuto andarsene da Parigi dopo averti chiesto di sposarlo?»

«È nervoso per il nostro futuro e vuole pensarci su.»

«Be', pensarci su, pensarci su, pensarci su. Ho intenzione di metterti sulla prossima nave in partenza. Partiremo domattina.»

«Va bene», dissi. «Farò i bagagli questa sera.»

«Ho già fatto preparare le tue cose. Non potevo sopportare di stare nella tua stanza. Un mucchio di lingerie, cenere di sigaretta. Cosa diavolo sono quei disegni sulla parete?»

«Affreschi pompeiani.»

Si coprì gli occhi. «Perché le mie figlie mi deludono sempre? Mi ingannano? Avrei potuto scappare con uno di questi cacciatori di dote di Milano. Ma sono stata devota e fedele a voi ragazze, anche quando chiaramente mi disprezzavate.»

«Non ti disprezzavamo, mamma. Sei tu che sei molto invadente. Perché vuoi indagare su Laurence e corrompere il portiere per sorvegliarmi? Perché non essere felice che tua figlia sia innamorata di un uomo affascinante e avventuroso?»

«Mezza Roma mi ha detto che è un playboy terribile, che è irascibile e volubile.»

«Dulcie e Leon sono solo gelosi; sono entrambi innamorati di me.»

«È normalissimo che io indaghi sul suo passato, soprattutto se la sua famiglia non si è preoccupata di invitarmi a casa loro e di presentarsi.»

«E se lui indagasse sul mio, di passato? Se venisse a sapere che i miei zii mandavano i bambini di otto anni nelle miniere dove morivano asfissiati?»

«Non ricominciare con questa storia, Peggy. Non c'erano bambini nelle miniere. Quando ti ha raccontato quelle storie, la tua maestra rossa stava solo cercando di convincerti a fare beneficenza.»

«Ci sono interi libri su di noi. Ci definiscono imbroglioni.»

«Quei libri sono stati finanziati da Henry Hilton. Mio padre gli fece causa quando gli fu proibito di soggiornare al Grand Union Hotel. Hilton chiamava la nostra famiglia vipere e serpenti. Riesci a immaginare come doveva sentirsi una bambina quando sui giornali Hilton pubblicava una dichiarazione in cui diceva che "gli ebrei avevano attirato contro di sé l'opinione pubblica a causa della loro volgare ostentazione e di una vanità boriosa"? Ricordo ancora quelle frasi, Peggy, dal 1877! *Volgare ostentazione* e *vanità boriosa*. Dichiarò che noi ebrei Seligman avevamo quasi rovinato i suoi alberghi di lusso e il fior fiore della società americana con la nostra invadenza, che a quanto pare era spesso disgustosa e sempre ripugnante per i benpensanti. Questo è ciò che disse di mio padre, un uomo dignitosissimo e gentilissimo. Poi lo distrusse con quei libri e mettendo in giro le voci che mandava i bambini in miniera. Non hai davvero idea di chi fosse tuo nonno, non ne hai la minima idea.»

«Be', forse scriverò un libro sul caso. Adesso che non ho più un matrimonio da organizzare. L'affare Hilton-Seligman.»

«"Lo scandalo di Saratoga"», disse mia madre in tono ironico. «Cosa ne pensi del titolo?»

«Un po' sensazionale», risposi, «ma intrigante.»

«Sei brava negli intrighi, Peggy», commentò mia madre. «Te lo concedo.»

«Portiamo Valerie a cena?» suggerii.

«Sì, e mi scuserò.»

«La débâcle dei Vail», dissi, mentre eravamo in ascensore. Valerie chiacchierò a cena, sorprendentemente vivace. Mangiammo *coq au vin,* bevemmo cognac. Valerie adattò il gioco dei titoli alla sua biografia. «La Sirena della Sorbona», propose.

«Mi piace», dissi, bevendo un po' del cognac di mia madre mentre lei si metteva il rossetto con l'aiuto di uno specchietto.

«La Sirena della Sorbona e la Principessa d'argento.»

«E quella chi sarebbe?» chiesi.

«Tu, Peggy. Ho sempre pensato a te in questo modo. Non per via del soprannome di tuo padre, ma per il vestito di Poiret. Ha visto il vestito di Poiret, Florette? È magnifico. Peggy fa scalpore ogni volta che lo indossa, e quando la guardo, penso che sia proprio così, come una principessa d'argento.»

Mi aspettavo che mia madre sogghignasse. Ma forse le dispiaceva per me. Trascurata, abbandonata, deflorata, respinta. «Sì», disse mia madre, «commissionerò una statua, come quelle che si vedono al Panthéon. La metterò all'ingresso dell'appartamento che acquisterò per Peggy e Dulcie. Che regalo! Oh, Peggy, naturalmente sto scherzando, ma tu ti meriti davvero una statua. Guarda come tieni la testa alta. Sei più una fulgida guerriera che una principessa d'argento.»

«Mamma, non ti ho mai sentito lodarmi.»

«Io ti lodo in continuazione», ribatté lei, «ma hai sempre la testa così piena di poesie e di sciocchezze che non mi ascolti mai.»

Indossai quel vestito argentato per farmi fotografare da Man Ray. Laurence mi aveva aiutato a sceglierlo quando eravamo andati nell'atelier dell'uomo che confezionava abiti per le ballerine russe, l'uomo a cui si attribuisce la fine dei corsetti. I suoi abiti erano drappeggiati sul corpo, senza bottoni né *pinces*, senza alcun tipo di impedimento o chiusura.

In seguito, quando il ritratto fu appeso allo Smithsonian, una curatrice mi chiamò chiedendomi i dettagli. «Di che materiale è il suo abito? Che tipo di tessuto?» «Perché è importante?» le chiesi. «Per motivi egoistici», mi rispose. «Voglio trovare un abito come questo. Ne sono piuttosto ossessionata. Evoca i ruggenti anni Venti. Come si sarà divertita!»

«Oh, non erano così divertenti», replicai. «Di certo non erano ruggenti. Non so chi abbia inventato quell'aggettivo assurdo.»

Il vestito aveva gioielli di perline sul corpetto, d'argento e turchesi, disposti in cerchio, così che sembrava che indossassi una delicata armatura, una corazza. Anche la gonna luccicava, raccogliendosi intorno alle caviglie, tanto che sembravo longilinea, sinuosa. A letto, quando avevo sentito il bambino scalciare, avevo guardato la fronte eroica di Laurence, provando una grande gioia per il fatto che alla fine era tornato da Rouen per sposarmi, e l'avevo baciato sul mento, sulle palpebre, sulle nocche. Si svegliò, sorrise con malizia e persino con lussuria quando mi vide con indosso il vestito.

«Perfetto», commentò. «Meglio di tutte quelle noiose signore in tailleur.»

«Non è troppo stravagante?»

«Devi distinguerti», disse. «Devi creare un'immagine memorabile.»

Annuii. Con me usava un tono professorale, come se avessi bisogno di una lezione su come coniugare i verbi.

«Perché non indossi il copricapo?» mi chiese. «Quello di Vera.»

Trovai il turbante e lo avvolsi stretto intorno alla testa. Era un'idea intelligente, pensai, perché ora sembravo più alta. La mia figura si allungò. Avrei insistito per stare in piedi; sarei stata una lunga linea sottile, come se si potesse raddrizzare un fulmine.

«Sembri un'egizia», disse Laurence. «Come quei re mummificati che abbiamo visto in Egitto.»
«Sì, come il re Akhenaton. Devo tenere in mano l'accendino?»
«Certo», rispose, «il bocchino nero nelle tue labbra, molto sexy.»
In camera da letto ci mettemmo d'accordo; forse non eravamo mai stati così innamorati. Mi passò le mani sul corpo, pregandomi di fare l'amore.
«Non ho tempo», dissi. «Rovinerei il mio personaggio.»
«Non vedo l'ora di sentire com'è andata. Devi memorizzare l'espressione di Man Ray quando ti vedrà. Sarà come un cervo spaventato. E non lasciarti convincere a indossare qualcosa di più ordinario.»
«Difficilmente me lo chiederà. Ha fotografato Nancy con un cappello a cilindro e un sacco di braccialetti.»
«Ma quello era un *costume*, questo è il tuo vero stile. Questa è la modernità. La donna nuova. Lo spaventerai a morte, ne sono sicuro. E non lasciare che ti cambi. Ricordati che lui è un Emmanuel di Brooklyn.»

Dopo un po' di attesa, Berenice venne a prendere il mio cappotto. Quando vide il vestito ebbe un sussulto.
«È esagerato?» le chiesi. «È troppo teatrale?»
«Deciderà lui», rispose lei a bassa voce. «Ma io penso che sia bellissimo. Non credo di aver mai visto un vestito così bello.»
«Si metta qui in piedi.» Man mi indicò un punto delle piastrelle bianche e nere, di fronte a una parete spoglia. Vocali dure, stridore gutturale.
«Lei è di Brooklyn, vero?» gli chiesi. «E i suoi genitori venivano dalla Russia?»
«Io sono Man Ray», tagliò corto, come se la sua storia fosse un tabù, una cancellatura.
«Sì, capisco l'impulso di cambiare il proprio nome. Io farei qualsiasi cosa per liberarmi di Guggenheim. Sa come ci chiamavano a New York? Le Googs.»
Non rise e non sembrava divertito. Berenice pareva piut-

tosto a disagio, come se stessi indirizzando la conversazione sul vudù o sul mesmerismo, sull'irrazionale.

«Per favore, si sieda sulla panca», disse Man. «Si giri di lato. Raccolga le mani in grembo.»

«Penso che dovrebbe fotografarmi mentre mi muovo», suggerii. Feci un passo o due in modo che potesse vedere il drappeggio del vestito, come luccicava quando camminavo.

«Ah, sì?» fece lui. «E perché mai?»

«Perché lei è creativo e ribelle, e penso che anche il ritratto potrebbe esserlo. Quei ritratti di donne dell'alta società sedute accanto a un vaso di fiori tendono a sembrare falsi. C'è una sorta di placidità artificiosa. Non credo che la maggior parte delle donne si senta così. Io no di certo.»

«Lei s'intende di fotografia?»

Berenice fece una smorfia e si sistemò un laccetto del grembiule.

«Sto cercando di imparare. Mi piace il lavoro di Atget e Stieglitz. So che è molto tecnica, naturalmente, e so che lei ha cercato di sperimentare con la luce.»

«Ma non sa nulla di fotografia», concluse lui. «Conoscere il nome di un fotografo non è conoscenza.»

«Però so come ci si muove.»

«Lo sa che quando il corpo si muove davanti a una macchina fotografica non c'è messa a fuoco?»

Mi strinsi nelle spalle. «Penso che sia un'ottima idea, davvero», insistetti.

«Stia ferma», mi ordinò.

Ci provai davvero. Lo osservai prendere la macchina fotografica dal cavalletto nero; lo osservai spostare una lampada, prima sotto le mie ginocchia, poi appesa a un gancio. Dopo un po' notai che non puntava l'obiettivo su di me, ma su qualcosa accanto a me.

«M'interessano le ombre che crea il suo corpo», disse. «Lei fa un'ombra bellissima.»

Io e Berenice ci scambiammo un'occhiata; mi sembrò che capisse, che approvasse il mio desiderio di movimento. Furtivamente, alzai la mano. Vedendo che lui non protestava, mi girai di lato. Fissai l'obiettivo. Mi mossi di nuovo, accovacciandomi leggermente, per non sembrare così rigida e docile; avrei dato l'impressione di essere in agguato. Non avevo mai fissato con tanta determinazione; mi sembrava di costringerlo a raccogliere la mia sfida. Ma che controllo avevo? Poteva ritagliare la mia testa come aveva fatto con Kiki. Poteva posizionare la luce brillante sul mio corpo in modo che il vestito diventasse quasi trasparente, fino a quando sarei stata ossa e non argento. Continuò a scattare con la macchina fotografica puntata sul lato del mio corpo.

«Le mie ombre sono più interessanti?» chiesi con finta curiosità.

«La sua ombra è la sua ombra», rispose.

Io e Berenice ci guardammo di nuovo.

«Bernie», disse Man, «lasciaci da soli.»

«Può restare», dissi io.

«Non se flirta.»

«Non credo che stia flirtando», ribattei. «Sembra molto intelligente. Sono sicura che è una fotografa meravigliosa. Sa come si fa a capire quando una persona ha talento? C'è compassione e un modo di osservare...»

«Oh no», intervenne Berenice, «non sono una fotografa. Non ho nemmeno una macchina fotografica. Aiuto Man nella camera oscura.»

«È un angelo in camera oscura», aggiunse lui in tono brusco.

Capii di aver infranto qualche limite non dichiarato. Ero così eccitata all'idea del ritratto, ma ora che stava accadendo mi sentivo delusa, come se il desiderio di quell'esperienza fosse stato più forte del momento reale. Era un po' come il mio matrimonio. Prima di sposarmi, c'era stata una tale suspense... Alcuni la definivano crudele, ma su di me funzionava come una sorta di gravità. Era come se io bramassi qualcosa che sembrava desiderabile e sfuggente, ma una volta raggiunto perdevo interesse. E se il desiderio fosse il vero stato elevato dell'essere? "Non devo desiderare così tanto", pensavo, "almeno non resterò delusa." Eppure anche in quel momento, mentre lui scattava, mi interrogavo sull'assente

Berenice. Non appena era uscita dalla stanza, decisi che dovevo fare amicizia con lei.

«Hai un padre?» le avrei chiesto in seguito, e lei avrebbe scosso la testa. «È morto suicida.»

«Si sta annoiando, Miss Guggenheim?» chiese Man. Mi pentii di avergli detto del soprannome Googs perché ora pronunciava il mio cognome con un'enfasi sarcastica sulla prima sillaba.

«Un po'», risposi. «Ma non per lei. Le sue idee mi interessano.»

«Quali idee? Ne ho tante.»

«Mi piace l'idea dell'incontro fortuito di cui ha parlato in "The Review".»

Niente è più bello dell'incontro fortuito.

«Sono completamente d'accordo», dissi, e lui sembrò sciogliersi nei miei confronti. Abbassò la macchina fotografica e sembrò che stesse cercando di catturare il mio volto.

Pensai a come la mia vita con Laurence, la mia vita a Parigi, fosse diventata una serie di incontri fortuiti. Nei caffè, alle feste. Potevo uscire dallo studio e incontrare una persona assolutamente affascinante e sinceramente gentile. La città era piena di newyorkesi che erano fuggiti dalla polizia che ispezionava le fiaschette, dalla mancanza di fiumi, dagli uomini disperati davanti alla Grand Central che imploravano di lustrare le scarpe, con le dita nere di lucido. Forse l'indomani avrei incontrato Berenice e magari le avrei comprato una macchina fotografica per consentirle di lasciare la camera oscura dove perfezionava le foto di un uomo crudele. Anche la sera prima, a una delle nostre feste, una donna di nome Thelma si era inginocchiata. «Sei una visione», aveva esclamato, «sei in parte uccello, in parte donna.»

«Peggy, ora proviamo a fare qualche foto sulla panca», disse Man. «Per vedere come appare quando c'è un'ombra diversa.»

Gli lasciai credere che stava catturando qualcosa di significativo. Anche se pensavo che fosse inutile, la sua messa a fuoco. "Lasciamolo provare", pensai, "ma so che fallirà." Anche se non ero un'artista, sapevo che sarei stata più luminosa della forma scura, dell'ombra opaca.

Quando tornai a casa dallo studio di Man Ray, fui sollevata che non fosse domenica. La domenica io e Laurence organizzavamo feste. L'abitudine era iniziata subito dopo il nostro ritorno dalla luna di miele. Dicevamo alla gente che eravamo «a casa»: era una specie di codice. In questo modo non dovevamo preoccuparci di invitare o pianificare. Bastava incontrare un amico e dire con nonchalance: *Ah, questa sera saremo a casa.* Io compravo casse di vino, caramelle alla violetta, piatti spaiati che trovavo da Les Puces. Ogni tanto Clotilde portava Louis, il suo ultimo fidanzato con la faccia piena di brufoli, che lasciava grotteschi grumi sull'asciugamano del bagno. A quelle feste succedevano cose strane. Una volta Tristan era salito sul tavolo della nostra cucina e aveva annunciato che avrebbe presentato la prima esecuzione della *Vaselina sinfonica.* Aveva scelto dieci persone per cantare *cri* e altre dieci per gridare *cra*, ed era stato sorprendentemente bello, con il *cri* e il *cra* che si alternavano e si levavano per tutta la serata.

Arrivando in salotto, dissi a Laurence che non nutrivo il minimo interesse per Man Ray. Era terribilmente scortese. Mi aveva trattato come se fossi un ramo con appeso un ghiacciolo piuttosto fugace ma interessante.

«Che barba», disse Laurence, «che idiota.»

«Non puoi immaginare quanto sia noioso posare», continuai. «Da bambina, ero sempre con Benita. Non ho mai fatto un ritratto da sola. Come vorrei che ci fosse stata mia sorella. Forse mi sarei comportata meglio.»

Il nostro appartamento era sul boulevard Saint-Germain, con grandi finestre e portefinestre che davano sui balconi. Mi piaceva vantarmi che fosse molto proustiano. Anche se non ero mai stata a casa di Proust, avevo letto dei paralumi verdi e dei mobili rustici. Avevamo un piccolo cortile con arbusti di biancospino che si arrampicavano lungo il muro di mattoni. All'ultimo piano c'era un lucernario che non sembrava tanto essere una finestra quanto una parte di cielo.

"Questo sarà per mia figlia", pensai quando tornai dallo studio di Man Ray. Mi sentivo sollevata, come se potessi liberarmi di una pelle di rettile. Mi tolsi il vestito e mi sdraiai sotto il lucernario con indosso solo la lingerie rammendata. Siccome sapevo che non avrei visto Benita, avevo donato la maggior parte della biancheria intima che avevo comprato per lei a un'autrice famosa, che Helen stava cercando di aiutare a sfondare a Parigi. All'inizio Helen non aveva voluto dirmi il suo nome. «Non vuole che si sappia che sta chiedendo l'elemosina. Ma ama le cose belle; non ha un soldo, ma le piacciono il tè Darjeeling di Harrods e le calze di pizzo nero di Madame Blanc.»

«Non pensi che si offenda se le regalo giarrettiere e reggiseni? È un'intellettuale, no?»

«Credimi», aveva detto Helen, «le piace scrivere in négligé. Lo farei anch'io se avessi il suo bel corpo.»

«Oh», dissi a Benita al telefono, «sono così felice di non dover organizzare una festa. Sono esausta: ho passato la giornata con l'uomo più pretenzioso e arrogante che esista.»

«Pare che alla mamma piacciano le tue feste», osservò Benita. «Ne parla sempre.»

«Lo so, non è strano? La divertono queste buffonate.»

Benita si era stabilita con Edwin in un appartamento che mia madre aveva comprato per loro a Park Avenue. Sembrava abbastanza felice, anche se avevo notato che era attenta a rispondere alle mie telefonate solo a certe ore. Sospettavo che Edwin le vietasse di parlarmi; la pecora nera, l'istigatrice. Però nulla era riuscito ancora a rompere il nostro legame; ero certa che mia sorella non si sarebbe mai lasciata convincere da Edwin, nonostante la sua disorientante adorazione per un uomo così ottuso.

Fu Hazel a sposarsi con il consenso di mia madre. Al Ritz, con un banchiere, figlio di un milionario ebreo. Era riuscita in ciò in cui io e Benita avevamo fallito. Ma la sua obbedienza, o le sue scelte accettabili, non sembravano impressionare né soddisfare mia madre. Hazel aveva solo diciannove anni quando si era sposata; aveva aspettato fino ad agosto, l'estate del nostro Grand Tour, credendo che sia io sia mia madre saremmo tornate.

«Devi venire al matrimonio di tua sorella», aveva detto mia madre.

«Lei non è venuta al mio», avevo ribattuto io.

«Perché ti sei sposata nel modo più testardo e impossibile. Prima Laurence ha cambiato idea, poi è scappato a Rouen, poi è tornato. Una grande confusione! Non sono stata invitata, poi sì. Poi no. Come poteva Hazel sapere quando arrivare? Non c'è stato nessun annuncio. Nessun notizia sui giornali. Nessun invito.»

«Benita è riuscita a venire», avevo replicato in tono acido.

«Be', alla fine avete avuto un matrimonio meraviglioso. Lo champagne, i balli. Il povero Boris Dembo in lacrime.»

«Tutti gli uomini con cui hai cercato di farmi sposare piangevano.»

«Il matrimonio di Haze è stato strano», aveva commentato Benita. «Sembrava che fossimo tutti avvolti nella plastica. Povera Hazel, aveva un aspetto adorabile ma un'aria smarrita. Si è impappinata mentre pronunciava le sue promesse. E poi, alla cena nuziale, Sigmund continuava a mettere alle strette Edwin e a chiedergli del sesso. *Fino a che punto devo entrare? Quanto velocemente?* Voleva un diagramma di tutto. E la mamma sembrava volesse sbadigliare per tutta la cerimonia.

«Dopo le nozze, ha detto: "Sono contenta che Hazel sia affidata alla famiglia Kempner. Per me è troppo difficile da gestire". *Una peste.* Che cosa da dire sulla propria figlia...» Benita aveva fatto una smorfia. «E poi ha continuato a parlare del vostro matrimonio, di come la madre di Laurence avesse invitato la colonia americana e Laurence tutti i suoi amici bohémien, scrivendo loro dei biglietti *petit bleu* in cui li invitava a una festa, senza menzionare che si stava sposando. E ha raccontato che tutti i cugini Seligman francesi sono venuti, vestiti di tutto punto. E che la madre di Laurence è stata una padrona di casa deliziosa, e di come sia amica di re Giorgio, che ha conosciuto a Saint-Moritz. Credo che la mamma abbia raccontato questa storia centinaia di volte.»

«Non credo sia vero», avevo detto, «ma di certo questo fatto l'ha conquistata.»

Quando ripensavo al giorno del mio matrimonio, ricordavo sempre che indossavo un abito lilla pallido, convinta che Laurence non sarebbe arrivato. Helen era venuta a prendermi in albergo e in silenzio avevamo preso un tram fino alla *mairie* del sedicesimo arrondissement, in avenue Henri-Martin. Mi aspettavo di entrare in una stanza vuota, di fare subito dietro-front e di chiamare un taxi. Ma Helen continuava a insistere che Laurence sarebbe arrivato e, mentre ci dirigevamo verso l'edificio, aveva preso dei fiori dagli alberi e me li aveva sistemati tra i capelli. Al nostro arrivo si era creata un'atmosfera da circo, con le matrone compassate, i borseggiatori, i musicisti e i figli di mia cugina con i loro cerchi da far rotolare e i vestiti alla marinara. Mia madre aveva cospirato con la signora Vail per far arrivare casse di champagne e, dopo la cerimonia, ci eravamo radunati sui marciapiedi e avevamo ballato al suono di una banda che Laurence aveva ingaggiato in fretta e furia. Persino Clotilde era stata gentile, facendomi volteggiare, biascicando leggermente, con la sua voce vivace e dolce: «Mia sorella, mia sorella».

«Che famiglia affascinante», aveva commentato mia madre. «Non so perché non me li hai presentati prima. Laurence è così affascinante. È molto raro incontrare qualcuno che ti fa sentire meglio nel mondo.»

Se aveva preparato un dossier su Laurence, non me ne parlò mai. In seguito, a volte mi sarei chiesta se avesse appreso qualcosa sulla sua natura violenta. Gli avrebbe davvero perdonato tutto solo perché aveva saputo che si era incontrato con re Giorgio a Saint-Moritz? Era più facile credere che gli investigatori le avessero fornito poche pagine, un accenno all'oppio, a tre donne in un bordello, a una scazzottata a Oxford, a un remo rubato per una rivalità tra vogatori.

«Venite con me», disse Benita mentre gli invitati alla cerimonia cominciavano ad andarsene. Alle tre del mattino ci incamminammo – io barcollante – verso un pino solitario contrassegnato da un nastro di percalle.

Un telo nero disegnava una sagoma simile a un cavallo. Ma quando Laurence sollevò la copertura scura, sussultò. «Che regalo», esclamò con voce tremante. La motocicletta era fiammante come il fuoco, di un rosso scintillante. Il volto di Laurence si trasformò; sembrava che stesse provando una nuova sensazione: di gratitudine, di umiltà. Abbracciò Benita, che mi strizzò l'occhio, come a dire: *Ora puoi davvero sperimentare la volontà, la propulsione. Non una semplice idea di modernità, ma uno strumento con un motore al posto del cuore. Puoi far parte del mondo in movimento, delle macchine volanti, delle orchestre di Satie, di Isadora Duncan e delle sue danzatrici che saltano all'unisono, senza pause né grazia.* Non era da mia sorella fare un regalo così appassionato e decadente.

«Non ti dirò di stare attento», disse sorridendo, «ma stai attento, almeno stasera.»

Laurence salì in sella; pensai che se ne sarebbe andato senza di me.

«Vai pure», dissi.

«Peggy, sei una sciocca. Sali. Sei mia moglie.»

Il giorno del nostro matrimonio finì così, per colpa di mia sorella. Non in lacrime, non con una lite. Doveva essere convinta che Laurence si sarebbe presentato alla cerimonia, che io fossi in qualche modo abbastanza attraente e incoraggiante da impedirgli di continuare a fuggire. Questo mi commosse più di qualsiasi promessa o regalo. Mi sedetti dietro di lui, cingendogli la vita con le braccia. Tutti i fiori di Helen caddero dai miei capelli; li guardai trasformarsi in macchie bianche. La luna era pallida e immensa. Passammo accanto alle auto, con il suono degli applausi ancora nelle orecchie. Chi stava applaudendo? Quanti sposalizi c'erano in quella notte d'estate? Guidammo come se fossimo in testa alla cavalleria, sfrecciando davanti a un baluardo immaginario. Chissà come, sapevo dove mi avrebbe portata, così chiusi gli occhi e mi sembrò quasi di volare, finché non raggiungemmo l'ingresso immobile dell'Arc de Triomphe.

Quando sono sdraiata a guardare le nuvole, riesco a contare i mesi in cui sono stata lontana dall'America. Lo faccio spesso, una specie di rituale simile alla raccolta dei fiammiferi.

«Pensi che la maledizione sia finita?» chiesi a Benita.

«Quale maledizione?»

«Te l'ho detto. Sono convinta che siamo state maledette alla nascita. Le tre sorelle del Principe d'argento. Prima morirà il padre e poi, una per una, le sorelle.»

«Sei la donna più morbosa del mondo», commentò Benita.

«Be', credo che sia finita perché eccoci qui, tutte sposate, tutte a posto. Libere dalla madre, libere dalla maledizione. E dopo quello che è successo a John.»

«Oh, Peggy.»

John era il figlio di Simon; era morto a Exeter dopo che una strana massa era apparsa vicino all'orecchio sinistro. Nessuno di noi sapeva bene come quella protrusione rossa avesse potuto causargli la morte. John era il ragazzo che tutti i Guggenheim avevano desiderato. Biondo, con le spalle larghe, un vero atleta americano, bello. Simon aveva cercato per dieci anni di avere un figlio e quando era nato John, era stato cresciuto come una divinità. Sentivamo Simon solo quando ci chiamava per darci notizie di John. *È stato accettato a Harvard. Andrà in Cile per imparare come si lavora in miniera.*

Dopo la morte del figlio d'oro, Simon si era rifiutato di fare il funerale. «Non voglio seppellire mio figlio», aveva detto, e mia madre singhiozzava quando gli aveva scritto una delle sue lettere di condoglianze sinceramente compassionevoli. Non ci era permesso parlare di John. Un'infezione all'orecchio, mi aveva detto un medico, non provocata. «È molto triste che tuo cugino sia morto per un'infezione all'orecchio. Un ragazzo così promettente.»

«Mi domando se la maledizione si sia trasferita ai figli maschi», continuai. «Perché ho sentito che David ha sofferto di malinconia, interessandosi troppo alle armi.»

«Forse dovresti consultare la tua indovina a questo proposito», replicò Benita, «visto che sei così credulona quando si tratta di percezioni sensoriali.»

«Sento proprio che la maledizione si è dissolta; anche quando mi fotografava Man Ray, sentivo questa carica che mi attraversava il corpo, come se finalmente riuscissi a essere sicura di me stessa.»

«È terribile parlare dei nostri cugini come se fossero condannati», disse Benita. «In famiglia abbiamo degli eccentrici, come Washington, con i suoi denti trattati con il carbone e le sue amanti, e Delia, che canta in pubblico con i suoi vestiti sporchi. In tutte le famiglie ci sono degli eccentrici, persino negli Astor. Non credo che ci sia un qualche retaggio da temere; hai solo la sensazione di dover essere punita perché ti senti colpevole di possedere una fortuna.»

«Forse», ammisi. Proprio in quel momento mia figlia scalciò di nuovo, quel tipo di calcio che era corroborante e tenero al tempo stesso. Raccontavo sempre tutto a mia sorella, ma non potevo dirle questo. Mi sarebbe sembrato di gongolare, avendo io ciò che lei desiderava con tutta sé stessa. Avrei aspettato di esserne certa. Guardai di nuovo il cielo, pensando che presto le campane della chiesa avrebbero suonato; mi sarei lavata via il kajal, il rossetto scuro.

«Peggy», disse Benita, «è una cosa stranissima, ma mentre parlavo con te ho sentito un piccolo calcio nello stomaco.» Cominciò a liberare il respiro, come se avesse trattenuto il fiato per anni. «Peggy, credo che tu abbia ragione sul fatto che la maledizione sia finita. Perché ci ho provato tanto. E sai che ho perso due bambini, ma questo...»

Sentii di nuovo un calcio, ma rimasi in silenzio.

«Devi venire a trovarmi», disse, «devi tornare a New York, adesso che sono incinta.»

10.

L'INTRUSO

1923

Chiamai mia madre. «Vieni qui.»

Doveva aver sentito una punta di nervosismo nella mia voce; i suoi tacchi ticchettarono sul parquet. La sua voce era piena di preoccupazione. «Stai bene, Peggy?»

Laurence era in prigione. La polizia aveva comunicato che era lì per aggressione ingiustificata e resistenza a pubblico ufficiale. Lui fece spallucce e disse: «Stavo solo proteggendo mia sorella».

Sentendolo, io rimasi di sasso, distante. «La prossima volta cerca di non tirare una bottiglia a un soldato decorato.» Quando beveva, Laurence diventava prima socievole, poi pericoloso. La violenza entrava in lui come uno di quei fantasmi gotici. Non riusciva ancora a capire il motivo del suo arresto. Arresti. La sua cella si trovava in una vecchia cantina nel quattordicesimo arrondissement; aveva chiamato i ragni Quill e Quick. Gli portai *Il sosia,* copie consumate di Dostoevskij.

Mia madre insistette per rimanere finché non fosse stato rilasciato. «Visto che non mi permetti neanche di assumere una governante. Non puoi stare da sola con Sindy.»

Sindbad. Nato a maggio. Mia figlia si rivelò essere un figlio.

E così io e mia madre tornammo a vivere insieme in un appartamento soleggiato. Ma litigavamo raramente, avendo trovato invece un sereno cameratismo. Non credevo che fosse lì solo per una preoccupazione materna. Io e Benita sospettavamo che avesse un ricco spasimante a Milano, una specie di duca. Nei fine settimana mi diceva: «Ti dispiace se faccio un salto a Villar Perosa a vedere dei colibrì con la contessa Ranieri Campello della Spina?».

«Faresti persino fatica a riconoscerla», dissi a Benita, «non è affatto matronale. Sta invecchiando al contrario. A Torino ci devono essere delle acque magiche.»

Erano spariti i suoi sellini, i parasole, gli scialli di pizzo nero, la corpulenza, il grigiore.

Quella mattina mi ero svegliata prima di mia madre, una rarità. Inquieta, sola, decisi di portare Sindy a fare una passeggiata. Mia madre si rifiutava di chiamarlo Sindbad. «*Sin* e *bad*», diceva, «*peccato* e *cattivo*... ma cosa ti è saltato in mente?»

«È il marinaio delle *Mille e una notte*», le spiegavo, «è una favola bellissima. *Chi cerca perle deve tuffarsi negli abissi.*»

Nonostante ciò, mia madre lo chiamava Sindy e cominciai a farlo anch'io. Chi chiama il proprio figlio con il nome di un marinaio? potrebbe chiedere un filosofo, e io risponderei: *Una madre che ha perso il padre in mare.* Com'era prevedibile, io e Laurence, una volta ripresosi dalla delusione di non avere avuto una figlia, avevamo litigato sul nome. Per qualche giorno avevo voluto chiamare mio figlio Gawd: lo aveva suggerito un bel poeta dadaista, Jacques-André Boiffard, a una delle nostre feste. «Se è un maschio, dovreste chiamarlo Gawd. Riuscite a immaginare quanto sarebbe divertente? *Mio figlio è Gawd. Buongiorno, Gawd.* Flirtare con lui, dicendo: che idea perfetta! Gawd Guggenheim», aveva detto, «oh, ma devi proprio chiamarlo così.» Non avevo avuto il coraggio di dirgli che sarebbe stato Gawd Vail. Gawd Vail suonava malissimo quando lo dicevo a voce alta. A Laurence piaceva il nome Cedric. Anche a Mary piaceva, perché una volta era stata innamorata di un pittore di nome Cedric Morris.

«E Michael?» avevo proposto. «Perché non dargli un nome che sia bello e sicuro?»

A quel punto ero ormai in uno stato di stordimento celestiale, assonnata per il cloroformio che avevo chiesto alla fine, quando mi ero sentita come se dei cavalli selvaggi mi stessero squartando.

«Non riesco più a sopportarlo», avevo implorato.

L'infermiera che Laurence aveva portato nella stanza era

un cerbero. «Provi ancora un po'.» Non avevo mai odiato tanto una donna in vita mia. Avrei potuto ucciderla se non mi avesse messo il panno di mussola sul naso.

«Michael...» aveva detto Laurence, perplesso, «è il nome più noioso che si possa immaginare.»

«A me piace», avevo insistito, «non basta?» Stranamente non prendemmo in considerazione Benjamin. In seguito, quando Hazel avrebbe chiamato suo figlio Benjamin, avrei pensato con invidia: "Perché non mi è venuto in mente di chiamare nostro figlio come il papà?". Così alla fine fu Michael Cedric Sindbad Vail.

«Sembra più un Sindbad», aveva detto Laurence dopo qualche giorno, guardando il bambino, tutto rosso in faccia e grassoccio, con le orecchie a sventola e i capelli nerissimi. Quando nostro figlio piangeva, Laurence lo cullava, cantando: «*Chi cerca perle deve tuffarsi negli abissi*».

Ora gli scompigliai i capelli scuri, avvolgendolo nella pelle di montone. Uscimmo insieme, in silenzio, nella strada tranquilla. Spinsi sui ciottoli la carrozzina, una culla di vimini intrecciato su ruote sottili. Sindy si mise a piangere quando salutai con un cenno il fornaio, le mani impolverate di farina, che abbassava la tenda verde. Mio figlio era sorprendentemente melodrammatico. Mi piaceva che si ostinasse a urlare nonostante i suoi lineamenti delicati. Non sentivo più rivoltarsi il cuore per la preoccupazione, quando piangeva; non mi sentivo più come se un filo di ferro fosse sul punto di strapparmi il cuore dal corpo. Volevo avanzare velocemente, in modo che il movimento lo cullasse e lo facesse addormentare. Era sempre impossibile. Le ruote si bloccavano nelle fessure, poi l'intera carrozzina s'inclinava a sinistra; davo calci alle ruote e sentivo le molle metalliche cigolare e serrarsi. Non ci si accorge dei marciapiedi sconnessi finché non si è madri; non ci si accorge proprio.

Il sole batteva come se fosse già mezzogiorno. Avevo ancora i postumi della festa della sera prima a casa nostra. Poiché Laurence me lo aveva chiesto, avevo continuato a organizzare feste la domenica sera. Avevo però la sensazione che in quella della sera precedente ci fossero più estranei che amici. Chi era l'uomo che mi chiedeva se per caso avessi del macinato di agnello speziato alla turca? Chi era la donna che indossava una collana che sembrava un guinzaglio? Mi ci era voluta un'eternità per convincere gli ospiti ad andarsene. Dopo avevo spazzato, raccogliendo le bottiglie, desiderando di andare a guardare fuori dal lucernario per mostrare a Sindy la luna. Ero certa di non aver sentito degli estranei muoversi sotto di me. Ero certa di aver chiuso la porta a chiave. Sindy aveva la febbre. Lo avevo stretto al petto, sperando che la sua fronte si raffreddasse. Mi sorprendeva quanto mi piacesse allattare. Era una specie di comunione. Mi piaceva vedere il viso di mio figlio addolcirsi, come inclinava la guancia, sazio e beato.

Procedetti sbandando e allontanandomi dal viale. Volevo evitare i caffè che si affacciavano sulla Senna, le terrazze, la rugiada del mattino sulle sedie di giunco. Non volevo farmi vedere così ridicola e sgraziata, mentre spingevo la carrozzina come se fosse un rinoceronte. Negli ultimi tempi avevo iniziato a evitare i caffè anche di pomeriggio. *Dove sei finita?* mi aveva scritto Caresse. *Non ti vedo da settimane.* Immagino che non volessi che mi chiedessero quando sarebbe tornato Laurence. *Come sta LV? Lo vedremo prima di maggio?*

E poi: temevo di sentire il mio soprannome. Il mio soprannome era Miss Moneybags, «riccona». L'avevo appreso solo una settimana prima, mentre ero seduta con Helen e Giorgio. «Miss Moneybags», avevo sentito per caso. Le parole come un sibilo, come un etere crudele. Ora, non volendo sentire altro che il silenzio di mio figlio, tornai indietro verso casa. Mi aggrappai al manubrio della carrozzina. Quanto era precaria la maternità. Questa condizione tanto decantata.

Benita non si sarebbe mai lamentata delle strade, della carrozzina. Mia sorella era ancora senza figli; aveva perso, da quando mi ero trasferita a Parigi, cinque bambini.

«Il medico le ha detto di smettere di provarci», aveva riferito mia madre. «Il suo corpo non può sopportare lo sforzo.»

Ero fortunata, ma invidiavo mia sorella perché non doveva vivere con questa precarietà. Non mi era mai passata, suppongo. Mio padre portato via dal mare; la repentinità degli incidenti. Eccomi lì, a preoccuparmi di un soprannome invece di sollevare le ruote e salire sul marciapiede con attenzione. Se la mia presa fosse vacillata anche solo per un secondo, la carrozzina poteva finire schiacciata nel traffico. Invidiavo mia sorella perché non conosceva questo terrore, questa fine delle passeggiate – giorni, settimane, anni, persino – in cui non era un problema essere un po' sbadate. E poi, non volendo pensare a Miss Moneybags né agli incidenti, mi ripromisi di trovare una governante e, fino ad allora, una strada meno accidentata. "Domani", mi dissi, "porterò Sindbad al Parc Monceau e gli mostrerò l'obelisco." Ripensai a un passo di Proust. Mi venne in mente come il suggerimento per un cruciverba, e mi sentii improvvisamente rallegrata dal pensiero di Swann che respirava «attraverso il fruscio della pioggia, l'odore di invisibili, persistenti lillà».

Dopo la passeggiata, andai in camera mia. Avevo passato la notte nella stanza di Sindbad invece che nella mia perché lui aveva la febbre alta. Avevo continuato a svegliarmi di soprassalto, tastando la fronte di mio figlio al buio, attraverso le sbarre, anche se non era più caldo e il suo respiro era tranquillo.

Appesi l'orecchino a un gancio. Stavo per scegliere dei nuovi orecchini, dei triangoli di velluto blu, un regalo della mia amica Mina, quando notai il letto sfatto. Per un attimo non fui certa se fossi in un sogno o in mezzo alla nebbia. Mi spaventai. Le lenzuola sgualcite, il cuscino per terra. Già questo sarebbe stato inquietante, ma l'odore era ancora più disarmante. L'odore era così pungente, familiare e al tempo stesso estraneo. Mi misi una mano sulla bocca. Ero troppo abituata all'odore del mio latte. Ne ero viziata. Ti cambia, non riesco a descriverlo. L'odore del tuo corpo; poi leggermente più dolce, nel respiro di un bambino.

«Vieni qui», gridai, e mia madre accorse. Non avevo mai sentito un tale desiderio della sua presenza, energica e imperturbabile. Cercai di togliere il chiavistello alle finestre; spinsi indietro le tende sottili. Come poteva un odore sembrare una minaccia?

Quando entrò, mia madre fece una smorfia. «Per l'amor di Dio, apri la finestra.»

«Ci sto provando.»

Non vomitò, ma ebbe un conato. «Spingi più forte», disse.

«È pieno di linfa», dissi. Poi lei si mise accanto a me e posò entrambe le mani sulla finestra, spingendo con tutta la sua forza. A quel punto si aprì e si avvertì una brezza.

Mia madre cominciò a ridacchiare. Ridacchiare! Era un suono dolcissimo. Come un fischio di bambini, come i canarini. Ridacchiai anch'io. Rimanemmo lì a ridacchiare.

Dopo un po', lei raccolse il cuscino. «Fai finta che sia l'odore del pero cinese», disse.

«Non abbiamo un albero di pere.»

«Fai finta di averlo.»

«È sperma, mamma. È sperma.»

«Lo so. Ma si può fingere.»

«Com'è entrato nella mia camera da letto?» chiesi. «È davvero un mistero. Ho dormito al piano di sopra. Non sono stata qui nemmeno una volta la notte scorsa.»

«Be', è ovvio. Durante la festa, uno o alcuni dei tuoi ospiti si sono presi la libertà di fornicare nel tuo letto», rispose. «Che cosa terribile.»

«È terribile», dissi.

Sembrò sorpresa della mia eco; era così raro che fossimo d'accordo.

«È davvero terribile», ripetei. «Apro la mia casa a questi ospiti; do loro vino a volontà e un posto dove ballare e parlare, e in cambio loro» – non volevo dire *scopano* davanti a mia madre – «fornicano nel mio letto.»

«E più volte, a giudicare dall'odore.» Sembrò che le venisse in mente qualcosa. Sussurrò. Indicò l'armadio. «Guarda lì dentro.»

«Guardaci *tu* lì dentro», ribattei.

Come in una commedia di genere, mia madre sollevò un attizzatoio in ferro battuto posto accanto al camino. Mi passò le molle più sottili. Mi aspettavo che si mettesse a fare la danza dell'Orso grizzly, l'one step. Fece un passo avanti senza paura, mise la mano sulla maniglia di cristallo e brandì l'attizzatoio in aria, pronta a colpire chiunque ne uscisse. Mi sembrava che *volesse* uccidere l'intruso, l'eiaculatore. Che forse per tutta la vita aveva aspettato di ucciderlo. Cercai di non ridacchiare. I suoi occhi erano più luminosi che mai.

Le colombe si alzarono in cielo e le nuvole si oscurarono. E se l'ossessione di mia madre per le buone maniere e l'alta società fosse stata un espediente, un diversivo? Per tutto quel tempo aveva sognato un omicidio. All'improvviso ne fui certa e non l'avevo mai amata così tanto. Mio marito era in prigione e m'incoraggiava a spalancare le porte della nostra casa agli estranei, per poter conservare il suo titolo. Il re di Boemia. Ci mancò poco che sputassi per terra. Lui avrebbe offerto da bere all'intruso. Avrebbe detto: *Entra pure.*

Mi misi dietro mia madre e sollevai le molle scure. EREDITIERA UCCIDE L'INTRUSO. LA VEDOVA DEL RE DEL RAME RESPINGE CORAGGIOSAMENTE UN CRIMINALE PARIGINO. Aprì l'anta, un epilogo. Nell'armadio c'era solo biancheria da letto, ben piegata, una coperta di mohair con un biglietto, DA RAMMENDARE. Mia madre afferrò i sacchetti di lavanda che avevamo cucito durante il nostro soggiorno in Provenza. Li gettammo sul letto come se fossero amuleti.

«Ne sento ancora l'odore», dissi, «è più forte della lavanda. Forse uno degli ospiti ha passato la notte a masturbarsi qui dentro. Spostandosi in giro, scegliendo posti diversi.»

«Be', suppongo che questo accada quando s'incoraggia la depravazione.»

«Non sto incoraggiando la depravazione», ribattei. Con quanta facilità avevamo smesso di essere alleate.

«Come lo chiami, allora, quello che succede qui?»

«Un salotto, una festa. È vero che ultimamente si presentano più estranei. Ma Laurence pensa che la porta debba essere aperta a tutti...»

«Vado a prendere il Lysol», tagliò corto mia madre. Aveva sempre avuto una fede cieca nel cloruro. Quando eravamo bambine, ci strofinava la pelle dopo che eravamo andate al circo. Insisteva perché le cameriere sbiancassero gli asciugamani, anche se la stoffa morbida s'irrigidiva e ci irritava la pelle.

Cominciò a cospargere i muri.
«Mamma, credo che sia sul pavimento.»
«Hai ragione. Come diavolo è finito sul pavimento?» S'inginocchiò. Versò l'intera bottiglia sul tappeto.
Scoppiai a piangere. Diedi la colpa all'odore. «È troppo forte. Hai esagerato.»
«Scusa, ho esagerato con il disinfettante. Andiamo a prendere dei fiori. Riempiremo questa stanza con il profumo dei gigli. Non disperare, Peggy, ti prego.»
Mi sedetti a gambe incrociate, con la testa tra le mani. Mia madre si portò al mio fianco. Non ero mai stata così vicina a lei.
«Non m'importa di questo», dissi, agitando le mani, «non m'importa dell'odore di Lysol.»
«Allora perché piangi?»
«Non dovrebbe importarmi minimamente che un estraneo abbia scopato nel mio letto. Invece m'interessa eccome. È una prova, credo. Non sono una vera bohémienne.»
«Bene», commentò lei. «Non finirai per essere una dissoluta.» Lo disse con tanto affetto che sembrava quasi una lode. Mi avvolse tra le sue braccia. Avevo ventitré anni e non ero mai stata abbracciata da mia madre, nemmeno al funerale di mio padre. Mi accarezzò i capelli.
«Sono troppo per bene per essere bohémienne», le dissi. «È la pura verità.»
«Se sei per bene, la colpa è mia.» Mi fece l'occhiolino. Era una specie di complicità. «Non preoccuparti», sussurrò, «non lo dirò a nessuno.»
Dopo qualche minuto disse allegramente: «Rimettiamo a posto le armi». Sindy si era messo a piangere in un'altra stanza. Mia madre mi tolse le molle di mano. Ripose l'attizzatoio vicino al camino, quasi con riluttanza, poi si spolverò via la cenere scura dalle mani.

11.

LA BUSTA BIANCA

1923

Quella mattina stessa decisi di smettere di fingere di essere una bohémienne. Osservai i detriti in cucina: casse di bottiglie di vino vuote nell'angolo buio; una bambola di pezza tagliuzzata e imbottita di sigarette egiziane. Un rossetto Guerlain nel cassetto delle posate, un corsetto in bagno. Raccolsi i bicchieri da vino usati durante la festa della sera prima e cominciai a lavarli, poi gettai anche quelli nella spazzatura. All'improvviso mi sembrò una follia. Quanto della mia eredità avevo speso per quelle feste? Chi tra gli estranei mi aveva mai ringraziato? L'argento dei Seligman era stato rubato. Avevo cercato di essere una donna che non si preoccupava dei beni posseduti. *Ero* una donna che non si preoccupava dei beni posseduti. Ma ripensai a Nana Rosa, con i suoi grandi occhi scuri, limpidi, che mi porgeva la scatola con inciso il suo cognome da nubile: CONTENT. «Spero che sarai contenta», mi aveva detto sorridendo, mostrandomi l'argento che aveva portato con sé da Baiersdorf a diciassette anni.

Quando vidi i ritratti di Modigliani al Salon d'Automne, mi colpì quello di una donna che assomigliava a mia nonna a diciassette anni. Quegli occhi grigio-verdi, obliqui e sereni. «Cinquanta franchi», mi disse il proprietario quando chiesi informazioni.

Invece, avevo comprato cognac e champagne per gli invitati alla festa, forse proprio gli stessi che avevano infilato parte dell'argento nelle tasche dei pantaloni. *Non ne ha bisogno*, avevano probabilmente detto, *ha i milioni di suo padre.* "Che follia", pensai, "fingere di non avere il cuore spezzato dal fatto che questo regalo di mia nonna fosse sparito." Ruppi alcuni bicchieri. Li feci cadere nella spazzatura con un tonfo deciso. Ascoltai il suono del vetro che si frantumava con tutta la bellezza discordante di un dramma sinfonico di Satie. Continuai per un bel pezzo, chiedendomi: "Cosa farò della mia vita quando non sarò più una bohémienne? Chi sarò se non sarò la donna che organizza feste?". Poi gettai l'edizione mattutina del giornale nel cestino, in modo che mia madre non vedesse i frammenti.

"Non posso più ospitare gente in casa", pensai. "Davvero non posso."

In cucina mi sentivo soffocare. Trovai il portafoglio, che chiudevo sempre a chiave nell'armadio veneziano durante le feste. «Vado a incontrare l'avvocato di Laurence», dissi a mia madre. «Torno presto.»

«Mettiti un vestito adatto», mi suggerì, «sei orribile. Calzini e sandali!»

«Sono troppo stanca, mamma. Sindbad mi ha tenuto sveglia tutta la notte.»

«Mi sono offerta di assumere una governante.»

«Sì, accetterò l'offerta», risposi. «È molto generoso da parte tua.»

«Non dimenticare che ti ho regalato la Daimler, che, ho notato, non guidi mai. Non so se Laurence dovrebbe usare un'auto del genere. Guida come un pazzo.»

Non le dissi che avevo messo l'auto in un garage in un quartiere lontano. Mi avrebbero deriso senza pietà se l'avessi guidata per Montparnasse. Inoltre, mi ero spaventata quando avevo letto che era l'auto preferita di re Giorgio di Svezia e dai piloti del Grand Prix. Preferivo la mia Citroën gialla.

«Laurence non c'è», continuò mia madre, «quindi non vedo perché tu debba mettere via il mio regalo. Sai che sei l'unica donna a Parigi ad avere una Daimler? È un onore. Tu e re Giorgio. Non puoi presentarti all'ufficio di De Monchet con la tua Citroën scassata. Perché non mi lasci venire con te? Non hai idea di come parlare a questi uomini.»

«Esibizionisti senza scrupoli?»

«Eminenti esperti di diritto. Sei fortunata ad avere certe conoscenze. Può far uscire Laurence di prigione. Étienne l'ha promesso. Non c'è uomo migliore. Ma devi portare la busta bianca.»

«Sì, ce l'ho la busta bianca», dissi. Gliela sventolai davanti al naso. Ogni volta che la tenevo in mano, sentivo un brivido lungo la spina dorsale. Poteva essere il cadavere di un falco; un dito del piede mozzato.

«Non sono più una bohémienne», dissi ad alta voce mentre uscivo sul marciapiede e mi avviavo lungo boulevard Saint-Michel. Facevo sempre quelle dichiarazioni idiote e semplicistiche.

Sono una libertina. Passai davanti ai tavolini dei vari caffè, disposti verso il marciapiede. Qualcuno chiamò il mio nome e io continuai a camminare. «Peggy, Peggy, aspetta.» Passai davanti all'edicola e mi fermai a vedere se avevano giornali americani. Ultimamente leggevo tutto quello che trovavo sulle imprese degli avieri.

IL FLYER SI DIRIGE VERSO NORD-EST, SEGUENDO L'ARCO DI CURVATURA DELLA TERRA. Avevo voglia di qualcosa di dolce. Andai in pasticceria e chiesi tre éclair. «*Merci, mademoiselle.*» Mi venne in mente che dovevo passare dallo studio di Man Ray, che non mi aveva ancora invitato a vedere il mio ritratto. Avevamo avuto uno screzio; lui era arrabbiato perché avevo comprato una macchina fotografica alla sua assistente, che ora era una fotografa a tutti gli effetti. Bernie: avevo capito subito che aveva occhio. Forse lui non aveva voluto accorgersene e non mi aveva perdonato di averglielo mostrato.

Ero già in ritardo per l'incontro con De Monchet. Che mattinata infinita. Togliere lo sperma dal tappeto con mia madre, far quasi cadere mio figlio dalla carrozzina su una fogna con la griglia posata male. Non ero dell'umore giusto per discutere di corruzione di un agente di polizia. Sospettavo che il colloquio sarebbe stato incentrato su questo. Corrompere un agente di polizia, corrompere l'accusatore, corrompere un giudice. Ora che avevo accettato di non essere una bohémienne, potevo essere più sicura di non essere disposta a partecipare a qualche piano di corruzione. «Lo facciamo tutti», mi aveva detto una volta mia madre, «quando è necessario. Come pensi che Daniel abbia convinto quell'orribile donna, Ninette, a smettere di vendere alla stampa le sue storie su tuo padre? È stato così sbagliato? Vostro zio ha protetto la reputazione di suo fratello e voi ragazze non siete state costrette a crescere leggendo delle avventure amorose di vostro padre.»

«Non mi piace dover ricorrere a te in questo modo», mi aveva detto Laurence la prima volta che ero andata a trovarlo nella sua cella. La prigione si trovava vicino al Palais de Chaillot, un tetro edificio in pietra che emanava un odore umido di acque sotterranee. Laurence mi aveva raccontato di aver fatto amicizia con il suo carceriere: «Ci è voluto un po' di tempo, ma ha riso quando gli ho detto che i suoi stivali di pelle non erano certo delle scarpette da ballo. Adesso ha smesso di prendermi a calci la mattina. La cella è anche un gabinetto. Lo sciacquone si scarica da solo ogni pochi minuti, ricoprendo il pavimento di due centimetri d'acqua. Per fortuna sotto la finestra c'è un ripiano su cui posso salire e sonnecchiare. Le guardie ti sputano in faccia anche solo se chiedi un bicchiere d'acqua. Ma ho fatto amicizia con questo, è abbastanza gentile».

«Sono sicura che entro la fine del mese tutte le guardie verranno a giocare a carte con te», gli avevo detto.

«Questo tizio, Ferdinand, si è offerto di aiutarmi», aveva continuato Laurence. «Conosce il gioco. Mi ha detto che, se non ho ferito nessuno, potrebbero lasciarmi andare con una multa e qualche mese. Se non ho opposto resistenza all'arresto, potrei uscire di qui tra una settimana.»

«Ma purtroppo tu *hai* ferito qualcuno e opposto resistenza all'arresto, Laurence.» La mia voce era suonata molto piatta e lontana.

«Ascolta, Peggy, mi rendo conto che ultimamente non siamo stati molto gentili l'uno con l'altra. Ma comunque, *in fondo*, so che mi sei molto affezionata. Sono il padre di tuo figlio. Spero che non mi deluderai.»

«No, Laurence, non ti deluderò. Mi assicurerò che i tuoi

amici abbiano un posto dove divertirsi, riempiendo i loro bicchieri vuoti con cognac e champagne.»

«Oh, andiamo! Sai che non è quello che ti sto chiedendo. Non me ne importa un fico secco di quei *foufs*. Qualcuno di loro è forse venuto a trovarmi? Solo Breton. Abbiamo fatto una bella chiacchierata su quanto possa essere straziante la vita. Devo scrivere un saggio per lui, su questa fossa di letame.»

Avevo distolto lo sguardo e fissato il muro bianco. Era una sensazione piuttosto strana, che fosse lui ad avere bisogno.

«Sai, tesoro», aveva ripetuto, «non mi piace dover ricorrere a te in questo modo.»

Alcune settimane prima della nascita di Sindy, Helen Kastor aveva usato la stessa frase, ma con più garbo. Eravamo andate a prendere il tè dopo un pomeriggio al Louvre. Come scolarette, eravamo corse dentro quando aveva iniziato a piovere. Avevamo camminato per le sale, a braccetto, spettegolando. Lei indossava un tailleur di ciniglia color pesca con una camicetta di seta; si era appena tagliata i capelli. Avevamo aspettato che tornasse il sole, scommettendo sull'ora. Avevo vinto io; il sole era riapparso alle quattro e Helen mi aveva consegnato qualche franco. Non eravamo nostalgiche. Non ci mancava New York. Non avevamo intenzione di partecipare alla rimpatriata alla Jacobi. «Devo farti una richiesta», aveva detto Helen prendendomi la mano.

Mi ero tirata indietro, per un impulso istintivo. Helen stava forse lasciando Leon? Era senza soldi? Aveva bisogno del mio aiuto per mettere su un pied-à-terre?

Non che non l'avrei aiutata. Era la mia più vecchia amica. Senza di lei non avrei avuto il coraggio di venire a Parigi. Mi ero ritratta solo per il modo in cui l'aveva detto. Mi sembrava di avere sentito quella frase per tutta la vita. Un ragazzo dai capelli rossi in calzoni corti al Waldorf-Astoria, che sosteneva di aver assistito alle ultime parole di mio padre. «Signorina, signorina, devo farle una richiesta.»

Ma naturalmente Helen era troppo assennata per far implodere la propria vita. Sembrava vivere come si vestiva: in modo ordinato, con una moderazione ammirevole, piena di scelte attente e rigorose. Dalla borsetta aveva tirato fuori un opuscolo sottile, con un disegno a inchiostro nero. Non c'era nulla di particolarmente erotico nel disegno, ma l'avevo guardato attentamente. Sembrava un Beardsley, crudo e arguto. Una donna che avvolgeva le gambe intorno a un serpente. *The Book of Repulsive Women.* Helen aveva detto che il libro era morboso e sessuale. «Ti piacerà molto, Peggy. Lo rivoglio indietro. Se lo perdi, ti uccido. Ci sono solo diciotto copie di questo libro a Parigi.»

«Vuoi che ti aiuti a pubblicarlo?»

«No, voglio che mi aiuti a portare l'autrice a Parigi.»

«Chi è?»

«Non posso dirlo. Non posso dirtelo.»

«Perché no?»

«Non posso e basta. Ha ricevuto l'incarico dalla rivista "McCall's" di venire a Parigi e scrivere di donne che sposano aristocratici. Ed è mortificata. È una giornalista seria. Scrive delle suffragette, per l'amor di Dio. Scrive di pugili. Ma ha troppo talento per essere una giornalista. James pensa che sarà lei a cambiare la letteratura. Quindi non voglio che debba chiedere l'elemosina per racimolare i soldi per venire a Parigi e poi passare il suo tempo qui a scrivere di svampite cacciatrici di fortune. Quando potrebbe scrivere splendide oscenità come questa.» Aveva indicato l'opuscolo. «Forse dovremmo pubblicarlo! Ho sempre pensato che saresti stata un'ottima editrice.»

Mi ero posata una mano sulla pancia immensa. Sembravo un uovo di Brâncuşi. Un bastoncino con una sfera.

«Non sono sicura di potermi occupare di questa cosa quando mi sento un elefante.»

«Perché non le prendiamo una bella stanza d'albergo? Così può restare a Parigi. Penso davvero che dovrebbe scrivere romanzi. Dio sa se abbiamo già abbastanza giornalismo. E se fosse una donna a scrivere l'*Ulisse*? E se avessimo una versione lesbica del *Don Chisciotte*?»

«Il tuo invito è davvero invitante», avevo detto ridendo. «Con quanto dovrei contribuire?»

«Cinquecento franchi sono troppi?»

Avevo scosso la testa; avevo compilato un assegno, mentre lei guardava educatamente le chiatte sulla Senna. Lo aveva piegato con cura e mi aveva stretto la mano. «Ah, ti consiglio di non parlarne con Laurence.»

«Non gliene parlerò», avevo detto, anche se non ero sicura che l'idea gli sarebbe dispiaciuta. Mi diceva sempre che non avevo né cervello né talento e che quindi avrei dovuto dare i miei soldi a chi ne aveva.

Ora, con il giornale in mano, avanzai lungo il boulevard, pensando a quanto sarebbe stato bello portare un giorno Sindy sulla Senna. Pensavo ai picnic, a come si sarebbe seduto in un abito alla marinara, salutando le barche con la mano. Che tesoro era, anche se avevo desiderato tanto una figlia.

La campana di una chiesa rintoccò. Controllai se avevo ancora la busta bianca.

Di lì a dieci minuti dovevo entrare nello studio di un avvocato di nome De Monchet.

«La violenza», aveva detto Laurence, «è *un gesto significativo.*» Un gesto significativo: i suoi amici surrealisti credevano nell'inscenare gesti significativi. Credevano che questi gesti dovessero sostituire l'arte.

Breton aveva scritto: *L'azione surrealista più semplice consiste, rivoltella in pugno, nell'uscire in strada e sparare a caso, finché si può, tra la folla.*

Alcuni versi di una poesia del *Book of Repulsive Women* recitavano semplicemente:

Vedevamo il tuo corpo nell'erba
Con occhi freddi e pallidi.
Ci sforzavamo di toccare quelle languide
cosce lunghe,
E di ascoltare le tue brevi e acute
grida babiloniche moderne.

Non ero del tutto sicura che la violenza fosse sempre un gesto significativo.

Una volta, mentre andavamo a una festa, Laurence mi aveva spinto in strada quando mi ero rifiutata di prendere un taxi. «Non dovremmo sprecare i nostri soldi», avevo detto, «siamo ad appena cinque isolati di distanza.»

«Dice la donna con una pelliccia che costa quanto un'isoletta delle Indie Occidentali. Sì, risparmiamo qualche franco e presentiamoci inzuppati e con l'aspetto di una coppia di procioni annegati.»

«È stata mia madre a comprarmi questa pelliccia.»

«So cosa ne hai fatto, dei tuoi soldi», aveva ribattuto lui con cattiveria. «Lo so», aveva sibilato. «Ti avevo avvertito di non dare la paghetta a Djuna. Non hai fatto altro che fornirle i mezzi per diventare un'alcolista a tutti gli effetti, un'alcolista a tempo pieno. Stai finanziando la sua rovina. Il Premio Guggenheim alla lesbica più sbronza di Parigi.»

«Sei stato *tu* a dirmi di dare i miei soldi a chi aveva talento. E io ti ho dato retta.»

«Ti ho anche detto di non immischiarti con Djuna. Ma lei ti ha sedotto. Ho sentito tutta la storia. La lingerie da modella per te, il tuo risveglio saffico.» Finalmente aveva sorriso. «Avresti potuto invitarmi.»

«Laurence, passiamo sotto le tende da sole.»

In quel momento un grosso – molto grosso, grande come un'urna – scroscio di acqua piovana sporca era sceso dall'angolo del tendone ed era finito nella bocca aperta di Laurence. Una signora impettita al tavolo sotto la tenda era scoppiata a ridere. «Una boccata d'acqua piovana», aveva detto. «Avreste dovuto ordinare del vino.»

A quel punto lui mi aveva spinto in strada. Le luci delle auto mi erano passate accanto e io mi ero scansata. «Laurence», avevo gridato. «Stai cercando di uccidermi?»

«Sì», mi aveva risposto. Si era allontanato, lasciandomi in mezzo alla strada, con i tacchi immersi in tristi pozze scure, l'odore di urina e cannella. Come aveva fatto a prendermi la borsa? La spinta – i suoi palmi sulla mia schiena – era stata improvvisa e disorientante. Ero la bottiglia che aveva scagliato; ero la bottiglia sottile e ricca che voleva vedere schiantarsi e frantumarsi.

«Laurence», avevo gridato, «riportami la borsa!»

Che umiliazione. Miss Moneybags senza la sua borsa con i soldi.

«Laurence, Laurence, non lasciarmi qui!» Era passato un taxi e io mi ero allontanata di corsa dalla strada, con il vestito coperto di schizzi grigi. Ero rientrata nella brasserie dove avevamo cenato, e avevo scorto Caresse. «Sono appena stata derubata», le avevo detto. «Mi hanno strappato via la borsa.»

«Oh, povera cara.» Mi aveva allungato il portafoglio. «Prendi quello che ti serve.»

Per tutta la sera, e anche di notte, avevo avvertito la forza dei palmi di Laurence sulla mia pelle. Sicuramente avrei avuto dei lividi sulle scapole. Mi ero sdraiata sul letto cercando di... cercando di fare cosa? Di costringermi a tornare nel mio corpo, non in quello che lui aveva trasformato in una bottiglia. Mi ero spogliata e mi ero guardata allo specchio, vedendo la piacevole simmetria dei miei piccoli seni, la loro morbidezza. Mi ero voltata, sbirciando da sopra la spalla, ma non ero riuscita a vedere lividi, nemmeno un lieve segno rossastro, eppure la carne mi sembrava ammaccata e dolorante. Mi ero seduta sul letto e avevo pianto per un po', pensando che mi aveva rubato la borsa, fonte del suo odio per me. Chi gli aveva detto che firmavo assegni per Djuna? E se avesse scoperto la mia corrispondenza con il banchiere? «Le bastano gli interessi per vivere, perché è stato un anno molto buono per l'industria aeronautica. Deve sapere che abbiamo annullato tutte le sue perdite grazie ai nostri investimenti strategici. Come da istruzioni, abbiamo istituito un fondo fiduciario per sua figlia e, come da istruzioni, non abbiamo nominato il padre come esecutore testamentario, nonostante si tratti di una deviazione dalla prassi consueta per i beni coniugali.»

Mi aveva spinto in strada; aveva risposto di sì quando gli avevo chiesto se volesse uccidermi.

Avevo giurato a me stessa che se mi avesse toccato di nuovo, con quella ferocia, avrei divorziato e l'avrei dichiarato un padre indegno. Avevo trovato del cognac e letto *L'idiota* finché non era tornato a casa, al sorgere del sole. Avevo fatto finta di dormire e quando si era svegliato al mattino mi aveva porto la borsa, evitando di guardarmi negli occhi e borbottando persino qualcosa sul fatto che era dispiaciuto.

«Mi hai fatto male. Non credo che tu sia consapevole della tua forza.»

«Ti stavi comportando da sciocca», aveva ribattuto lui, «facendomi camminare sotto la pioggia e ridendo con quelle puttane quando la cascata mi è arrivata sulle labbra.»

«Non ho certo riso di te.»

«Invece sì. Sei così meschina, Peggy. È esasperante. Però mi dispiace. La prossima volta dammi retta e non fare scenate.»

«Penso che oggi andrò al Luxembourg», avevo detto alzandomi. Era così che avrei gestito la sua petulanza. Mi sarei vestita, avrei mangiato e avrei camminato come se fossi sorda.

Volevo vedere l'*Olympia* di Manet, lasciare che il suo sguardo audace incontrasse il mio. Rubare un po' della sua determinazione. Al museo, mi ero piazzata ai suoi piedi. Quando un uomo si era fermato accanto a lei – scrutando, valutando – avevo detto: «È in posa come la *Venere di Urbino* di Tiziano, solo che è una puttana».

Lui si era girato, stupito. Ma non avevo finito.

«Sta guardando dritto verso di lei», avevo continuato. «Il che significa che è lei il suo cliente.»

Si era guardato alle spalle, come se stessi parlando con qualcun altro. «Non credo...»

«Sa che anche lei era una pittrice?»

«Chi?»

«La donna nuda. Quella ritratta.»

Lui aveva scosso la testa.

«Non c'è nessuna delle sue opere qui», avevo detto, accennando una risata. «Piuttosto sorprendente.»

Dopo che se n'era andato, mi ero sentita rasserenata: se per il quadro in sé o per il suo disagio, difficile dirlo. Avevo tirato fuori la lista della spesa, l'unico pezzo di carta rimasto nella mia borsa. Avevo cancellato la parola *uova.* La parola *manzo.* La parola *farina.* Avevo scritto una domanda: *Che ne è stato della donna con i fiori in mano?*

Quando avevo cominciato ad avere i crampi alle gambe, mi ero diretta verso i giardini. Avevo ammirato il vestito di organza di una bambina che passava di lì. Vi era rappresentata la scena di un pastore: verdi cupi, agnelli screziati.

«Che bel vestito», avevo detto.

Suo padre aveva sussurrato: «Ringrazia la signora», ma la bambina si era allontanata da me e si era messa a rincorrere i piccioni. Gli uccelli grigi si erano levati in uno stormo e lei aveva gridato: «Tornate, tornate, oh uccellini grigi!».

Per incontrare De Monchet dovevo vestirmi in modo da incutere rispetto. Così avevo fatto anche la settimana prima, indossando un abito dal colletto rigido e stivali alti, quando ero andata a colloquio con l'amico di mia madre. Étienne.

«Ho rimediato questo incontro con l'aiuto del mio amico italiano», mi aveva detto lei. «Mi manca tanto Laurence. Quel povero ragazzo. Sta marcendo nelle catacombe.»

«Non è nelle catacombe. È in una bella prigione.»

«Una bella prigione», aveva ripetuto lei. «Sei davvero tremenda.»

«Be', è solo per gli ubriachi e le *poules.* Se verrà giudicato colpevole al processo, allora potrebbero mandarlo in un posto più medievale.»

«Per questo devi incontrare Étienne. Lui sa come archivia i casi il magistrato. Conosce l'intero sistema.»

Così c'ero andata, obbediente. *La moglie devota, vestita in modo da incutere rispetto.*

Étienne aveva la faccia rubiconda, impertinente. «Peggy *Goog*-en-heim!» Era da tanto tempo che non sentivo qualcuno mettere tanta enfasi sulla prima sillaba. Conoscevo il tipo. Alle mie spalle mi avrebbe chiamato israelita. Portava una cravatta di seta Liberty e scarpe Plom; sedeva sul bordo della scrivania. Parlando a voce bassa, aveva chiuso le tende di velluto. Una specie di strumento d'argento gli guizzava tra le dita. Si stava pulendo le unghie? mi ero chiesta. Stava togliendo lo sporco mentre mi parlava?

Mi ero seduta in modo compito (era successo prima che accettassi la mia compitezza) e lo avevo guardato valutare il valore della mia borsetta e del mio vestito. Lo vedevo notare la lettera d'oro sul cinturino dei miei stivali, che erano fatti da un uomo che mia madre aveva conosciuto e che si chiamava Salvatore Ferragamo. Lo strumento luccicava. Lo aveva riposto in un cassetto dicendo: «Ti spiegherò il piano».

«Il piano?»

«La linea d'azione.»

«Non ho intenzione di interferire», avevo detto. «Non sono interessata a farlo.»

«Apprezzo la tua integrità. Ti faccio solo notare che De Monchet appartiene a una delle più antiche famiglie di Parigi e, se tu lo desideri, ti aiuterà a far rilasciare tuo marito. Sa che queste risse nei bar avvengono ogni sera. È assurdo che abbiano accusato tuo marito. È molto semplice. Una donna giovane e bella come te deve andare a trovare De Monchet. Tua madre ha detto che hai un figlio piccolo di nome Michael. Non ha ancora sei mesi, vero?»

Avevo annuito.

«Immagino che sia terribilmente triste per il bambino. Monsieur de Monchet farà delle indagini su come si è evoluta la faccenda. Parlerà con il magistrato a nome vostro.»

«Mi avevano detto che non avremmo potuto avere un avvocato al processo.»

«È vero. Non sarà il vostro avvocato al processo. In un certo senso, non sarà affatto il vostro avvocato. Sarà addirittura meglio che non parliate di lui come di un conoscente. Sarà un consulente legale prima del processo. Parlerà con il magistrato, come ho detto, solo se s'incontreranno per caso al loro club, e accennerà di sfuggita al caso di Monsieur Vail, un discendente della famiglia Vail. Il suo bisnonno era amico di Lafayette. Le relazioni franco-americane sono in pericolo. Lafayette era, credo, molto affezionato ai Vail.»

«Chi glielo ha detto?» avevo chiesto, ridendo.

«Abbiamo indagato sulla storia della famiglia per conto vostro. Tuo marito è andato a Oxford, vero? Avrebbe potuto bighellonare per Londra, invece è tornato a Parigi e si è arruolato nell'esercito francese. Sua sorella, Clotilde, è fidanzata con un ufficiale dell'esercito. Puoi parlarne con De Monchet. Sistemerà tutto lui; posso assicurarti che non ci sarà alcun processo. Poiché non opera come vostro avvocato, non sarete tenuti a pagargli una parcella. La sua scrivania è piuttosto disordinata, ma quando esce per fumare una sigaretta, potresti trovare un punto libero su cui lasciare la busta bianca. Io non ho parlato della busta bianca. Ora devo lasciarti», aveva detto bruscamente.

«In nome di Dio, cos'è la busta bianca?» avevo chiesto a mia madre. «Una bustarella?»

«Non c'è nessuna busta bianca», aveva risposto lei, porgendomi una busta bianca.

«Non so se voglio farlo, mamma. Sai quanto posso essere impacciata. E se non esce a fumare? Cosa faccio allora? Gliela do in mano?»

«Non devi assolutamente consegnare a lui la busta, a meno che tu non voglia raggiungere tuo marito in prigione.»

«Laurence ha tirato sei bottiglie a quegli uomini. Uno di loro, con una cicatrice sul labbro, è rimasto quasi accecato. Gli hanno dovuto togliere un frammento di vetro dall'occhio. Non vedo come si possa risolvere la faccenda.»

«Non essere ingenua», aveva concluso mia madre. «Bisogna sapere di chi fidarsi. Questo è il segreto della vita. E l'uomo di cui devi fidarti ora è De Monchet.»

All'una, l'ora in cui avrei dovuto essere nello studio di un avvocato, mi allontanai dai caffè più affollati e passeggiai verso lo Stryx, che il più delle volte era vuoto.

Prima ancora di raggiungere la terrazza, la vidi seduta da sola a leggere un giornale. I capelli di un rosso scuro erano tirati indietro stretti. Aveva le labbra dipinte a forma di arco di Cupido, di un rosso ancora più scuro, soprattutto in contrasto con la sua pelle pallida. Mi sentivo terribilmente spaventata solo a guardarla. Sembrava non essere una mortale. *La donna più brillante del mondo,* aveva detto Helen. Sollevò il mento in modo altezzoso, ma c'era anche qualcosa di solitario e di triste in lei.

Doveva avermi notato, perché si alzò e mi chiamò. La sua voce era roca, senza il disperato accento francese. «Peggy», gridò.

Mi avvicinai a lei, sperando di non tremare.

«Vuoi sederti qui con me?» mi chiese. Chiamò il cameriere. «Sono qui da un mese», disse, «e ho capito come evitare la folla vanitosa. Vedo che l'hai capito anche tu.»

«Mi piace questo caffè», dissi.

Mi chiesi come avesse fatto a riconoscermi. Era stata a una delle mie feste? Non bevevo mai, quindi non potevo pensare di essere stata stordita quando lei era stata a casa mia.

«Oh, ti ho riconosciuta dallo studio di Man Ray», disse. «Ho visto il tuo ritratto alla parete. Ho chiesto chi fosse quella bella donna. Tutta d'argento, provocante. Fantastica. E ho saputo da Bernie che le hai comprato una macchina fotografica. Credo che sia innamorata di te.»

Risi della sua franchezza. Quando le persone erano educate, mi sentivo distante, ma quando erano dirette, persino troppo, mi sentivo perversamente a mio agio.

«Il ritratto era noioso? Non l'ho visto. È furioso con me perché ho comprato a Berenice una macchina fotografica. E per averle chiesto di farmi un ritratto.»

«Oh, è sensazionale. Te lo ruberò la prossima volta che andrò lì.»

Mi prese la mano. «Volevo ringraziarti. Helen ha detto che desideravi essere una donatrice anonima, ma si è tradita. Ha detto il tuo nome. Peggy qui, Peggy là. Avevo intenzione di scriverti una lettera. È stato incredibilmente gentile da parte tua. Non sarei a Parigi se tu non mi avessi aiutata. Avevo cento franchi a mio nome. Pietoso. Sono una donna pietosa», aggiunse ridendo.

«Non c'è bisogno di ringraziarmi. Sono una tua grande ammiratrice. Ho letto l'articolo dopo che Helen mi ha detto che saresti arrivata a Parigi.»

«L'articolo», ripeté lei, con una leggera smorfia. «Ne ho scritti quattrocento.»

«Oh, scusa. Lo so. Intendo quello sull'alimentazione forzata delle suffragette. È terrificante. Fare uno sciopero della fame...»

«È stato terribile. Mi hanno davvero infilato un tubo di gomma rosso in gola. Mi hanno spruzzato il naso con cocaina e disinfettante. *O ingoi o soffochi.* Si dovrebbe avere il diritto di morire per le proprie convinzioni, direi. Ma a cosa è servito? In Gran Bretagna stanno ancora torturando quelle donne. E la gente ha detto che era solo una trovata. Per attirare l'attenzione. Come se io fossi un numero da circo. Ho indagato, mi sono intromessa. Adesso basta. L'America non vuole la verità.»

«Infatti. Non ho il minimo desiderio di tornare. Non dovresti tornare neanche tu. Com'è il tuo albergo?»

«Va bene. Non voglio lamentarmi.»

«Non è confortevole?»

«Non particolarmente.»

«Mi dispiace. Helen di solito è così attenta.»

«È piuttosto freddo e piccolo ma, come ho detto, non voglio lamentarmi. È molto difficile scrivere quando si è in un'atmosfera deprimente, sono sicura che mi capisci.»

«Certo», dissi. «Be', se vuoi posso dare un'occhiata in giro.»

«Dove hai alloggiato tu?»

«Cosa intendi dire?»

«Quando sei venuta a visitare Parigi.»

Arrossii. «Oh, è stato molto tempo fa. Ho alloggiato al Crillon. È molto soffocante e antiquato.»

«Sono sicura che mi troverei bene lì», replicò. «Ma tu e Helen avete già fatto tanto. Sto morendo di sete. Ordiniamo un Pernod?»

«Direi di sì.» Parlava velocemente, con grande sicurezza. Era stordente. Mi domandai quanto la sua baldanza fosse una facciata. Helen aveva detto: «Oh, suo padre era un mostro e in quella famiglia succedevano molte cose terribili».

«Stai pensando a mio padre?» chiese.

Scoppiai a ridere. Mi sentii improvvisamente senza vestiti. Ma era esaltante, una specie di seduzione. Ordinai del Pernod. "Devo stare attenta", pensai, "o a fine serata le consegnerò la busta bianca."

«Si chiamava Wald Barnes», disse, «e sua madre si chiamava Zadel. Poligami di Albany. I miei fratelli si chiamavano Saxon e Shangar. Mi cambiò il nome diverse volte. Prima era Djalma, poi Djuna. L'unico regalo che mi fece fu un corno francese. Scappai a diciassette anni. È tutto quello che devi sapere, e non devi dispiacerti per me.»

«Non mi dispiace affatto per te», dissi. «Sai che a Parigi tutti ti venerano. Hanno esaurito il tuo libro di poesie.»

«Peggy, ne ho pubblicato solo diciotto copie.»

«Ma comunque se ne parla ovunque.»

«Oh, sei molto carina a dirlo. È vero che sei sposata con Laurence Vail?»

«Sì.»

«E ti stai rendendo conto che è il più grande errore della tua vita?» Sorrise.

C'era un ronzio in lei, un *frisson*. Mentre bevevo il Pernod, notai che mi stava fissando le labbra. Era una cosa stranissima. Mi resi conto che non mi era mai capitato che qualcuno mi fissasse le labbra in modo così sfacciato, di certo non una donna. «Sei un'ingenua», mi aveva detto mia madre. Accesi una sigaretta e lei me la prese dalle labbra. Inspirò e disse: «Apri».

«Scusa, non capisco.»

Le sue ginocchia toccavano le mie. I rami erano spogli per la pioggia del giorno prima. La corteccia nera e nuda; il marciapiede cosparso di petali bianchi.

«Apri le labbra», mi disse. Obbedii e lei mi mise la sigaretta in bocca.

«Amo Laurence», dissi. «Ma a volte è instabile.»

«È meraviglioso a letto», aggiunse lei, con aria d'intesa.

«Pensavo che tu...»

«Pensavi che fossi lesbica. Non lo sono. Sono solo innamorata di Thelma.»

«La scultrice?»

«Sì, è l'altro motivo per cui voglio restare a Parigi.»

Ora mi girava la testa, per il drink e per la sensazione di essere fatta roteare.

«Sei ingiustamente malvista, Peggy», continuò. «Sei più intelligente di quanto si pensi. Ti sottovalutano.»

«Credo che sia così», confermai sorridendo.

«Certamente», disse lei, e mi tolse la sigaretta dalle labbra. Quando si chinò verso di me, pensai che volesse baciarmi e provai un improvviso desiderio di avvolgermi nel suo corpo. Dovevamo essere rimaste lì per ore. La luna era bassa, a forma di conchiglia. Decidemmo di provare a vedere come diventava la sua sagoma una volta che la luna fosse abbastanza bassa da trasformarsi in un riflesso nel fiume. Ma una volta in piedi, lei dichiarò di essere molto stanca. «Ti va di vederci domattina?» mi chiese. Scrisse il suo indirizzo sulla busta bianca. «Possiamo cercare delle lampade. Voglio una lampada antica da mettere accanto alla macchina da scrivere.»

«Possiamo cercare delle mantelle di velluto nero», dissi, inclinandomi in modo che lei mi sostenesse.

«Ho sempre desiderato una mantella di velluto. Come facevi a saperlo, Peggy?»

«Ti vedo con la mantella legata al collo.»

«Allora lasciamo perdere la lampada.»

«Possiamo prenderla, una lampada», insistetti. Dovetti mordermi il labbro per non dire: *Possiamo prendere tutto quello che vuoi, lampade e luci e mantelle del velluto più scuro.*

12.

UN IMPULSO IMPELLENTE

1923

Una volta che Laurence fu fatto uscire di prigione, decisi che dovevamo andare al mare in macchina. Fu una decisione impulsiva. Giuro che non era nei miei piani. Non avrei mai immaginato che avremmo finito per comprare una villa al mare e lasciare Parigi. Ma è successo come in un sogno, questo imbattersi nel Paradiso.

Partimmo con la Daimler, lasciando Sindy con Adele, una nuova governante. I suoi genitori erano professori e mi assicurarono che la figlia era studiosa e a suo agio con i bambini. Non avevo idea di come si selezionasse una governante, sapevo solo che non volevo sottoporla a una serie di prove come mia madre aveva fatto con la lunga serie di ragazze che aveva assunto per mostrarci la gentilezza di cui lei non era capace.

Ci eravamo sedute in giardino. Le avevo portato delle clementine e tè alla menta. Adele aveva diciotto anni ed era molto composta, con i capelli ricci e scuri che le incorniciavano il viso largo. Mi piaceva che non si coprisse le lentiggini con la cipria; era molto lentigginosa – in seguito avrei visto quelle piccole macchie anche sulle spalle – e quegli schizzi a casaccio le conferivano una caratteristica leggermente felina. Aveva un occhio marrone e l'altro verde. Quando ci eravamo sedute in giardino, mi ero resa conto di quanto fosse tranquilla la nostra casa da quando avevo smesso di organizzare feste. Avevo spolverato e spazzato ogni stanza per prepararmi al ritorno di Laurence. Avevo sventolato in giardino una tovaglia provenzale dai colori accesi e l'avevo sistemata sul tavolo, lisciando le pieghe che erano rimaste anche dopo la stiratura. Arance in una ciotola di legno, qualche candela. Avevo fatto il bagno a Sindbad – i suoi capelli erano ormai di un biondo strano – e lo avevo vestito con un abito alla marinara che Benita mi aveva mandato con un biglietto: *Per il tuo re del mare.* Avevo pensato a quanto sarebbe stato bello quando avrebbe parlato invece di emettere una serie di versi gorgoglianti.

«Papà», avevo detto, «papà sta tornando a casa.»

«Cerca di insegnargli la parola», avevo detto a Adele.

«Quale parola?» mi aveva chiesto lei.

«Papà.»

Mi aveva guardato con un'espressione che immagino fosse compassione. Mi aveva aiutato ad appendere il mio striscione esultante. BENTORNATO A CASA, avevo scritto con un pennello, poi avevo fatto camminare Sindy sulla carta con i suoi piedini intinti di vernice. Le piccole dita avevano lasciato creste e mezze lune, chiazze di colore maculato, un'esplosione di punti blu.

Mi ripromisi di mantenere la conversazione con Laurence leggera e piacevole. "Non dobbiamo bisticciare di nuovo", pensai, perché le coppie che bisticciavano erano noiose. Ogni volta che Helen e Leon bisticciavano, sentivo che si sminuivano; sembravano volgari e deboli. Immagino che se fossi cresciuta con una madre e un padre, avrei accettato meglio i litigi coniugali. Ma che fossero miei o di un'altra coppia, gli attacchi verbali m'infastidivano, come una zanzara che sbatte contro il davanzale. Com'era patetico: assillare, rimproverare, lamentarsi. Una forma patetica di discorso. Preferivo il silenzio o una poesia casuale. Un'allitterazione, un gioco di parole.

Da quando passavo del tempo con Djuna, avevo notato che spesso parlava in modo preciso e insolito; le sue frasi elisabettiane, il suo ritmo attento. «*Piangean l'acque correnti il tuo ritorno*», aveva detto una volta, quando avevo aperto la porta di casa sua. «*E i pesci lor gemevano languendo.*» Conoscevo la poesia, naturalmente, ma non ero sicura di riuscire a recitare il verso con la sua intensità. Aveva alzato un sopracciglio, fissandomi. Le avevo dato un bacio sulla guancia. «Mio gaudio sol», avevo detto dolcemente, «del cor tesoro eterno».

«*Mio gaudio sol*», aveva sussurrato lei, volteggiando nella sua mantella di velluto nero, «*del cor tesoro eterno.*»

Mi chiedevo cosa avrebbe fatto Laurence se all'improvviso avessi cominciato a parlargli con i versi di Spenser. Non so bene perché, ma da quando era stato rilasciato avevo avuto la sensazione che corressimo un grave pericolo, che ci fosse la possibilità che la nostra vita andasse in pezzi in modo spettacolare se non l'avessi salvata in qualche modo. Ma come? Quel viaggio pareva il primo passo per evitare la rottura. E la Daimler sembrava piacergli. Mise le mani sul volante con una fermezza che ricordavo da quando toccava il mio corpo.

«Mia madre non la smette di dire che re Edoardo ha questa auto.»

«È una sensazione straordinaria», commentò Laurence. «Sospetto che abbiano rubato il progetto del motore Mercedes. Sai che questo motore lo chiamano Silver Ghost, fantasma d'argento? Incredibilmente silenzioso. Non sento nemmeno il selciato. Quanto può andare veloce? Dovremmo provare?»

«Certo.»

Parlò di sei cilindri e del principio delle valvole a manicotto. Immagino che fosse per lui una sorta di poesia. Un sorriso sornione sul suo volto mentre superava gli altri guidatori, uno dopo l'altro. Guardai i cedri ai lati della strada, i cartelli con le frecce. Calais, Lille. Presto l'aria avrebbe profumato di lavanda e le strade si sarebbero ristrette. Presto avremmo percorso le strade circolari tagliate nelle scogliere. Avremmo lavato via la polvere di Parigi nel mare.

Ma ora stavamo ancora attraversando una fila di case grigie, l'erba secca, il cielo nero di gas di scarico.

«Ti piace la ragazza, Adele?» chiesi, mordicchiandomi un'unghia. «Sto cercando di non essere nervosa per aver lasciato Sindy con un'estranea.»

«Sembra a posto», rispose Laurence in tono distaccato. «A quanto pare ha imparato molto solo leggendo *Villette.*»

«Quindi l'hai assunta perché ha letto Brontë?»

«Sì, può essere la nostra Lucy Snowe. Senza le preghiere cristiane.»

Lui mi scompigliò i capelli e la macchina sbandò. Sentendo la sua mano su di me, pensai: "Forse non è arrabbiato con me".

Viaggiammo in silenzio per un po', finché lui non si girò e mi chiese dove stavamo andando. In modo piuttosto accusatorio, come se lo stessi facendo girare senza una meta precisa. «Dove stiamo andando, Peggy?»

«Al mare.»

«Non ho voglia di nuotare. Preferirei arrampicarmi.»

«Puoi arrampicarti, Laurence», dissi dolcemente. «Puoi fare quello che vuoi. Pensavo solo che il mare sarebbe stato caldo e avrebbe pulito...»

«Non posso lavare via la prigione. Non ne hai idea. Sono stato picchiato, ho sofferto la fame. Non basterà un tuffo nel Mediterraneo a purificarmi.»

«Potrebbe.»

«Non lo farà.»

«Io penso proprio di sì», insistetti, cercando di tirarlo su di morale con la mia convinzione. «Pensa a quanto sarà azzurro e caldo il mare, a come ti dondolerai avanti e indietro con il sole sulla pelle. Penso proprio che laverai via la prigione.»

«E tu?» chiese sprezzante. «C'è qualcosa che vuoi lavare via?»

Non sapevo bene cosa volesse dire, solo che il suo tono era diventato improvvisamente tagliente.

«So cosa hai combinato», disse, afferrando il volante con tensione, come se dovesse esercitare tutta la sua forza di volontà per non schiantarsi contro la Citroën davanti a noi. Mi fece venire un brivido. Avrei preferito che alzasse la voce. Il sussurro sembrava troppo controllato, troppo ponderato. *So cosa hai combinato.* Era inquietante sentirlo parlare così piano, ma con freddezza, come se non riuscisse più a emettere un suono udibile, tanto meno la tenerezza.

«Credo che dovremmo prendere la svolta per Calais», dissi.

Invece, guidò in un campo. L'auto scorrevole sferragliò per

la prima volta, sbandando. Laurence frenò così bruscamente che per poco non mi fece sbattere la testa contro il parabrezza. La polvere si alzò dalla terra battuta. Sbattei le palpebre per eliminare il pulviscolo dagli occhi e mi riallacciai la sciarpa di seta intorno al mento. Come mi ero sentita fiduciosa nel legarmela intorno al viso la mattina... «Ha un'aria chic e avventurosa», aveva detto Adele. «Come Marlene Dietrich.»

«Scendi dalla macchina, così posso guardarti negli occhi», ringhiò Laurence. «Che cosa hai fatto?» mi chiese, mentre eravamo appoggiati allo smalto verde dell'auto. Mi afferrò il corpo e mi fece girare in modo da costringermi a guardarlo in faccia come due pezzi degli scacchi, mentre continuavano a passare le auto pesanti e ammaccate, quelle a cui prima ci eravamo sentiti tranquillamente superiori.

«Ho visitato negozi. Frequentato persone. Accudito Sindy.»

«Ho sentito dire che gozzovigliavate ogni sera. Che vi divertivate un mondo. Mentre io ero in un buco infernale, con i ragni neri come unici compagni.»

«Oh, mi sono ubriacata, sì», dissi. «Tu sei sempre ubriaco. I tuoi amici sono sempre ubriachi. Ho pensato che tanto valeva che mi ubriacassi anch'io. Così mi sono ubriacata e sai cosa? Mi è piaciuto molto.»

«Non è di questo che sto parlando. Si tratta di qualcos'altro. Ecco, lo leggo nei tuoi occhi e sul tuo viso. Oh, posso dire di cosa si tratta.»

Laurence sembrava sempre più fuori di sé e sconvolto a mano a mano che parlava, mentre io mi sentivo improvvisamente calma e fredda, come un sasso nell'acqua limpida.

«Sei stata con qualcuno», mi accusò Laurence.

«È una bugia.»

«È la verità. Vedo come sei cambiata. Anche adesso non sei tu, Peggy. Con questo sorrisetto altezzoso.» A quel punto mi imitò: *mi sono ubriacata, sì, e mi è piaciuto molto.*

Chiusi gli occhi e pensai a un altro verso della poesia di Spenser. *Che noi, già morti, in vita hai richiamato.*

«Alla fine lo scoprirò», sibilò. «Non preoccuparti, non ti ucciderò.»

Non so perché sorrisi; non ero affatto felice, ma sorrisi.

«Ti piace avere il tuo piccolo segreto, vero?» continuò. «Proprio come ti piace avere i tuoi librettini degli assegni e i tuoi piccoli banchieri. Ti piacciono i segreti. È per questo che ti sei innamorata di me. Perché dovevo essere un segreto.»

«Non c'è nessuno, Laurence. Ho un terribile mal di testa. Voglio andare da qualche parte a farmi lavare i capelli.»

«Farti lavare i capelli!» gridò. «Vuole lavarsi i capelli!» urlò all'autista di una Citroën, un uomo ignaro con un berretto di tweed, baffi rossi, che probabilmente si chiedeva: *Perché quei due innamorati si urlano addosso quando sono vestiti benissimo e hanno una macchina così bella? Perché il volto di quell'uomo è rosso di rabbia? Chi ha ucciso lei? Oh, che cosa ha combinato...*

«Ti terrò qui finché non me lo dirai. Oppure ti lascerò qui in questo campo e tornerò a Montparnasse a chiedere in giro finché non saprò con chi ti sei messa.»

«Ascolta, Laurence. Ti confesso che, sì, mentre eri via mi sono divertita molto con alcune amiche. Non mi sono mai sentita così bene. Sono tutte lesbiche, quindi non devi preoccuparti che io stia con un uomo. Abbiamo parlato di Dadaismo e di quanto fosse sciocco e di come dovessimo cercare di staccarci e inventare qualcosa di nuovo. Non riesco a parlare così con te e i tuoi amici, quindi mi sono sentita piuttosto compresa e libera. E ubriaca.»

«Ah», fece lui. Sembrava mortificato ma diffidente. Mi guardò negli occhi come se fossero affidabili, come se non fossi stata una perfida bugiarda da bambina.

«Andiamo a fare una nuotata», proposi.

«Sì», disse lui, mettendomi un braccio intorno alle spalle. «Andiamo a cercare il mare.»

Trovammo l'Eden. Lo giuro, anche se potrebbe sembrare impossibile nel bel mezzo di quel noioso litigio coniugale. Sembrava sempre che i luoghi belli arrivassero per salvarmi da qualsiasi vita mi fossi costruita.

Lo trovammo perché sentivo uno slancio nelle ossa; avvertivo una direzione, una certezza. Avrei potuto dirigere io l'auto, se mi avesse lasciato guidare. Ma anche così, ero io a farlo. Ero io quella che non aveva mai portato con sé una bussola, ma che aveva momenti improvvisi in cui sapeva esattamente dove andare. Il mio marito sospettoso, il mio amante violento. Lo portai lì.

Dopo una notte in un alberghetto di Marsiglia, Laurence sembrava aver smaltito nel sonno la sua ostilità.

«La mia prima vera dormita in sei mesi», mi disse allegramente. Presi come un buon segno il fatto che non menzionasse i bagni rotti o i due ragni neri nella sua cella. Il cielo era luminoso, scintillante di calore. Comprammo cappelli di paglia ed espadrillas in un negozio di ferramenta, bevemmo un caffè amaro e bruciato. Quando le strade cominciarono a curvare, a serpeggiare, provai la vertigine di una salita improvvisa. Sotto di noi, il mare era di una bellezza mozzafiato. «*Tetti rossi contro il blu del mare*», dissi, ricordando una lettera che Cézanne aveva scritto mentre dipingeva *Il mare a L'Estaque*.

«Fermati qui», esclamai, quando passammo davanti a un'insegna di legno conficcata in alto su un pino.

DA MADAME OCTOBON, diceva l'insegna, con un bizzarro disegno di un pesce e delle pere.

«Hai mai sentito parlare di questo ristorante?» chiese Laurence. «Perché non aspettiamo di arrivare a Cannes?»

A dire il vero non volevo andare oltre, nella parte più rumorosa della Costa Azzurra. Ero impaziente di nuotare: la mia pelle s'increspava per il sudore e la sensazione di bruciore. Una donna ci venne incontro per salutarci mentre parcheggiavamo sotto le palme.

"Che strano", pensai, "essere ancora in Francia ma sentire il paesaggio trasformarsi così drasticamente. I tetti di tegole rosse, le palme, le persiane turchesi."

La donna era come ci si aspettava da Madame Octobon. Corpulenta e romena, con il collo tozzo e un foulard in testa. Indossava un caftano bianco con fiori ricamati e bottoni quasi staccati. «Che bella coppia che siete», disse. «Venite da Parigi?»

Annuii. Laurence cominciò a parlarle, con tenerezza, con gentilezza. Era interessante vedere come la conquistava con poche frasi. Qual era la sua magia? mi chiesi, vedendo quella donna un po' rozza che lo guardava speranzosa, sperando che sorridesse alla sua battuta. "Conquista le donne", pensai, "è il suo modo di fare." Lei mi guardava appena. Quando ci portò acqua e pane, quasi s'inchinò.

«Mi dà fastidio la sua ossequiosità», dissi.

«È per via della Daimler. Probabilmente pensa che siamo dei reali.»

«Stai flirtando con lei, anche se so che non è tua intenzione.»

«Non posso farci niente se sono carismatico. Posso lanciarle una bottiglia, se vuoi.»

«Vediamo quanto tempo riesci a resistere senza lanciare bottiglie.»

«Una nobile sfida», commentò lui ridendo. «Non posso farne a meno, sai. Mi è piaciuto lanciare la bottiglia a quegli uomini tronfi. Se proprio vuoi saperlo.»

«Perché?» chiesi.

«Soddisfaceva il mio naturale impulso a dominare.»

«Mmm», feci. «Immagino di avere anch'io questo impulso.»

«Ma tu puoi soddisfarlo, perché hai un sacco di soldi.»

«Djuna lo soddisfa con l'arte.»

«Oh, ancora Djuna. Ti tiene davvero avvolta intorno al suo clitoride.»

«Potresti soddisfare il tuo impulso impellente qui?» chiesi indicando il giardino, le scogliere bianche, il mare verde.

«Sì», rispose. «Proverò ad arrampicarmi su quella.» Indicò un'alta roccia, che sorgeva sopra la scogliera. Una distesa torreggiante ma ampia. «Più vicino al sole», disse sospirando. «Questo sole!»

«Questo cielo.»

«Il sole, il cielo, il mare verde. E guarda quest'albero.» Eravamo seduti a un lungo tavolo di fronte al mare. Quando si appoggiò allo schienale, sollevò le braccia e tirò verso di sé un ramo, per cogliere un limone. Io feci lo stesso, ma per staccare un rametto giallo. «Metti la mimosa dietro l'orecchio», disse, «così la tua pelle profumerà di miele.» Intorno alla villa, un giardino selvaggio era così selvaggio e vivido, che fioriva senza uno schema chiaro. Ci avvicinammo e cercammo di identificare l'accozzaglia di piante.

«Carciofi», disse Laurence. Spezzò qualche ramo e mi porse alcune erbe. «Timo. Rosmarino. E queste prugne blu. Susine. Mia nonna ci faceva delle crostatine. Forse la ragazza può prepararcene una.» Aprì la prugna e me la porse.

Misi in bocca l'ovale bagnato. «Deliziosa», dissi, desiderando altri frutti viola.

«Ci stiamo comportando come degli sciocchi di città», commentai ridacchiando. «Guarda, un castagno! Guarda, delle piccole prugne!»

«Ma perché non dovremmo essere impressionati? Molto meglio del piscio e delle sigarette di Parigi.»

«Potrei sdraiarmi qui e morire», dissi. «Nel senso che è troppo paradisiaco.»

«Sdraiamoci e facciamo l'amore in mezzo alla lavanda», propose Laurence indicando un campo violetto in lontananza. Ci prendemmo per mano e cominciammo a camminare per il giardino: provavo un desiderio per lui come quando lo aspettavo nel letto bordeaux del Plaza Athénée. Mi sussurrò: «Non vedo l'ora di scoparti di nuovo; preferirei essere dentro di te piuttosto che nuotare nel mare». Mi alzai in punta di piedi; il terreno era irregolare e avevo bisogno di sollevarmi per incontrare le sue labbra. Lo baciai senza tenerezza: lo baciai come se fossi una creatura che voleva farlo a pezzi. La lussuria era una forma di perdono. Scopare poteva essere una forma di riparazione, di salvezza.

Quando ci sdraiammo nel campo di lavanda, nei solchi di terra tra gli steli, si spinse dentro di me così profondamente che pensai di potermi frantumare. «Ti amo, ti amo, ti amo», disse con una punta di sorpresa. I petali si attaccarono alla nostra pelle umida; rimanemmo sdraiati lì, screziati, profumati. Sopra di noi volavano i passeri. Lo guardai mentre estraeva una prugna dalla tasca e ne mordeva la polpa blu. Il sole batteva su di noi; lui appoggiò la testa sulla mia spalla e per qualche tempo dormì.

Per pranzo, Madame Octobon ci portò del coniglio brasato con fagioli bianchi, ancora sfrigolanti in un tegame di terracotta, un piatto di carote arancioni, un'insalata di verdure e delle ciotole di uva moscato rossa.

Poco dopo, Laurence prese in prestito da lei una corda e si cambiò le espadrillas con un paio di scarponi da arrampicata. «È uno scalatore», dissi a Madame Octobon quando lei lo guardò ammirata mentre si legava la corda intorno alla vita, dopo aver usato il mio prezioso coltello della fabbrica Kastor per intagliare un bastone da passeggio in un ramo. «Ha imparato un ottimo consiglio da suo padre. Non guardare mai il cielo. Non guardare mai giù. Guarda solo il gradino davanti a te.»

«La prego, non cada», disse lei con fare civettuolo. «Vi ho preparato un magnifico dessert.»

«Non credo che sia mai caduto», replicai. «Ha scalato il Cervino a otto anni.»

«Non sono mai caduto», confermò lui baciandomi. «Mi aspetto che voi signore mi salutiate con la mano quando avrò raggiunto la vetta. Vi porterò un pezzo di nuvola.» Si avviò.

"Grazie a Dio", pensai. Chiusi gli occhi e mi lasciai inondare dal sole. Era una cosa stranissima, perché ogni volta che chiudevo gli occhi avevo visioni di Djuna, come piccoli frammenti di un film. La sigaretta tra le mie labbra, il suo corsetto di pizzo. Il modo in cui mi aveva guardato quando mi aveva detto che ero ingiustamente malvista.

La mia fantasia non era erotica, ma mi eccitava: fantasticavo su di lei che passeggiava per i caffè di Montparnasse, vestita con la mantella di velluto che le avevo comprato. Come un toreador, la balza del tessuto tra le sue scapole. «Ti prendo a schiaffi se la chiami Miss Moneybags», aveva detto a uno dei poeti, forse Louis, con i suoi brufoli e i capelli lisciati indietro. «Non si merita un tale insulto. Quel che ha fatto con le sue ricchezze cambierà il mondo quando scriverò il romanzo del secolo grazie alle comodità e alla sicurezza che mi ha fornito. E tu, verme, te ne stai seduto qui a bere vino e a deriderla mentre sanguini su tutti i suoi asciugamani e lasci dietro di te un pus ripugnante come unico contributo all'arte moderna. Pus e brufoli, Louis, questo è tutto ciò che sei per me e per Peggy.»

Dovevo aver sorriso. Madame Octobon mi risvegliò dal mio sogno a occhi aperti.

«Come ci si sente ad avere un marito così bello? È difficile per lei? Qualunque donna vorrà andare a letto con lui…»

«Per fortuna, tutte le mie amiche lo hanno già fatto.»

«E a lei non dispiace?»

«È successo prima che ci sposassimo. Ha un ottimo gusto in fatto di donne. Gli piacciono le americane intelligenti. Mi hanno adottato tutte quando sono venuta a Parigi. Una di loro, Caresse, ha una canoa e naviga lungo la Senna. Non avrei mai conosciuto una donna così se Laurence non fosse stato un mascalzone.»

«Capisco», fece lei, ma sembrava delusa dal fatto che non fossi minimamente infastidita dalla sua adorazione per Laurence. Voleva forse che scoppiassi in lacrime?

«Anch'io sono abbastanza attraente», sottolineai. «Forse non ci crederà, ma di recente sono stata fotografata da Man Ray. Per "Vogue", credo. O per "Tatler".»

«Capisco», disse di nuovo. «Deve averla resa molto felice.»

«Non particolarmente, continuava a fotografare la mia ombra. È un vero idiota. Ma mi piaceva la sua assistente, Berenice, e le ho comprato una macchina fotografica. Credo che la prossima volta la inviterò qui.»

«Spero che non porterà qui tutta la folla parigina. Tendono a rovinare i posti.»

«Sì», convenni ridendo. «A proposito, come si chiama questa città? Potrebbe indicarmela su una mappa?»

«Non siamo una città, solo un paesino.» Si asciugò il sudore dagli occhi, circondati da rughe profondamente incise. «Io faccio tutto. Gestisco l'ufficio postale, consegno i giornali.» La fermata del treno più vicina era a quaranta minuti di distanza, a Tolone. «Sì», ripeté, «faccio tutto io.»

Le dissi che era meravigliosa. Decisi di fare amicizia con lei anche se era una di quelle donne che odiano le donne. La lusingai per un po'. Mi chiesi cosa avrebbe pensato se le avessi detto che Laurence era stato in prigione, dopo essere stato trascinato per le strade di Parigi da poliziotti infuriati. «Non uccidete mio fratello!» aveva gridato Clotilde. «Peggy, non lasciare che la polizia uccida mio fratello.» Pensavo che ne sarebbe stata mortificata, perché sembrava il tipo di donna che amava sopra ogni cosa i poliziotti e i preti.

«È amica del prete?» chiesi, perché ricordavo che avevamo incrociato una chiesetta bianca, con un'alta croce bianca e un piccolo cimitero con tombe grigie sparse e inclinate.

«Oh sì, gli porto la colazione quattro giorni alla settimana. Père Jacques.»

Poi, come se il mio accenno a un religioso avesse invocato una qualche grazia, chinammo entrambe la testa, quasi in preghiera. Sentivo il vento tra gli alberi e una brezza piacevolissima. Doveva esserci una componente geografica nell'aria di quella regione, ma non ero una scienziata e non sapevo nulla delle cause di quella purezza. Ma che purezza. Se fossi stata immersa nell'acqua, battezzata, forse avrei potuto provare questa sensazione rivelatrice. Cercai di trattenere la brezza nel mio corpo, come se una tale forma di bellezza potesse essere contenuta. E i profumi... i profumi che mi circondavano: mimosa, gelsomino, sughero ammuffito. A Parigi mi sentivo spesso circondata da odori rancidi: l'acqua delle fogne nelle grate, il vino nell'alito di Laurence, l'urina e il letame di cavallo sull'asfalto. L'odore di marcio quando mi ero seduta accanto alle pareti di pietra della cella la notte in cui Laurence era stato portato dentro dai poliziotti furibondi. Quell'odore era rimasto per sempre legato a Clotilde che gridava piangendo: «Vi prego, non uccidete mio fratello!». Clotilde che implorava: «Peggy, contatta la tua famiglia, chiama tuo zio senatore, manda un telegramma all'ambasciatore, ma, ti prego, mio fratello deve uscire di qui!».

Implorazione e marciume, e Laurence insanguinato, mezzo svenuto, accasciato contro il muro. (E io in effetti avevo chiamato Simon; avevo chiamato l'ambasciatore; alle tre del mattino, e avevo ascoltato il silenzio del funzionario mentre guardavo il sangue causato dallo stivale di un agente prepotente scivolare sulla bella fronte di Laurence). All'improvviso, mi tornò in mente una cosa stranissima. Dovevo averla bloccata nella mia mente. Quando avevo firmato per farlo uscire di prigione, il pubblico ministero mi aveva detto con fermezza: «Sarà in libertà vigilata per sei mesi. Se farà del male a qualcuno, se sarà coinvolto in un'altra rissa, verrà rimandato in prigione. Se rimarrà fuori dai guai per sei mesi, lo considereremo rilasciato. Sei mesi».

Il pensiero mi tornò alla mente come una scintilla.

Avevo firmato un documento che attestava questo accordo? Dovevo averlo fatto. Doveva averlo fatto anche lui. Ma ero stata sopraffatta dal vederlo uscire dalla stanza con le sbarre, smunto e spettrale. Una fotografia sbiadita, una medaglia ossidata.

Sicuramente ero in uno stato di stordimento quando avevo firmato un assegno e promesso il silenzio. «Non parleremo del pestaggio», concordai, «non parleremo dell'agente LeGrande, che ha dato un calcio sulla mascella a Laurence.»

In alto, scrutai le scogliere lontane come se potessi scorgere la sagoma di mio marito.

Invece, vidi un arco di colore scarlatto.

«Ci sono case in affitto in questo paese?»

«In cima a quella collina», rispose Madame Octobon, facendo un cenno verso il colore scarlatto che avevo individuato, «c'è una locanda chiamata La Croix Fleurie. Un bel posto. Ci alloggiava Cocteau. Credo che sia nel disordine più totale. Il proprietario l'ha chiusa diversi anni fa ed è stata abbandonata da allora. Ma forse potrebbe affittarla.»

«Possiamo andare a vederla?»

«Ho la chiave», disse lei. «In effetti. Le do un'occhiata ogni tanto per lui. Però Monsieur Vail non potrebbe viverci: è molto malandata. Di certo *lei* la troverebbe primitiva.»

«Andiamo a vedere», insistetti. La lusingai di nuovo. «È meraviglioso che lei abbia la chiave, Madame Octobon. Lei fa davvero di tutto!»

Trovammo l'Eden in questo modo, inerpicandoci tra le erbacce, togliendoci le foglie dalla pelle umida, spezzando i rami, lottando per trovare il sentiero precedente. La mia pelle era sferzata; inciampai su una roccia smossa. «Si faccia largo, Peggy», mi esortò Madame Octobon. Il suo corpo era un baluardo, così ampio e solido; credo che segretamente godesse nel vedermi abbattuta e impedita.

«Oh, spine di rosa», gridò allarmata. «Attenta al suo vestito di seta, Peggy! Non dovrebbe mai indossare la seta al Sud. Si vesta come le contadine. La prossima volta indossi il lino.»

Aveva ragione. Il mio vestito era ormai distrutto quando arrivammo alla porta. A un certo punto ero caduta in avanti contro una palma; le fronde mi avevano graffiato il viso, la corteccia aveva strappato la seta.

«Quanto spesso viene qui?» chiesi ridendo.

«Immagino di essere venuta meno al mio dovere», ammise lei. «Non lo dica a Monsieur Beaufort. Ma si guardi», aggiunse ridendo. «Devastata dal sentiero selvaggio.»

Oh, ma una volta superata la natura selvaggia, ebbi un sussulto: la villa sembrava uscita da un sogno. Quante volte l'avevo detto? Se l'avevo detto prima, a proposito di un ponte a Venezia o del New Jersey, ero stata sciocca. *Quello* era il sogno che avevo fatto dopo l'ultima lettera di mio padre: *Ho trovato una casa per te, le tue sorelle e la mamma a Saint-Cloud.*

Con una certezza assoluta, capii di dover vivere in quella casa, nel momento stesso in cui mi trovai davanti all'ingresso, sotto il sole cocente, con quella donna strana e vivace.

L'interno era ancora più malandato, con sporcizia sulle finestre e alle pareti, ma mi piacque la scala a chiocciola che portava a un secondo piano in cui ogni stanza si apriva sulla terrazza. La vista era straordinaria, solo il mare, il mare che si estendeva fino a un'alta roccia a forma di bisonte in lontananza.

«Saremo a una decina di metri di altezza», disse Madame Octobon, «non sono sicura che sia un posto sicuro per i bambini. Ha detto che suo figlio ha quasi un anno? Presto gattonerà e dovrete mettere delle sbarre altrimenti...»

Fece un movimento con le mani. Ci avrei pensato in seguito, ovviamente. Il movimento: le mani che girano intorno alle mani, la mimica di un ruzzolone.

«Noi non cadiamo», dissi. «Ha sentito Laurence. Inoltre, c'è il terreno in pendenza e potremmo costruire un giardino, un frutteto.»

«Sì, credo che sia una delle case più alte della zona. È piuttosto raro essere così in alto. Venga a vedere.»

Mi prese per mano e mi portò in una stanzetta, con pareti

color avorio e un residuo di carta da parati di organza. Sopra una rientranza, probabilmente un letto, c'era un disegno a spirale di due uomini abbracciati, con uva e foglie intorno ai loro piedi.

«Adoro i suoi disegni», dissi. «Ho comprato *Dessins* quando lavoravo in una libreria del Village, tutti quei disegni di *le mauvais lieu*. Pensavo che sarebbe stato semplice copiarli, ma naturalmente è impossibile creare quella sensazione di sesso come fa lui. Le mie imitazioni erano molto piatte. Però ho imparato a disegnare un bel pene.»

La donna rise e guardò attentamente il disegno. «Il proprietario vorrebbe qui qualcuno che apprezzi Cocteau. L'ultima persona voleva dipingerci sopra e quindi lui si è rifiutato di vendere.»

«Non ci dipingerò sopra, lo prometto. Magari lo inviterò qui per farne altri. Non che io lo conosca, ma Laurence sì.»

«Sì, immagino che Laurence conosca Jean. Vediamo cosa riesco a fare. Ma non c'è elettricità, non c'è acqua calda e il proprietario non vuole spendere un centesimo. Dovrete prenderla così com'è.»

Annuii. Uscii in terrazza e immaginai dei giardini, un sentiero tra i pini. Immaginai palme accanto a un tavolo, un boschetto, rose bianche, un pavimento di piastrelle rosse, una panca ad angolo, altre rose bianche, fioriere di terracotta piene di gelsomino e lavanda.

«Ah», disse la donna, «ho dimenticato di accennarle...» Esitò.

Pensai che volesse accennare a qualcosa di raccapricciante. L'overdose di oppio dell'amante di Cocteau; una cantina piena di ratti. Falchi famelici, il cadavere di un bambino.

«C'è una spiaggia bellissima», disse, «è privata, impossibile da raggiungere. Racchiusa dalla baia, molto tranquilla. Non so se vi piacciono le spiagge, ma questa è più bella di quanto possiate immaginare. Sabbia bianca, acqua perfettamente turchese.»

«Mi piacciono molto le spiagge.» Le dissi che potevamo scendere a piedi per vederla al ritorno di Laurence, ma non appena mi ebbe parlato di un'enclave segreta e calda, mi convinsi del tutto: il dipinto di Cocteau sulla parete, la sabbia bianca, venti ettari di foresta, stanze in cui la ninnananna dei miei figli avrebbe potuto essere il mare.

«Vorrei incontrare subito il proprietario», dissi, «se è possibile.»

«Non vuole mostrarla a suo marito?»

«Sì, credo che lo farò. Gli piacerà molto. Come si fa a non amare questo posto? È un paradiso.»

«Ma non vi annoierete?» mi chiese. «Non avrete l'eccitazione di Parigi.»

«Parigi è piena di turisti, ormai. Gli autobus turistici si fermano a Le Dôme e i ragazzi di Boston si affacciano ai finestrini sperando di scorgere Hemingway. In questi giorni non riconosco quasi nessuno di quelli che conosco.» *E poi Laurence beve troppo e degli sconosciuti scopano nel mio letto e io potrei essere profondamente innamorata di una donna davvero incredibile. Se torniamo a Parigi, mio marito finirà di nuovo in prigione e potrebbe non conoscere mai sua figlia. E voglio che mia figlia cresca in riva al mare, perché se io fossi cresciuta così, la mia vita sarebbe potuta andare in modo molto diverso. E ho fallito nell'essere bohémienne, quindi cosa posso fare di me stessa, se non posso essere un vero membro del mondo degli artisti?*

Con mia grande sorpresa, Madame Octobon sembrava avermi preso in simpatia così, quando tornammo al ristorante, la sentii al telefono che cercava di convincere il proprietario. «Una bella coppia», diceva, «amanti dell'arte. Un bambino adorabile. No, non lo farà. Glielo chiedo. Sì, si calmi.»

Buttò giù il telefono.

«Che uomo strano», commentò. «Vi lascerà comprare, ma a una condizione.»

«Sì?»

«Non può trasformarla in una locanda.»

«Perché dovrei gestire una locanda?»

«Ho cercato di dirglielo. Dovete firmare un contratto. Dovete rimuovere l'insegna. Queste sono le sue condizioni. Il prezzo non è male», aggiunse, scrivendolo su un tovagliolo. Mi sembrava strano che il prezzo fosse così straordinariamente basso; risparmiavo la stessa cifra quasi ogni mese. Non avrei nemmeno dovuto chiamare quei fastidiosi uomini di New York che non vedevano l'ora di rimproverarmi per la mia indulgenza. Tirai fuori il libretto degli assegni. Mi sentivo assurdamente felice.

«Dev'essere bello comprare tutto ciò che il cuore desidera», disse. Senza rancore né invidia. Con stupore. Djuna aveva detto qualcosa di simile: «Devi capire quanto sia insolita la tua vita. La maggior parte di noi passa tantissimo tempo a negarsi delle cose: a negarsi da bere, a negarsi calze e scarpe; a negarsi un secondo piatto, a negarsi un posto al cinema. Non hai mai saputo cosa fa questo alla tua anima. La negazione del desiderio. Ti corrode il cuore», aveva concluso mestamente. «Questa negazione è corrosiva.»

«Spero che qui saremo al sicuro», dissi a Madame Octobon. Non avevo intenzione di correggerla, di dimostrarle che non stavo comprando la casa per puro capriccio. «Sto comprando questa casa come se fosse una fortezza», dissi. «Non sono diversa da Joffre o Pétain.»

«Vuole evitare un ammutinamento?»

«No, certo che no», risposi, fissandola negli occhi, dall'alto in basso.

Non credo che sapesse che possedevo una tale volontà. Giocherellò con un filo allentato sulla tovaglia. Buttò via il tè da un piattino.

«Mi guardi», le dissi. E lei lo fece. Alzò la testa; smise di giocherellare. Mi ascoltò quando le dissi che sapevo di dovermi spostare al mare altrimenti la mia famiglia avrebbe affrontato una resa dei conti, o una spaccatura. Mi ascoltò quando le dissi che stavo cercando di evitare una tragedia.

Quando Laurence tornò, era scottato dal sole; aveva i capelli appiattiti dal sudore e dalla polvere, ma in qualche modo era radioso. Osservai Madame Octobon mordersi il labbro inferiore, come per non ansimare. Quando lui si voltò verso la finestra, vidi una linea nera di terra lungo la schiena.

«Sei caduto?» chiesi.

«Solo una piccola caduta all'indietro, niente di grave. Hai un aspetto solenne.»

«L'eroe conquistatore», commentò Madame Octobon, facendomi l'occhiolino.

Lui si mise a cantare e si offrì di cucinare per noi. Una crostata alle erbe.

"Vorrei che fosse sempre così", pensai. "E se fosse semplice e primordiale come il movimento in natura?" A Parigi diventava un animale in gabbia. Non aveva altra scelta che essere furioso, contorto, crudele. Ora era assolutamente calmo e allegro.

«Lassù è meraviglioso», disse. «C'è un castello medievale, una di quelle rovine perfette. E il sughero. Te ne ho portato un po'.»

Me ne porse un pezzo scuro, a forma di pugnale. Si muoveva sotto le mie dita, come un animale vivo.

«Riuscivi ancora a vedere il mare?» chiesi.

«Sì. L'aria era pulita come le nuvole.»

Il sole non stava ancora tramontando; era il momento del pomeriggio in cui il giorno sembra raggiungere l'apice prima della sua fine; il cielo diventa rosa e profumato.

«Peggy», mi esortò Madame Octobon, «non glielo dice?»

«Dirmi cosa?» chiese Laurence, sempre con un tono calmissimo. Era difficile credere che un giorno prima mi avesse urlato contro in un campo, mezzo matto all'idea che avessi commesso un'infedeltà.

«Andiamo a fare un giro in macchina», proposi.

Madame Octobon m'infilò le chiavi della casa in tasca e mi fece un occhiolino complice.

«Voi piccioncini andate ad avventurarvi in Paradiso», disse. «Io cucinerò un intruglio con agnello e funghi.»

Mentre andavamo verso la macchina, Laurence raccolse dei fiori di campo e me li mise dietro l'orecchio.

«Il mio cuore sta ancora pompando sangue», disse. «Non mi sentivo così vivo da... credevo di essere morto in quella prigione, un maledetto fantasma. Mettimi la mano sul cuore.» E io lo feci, anche se non ce n'era bisogno. Capivo che il suo cuore si era ravvivato ma, premuto contro il mio palmo, riuscivo a sentirne la spinta e le pulsazioni; riuscivo a sentire come stesse battendo di nuovo.

Questa volta il cammino verso l'ingresso fu meno arduo. Dato che Madame Octobon aveva un fisico pesante e robusto, era riuscita a creare un vero e proprio sentiero. Lo presi per mano e lo condussi su per le scale. L'unico suono in lontananza era quello delle onde contro gli scogli, un suono cullante.

«Questa villa è in vendita», dissi. «Ho pensato che sarebbe bello vivere qui. Cosa ne pensi?»

«Vivere qui?» ripeté. Considerò. Il silenzio, le due terrazze.

«Possiamo costruirti uno studio lì», suggerii, indicando un campo più in alto. «Potrai finire il tuo romanzo.»

Lui annuì. La brezza si alzò e portò con sé il profumo degli aranci e dei pini. Con mia grande sorpresa, mi tirò a sé, mi passò una mano sui capelli e poi mi appoggiò i palmi sulla pancia.

«Farai il bagno nuda?» mi chiese.

«Tutte le mattine, promesso.»

«E prenderai il sole nuda?»

«Tutte le mattine.»

«Allora veniamo a vivere qui», disse con nonchalance, come se avesse deciso di ordinare un uovo sodo con un toast. «Mi sto stancando di tutto quel dannato circo di Parigi. Ma devi prometterlo.»

«Sarò dorata come una dea», lo rassicurai. «Nuoterò una volta al mattino e due al pomeriggio.»

«Nuoteremo la sera», disse. «Nuoteremo sotto la luna. Sempre.»

Mi sollevò in modo che le mie ginocchia fossero contro il muro della terrazza. «Te lo prometto», aggiunse. «Ogni sera nuoteremo insieme al chiarore della luna.»

13.

IL MESE PERICOLOSO

1927

A casa di Benita, le cameriere in abito bianco si muovevano in silenzio. Tutti gli specchi brillavano. Lei sedeva sul divano, risplendente di rosa, nella sua regale postura.

«Non alzarti», le dissi quando entrai, perché mi sembrava che qualsiasi movimento, persino un abbraccio, potesse esserle fatale.

«Stai sudando. Dirò a Delia di portarti del tè freddo.»

«Fuori fa un caldo terribile.» Avevo dimenticato com'era, l'umidità di New York.

«Non c'è questo caldo in Francia?»

«Viviamo in riva al mare. C'è sempre un po' di brezza.»

Avevamo chiamato la nostra casa Pramousquier, dal nome della stazione ferroviaria più vicina. Mamma l'aveva soprannominata Promiscua.

«So di averti strappato dal Paradiso per farti venire in questa città infernale.»

«Qualsiasi cosa per te», la rassicurai. La cameriera silenziosa mi portò un bicchiere di cristallo, con cubetti di ghiaccio e rametti di menta. Benita non sembrava diversa da quando era ragazza. I suoi lineamenti erano più morbidi, i capelli tirati indietro dal viso in un'alta corona di riccioli. Ma c'era una leggera tristezza in lei; la sua pelle era troppo pallida e il sorriso non più così spensierato. Il vestito camuffava il suo corpo con pieghe e strati; ero delusa, perché volevo vedere la grandezza del suo corpo, una gravidanza.

Mi passò il «Tatler». «Non sei tu? Peggy Guggenheim. Man Ray. Feste selvagge.»

«Oh, mio Dio!» esclamai. All'inizio non ci avevo fatto caso.

Poi lo notai. Aveva fatto una specie di cancellazione. Per nascondere la mia gravidanza. «Ma guarda un po'», dissi. «Il motivo del mio vestito è passato da un disegno a una macchia bianca. Ha cancellato la mia gravidanza. C'era mio figlio, lì.»

«Non me ne sarei accorta se non me l'avessi fatto notare. Be', che cosa orribile da fare. Però sei bellissima. Molto affascinante. Cosa succedeva a queste feste selvagge?»

Come potevo dirlo a Benita? «Oh, si ballava e si cantava, e con gli amici di Laurence mi sentivo sempre fuori posto. Preferisco la conversazione, e non si può parlare quando si balla.»

«Mi manca ballare.»

«Sono certa che tornerai a farlo.» Dopo una pausa, aggiunsi: «Sai che la zia Gloria ha aspettato dieci anni prima di avere i suoi due figli?».

«So che pensi che sia un'ispirazione positiva, ma io non posso aspettare dieci anni per avere un bambino.»

«Volevo solo dirtelo per non farti sentire sola o strana. È uno di quei segreti che ci vengono tenuti nascosti. L'ho scoperto solo quando è morto John.»

«Com'è il tè?» chiese.

«Delizioso.»

«Com'è stata la passeggiata fin qui? È come la ricordavi?»

«L'ho trovata strana. Tutti guardavano le nuvole e io ho pensato: "È questa la nuova moda? Camminare con il mento così".» A questo punto imitai le persone che avevo incrociato mentre scrutavano il cielo, con la testa reclinata all'indietro. «Poi ho capito che è a causa del volo di Lindbergh. Dovrebbe arrivare oggi?»

«Oh sì», confermò lei. «Dovremmo andare fuori, credo che non ci siano problemi.»

«Non voglio che tu ti muova se il dottore ti ha detto di non farlo, anche se lo sai che penso sia sciocco. E non dirmi che è un eminente ginecologo. Non vedo che male ci sia a camminare.»

Sembrava mortificata. Pensai a lei che trascorreva i suoi giorni lì, in quella tranquilla prigione di seta. Pensai a come io correvo sulla spiaggia, con i miei due figli che si divertivano sulla sabbia, sollevati dalle onde. E invece mia sorella era lì, in quella città soffocante, in un appartamento di Park Avenue che sembrava l'imitazione di una casa delle bambole, tenendosi la mano sul ventre, l'unico movimento consentito, il battito del cuore. Come potevo essere così fortunata? Cosa avrei fatto se mi avessero avvertita che ero in un mese pericoloso? Se avessi perso cinque bambini? Mi sarei arresa. Avrei pensato che non era destino.

La situazione era ancora più grave di quanto sapesse lei. L'eminente ginecologo aveva detto a mia madre che i precedenti aborti le avevano danneggiato la cervice e che, se avesse partorito, avrebbe avuto bisogno di un'équipe di medici per evitare l'emorragia.

«Andiamo a guardare fuori dalla finestra», proposi. Lei si alzò con cautela. La cameriera sembrava agitata, ma Benita fluttuava nella stanza, leggiadra come un cigno sotto il lampadario. Accanto alle finestre c'erano due dipinti a olio della Regione dei laghi, in cornici dorate screziate. Per un attimo mi distrassi: erano stampe o cartoline? Erano freddi e scialbi. Guardai più da vicino per vedere se c'erano delle pennellate. A quel punto Benita stava ormai camminando come su un sentiero di pietre in un lago. Le presi la mano e ci mettemmo fianco a fianco, guardando fuori dal vetro. Socchiusi la finestra e guardai in alto.

«Lo vedi?» chiese Benita. Ma l'aria era immobile e umida. Appoggiammo il viso al vetro. Quanto a lungo aspettammo di scorgere Lindbergh?

Tanto a lungo che Edwin tornò ed esclamò: «Benita, cosa stai facendo? Non dovresti stare in piedi».

«Buon pomeriggio, Edwin», dissi voltandomi.

«Sì, Peggy. Vedo che sei arrivata per infrangere alcune regole, come tuo solito.»

«Stiamo solo cercando di vedere l'aereo di Lindbergh», spiegò Benita, con molta gentilezza. Mia sorella avrebbe saputo calmare un lupo. Pensai a come la sua voce non tradisse acrimonia o fastidio, né sarcasmo o asprezza. E se avessi provato a parlare in quel modo a Laurence? Forse le nostre conversazioni non si sarebbero trasformate in battibecchi abrasivi. *Cercherò di parlargli come Benita parla a Edwin*, mi ripromisi.

«Ah, in questo caso», rispose Edwin, di colpo allegro. «L'aereo di Lindbergh! Atterra oggi?»

Si mise accanto a Benita, appoggiando la faccia tra i suoi capelli. La adorava, la amava, la perdonava per il suo movimento proibito. Così, all'istante.

«Non l'abbiamo visto, ma eccolo... guardate...»

Quando lo individuammo, fu come uno scorcio di acciaio e magia. Gridammo. Sopra il laghetto di Central Park. Avremmo poi letto del suo trionfo sul giornale: AUDACE GIOVANE AMERICANO SCENDE AL CAMPO D'AVIAZIONE DI LE BOURGET DOPO TRENTATRÉ ORE E MEZZO.

«Oh, a nostro padre sarebbe piaciuto molto!»

«Vedete, credo che questo sia un suo messaggio, che dobbiamo credere nel nuovo, nel volo.»

«Al volo!» urlò Edwin, dandomi una pacca sulla spalla, con la sua prima dimostrazione di affetto.

Le strade cominciarono a riempirsi di gente. Li vedevamo sotto di noi, in abiti estivi e bambini in tenuta da marinaio. Cominciarono a inneggiare: «Lindbergh! Lindbergh!».

«Al progresso e a questo maledetto americano coraggioso!» aggiunse Edwin. «Ai nervi d'acciaio di quell'uomo.»

«Niente in confronto a quelli di Benita!» dissi.

«Stare seduta ad aspettare un bambino», ribatté lei, «non è certo un evento trionfale che cambia il mondo. Pensi che riusciremo a venire a trovarti in Francia in aereo?»

«Dovremmo chiamare nostro figlio Charles», propose Edwin. «Avrà i miei geni da aviere. Che ne dici?»

«Sai che mi rende nervosa parlare di nomi», rispose Benita con affetto.

Le donne gridavano per strada. Gli uomini lanciavano i cappelli in aria. Edwin portò dello champagne e io e Benita voltammo le spalle alla finestra, solo per un attimo, per prendere i bicchieri di cristallo. *Scatta una fotografia*, vorrei aver detto, *scatta una fotografia a noi due*. Se solo l'avessi fatto. Se solo avessi la fotografia di quel giorno, l'ultima volta che io... L'ultima volta.

Oppure lo chiesi? E Edwin rispose: «Non posso fotografarti ora che sei stata fotografata da Man Ray». Sì, ecco perché non protestai né implorai. Solo per il modo in cui lo disse, come se pensasse che m'importasse, come se fossi una snob e una celebrità.

«Le fotografie di Man Ray mi fanno sembrare così triste», confessai. «Così magra e malinconica. Perché non m'immortali adesso, quando sono al meglio, con mia sorella, l'unica che riesce a farmi sorridere?»

«Sì, fai una foto», insistette Benita. Ma dopo quello che successe, non trovai mai il coraggio di chiederla a Edwin. Mi ci sarebbero voluti molti anni, ma a quel punto lui ormai aveva smesso di corrispondere con la mia famiglia. Oh, ma li darei tutti indietro, i ritratti di Man Ray, per avere la fotografia con Benita il giorno in cui vedemmo l'aereo di Lindbergh e tutta Manhattan si animò per inneggiare in strada all'uomo che non era caduto né scomparso.

«Edwin insiste perché io stia in ozio tutto il giorno», mi spiegò Benita. Pronunciò il suo nome con affetto. Non c'era alcun accenno di irritazione o disillusione. Parlò allegramente del lavoro del marito con Waddill Catchings («Waddill Catchings?» chiesi, e lei annuì, senza nemmeno un accenno di risatina), il vicepresidente di un qualche reparto alla Goldman Sachs.

«Cosa fai con Waddill Catchings?» chiesi quando lui rientrò nell'appartamento, correndo al fianco di Benita come se io avessi potuto rovinare la sua bellezza con il mio respiro.

«Lavoro nel settore dei futures», rispose tagliando corto.

«Mi sono sempre chiesta cosa significhi», commentai. «Futures.»

«È molto complicato.»

«Be', cos'hai fatto oggi, tanto per fare un esempio?»

«Ho letto un rapporto sulla produzione di cacao in Zaire.»

«Oh», feci. «E cerchi di prevedere se promette bene?»

«Peggy...» intervenne Benita.

«Sono veramente interessata.»

«Sì», rispose Edwin. «Cerco di capire se è fattibile. Come impiega tuo marito le sue giornate?»

«Suppongo che sia un po' la stessa cosa, anche se lui si occupa delle sue frasi.»

Lo dissi convinta, ma senza ironia. Mi sentii malissimo subito dopo aver parlato, vedendo l'espressione abbattuta di Benita. Cosa potevo dire per essere gentile con Edwin? Sapevo che, se avesse scommesso sul cacao in Zaire, ci sarebbero stati ragazzini di dodici anni che si sarebbero presi delle frustate sulla schiena se non avessero staccato le foglie abbastanza velocemente.

Laurence non si presentò per la cena, ovviamente. Quando tornò a casa dalla White Horse Tavern, entrò abilmente in punta di piedi nella mia camera da letto. Anche quando era ubriaco, era agile.

«Tutti i poeti americani sentono terribilmente la mia mancanza», disse. «Ho saputo della sedia elettrica a Sing Sing. Penso che la aggiungerò al romanzo.»

«Quale personaggio ci finisce sopra?» chiesi. «Il marito o la moglie?»

«Vedrai. Com'è andata la cena con i coniugi Noiosi?»

«Lui è noioso», ribattei, «te lo concedo, ma si sta prendendo cura di Benita.»

«Mettendola incinta ogni settimana?»

«È quello che lei desidera.»

«A un certo punto, bisogna accettare i limiti del proprio corpo.»

«Dice il ragazzo che ha scalato il Cervino a otto anni.»

«Non sono svenuto per il sangue. Anche i medici l'hanno messa in guardia.»

«Come fai a saperlo?»

«La Rubrica di cronaca mondana Florette.»

«Be', ora sono qui io. Forse può assorbire la mia forza.»

«E come potrebbe farlo?»

«Non lo so... osmosi, spiriti. Abbiamo questo legame.»

«A Sing Sing, sai cosa succede quando il corpo non accetta la carica elettrica?»

«Oh, Signore, Laurence... Mi prometti che non ne parlerai domani a cena con Benita?»

Si avvicinò e mi abbracciò. Pensavo che avrebbe detto qualcosa di gentile su mia sorella. Il consiglio stoico di un protestante. Pensavo che avrebbe fatto scorrere le mani sul mio corpo. Invece cominciò a scuotermi le braccia e le gambe, emettendo un sibilo. «Cinquemila volt», disse, «ecco quello che ci vuole: immaginati la scossa nel tuo corpo.»

Portai alcune lampade da tavolo di Mina Loy in un negozio su Fifth Avenue. «Le più recenti novità di Parigi», dissi. L'ultima volta che eravamo stati a New York, i suoi fiori di giada erano stati accolti con entusiasmo, facendo furore: quei petali accuratamente stratificati e dipinti. Mina li considerava una sorta di natura morta cubista. Tutte le donne li volevano per i loro salotti.

Ora vendevo le sue lampade: paralumi realizzati con vetro filato e un sottile foglio di cellulosa, e come basi delle bottiglie di vino. Quando dissi a Mina che i grandi magazzini Bergdorf e Macy's ne andavano matti, lei rispose che voleva venderle solo a boutique e gallerie. Ma le donne erano insistenti. Dicevano: «Le prendiamo tutte», senza chiedere nemmeno il prezzo. Ne volevano altre. Avrei potuto venderne a centinaia.

Quando tornai da Benita, era ancora nello stesso posto sul divano. Era come vedere un quadro, solo che indossava un vestito diverso, ma la sua espressione era sempre pacata. Ancora una volta mi fu portato del tè freddo.

«Cosa possiamo fare per rendere interessante questa visita?» mi chiese. «So che Laurence pensa che io sia noiosa, e in effetti difficilmente troverete divertente stare seduti accanto a me. Dovrei invitare qualcuno dei vostri amici?»

«Io desidero solo stare con te. Non mi annoio affatto.»

«Puoi restare finché avrò il bambino?»

«Certo.»

Improvvisamente sembrò molto vulnerabile. «Come sono stati i tuoi parti?» Sussurrò la parola come se fosse un atto violento e vergognoso.

Come si poteva guardare Benita e pensare che fosse noiosa? Di colpo odiai Laurence. Il volto di mia sorella era soffuso di sentimento e desiderio. Era disposta a farsi fare a pezzi il corpo e a farsi sondare e ispezionare le parti intime da uomini che le raccontavano le loro teorie sulle membrane e sulle cellule.

«Quando ho partorito Sindbad, mi hanno indotto il sonno crepuscolare, quindi non ricordo nulla. È stato piuttosto bello svegliarsi come in una nuvola e vedere questa creatura minuscola, minuscolissima. Invece con mia figlia Pegeen ho deciso di fare come Lulu.»

«Chi è Lulu?»

«Il nostro cane da pastore.»

«Oh, no...»

«Mi sono informata, ho studiato Lulu. È un tipo di educazione che non ci è permesso avere. Ho cercato di trovare quadri o libri sull'argomento, ma non ci sono riuscita. E un giorno Lulu si è accucciata sul pavimento della cucina, ha emesso qualche grugnito e poi ha strillato. E io ho pensato: "Farò la stessa cosa".»

«Oh, no, Peggy. Sul pavimento della cucina?»

«Be', no, eravamo in Svizzera, in modo che il bambino non potesse essere arruolato nell'esercito francese, ma se avessi potuto partorire sul pavimento della mia cucina... Comunque, quando arrivò il momento, decisi di iniziare a strillare e grugnire. Laurence era mortificato, ma cosa poteva farci?»

Non le dissi che il dolore era diventato troppo intenso da sopportare e, alla fine, avevo implorato di darmi i loro farmaci. Non le raccontai che la sera prima io e Laurence avevamo fatto una brutta litigata; lui mi aveva buttato in grembo un piatto di fagioli. Aveva rotto una sedia della cucina.

Invece le dissi: «Questo è il mio consiglio. Immagina di essere un cane da pastore. Non dare retta a tutti quei medici che ti dicono che sei delicata, preziosa e in pericolo».

«Ma io *sono* delicata.»

«Fammi vedere la pancia.»

«Oh, no, Peggy. Non potrei mai. Ma riesci a guardarla? È piuttosto spaventosa.»

Si sollevò il vestito e arrossì in viso. Era piuttosto sorprendente. La nudità. Non potevo dirle che mi ero fatta fotografare da Berenice quando ero incinta di sette mesi, completamente nuda. Eravamo ancora più diverse di un tempo. Lei sembrava spaventata dalla stranezza del suo corpo, mentre io amavo sembrare un'urna, un vulcano.

«Allora grugnisci un paio di volte, poi ulula e accucciati.»

«Preferisco il cloroformio», esclamò ridendo.

Come a un segnale, il campanello suonò ed entrò il medico. Dopo averla visitata, mi prese da parte.

«Benita non dovrebbe cercare di avere questo bambino», mi disse. «Le ho detto che penso che dovremmo... Le ho sconsigliato di provarci e ho informato anche suo marito, ma lui non ha voluto ascoltare il mio avvertimento.»

«Gliel'ha detto?»

«Sì, senza mezzi termini.»

Quando Benita tornò, non le riferii le parole dure e spaventose del medico. *Benita, il tuo corpo non può sopportare lo sforzo. Potresti morire. Non devi ascoltare Edwin.* Ma lei era raggiante e speranzosa. «Vieni qui», sussurrò, e quando mi sedetti dietro di lei emise un abbaio basso e gentile.

«No», dissi, «così.» Ed emisi un ululato.

Vorrei averlo saputo prima. Ancora una volta, un segreto che mi era stato tenuto nascosto. Ma anche se l'avessi saputo prima, chi avrebbe potuto scoraggiare qualcuno dal fare la cosa che desiderava di più al mondo?

Laurence arrivò durante la cena, piuttosto ubriaco. «Dobbiamo andare», disse, «ho la Rolls-Royce di Florette. Hart ci ha invitato in campagna. Non mi capita tutti i giorni di essere convocato da un uomo del genere. È fuori di testa, ma ci vuole lì stasera. Ho portato le tue valigie.»

«Non ho voglia di andare in campagna. Non ora. È tardi e...»

«Si ubriacherà fino all'inverosimile se non arriviamo presto. Non c'è tempo per litigare.»

Prima che potessi rispondere e dire: *Vai senza di me, devo stare con mia sorella,* accadde una cosa stranissima. Come gli uccelli neri che avevo sognato un tempo. Si sentì una vibrazione provenire dal soffitto e poi un rumore. Le gocce di cristallo del lampadario cominciarono a tintinnare e a tremare.

«I vicini stanno facendo una seduta spiritica», spiegò Edwin. «Fanno finta di evocare gli spiriti, ma hanno manomesso le gambe del tavolo.»

Edwin uscì di casa lasciandomi con Laurence, come se gli spiriti nel salotto sopra di noi fossero degni di attenzione, quando invece ero io quella in pericolo.

Benita era lontana. Nella camera da letto in fondo al suo infinito appartamento, lungo come un isolato, era sotto un baldacchino.

«Andiamo in campagna. Ho le tue valigie. Dobbiamo andare.»

«No.»

Edwin disse: «Scusatemi, ma perché non ne discutete in salotto?».

«In salotto», ripeté Laurence.

Benita si era coricata per riposare, senza cenare.

«È inutile che discuti con me», insistetti. «Non me ne vado.»

«E perché mai? Perché ami davvero questo mondo» – indicò la lampada smerlata e lo specchio d'argento a raggiera – «più di una baita con jazz e rum cubano?»

«No, perché ho promesso a mia sorella di restare con lei finché non avrà il bambino.»

«Non c'è problema», disse Edwin, «in effetti credo che tu stia turbando e sconvolgendo Benita.»

«Cosa?»

«La incoraggi a comportarsi in modo selvaggio, ben sapendo che non può mettersi a ululare in ospedale.»

«Stavamo scherzando, mia sorella ha il senso dell'umorismo.»

Laurence aveva trovato il mio cappotto e me lo aveva appoggiato sulle spalle. Io me lo tolsi e tornai a sedermi al tavolo da pranzo.

«Non lascerò mia sorella», dichiarai. «Le ho promesso che le starò vicino quando avrà il bambino.»

«Ululando come lupi, immagino», ribatté Edwin in tono

seccato. Avrei voluto che mi difendesse. Quando Laurence era ubriaco, di solito lo ignoravo e mi tenevo a distanza finché non tornava sobrio. Aveva la tendenza a lanciare bottiglie, anche se lo avevo tenuto nascosto a mia sorella. Altre cose che non le avevo mai detto: a volte, quando s'infuriava, mi spalmava la marmellata di fragole sui capelli. Oppure mi calpestava la pancia, come se odiasse le mie parti più femminili. Una volta mi aveva fatto stare accanto a una finestra aperta, con i vestiti bagnati, in pieno inverno. C'era un elemento di umiliazione che mi prendeva sempre alla sprovvista; una cattiveria che non era altrimenti nel suo carattere. Come quando mi aveva lasciato con le spalle ammaccate perché non volevo prendere il taxi.

Tutto questo per dire che quando mi prese la mano – la prese, la strinse, la afferrò – non mi sottrassi. "Ecco", pensai, "sto per essere scagliata."

Edwin si limitò invece a uscire dalla stanza, senza dire una parola, come se la visione di un litigio coniugale fosse troppo sgradevole. Il cacao dello Zaire era più importante; ero certa che avrebbe studiato le vendite per tutta la sera.

Mi aggrappai al tavolo, come se il mogano mi potesse trattenere lì, nella casa elegante e ordinata di mia sorella. Per poco lui non mi strappò il braccio, separandomene. Il suo alito sapeva di fiori, tutto Pernod e rosette di vaniglia. Mi trascinò oltre il divano, oltre la credenza, oltre il quadro che avevo comprato per Benita a Positano, un ritratto blu tipo Delft di una bambina con un alto colletto di pizzo e una scintilla di malizia negli occhi, come il riflesso della luna che luccica sull'acqua del mare.

Mi muovevo sul pavimento simile a una vela che si abbassa. Di tanto in tanto allungavo la mano per cercare di afferrare qualsiasi cosa avesse un bordo. Lui era straordinariamente forte, muoveva i suoi lunghi passi tirandomi dietro di sé con un'urgenza ostile. Quando ci avvicinammo alla porta, una cameriera scappò via; pensai che avrebbe potuto farsi scudo con la tenda di velluto. Non volevo turbare Benita, che stava riposando in una delle stanze pallide e silenziose. Solo quando lui mi lasciò andare per infilarsi gli stivali, gridai: «Benita, devo andare a trovare un amico di Laurence, ma tornerò domani».

Doveva aver avvertito la tensione nella mia voce; eravamo sorelle, conoscevamo il modo in cui mascheravamo la paura. E se avevo paura, per chi ne avevo? Per colei che era stata avvertita, quella che si trovava nel mese pericoloso.

Cercando di confortarmi, gridò da una stanza lontana: «Non preoccuparti per me». Non pensavo che quella frase sarebbe stata l'ultima che avrei sentito. Sarei tornata; sarei tornata l'indomani. Schiaffeggiai Laurence quando mi cinse la vita con le mani e cominciò a separarmi dalla mia delicata sorella. «Non preoccuparti», ripeté lei con la sua bella voce. Con un bambino ancora dentro di lei, con un battito cardiaco monitorato tramite stetoscopio. «Non sono mai stata così calma e felice.»

Com'è ancora angosciante rendersi conto che potevo essere trascinata via da Benita senza alcun motivo se non l'ultima infatuazione di Laurence. Ho ripensato spesso a questo rapimento, a questa svolta.

Nulla sarebbe stato più lo stesso dopo la sera in cui mi trascinò via dalla voce di mia sorella che arrivava dalla camera da letto. Perché non lo avevo minacciato, non mi ero liberata dalle sue braccia? Non avevo abbassato il finestrino, rifiutandomi di pagare la benzina?

Dire: *Oh, lui era più forte di me, oh, era mio marito,* ora sembra patetico, ma ero ingenua e spaventata, perché avevo il dubbio di essere di nuovo incinta: temevo che mi avrebbe buttato a terra calpestandomi lo stomaco senza sosta.

Ma tu avevi tutti i soldi del mondo.

Non potevi chiamare Daniel, che stava cenando allo Yale Club con il procuratore distrettuale?

Invece tenni il broncio. Laurence guidò l'auto di mia madre lungo le strade su cui stava calando il buio. *Non sono ancora pronto al pentimento, né ad accendere rimpianti.* Sentivo l'invidia nella sua voce mentre recitava le parole di un altro uomo. Le sue stesse poesie mancavano di quella scintilla. Ero tentata di dire: *Questa è una buona poesia, quindi non dev'essere una delle tue*, ma non volevo rivelare che stavo ascoltando.

Quando era diventato un delinquente? mi chiesi. Sequestrata, contai i pali del telefono. L'indomani mattina, mi dissi, sarei tornata in auto a Park Avenue.

Si possono imparare – questa scissione, questo bruciare.

«Che frase», dice Laurence. «*Questa scissione, questo bruciare.* Ti piacerà, tesoro. Perché sei imbronciata? Ti ho salvato dalle persone più noiose del mondo e ti sto portando a conoscere forse il più grande poeta vivente.»

«L'ho già incontrato, a dire il vero. Veniva spesso in libreria.»

«Ma ora lo incontrerai come moglie di un poeta, non come commessa. Pensavo di non piacergli, per rivalità eccetera, ma si ricordava una mia recensione di Pound e siamo andati d'accordo. Ha una cassa di rum che ha portato da Cuba. Ci aspetta un divertimento ruggente.» Pronunciò la parola *ruggente* con sarcasmo. Era una parola da pubblicitario per definire la nostra epoca. Quando vedeva le pubblicità dei ruggenti anni Venti, mimava una tigre, snudando i denti. «Ci sono due uomini che contano in questo momento, Duke Ellington e Hart Crane. Non sei d'accordo? Non sei d'accordo, Peggy?»

Premetti la faccia contro il vetro. Cercai segnali stradali, briciole di pane. Presto saremmo stati in una foresta; vedevo davanti a me le forme frastagliate di un crinale, nero-verde. Ripensai alle favole. Da bambina, confondevo le ragazze, perché trovavo troppo spaventoso concentrarmi sui loro volti. La ragazza nel forno, la ragazza nel letto del lupo. «Non piangere», diceva Benita quando mi leggeva le *Fiabe* dei Grimm. Anni dopo mi resi conto che aveva cambiato i finali, inventando nuovi eventi sul momento. Gretel riceveva una bacchetta di ghiaccio; gli alberi si trasformavano in una carrozza. Hansel trovava una torta calda nel forno, di rabarbaro e prugne. «Non piangere», diceva, «non guardare i disegni.» Mia sorella m'ingannava con i suoi dolci e improbabili finali in cui i boschi non presentavano pericoli, i genitori non sparivano e i bambini scoprivano per sempre i raggi di luna e lo zucchero. Una volta ricordo che usò le matite francesi per trasformare le zanne di un lupo in caramelle dorate e viola.

Quando ero lontana da Benita, mi sentivo sminuita e fredda. Pensavo alle lampade di Mina Loy simili a zucchero filato, e a come non avrei avuto la possibilità di tornare al negozio per scoprire se si vendevano.

Quando avevo detto a Laurence dell'interesse per le sue creazioni, mi aveva risposto: «Hai proprio i geni della venditrice ambulante».

Pensi che potrei aprire un negozietto, volevo chiedere, *per vendere l'arte dei miei amici?* Ma non glielo chiesi, perché temevo la sua risposta. Che avrebbe liquidato l'idea come sciocca, o al contrario che l'avrebbe accolta così in fretta da sembrare un'accusa, in qualche modo, al mio carattere.

Ora viaggiavamo sulla Rolls-Royce di mia madre in una calda sera d'estate: finestrini abbassati, profumo di pino.

«Il blues è meglio del ragtime», disse Laurence, «il sassofono è di gran lunga superiore alla tromba. Hart vuole portarmi a Harlem per ascoltare Ma Rainey. *I don't want no man to put no sugar in my tea.* Canta con me, Peggy.» Era esaltato, al suo meglio. Quando si animava in quel modo, teatrale e con tanta energia, era molto attraente e mi risultava difficile sentirmi amareggiata e arrabbiata. Non conoscevo la canzone; non riuscivo a rendere la mia voce ritmata e roca.

Ma cantai lo stesso con lui, mentre le strade diventavano strette e fiancheggiate da pini imponenti. *I don't want no man to put no sugar in my tea,* cantavo, mentre Laurence toglieva le mani dal volante, lasciando che l'auto sbandasse. Mi abbracciò, io appoggiai la testa sulla sua spalla e lui ritrovò la strada, ritrovò il mio perdono.

«Hart ti piacerà», mi disse, «se starai zitta ad ascoltare. Gli piace parlarmi di poesia, cosa che potrebbe annoiarti, ma tu non sai nulla della poesia moderna e quindi lo troverai affascinante, ne sono certo, e se tutto ciò è troppo confuso, te lo spiegherò in modo più semplice, più tardi.»

«Più semplice?»

«Sì», rispose annuendo. Credeva ancora di dovermi insegnare.

Ma quella sera qualcosa era cambiato e non volevo più recitare il ruolo della sua allieva obbediente. Non mi aveva ascoltato? Non gli avevo forse detto che conoscevo Hart Crane e che avevo capito l'uso dei versi spezzati nella sua poesia su un edificio? Forse il problema non era se stesse ascoltando, ma che mi ero convinta che lo stesse facendo.

Laurence parcheggiò l'auto di mia madre su un sentiero sterrato e ci incamminammo verso una struttura mimetizzata dagli alberi. «Ecco il capanno degli attrezzi», disse Laurence, «ma dov'è la casa?» Si guardò intorno nella proprietà buia.

«Il capanno degli attrezzi dev'essere la sua casa», dissi, precedendo Laurence. La porta era di legno marcio e mi riempì il pugno di schegge quando bussai. Una voce ci invitò a entrare e passammo accanto a pale e rastrelli, fioriere di terracotta, sacchi di terra e sabbia, un nido tra le travi.

Hart era in piedi su un tavolo sgangherato e ci mostrò la samba.

«Balla, Peggy», disse Laurence. «Muovi i fianchi.»

Una cassa di rum proveniente da Cuba era nascosta da una coperta di lana. Ne assaggiai un po' in una tazza da tè; ballai accanto a Laurence, esagerando i movimenti delle anche, facendo ridere entrambi gli uomini. Fuori, la pioggia cadeva sul tetto fragile. Stentavo a credere che esistessero città – Parigi, New York – circondati com'eravamo dal silenzio della campagna. Mi rannicchiai su una poltrona, mentre gli uomini continuavano a ballare.

«Cosa ne pensi del rum?» chiese Hart. «È roba piuttosto forte.»

Riconobbi delle scuse nella sua voce. È un certo tono che riconoscevo da quando avevo frequentato il corso di dattilografia. Sulla difensiva, ma anche imbarazzato. Come se io stessi sopportando un'offerta, come se io fossi una regina a cui viene consegnato qualcosa di difettoso o pacchiano. *Questo è probabilmente l'appartamento più piccolo in cui sei mai stata. Mi dispiace di non avere un ferro da stiro e che questi tovaglioli non siano puliti. Hai mai preso la metropolitana? Ti offrirei la cena, ma non sarà una costata di manzo con carciofi. Avevi un maggiordomo da piccola? Si chiamava Mervyn Bunter? Ti offrirei del vino, ma mi dispiace che sia piuttosto banale.*

Queste scuse sembravano sempre autentiche, anche se avrei capito se fossero state sarcastiche o beffarde. Ho sempre fatto del mio meglio per rassicurare che avrei gradito qualsiasi cosa mi venisse offerta, ma spesso mi sentivo osservata. Diventava faticoso non mostrare mai disappunto o disagio.

Anche ora che aveva smesso di piovere e diverse mosche nere si erano raggruppate intorno alla zanzariera rotta di una finestra. Il rumore delle loro ali, il loro ronzio, il loro incessante battere.

«Il rum è delizioso», dissi a Hart Crane. «Non sono mai stata a Cuba. Mi devi raccontare tutto.»

«È un posto meraviglioso, ho detto a Laurence che dobbiamo andarci.»

«Andiamo», concordò Laurence. «Partiamo domattina.»

Hart scese dal tavolo e si sedette accanto a me. Mi scostai una mosca dal viso e lui, di conseguenza, disse: «Mi dispiace. Non devi essere abituata al ronzio degli insetti. Vivo un po' da selvaggio, quassù».

«È stoica», spiegò Laurence, «non è il tipo della principessa. Dovresti vedere i ratti a Parigi, i ragni. Roditori grotteschi nelle fogne. Poi i ragni cadono dal soffitto mentre si lava i capelli. Non l'ho mai sentita gridare.»

Era molto raro che Laurence mi facesse dei complimenti; era una bella sensazione ascoltare le sue lodi. Mi appoggiai allo schienale della poltrona mentre Hart beveva rum dalla bottiglia. Era un uomo robusto, con il fisico di un pugile. Sembrava sfregiato – ripensai alle cicatrici più tardi, quando lo lasciai – ma in realtà non aveva alcuna cicatrice; la sua pelle era solo butterata e arrossata.

Laurence si unì a noi, sedendosi sul pavimento di legno duro. «Di' a Peggy quanto tempo hai passato sul *Ponte.*»

Hart gemette. «Ci crederesti che sono sette anni?»

«Vedi», mi disse Laurence in tono deciso, «le poesie richiedono tempo.»

Avrei voluto dire: *Be', sì, ma sono certa che Hart ha delle pagine. Le tue poesie sono invisibili.*

«Hemingway scrive velocemente», riprese Laurence, «dieci libri alla settimana. Se vuoi scrivere semplicemente...»

«Voglio che questa poesia sia come il jazz», mi disse Hart. «Ecco perché è così difficile. Come si fa a renderlo con il linguaggio?»

«Ci sto provando anch'io», intervenne Laurence. (Una novità per me.) «Dannatamente impossibile.»

«Gioco con le pause, per ottenere la sincope. Ma poi voglio scrivere di scoparmi uno sconosciuto in bagno con una dizione elisabettiana. Un casino.»

«Un casino», ripeté Laurence con comprensione.

Presto cominciarono a farfugliare le parole e il discorso si spostò sulle loro disavventure. Suppongo che avrei dovuto essere lusingata dal fatto che potessero parlare come parlano gli uomini senza temere di turbarmi: «Ho chiesto al marinaio se potevo succhiargli l'uccello e lui si è tirato indietro e mi ha picchiato a sangue, ma subito dopo mi sono accorto che era in ginocchio: a quanto pareva, voleva solo essere lui a chiederlo. Marinai giù al porto, East River. Una volta sono andato con questo...».

«Hai un telefono?» chiesi, perché di colpo temetti di addormentarmi. «Vorrei tanto chiamare mia sorella.»

«Peggy ha una sorella siamese», spiegò Laurence. «È difficile per lei separarsene.»

«È vero», dissi. «Mi sento sola dopo l'operazione.»

«Potrei anche avere un telefono, ma devo pagare il padrone di casa per ogni chiamata. Forse potrei accompagnarti all'ufficio postale in città domattina?»

«È solo che è incinta. E i suoi medici... ho appena saputo che è in una situazione pericolosa.»

Hart mi prese la mano e mi portò verso un corridoio. «È sulla scrivania», disse.

Trovai il telefono, accanto alla sua macchina da scrivere. Aveva iniziato una pagina di diario. «Ho incontrato Laurence Vail, con sua moglie. Le ho chiesto se poteva finanziare *Il ponte*, ma lei ha detto che quello è suo zio. È l'altro Guggenheim. Potrebbe comunque valere la pena di chiedere. Ho sentito dire che è bella ma non troppo brillante. Laurence ha detto che può portarla nella mia baracca per farle vedere come vivo da barbone.»

Girai le spalle a quelle parole. Mi addolorava il fatto che quell'uomo provasse una tale disperazione. Avrei voluto essere Simon in quel momento, mentre distribuiva grandi mazzette di denaro, perché vedevo che Hart non stava bene: dietro la spavalderia, una tristezza tangibile, una pesantezza.

Cinque anni dopo avrebbe piegato con cura il cappotto e si sarebbe gettato dalla barca in Messico. *Questa scissione, questo bruciare.* Nell'apprenderlo, avrei provato un grande rimpianto.

«Avresti potuto aiutarlo», avrebbe detto Laurence. «Se non fossi stata così egoista. Hai passato tutto il fine settimana a rimuginare. Immagina se avessi comprato una casa a lui invece che a Djuna.»

«Non ho ballato quel fine settimana? Anche se mi avevi trascinato via da Benita.»

«Avresti potuto aiutare uno dei nostri grandi tesori americani», avrebbe detto. «Almeno io so di aver fatto del mio meglio.»

Ma in quel momento desideravo solo di poter lasciare la baracca, prima che mi chiedesse *solo una piccola donazione per tirare avanti.* La sua tristezza era palpabile; la avvertivo nella carta, nei muri. Perché spettava a me salvare i poeti dalla loro stessa disperazione? Perché Laurence mi aveva portato lì per affrontare quell'uomo disperato? *Ho sentito dire che è bella ma non troppo brillante.* Srotolai il foglio dal rullo. Presi la sua penna, cerchiai «non troppo» e feci un simbolo grafico di editing. Spostare, credo si chiami. Così la frase avrebbe suonato: «Ho sentito dire che non è troppo bella ma brillante». La tazza di rum cubano mi diede forza; altrimenti non avrei mai manomesso la sua frase. Lasciai il foglio sul tavolo, come una provocazione o una sfida. *Fai finta che sia dadaismo,* pensai, *un intervento, un rimaneggiamento giocoso.*

Nella stanza non c'erano orologi; immaginai che dovevano essere le dieci di sera, anche se forse era più tardi. Chiamai Benita e ascoltai gli squilli staccati. Li contai. Uno, poi dodici. Perché Edwin non rispondeva? E se fosse entrata in travaglio? Ci riprovai. Mi costrinsi a immaginare mia sorella e Edwin abbracciati e addormentati su lenzuola fruscianti, ricamate da suore spagnole. Le mani di lui appoggiate sulla pancia di lei. Il telefono staccato per non disturbarla.

Ripensai al respiro di Benita quando si sdraiava accanto a me, quando da ragazze ci addormentavamo al suono del violino nel pozzo di ventilazione. Il cielo scuro e il portamento; il suono dello slide da una corda all'altra. Lo sentivo in quella casa spaventosa con mosche nere e uomini ubriachi. Lontano, al 740 di Park Avenue, le stanze silenziose e le tende tirate, le stanze silenziose di Park Avenue: non pregavo mai, ma allora pregai affinché qualche forza all'interno di quelle stanze si prendesse cura di mia sorella.

Salii le scale e vidi un lettino, un lettino d'ospedale, di quelli usati in tempo di guerra. Un aggeggio metallico e poco solido, con una coperta grigia Pendleton. Mi sdraiai e chiusi gli occhi, ma non mi sentivo per niente a mio agio. Perché ero lì? Sentivo la musica dalla stanza sottostante e sapevo esattamente cosa sarebbe successo al mattino. Laurence avrebbe detto: *Andiamo a prendere altro rum e dei dischi. Andiamo all'Avana, dove i colibrì sono grandi come api e possiamo scalare colline di zucchero.*

Nel cuore della notte mi svegliai con un terrore intensissimo. Sentivo qualcuno, Hart o Laurence, che batteva a macchina. Uscii furtivamente, come se dovessi addentrarmi nella strada della foresta. Prima provai con la Rolls-Royce. Sebbene avesse lasciato la portiera aperta, le chiavi non erano all'interno. Pensai alla scena che avrei fatto se fossi entrata e avessi chiesto le chiavi. Attraverso gli alberi scuri e intricati, con le loro ombre dalle dita lunghe, vidi una luce sulla strada. Mi diressi verso di essa, anche se indossavo una sottoveste chiara e un impermeabile che avevo raccolto da terra. Ero a piedi nudi, che finirono nel fango. Quando raggiunsi la radura, l'auto era già sparita.

Mi sedetti su una panchina di pietra e guardai sorgere il

sole. Quando fosse passata un'altra auto, sarei corsa in mezzo alla strada. Avrei agitato le braccia e gridato finché l'autista non si fosse fermato per la preoccupazione. *Per favore,* avrei implorato lo sconosciuto, *mi riporti a Manhattan. Mi riporti da mia sorella.*

Invece Laurence volle tornare nella nostra casa al mare. E così facemmo. Al nostro rientro, i capelli di Pegeen da neri erano diventati biondi. Le portai delle bambole con gli occhi duri e i libri della mia infanzia. *Le mille e una notte. Il vento tra i salici. Storie proprio così.* Le parlai più di quanto avessi fatto prima di partire; chiesi a Adele di lasciarci sole.

La casa sembrava feconda, matura. Brulicante. Ma le cose non andavano bene. Portai a Sindbad un trenino, ma lui era triste. Aveva iniziato a parlare con un accento un po' britannico, preso dal giardiniere. La stanza di mia figlia era la più bella della casa.

«Mina è arrabbiata con me», dissi, seduta a gambe incrociate.

«Perché mai, mamma?»

«Non voleva che vendessi le sue belle lampade, immagino che pensasse che fosse una cosa sporca. Alcune persone pensano che il denaro sia sporco, e suppongo che abbiano ragione.»

Era ridicolo discutere di capitalismo con una bambina di tre anni, ma Pegeen sembrava comprensiva. I suoi occhi erano di un bel colore.

«È una persona cattiva?»

Questa sarebbe diventata in seguito l'ossessione di mia figlia, quando avremmo guardato i noir al cinema, quando avrebbe appreso che la sua tata era stata nella Gioventù hitleriana, ma cominciò quel giorno, guardando i disegni, cercando di capire – come stavo facendo io – come una persona che sapeva disegnare in modo così bello potesse anche essere crudele. «Una persona cattiva», disse. L'aveva sentito per caso? Non mi sarei sorpresa se i domestici avessero parlato male di me o l'uno dell'altro.

«Non è una persona cattiva», insistetti.

Di ritorno da Manhattan, avevo spedito a Mina un assegno di cinquecento dollari. *Le lampade hanno fatto scalpore*, scrissi. *Avrei potuto venderne altre centinaia.*

Non erano decorative, mi rispose. *Non dovevano essere vendute come lingerie. Non le ho fatte per le donne dell'alta società. Ora non verranno mai esposte nei musei; e ho sentito che vendono paralumi con barche a vela e fiori di cartapesta da Gimbels e alle Galeries Lafayette! Ti ringrazio per l'assegno e per i tuoi sforzi, ma credo che dovremmo porre fine alla nostra collaborazione, e spero che col tempo potremo riprendere la nostra amicizia.*

Le scrissi una lettera di infinite scuse e mi offrii di pagare un avvocato per fare causa a chi le aveva rubato le idee. Ma non mi rispose e poco dopo, nelle prime settimane di luglio, cominciai a sentire che nei caffè di Parigi Mina parlava male di me a chiunque volesse ascoltarla. Mi chiamava intrallazzatrice. Sebbene non avessi mai trattenuto un centesimo dal suo lavoro e avessi, a sua insaputa, pagato al suo padrone di casa un anno di affitto per il suo studio, Mina aveva preso a denunciarmi come avara e pericolosa. Era Djuna che mi riportava tali ingiurie, con una gioia non troppo velata.

Sapendo quanto mi avrebbe ferito, lasciò per ultimo l'insulto più crudele, pronunciandolo con enfasi. Ti ha dato della *profittatrice.*

Sulla nave che mi riportava a casa, avevo parlato a malapena con Laurence, stringendo invece amicizia con un uomo alto e dai capelli rossi che studiava la riproduzione cellulare. Il dottor Knicker Knacker, lo chiamava Laurence. Questo distanziamento continuò anche quando tornammo a casa.

«Sei arrabbiata con papà?» chiese Pegeen. «È una persona cattiva?»

«Mi perdonerai?» chiese Laurence. «Non so cosa mi sia preso. Ho questi entusiasmi e queste passioni, e allora mi è sembrato che tu dovessi aiutare Hart, e se non ce ne fossimo andati quella sera... Davvero, non posso sopportare il silenzio. Mi mancano i tuoi motti di spirito.»

Per distrarmi da quel conflitto, pensai, dovevo trovare qualcosa da fare. Un'attività impegnativa e coinvolgente.

Sembrava semplice, soprattutto dopo la dura lettera di Mina. Non era solo Mina. Djuna era ingrata e malvagia. Avevo fallito nell'essere bohémienne, avevo fallito nell'essere una moglie felice, avevo fallito nell'essere una mecenate.

Così mi venne un'idea. Avrei iniziato a dipingere. Avrei preso lezioni da Gilbert. «Se mi permetti di farti il ritratto», mi disse, «ti insegnerò.»

Laurence era geloso. «Prima il professor Knicker Knacker e ora questo?»

«Non dovrei mai parlare con gli uomini?»

«Li guardi con i tuoi occhioni.»

«Voglio imparare qualcosa. Forse sarei brava. Invece di stare dietro agli artisti, potrei essere io l'artista.»

Sembrava scettico.

«Non credi che io abbia talento?»

«Penso che se tu avessi talento ti sentiresti costretta a dipingere. Non è una cosa che si fa come studiare i rituali giapponesi del tè.»

«Vedremo. Se non lo faccio, ti ucciderò.» Mi girai dall'altra parte.

«Ti prego, Peggy», disse. «Non sopporto i tuoi silenzi.»

Presi i pennelli e li misi sul tavolo. «Gilbert sarà qui all'una», tagliai corto, «tu puoi lavorare nel tuo studio.»

«Devo dire che mi sento ispirato da Hart. Ho iniziato a cercare di far suonare le mie frasi come se fossero jazz. Potresti dirmi se hanno quel ritmo?»

Per una strana coincidenza, anche Hazel aveva iniziato a dipingere. Aveva divorziato da giovane e si era risposata con un giornalista di nome Milton. Ora avevano un bambino e lei avrebbe partorito di nuovo a breve. Viveva a Parigi e prendeva lezioni di pittura all'École des Beaux-Arts; potevo solo immaginare quanto denaro pagasse per quel privilegio. Ci sentivamo di tanto in tanto, ma di recente la sua voce era meno opaca. Spiegai a Gilbert che era sempre stata molto convenzionale. «Ma sento che vuole imitarmi, venire a Parigi, incontrare artisti.»

Quando chiamava, era per comunicarmi gli elogi dei suoi

insegnanti. «Non sarebbe ironico», disse, «dopo che tu hai passato anni a vantarti dei tuoi amici artisti e di tutti gli artisti importanti che conosci, se fossi io a venire esposta in una galleria?»

«Le auguro solo il meglio», dissi a Gilbert. Dipingevamo al mattino. Devo ammettere che non ero molto brava. Mi irritava non riuscire a creare l'immagine che avevo in mente. «Puoi dirmelo se sono terribile», dissi. «Suppongo che sia un bene per me capire quanto sia veramente difficile. Ho letto tutto Berenson, ma non riesco a dipingere il mare.»

«È un pallone?» aveva chiesto Pegeen.

Era meglio essere oziosa o delusa? Quando mi venne a trovare Hazel, ci rinunciai. Non potevo sopportare che mia sorella fosse più brava di me, anche se non era così.

«Fammi vedere il tuo quadro», mi disse.

«Ho rinunciato a dipingere», risposi. «Sono molto più brava a scrivere.»

Era vero che avevo chiesto a Djuna: «Come cominci, mi dici come cominci?».

Nel suo taccuino avevo visto una sola frase. Un'idea per una storia. Una donna vede un uccello sulla collina. Lo segue e questo la conduce a un bambino abbandonato.

«Perché me lo chiedi? Perché non scrivi della tua vita? È questo che la gente vuole sapere. Cos'è successo a tuo padre.»

«Oh, non potrei scriverne.»

«E i tuoi antenati? Tutti amano le storie sulle origini.»

La verità era che non riuscivo a capire cosa avessi realizzato di così importante da meritare un'autobiografia. Però Meyer, mio nonno, era oggettivamente affascinante. Il sogno americano. Chiesi a mia madre di mandarmi il suo necrologio.

«Perché mai dovresti volerlo?»

«Non so se conosco la sua storia con precisione.»

«Sai che ogni giorno o due arriva un giornalista che vuole scrivere un libro sui Fratelli, ma quelli più recenti, sospetto che scriverà degli scandali. Il necrologio è stato molto bello. Tuo padre ne sarebbe stato felice.»

Era raro che nominasse mio padre. Gli piaceva suo padre?

Ho sempre pensato che non gli piacesse visto che aveva lasciato la società.

«Oh no, lui adorava suo padre. Lo venerava. Ma perché vuoi scavare qui? Pensavo che volessi vivere solo nella modernità.»

Sospirai. Arrivò il maître e mi fece un cenno per dirmi che i miei cinque minuti erano finiti.

«Come sta Benita?» chiesi.

«Ha il cuore spezzato perché te ne sei andata. Anch'io. Ha detto che Edwin era inorridito da quanto Laurence fosse brutale con te. Certo, io non ho mai visto Laurence essere altro che un gentiluomo. Tranne quando beve, ma non è certo *brutale*. Gli ho detto di non mettere in giro la voce che mia figlia è sposata con un violento.»

«Come sta Benita?» ripetei.

«È piuttosto pallida; il medico è preoccupato. Lei non vuole che la visitino, che le frughino nella parte inferiore del corpo. Ma il mese pericoloso sarà terribile. Sarò preoccupata ogni momento.»

«Pensavo che il mese pericoloso fosse maggio.»

«Forse lo era, ma adesso è luglio.»

«Non ha senso.»

«Ha perfettamente senso. Non si aspettavano che arrivasse così avanti con la gravidanza. Invece sì. Quindi il mese pericoloso è luglio; non capisco perché devi sempre essere così bastian contraria. Più si avvicina al parto, più il pericolo aumenta. Lo capisci?»

«Non sono d'accordo. Ce l'ha fatta a superare maggio. Per una volta nella tua vita, potresti essere ottimista?»

«Non ha niente a che fare con l'ottimismo. Io sono una grande ottimista. Ha a che fare con la logica di base.»

Ero così stanca di sentirmi dire che ero stupida o che non capivo che consegnai il telefono al maître, insieme a cento franchi.

«A quanto pare, non capisco la logica di base», dissi a Henri.

«Che ne dici di un Pernod?» mi chiese. «E delle ostriche?» Quando annuii, mi fece l'occhiolino. «Certo che capisci la logica di base, visto che hai ordinato qualcosa dalle vigne e qualcosa dal mare.»

Tuoni e fulmini imperversavano in cielo, e quando camminavo sulla spiaggia al mattino, trovavo frammenti misteriosi sparsi in giro: chele di granchio, sigarette africane, un piccolo sandalo blu come il fiore della cicoria. I lampi terrorizzavano i bambini e così inventammo delle cause per i bagliori. «È il segnale che nel cielo c'è una regina», raccontai a Pegeen. «Le nuvole staranno facendo una festa», disse Adele a Sindbad. «Le nuvole sono nate da Dio?» chiese mio figlio, con una voce malinconica che mi diede la sensazione che il mio cuore potesse separarsi dalle costole.

Il tempo trascorso con Crane aveva incoraggiato Laurence, che annunciò la fine del suo libro per agosto, quando avremmo lasciato il caldo soffocante per le montagne della Svizzera.

In quei giorni, io e mio marito osservavamo una sorta di distensione a distanza. Dentro di me, ero furiosa con lui per avermi portato via da Benita. Mi dicevo che era solo invidioso di quanto le volessi bene, ma sentivo comunque il rimescolamento dell'avversione. A volte mi chiedevo se quella rabbia nei suoi confronti per avermi allontanato da lei fosse anche il modo in cui mi consentivo di arrabbiarmi con lui per tutto il resto: la sua rabbia. La sua derisione. Il modo in cui parlava con riverenza di tutte le poesie che non aveva scritto, mentre trattava me come una dilettante.

Piuttosto che litigare, ci evitavamo. Quando parlavamo, lo facevamo con toni bruschi e indifferenti. Mi sentivo inquieta e sola, e pensavo: "Devo fare qualcosa per distrarmi dalla preoccupazione per Benita".

Non ha un bell'aspetto, mi scrisse mia madre. *Cammina zoppicando e la sua pelle è troppo pallida.*

Decisi di scrivere la mia autobiografia. Sistemai una scrivania in una delle camere degli ospiti, la stanzetta con la portafinestra che dava sul mare. Non si riusciva a sfuggire al caldo, così scrivevo seduta sul davanzale della finestra, dove palme e bouganville incorniciavano le persiane e fornivano una piacevole ombra.

Iniziai con Meyer, mio nonno, arrivato in Ohio dalla Germania all'età di quattordici anni. *Iniziò a vendere calzascarpe, occhiali, lacci, colla, galline, sigari. Presto inventò un tipo di pasta lucidante per stufe; presto vendette uniformi all'esercito americano. Ebreo, strozzino, assassino di Gesù! I cristiani lo lapidarono, lo gettarono nel fango.*

Mentre scrivevo, immaginavo uomini come Hart Crane che ridacchiavano. Ubriachi, avrebbero versato vino come acquerelli sulle mie pagine bianche. Chi avrebbe avuto voglia di leggere dei miei antenati che costruirono una fortuna scendendo nel fango umido delle miniere, nel sottosuolo, nella sporcizia?

Anche dopo essere stato chiamato «assassino di Gesù», Meyer non si arrese. Era molto determinato. Oh, era terribile. Sembrava un libro di testo per studenti delle superiori. Quanto avrebbe meritato di meglio, mio nonno. Ma non riuscivo a trovare le pennellate per catturare l'onda.

La notizia arrivò alla fine di luglio. Mary Butts era rimasta con noi per qualche settimana, lavorando a racconti che trovavo intriganti, pieni di donne spettrali fatte di giada, pellicce e stracci sporchi. Ma era anche una tossicomane che una volta aveva ingoiato un flacone intero di aspirina dopo aver consumato tutto il suo oppio. Si aggirava per casa divorando tutto il giorno i romanzi di Trollope e Forster. Non mangiava quasi nulla, ma con una grande avidità. «Ho voglia di una crostata al limone», disse, come se crescessero sugli alberi. Poco dopo avergliela procurata, la trovai abbandonata sul bancone, appena toccata. Prendendo in braccio Pegeen, le lasciai infilare un dito in quei resti devastati, appoggiare la sua lingua contro il suo stesso dito per assaggiare la crema al limone.

Quell'immagine di Pegeen con il dito infilato nella crema faceva parte del mondo di prima. Poi arrivò la notizia da New York e tutti quei ricordi sembrarono vivere dall'altra parte di una porta.

Il telegramma era indirizzato a Laurence, ma fui io ad

aprirlo. Sindbad e Pegeen erano in giardino con Adele. Li vedevo dalla finestra della cucina. Sindbad, determinato e deciso, era chino a trascinare le mani nel terreno. Pegeen, che aveva quasi due anni, si muoveva più insicura, ma poi emise un forte rumore divertito. Un suono di pura gioia. Non l'avevo mai sentita emettere un suono del genere e questo mi riportò in cucina, con le padelle di ghisa appese in fila e il profumo persistente del *coq au vin* del giorno prima. Poi tutti corsero all'impazzata verso casa, incredibilmente felici e sfrenati, persino Adele. I suoi neri capelli italiani si sollevavano nella brezza. Mi lisciai il vestito, affettai una mela. Mi ritrovai a discutere con Djuna nella mia testa. *Non ti rendi conto di quello che ho fatto per te? Sii materna, per l'amor di Dio,* mi dissi, *sei fortunata ad avere queste fate del bosco che fioriscono nella luce violetta.*

Misi le fette di mela in una ciotola di porcellana. Diedi un'occhiata alla posta del giorno, che arrivava sempre in un pacco legato con uno spago a righe bianche e blu. L'avevo notata, quella lettera, ma non dovevo aver riconosciuto la carta gialla. La scritta WESTERN UNION sopra un inchiostro acquoso e viola.

I bambini entrarono, parlottando allegramente, e mi mostrarono alcuni ragni neri che avevano intrappolato nei barattoli del latte. «Cos'è questo, Maman?» chiese Sindbad. Andai a cercare un libro intitolato *La vita dei ragni* e insieme cominciammo a sfogliare le pagine.

«Ra-gno», ripeté Pegeen. «Ra-gno.»

Lessi ad alta voce le voci del libro.

Il ragno vagabondo è solitario e fa una ragnatela vicino al terreno.

La falsa vedova nobile ha dei segni bianchi e può assomigliare a un teschio.

Dalla finestra entrava la brezza e Pegeen continuava a guardare intorno al bancone, come se un'altra crostata potesse apparire dove aveva trovato l'ultima.

Rimanemmo così, a leggere di ragni, finché Adele non li portò a vestirsi per la cena. Presi la posta e riconobbi il telegramma. Era indirizzato a Laurence, ma non vidi il suo nome: vidi solo le semplici righe di lettere scritte a macchina e incollate sulla carta. All'inizio pensai che doveva essere di mia madre, che annunciava una visita o il fidanzamento di qualche cugino.

Quando lessi le parole, all'inizio mi sembrarono senza senso.

Si prega di informare gentilmente Peggy che Benita è morta di parto.

Le lessi e continuai a svolgere i miei compiti. Era come se quelle parole non avessero alcun significato. Andai in giardino e trovai dei pomodori, li strappai, strappai delle rose da un ramo spinoso.

«Dov'è Laurence?» chiesi a Adele, quando tornò in cucina.

«Sta scrivendo», rispose lei.

«Puoi chiedergli di venire?» dissi, ma lei sembrò non sentirmi e mi domandai se stessi sussurrando o se non avessi parlato. Affettai i pomodori e lasciai la polpa e i semi sul tagliere di legno, di un rosso feroce. L'odore mi nauseava, presi le rose e le schiacciai con i pugni finché il profumo dei petali non mi addolcì la pelle.

Lulu entrò con l'odore della spiaggia; si scosse le gocce d'acqua e si leccò la sabbia dalle zampe. Al piano di sopra, le risate dei bambini erano penetranti e acute come il canto degli uccelli.

Lessi il telegramma più volte, sperando che le parole cambiassero.

Si prega di informare gentilmente Peggy che Benita è morta di parto.

Era come se una lama affilata fosse scesa tagliandomi in due. Mi sembrava di aver perso una parte del mio essere fisico.

"Avrei dovuto essere lì", pensai. "Sarei dovuta restare; non avrei dovuto permettere che Laurence mi portasse via. Come ho potuto essere così arrendevole e timida? Se solo fossi rimasta, se solo fossi rimasta accanto a lei. Ma non l'ho fatto. L'ho abbandonata e lei è morta."

«Mr Vail tornerà per cena», comunicò Adele, e io annuii ma uscii. Presi con me i ragni nel barattolo e li liberai. Guardai le nuvole, spettrali e basse sul mare.

Mi diressi verso lo studio di Laurence sul sentiero che un tempo avevamo chiamato Swann's Way. Quell'estate, mentre ero con Emma, era diventato incolto e coperto di vegetazione. Avanzai tra i cespugli; sentii le pigne cadute scricchiolare sotto i miei piedi. La natura selvaggia mi confortava. Piangevo mentre camminavo e i rami mi tagliavano la pelle.

Perché andavo verso Laurence, mi domandai, quando lui era l'ultima persona al mondo che mi avrebbe confortato? La foresta era più gentile; le foglie consolatrici e il verde silenzioso. Toccai la terra. Passarono le ore. La luna scomparve. Avevo la faccia cosparsa di foglie e sporcizia quando Laurence mi trovò. Mi strinse tra le braccia e mi scosse dolcemente, dicendomi: «Hai ancora me».

Non riuscivo a mangiare né a dormire. Riuscivo solo ad ascoltare la *Sonata a Kreutzer*. Non sopportavo di guardare i miei figli. Era Benita quella bella e buona, ed era Benita che si meritava questi bambini belli e buoni: quegli esseri spensierati che si arrampicavano sugli alberi, che costruivano torrette e fossati di sabbia bianca.

Dopo una settimana in quelle condizioni, Laurence mi disse che dovevo tirarmi fuori da quella sofferenza. Cercai più volte di essere allegra e loquace, ma lo sforzo mi esauriva. Mi tornò la sensazione di essere tagliata in due, e spesso mi sentivo come se il mio cuore battesse a velocità dimezzata, come se camminassi con una gamba sola. In quella settimana, più fantasma che persona, appresi i particolari della sua morte. Un caso di placenta previa. Un'emorragia. Parole gentili e inutili per dire che era morta dissanguata.

Appresi che anche la bambina era morta. La figlia di Benita era stata sepolta accanto a lei in una bara rivestita d'avorio.

Edwin era inconsolabile al funerale. Ovviamente non riuscii ad arrivare in tempo. Anche se fossi riuscita a partecipare, non avrei voluto essere lì quando il corpo di mia sorella era stato calato nella fossa.

«Edwin», disse mia madre, quasi sputando il suo nome, con la voce gelida e vendicativa. «Non avrebbe *mai* dovuto avere il bambino.»

Ci commiserammo, io e mia madre, e per la prima volta parlammo senza sosta. La connessione telefonica era spesso disturbata. «Avevo avvertito Edwin», ripeté mia madre. «Lo avevo avvertito che la gravidanza avrebbe potuto ucciderla.

Pensava solo a sé stesso, pensava solo di essere in diritto di avere un figlio. Lo farò licenziare. Porterò via la casa. Metterò i miei avvocati sulle tracce di quell'uomo e lo farò accusare di omicidio.» Fece una pausa. Anche se non aveva mai chiesto la mia opinione, ora disse: «Peggy, cosa devo fare?».

«Ti prego, non parlare di avvocati», la implorai. «Ti prego, non parlare di quegli uomini.»

«Hai ragione», disse, e ascoltammo le lacrime l'una dell'altra, e lei chiese: «Hai parlato con Hazel? Non la sta prendendo bene. Ovviamente si sente responsabile e in colpa per aver avuto due figli sani».

«Devo averla sentita, ma non ricordo una parola di quello che ha detto.»

Gli avvocati m'informarono che Benita mi aveva lasciato la sua parte di patrimonio. Dovevo essere rimasta seduta, intontita, mentre leggevo quella notizia. Da qualche parte un uomo di Madison Avenue che di cognome faceva Wyeth disse: «Desiderava che avessi tutto tu».

Una settimana dopo il telegramma, i bambini e Laurence tornarono con secchi di fiori. Avevo chiesto dei fiori, immaginando un bel bouquet. Presero il treno per Tolone e raccolsero tutti i fiori che riuscirono a trovare, nelle bancarelle che costeggiavano le stazioni e i mercati. Loro tre fecero così per diversi giorni, partendo a colazione e tornando a cena con enormi secchi di girasoli, rose, rami di mimose. La casa divenne profumata. I bambini mettevano i fiori in posti misteriosi, così, quando aprivo i cassetti, trovavo un fragile pezzo di spago che teneva insieme alito di bambino e gigli. Accanto al mio letto, sul terrazzo, vasi e barattoli erano pieni di rametti e petali viola, con il centro giallo.

«Maman», disse Sindbad con orgoglio, «abbiamo trovato tutti i fiori per te. So che sei molto triste, ma ti abbiamo portato tutti i fiori di Tolone.»

In agosto il caldo divenne insopportabile. Clotilde rimase per diverse settimane e si muoveva per casa con leggerezza.

Mi aiutò a tappezzare le pareti della mia camera da letto con fotografie di Benita. Non sembrava mai sorpresa di vedermi piangere. Riusciva a capire il mio dolore, credo, perché amava tantissimo Laurence. Capiva l'impossibilità di vivere in questo mondo senza la persona che ti aveva aiutato a sopravviverci. Ma non rimase per sempre.

In una giornata così calda che era difficile muoversi, andammo in uno dei piccoli villaggi di pescatori a cercare parasoli per i bambini. Sebbene fossi io a soffrire, era Laurence quello che non aveva un bell'aspetto. I suoi capelli, sbiancati dal sole, sembravano rigidi come la paglia. Il suo alto ciuffo sulla fronte, che di solito gli dava un aspetto distinto, negli ultimi mesi si era diradato e gli ricadeva in modo disordinato sugli occhi. Era gonfio, con la pancia, e la sua pelle era a chiazze, con ruvide macchie rosse che comparivano all'improvviso quando era arrabbiato. Io avevo i capelli sporchi; il vestito mi scivolava giù dalle spalle; non sarò pesata più di quaranta chili. Camminammo per il villaggio di pescatori come vagabondi malinconici e naufraghi.

In un negozio di antiquariato lui si allontanò da me per entrare in una stanza di orologi rari. Trovai una bella edizione dell'*Isola del tesoro* e due parasoli con manici di vimini.

Laurence voleva che gli comprassi un orologio prussiano. Guardai il cartellino e dissi che era assurdamente troppo caro. «Perché hai bisogno di un orologio se non ti interessa il tempo?» risposi, e lui se ne andò infuriato, mentre io pagavo con calma gli articoli per i bambini.

Camminando sull'acciottolato, il caldo era stordente e pensavo di svenire. Vedevo il luccichio delle barche da pesca e l'azzurro del mare illuminato dal sole come da scintille. Mi diressi verso una fontana, con l'intenzione di spruzzarmi un po' d'acqua in faccia. Riconobbi i passi di Laurence dietro di me, ma li ignorai. Mi raggiunse e mi spinse da dietro, verso la fontana. Mi cacciò il viso sotto l'acqua per alcuni lunghi secondi, poi mi sollevò e mi gettò per terra, prendendomi a calci come se fossi un sacco di immondizia. A quel punto si era radunata una folla intorno a noi, e io infilai una mano nella borsetta e gli diedi il portafoglio. «Vai a prendere il tuo orologio», gli dissi.

Lui tirò fuori dal portafoglio una banconota – era di cento franchi – e le diede fuoco.

Una coppia con cappelli di paglia bianchi e sciarpe di percalle sussultò, non perché mi vedevano lì, con i capelli bagnati e la fronte sanguinante. Sussultarono per i soldi in fiamme. «Monsieur», gridò qualcuno, ma Laurence rimase immobile finché la carta non divenne cenere e le sue dita non furono nere e bruciacchiate. Quando arrivò la polizia, lo rimproverarono per aver bruciato del denaro.

«È un crimine?» chiese.

«In effetti sì», risposero.

Fuggii. Trovai l'auto e tornai da sola su per le aspre colline. L'aria era diventata elettrica e pesante. Speravo che lo mettessero in prigione. Questa volta non l'avrei salvato. Mi sdraiai sul copriletto bianco, guardando il bel viso di mia sorella, i suoi occhi calmi, il suo sguardo sincero. Avevo la pelle ancora bagnata e pensai: "Viene dalla fontana o mi ha sputato addosso?". Mi sentivo dilaniata, infuriata. Esaminai i graffi sulle scapole, scuri e sporchi come binari di una ferrovia. Trovai della calamina e la strofinai su un livido che era così blu da sembrare quasi nero.

Vieni via dalla bestia, Peggy, sentii la voce di mia madre, all'improvviso. Avevo tredici anni ed ero sdraiata sul tappeto della tigre, facendo penzolare le dita nella sua bocca morta. *Vieni via dalla bestia, Peggy.* Così mi tornò in mente la voce di mia madre.

Laurence era ubriaco, molto ubriaco, quando tornò a casa. Lo sentivo barcollare in giro. Avevo chiesto a Adele di portare i bambini alla fabbrica di sughero abbandonata. Si trovava in un bosco vicino e sapevo che avrebbero passato ore a esplorare le colline e a scoprire misteri nell'edificio; non sarebbero tornati, speravo, prima del tardo pomeriggio.

Sentii Laurence sulle scale. C'era un modo per chiudere la porta? Dovevo spingerci contro la scrivania oppure arrendermi, lasciare che mi uccidesse?

Quando entrò nella stanza, era livido e senza vergogna. «Mi dispiace», disse in tono brusco. «Ma la tua avarizia è insopportabile. Non credo di poter tollerare ancora a lungo il tuo attaccamento ai soldi.»

Non dissi nulla; mi alzai dal letto e mi sedetti sul pavimento, fissando le fotografie di mia sorella. Poi mi coprii la faccia con le mani. Così all'inizio non vidi; lo fece piuttosto silenziosamente. Sentii lo strappo della carta e vidi che stava staccando le fotografie dal muro, buttandole in giro, riducendole in pezzi piccoli come coriandoli. Cercai di afferrargli le braccia, ma lui mi scaraventò sul letto.

«Ti prego, vattene», dissi con calma.

Non volevo altro che la sua assenza.

Quando se ne fu andato, raccolsi le fotografie ancora integre e le riattaccai alla parete. Trovai un frammento di fotografia, un ricciolo di Benita, il suo zigomo, e lo infilai in un medaglione. La mattina mi disse che avrebbe portato i bambini in Svizzera per respirare un po' di aria di montagna. Sorrisi, inebetita. Credo di essere stata contenta di essermi liberata di lui.

14.

BIRD BONES

1928

La primavera successiva alla morte di Benita portai la rivoluzionaria Emma Goldman a vivere nel Sud della Francia. Le mettemmo a disposizione un piccolo villino a Saint-Tropez, il Bon Esprit. Aveva una vista sulle Alpi e un giardino pieno di alberi da frutto. Pere e ciliegie. Prugne mirabelle piccole come caramelle nel palmo della mano. L'idea era che vi si rintanasse a scrivere le sue memorie.

Da diverso tempo gestivo un fondo per aiutarla. Tutto era iniziato con una lettera del mio amico Howard Young, che mi chiedeva se avrei preso in considerazione l'idea di creare un fondo per affrancarla dall'insicurezza finanziaria. *Per quarant'anni è stata perseguitata, molestata e picchiata dalla polizia,* aveva scritto. *È stata imprigionata e costretta all'esilio dal governo americano...* Ma qualcosa era cambiato quell'inverno, dopo che Benita se n'era andata; in una giornata grigia, quel pensiero mi era venuto in mente come una scintilla: *È lei che deve scrivere la sua vita, non io.* Potevo aiutarla a farlo.

Così io e Laurence l'accompagnammo con la nostra piccola Hispano-Suiza argento, veloce come un lampo ma sempre sul punto di esplodere.

Una volta che si fu sistemata, percorsi in auto le strade accidentate fino a Saint-Tropez per andare a trovarla. Il suo villino si trovava su un'alta collina, accanto a un piccolo vigneto. Sotto di noi, i pescherecci sembravano non lasciare mai la baia. Le rose bianche si propagavano incolte nel giardino e gli alberi da frutto in fiore, non potati, erano cresciuti in modo irregolare.

A un piccolo tavolo di ferro, Emma sedeva da sola con la

sua macchina da scrivere. I capelli grigi e ispidi sembravano essere stati raccolti con noncuranza in un nodo morbido, e indossava una specie di grembiule con pesanti calze di lana e sandali piuttosto brutti. Aveva cinquantotto anni. Io ne avevo ventinove. Io ero una moglie; lei aveva passato tutta la vita a evitare questo titolo. Ora sembrava una nonna sobria. Era difficile immaginare che questa fosse la donna che un tempo aveva fomentato rivolte in America e trovato un nuovo amante dopo ogni discorso, e che era stata paragonata alla dinamite e alle polveriere.

Ma quando ti parlava, era carismatica. Non riuscivo a toglierle gli occhi di dosso.

«P.G.», mi disse, «prendi un po' del pesce di E.G.»

«Mi piacerebbe molto», risposi, e la osservai entrare in casa con un'andatura lenta e artritica. Mi sentii improvvisamente in imbarazzo nel mio vestito di seta, il modello che indossavo sempre quell'estate, con la cintura di corda e le tasche oblique sui fianchi. La gente aveva cominciato a dirmi che ero «magra in modo preoccupante». Portavo il rossetto e le espadrillas. Mi avrebbe fatto la predica per i miei antenati? Mi avrebbe incolpato dei loro crimini? "Ebbene, così sia", pensai, e fui felice quando tornò con una bottiglia di Muscadet. «Lo champagne dei pescatori», annunciò allegramente. Reggeva un vassoio di ceramica con un pesce bianco e grumoso, che odorava di aceto.

«Dove hai mai trovato del *gefilte fish* a Saint-Tropez?»

«L'ho fatto io», rispose lei. «L'hai già assaggiato?»

«Lo mangiavamo a casa della mia bisnonna, a Elberon, ma non posso dire che fosse il nostro piatto preferito.»

«Prova il mio», insistette. Lo assaggiai e mi sforzai di non fare smorfie. Era la consistenza, più che il sapore. Soffice e gelatinoso.

Voltai la faccia e guardai il davanzale accanto a noi, dove aveva sistemato dei vasetti di salvia e timo. «Hai reso questo posto ancora più incantevole», dissi.

«Sono così grata di essere qui... Sono dieci anni che non ho una stanza tutta mia. E so che non sarebbe successo senza di te, anche se Howard Young ha cercato di prendersi tutto il merito.»

«È stato lui a perorare...»

«Lascia che ti elogi», continuò lei, «ti sono davvero grata. Howard ti avrà detto che mi prostituivo in tutta Toronto.» Rise. Spiegò che era davvero un tipo di prostituzione tenere discorsi quando non ci credevi fino in fondo, quando le caviglie ti facevano male.

Era divertente stare lì a parlare con una donna che un tempo avevo considerato mitica. Da bambini, io e mio cugino Isaac eravamo ossessionati da lei, questa ragazza terrorista, a metà tra l'eroina e il demone. Di notte, la immaginavamo che si aggirava spettrale nelle nostre stanze silenziose, portando via i tesori che sapevamo di non meritare. La immaginavamo, a dodici anni, vivere in una casa popolare, cucendo corsetti in stanze anguste e fetide. E poi, a diciassette anni, innamorarsi dell'anarchico e assassino Aleksandr Berkman. «Dicono che sia stata lei a comprare la pistola», mi aveva detto mio cugino Isaac. «Scommetto che avrebbe avuto una mira migliore; quel ragazzo non sapeva nemmeno come sparare per uccidere.» La immaginavamo vigilante adolescente, con le labbra ruvide e le camicette dal colletto alto. Se aveva cercato di sparare a Frick, che come i miei zii aveva ingaggiato i Pinkerton per colpire i minatori in sciopero con bastoni neri e accecarli con i gas lacrimogeni, cosa le avrebbe impedito di entrare nelle nostre case?

«Potrebbe venire travestita da cameriera», avevo detto a Isaac. «Non fidarti delle nuove cameriere! Potrebbe nascondere la pistola nelle stecche bianche del corsetto che ha cucito.» Inscenavamo il crimine. Io facevo sempre la parte di Emma, mentre Isaac imitava suo padre, Daniel, che camminava qua e là prima che io gli puntassi la finta pistola alla tempia. *Dammi tutto il rame di Chuquicamata. Sparate a quegli schifosi scioperanti di Perth Amboy!*

Il tempo era passato. Frick era sopravvissuto indenne e aveva continuato a vivere nella villa accanto alla nostra. Berkman era stato rinchiuso in un penitenziario in Pennsylvania. Aveva progettato di suicidarsi e aveva chiesto a Emma di portargli delle capsule di cianuro. Quando lei era andata in visita, travestita da sua sorella, lui era rimasto sbalordito dal fatto che lei avesse davvero portato il veleno richiesto.

Ora lei era seduta in un giardino nel Sud della Francia e mi serviva il suo *gefilte fish.* Mi disse che si svegliava ogni mattina alle sei, scriveva per tre ore e poi andava al mercato in città.

«Ogni volta che compro un pomodoro», disse, «mi chiedono: "È da dipingere o da mangiare?".»

Scoppiò a ridere, una risata forte e profonda, e continuò a parlare. Io ascoltavo estasiata. Avevo passato così tanto tempo con i bambini o in discussioni coniugali con Laurence, che avevo dimenticato come ci si sente di fronte a qualcuno che ti sorprende con le sue frasi. Mi disse che, per una strana coincidenza, anche il suo grande amore, l'assassino Berkman in persona, viveva nel Sud della Francia. Sasha, lo chiamava. «A Nizza, con la sua fidanzata, Emmy Eckstein.»

«Emmy Eckstein!» esclamai. «Com'è?»

«È carina, in un certo senso, ma non dice mai una parola ed è molto sottomessa a Sasha. Non ha personalità.»

«Nizza è terribile. Devi venire a trovarci a Pramousquier.»

«Sì», acconsentì lei. «Se mi prometti che ci sarà del vero champagne.»

«Ci sarà del vero champagne», confermai, e poi la trovai abbracciata a me, con il suo corpo così caldo che pensai potesse farmi piangere.

Mi abbracciò di nuovo mentre ero in piedi vicino alla mia automobile. «D'un tratto sembri nervosa», mi disse.

«Oh, credo di esserlo. È solo che il viaggio è un po' pericoloso...»

«Rimani. Rimani qui fino a domattina.»

Era strano avere un improvviso pensiero da bambina. "E se restassi qui? E se scappassi via?" Non potevo dirle che ero nervosa perché temevo di tornare da Laurence, che senza dubbio si sarebbe arrabbiato: per il colore del mio vestito, per l'ora del mio ritorno a casa, per le parole yiddish che avevo sentito di nuovo da Emma, per i soldi spesi per Emma – una bolscevica (*Non è una bolscevica, si oppone al... – È una maledetta bolscevica!*) – e per il Bon Esprit, per l'affetto che provavo per lei, per le sue rose bianche, non rosa pallido (*Non Durham? Non Bourbon?*), per il suo libro *Anarchismo e altri saggi*, ora sul mio comodino, ora in grembo, ora tra le mie mani, perché (lanciando il libro) la politica è *una tale noia*.

Prima che salissi in macchina, mi disse: «Devi avere questo, P.G.».

Strizzando l'occhio, mi porse il pacco di pesce incartato. Mi mise in mano questo, il pesce che era stato scelto perché lo si riteneva immune dal malocchio.

Da quel pomeriggio in poi andai spesso in macchina al suo villino, anche se guidare lungo il ciglio della scogliera mi faceva trasalire di paura. Tornando a casa, di notte, spesso sentivo le onde e poi avvertivo un leggero maroso sotto la ruota, come se la strada nera fosse una risacca. Raddrizzavo le ruote, riportavo l'auto verso l'oscurità, pensavo a quanto facilmente sarei potuta precipitare nel Mediterraneo.

Eppure, andavo a trovarla quattro o cinque volte alla settimana, forse semplicemente perché mi piaceva la sua compagnia. Laurence si chiedeva perché avessi abbandonato tutti i miei amici di Parigi. «Sono stanca dei loro pettegolezzi», dissi, «sono stanca di sentire i loro problemi sciocchi.» Quando i miei amici chiamavano, dicendo che la città era soffocante e puzzava di urina, che il pane era raffermo, che c'erano così tanti americani che non si riusciva a trovare un tavolo al caffè, oh se solo avessero potuto nuotare per un'oretta, io mentivo e dicevo: «Siamo sommersi di ospiti, stiamo per partire tutti per la Svizzera».

Passeggiavo in giardino nel tardo pomeriggio, sapendo che presto lei avrebbe terminato la sua giornata di scrittura. Spesso dettava alla sua segretaria, una ragazza silenziosa e intensa di nome Emily, che portava a Emma la stessa colazione ogni mattina, alla stessa ora: pane tostato così nero che scricchiolava sotto il coltello mentre spalmava il burro. Dopo essere tornata dal mercato, Emma lavorava per altre quattro ore nel pomeriggio, senza pause, e poi disponeva le pagine dattiloscritte sul tavolo. Io le leggevo ad alta voce, o le leggeva lei a me, e poi spesso insisteva per prepararmi la cena. Cucinava il pollo alla brace nel forno rosso provenzale; preparava il budino e lo serviva con una salsa di pompelmo. Non mi diceva mai: *Oh, sei magrissima, è preoccupante.* Invece mi preparava questi piatti sostanziosi, che io mangiavo, finché non diventai più grassoccia, più affamata, spesso eccitabile per la conversazione e il cibo.

Un giorno cucinò un *kugel* piuttosto giallastro, e ridemmo di come la cannella sembrasse una formica che galleggiava nel formaggio cagliato.

«*Questo* lo mangiavate a Elberon?» chiese ridendo.

Era la prima volta che nominava la mia ricchezza o i miei antenati e improvvisamente temetti che stesse aspettando il momento giusto per rimproverarmi. Rimasi in silenzio, poi risposi: «È molto gentile da parte tua cucinare sempre per me».

«Io cucinavo per le ragazze del penitenziario», disse.

«Com'erano?»

«C'era Aggie, una delle più dolci e gentili, ma quella povera donna era avvizzita a trentatré anni. Era stata condannata a morte per aver ucciso il marito. C'era stata una lite in una pensione, a causa delle carte, e un giovane lo aveva colpito con un attizzatoio da camino, poi aveva testimoniato contro i propri complici dando la colpa ad Aggie, la novella sposa. Poi, vedi, si è aggiunta la stupidità della legge che ha bollato Aggie come una criminale incallita. Un'altra poveretta era Mrs Schweiger, una cattolica devota, il cui marito cercava distrazione con altre donne. Lei desiderava disperatamente un figlio, ma era troppo fragile e malata, e così, sola e sempre in lacrime, scaricò una pistola contro di lui. Malinconia omicida, potresti dire *tu*, ma là, in quegli orribili luoghi, *loro*, i funzionari dello Stato, la chiamarono con ogni brutto appellativo. Ricordo di aver affrontato la direttrice, una bestia terribile, dopo che aveva chiamato Aggie "la donna cattiva".

«La maggior parte delle donne era in prigione per prostituzione.» Fece una pausa. «Il crimine con due partecipanti, eppure, curiosamente, un solo criminale.

«Io sono quasi diventata una prostituta», continuò, sorridendo quando vide la mia espressione stupita. «Quindi capivo quelle ragazze. C'è una legge che dice che non bisogna adescare gli uomini. E poi c'è la disperazione. La disperazione è più potente di qualsiasi legge.»

«Perché ti sei...»

«Avevo bisogno di raccogliere soldi per Sasha. Cercai un lavoro come cucitrice, ma nelle fabbriche ero conosciuta come una piantagrane. Mi venne un'idea. Mi tornò in mente *Delitto e castigo*, che avevo letto e riletto quando avevo quattordici anni.»

«Hai pensato a Sonja.»

«Sì! Ho pensato a Sonja, che cercava di raccogliere fondi per la matrigna tisica e morente. Ho pensato che, se la dolce e sensibile Sonja poteva vendere il suo corpo, perché non potevo farlo io? Ma il primo uomo con cui ho parlato mi ha dato dieci dollari e mi ha detto di andare a casa. E sono andata a casa. Ho usato i suoi dieci dollari per aiutare Sasha a comprare la pistola.»

«Devi scriverlo nel tuo libro.»

«Forse lo farò», disse lei. Si appoggiò allo schienale. Sembrava una persona incapace di affaticarsi. «Non parli mai di te stessa.»

«Non sono molto interessante.»

«Dubito che sia vero. Tuo padre era...»

«Mio zio Daniel», mi affrettai a dire, «probabilmente lo sai, mio zio Daniel Guggenheim era terribile come Frick. Ordinò la fucilazione di quattro scioperanti a Perth Amboy.»

«Ma cosa c'entra questo con te?»

«Tutto, suppongo.»

«O niente di niente. Non ti si può biasimare per la sua spietatezza e avidità.»

«Ma a me sono stati dati quei soldi, provenienti da quelle miniere, da quel rame.»

«E guarda cosa ne hai fatto», replicò Emma, indicando il giardino e le sue pagine dattiloscritte. «Ho vissuto tutta la mia vita quasi nello squallore, e ho vissuto con uno scopo e un significato. Perché un rivoluzionario non dovrebbe avere un momento di bellezza e di svago? Per non parlare del fatto che mi hai reso possibile scrivere questo libro. Non sono un presidente o un generale, ma sarò lì, appollaiata accanto a loro nelle biblioteche, un piccolo candelotto di dinamite.»

Mi confessò di aver visto la casa di mio padre, anni prima che io nascessi. Il suo fidanzato l'aveva portata in Fifth Avenue. Avevano preso il treno dai quartieri popolari e dalle fabbriche sfruttatrici. Erano rimasti sul marciapiede a guardare attraverso le finestre, invidiosi e disgustati. Lei non aveva potuto fare a meno di vedere i fiori in scatole ordinate, i tulipani di Madison Avenue. Sapeva che si trattava dei guadagni dello sfruttamento, ma aveva provato una punta di disperazione. Perché lui le aveva mostrato tanto sfarzo? Per vedere con chiarezza il contrasto tra i magnati senza scrupoli e i lavoratori: le strade immacolate, le ragazze in grembiule paragonate ai pesci nei secchi, le vedove nere di carbone. Mi chiesi se l'avessi mai vista, allora, o almeno se avessi sentito il suo sguardo, se mi fossi affacciata alla finestra e avessi visto i suoi vestiti cenciosi e il suo disprezzo mentre parlava con il suo fidanzato.

Lanciamo dei sassi, Benji, potrebbe avergli detto.

Sembri affascinata da tutto questo, avrebbe potuto replicare lui. *Ma tu non vuoi vivere così, vero?*

Perché non dovrei? Perché non dovremmo vivere tutti così?

Perché non si può vivere così se non si fanno profitti.

Ora, prossima ai sessant'anni, viveva come una regina nel suo villino in riva al mare, rievocando ricordi lontani dei quartieri popolari in cui era cresciuta.

Mi raccontò che un vecchio amico l'aveva vista in un locale della Riviera, vestita con un elegante abito ricamato, e le aveva chiesto cosa fosse diventata.

«È per questo che abbiamo lottato», gli aveva risposto Emma. «Per la felicità e la gioia di tutti, me compresa.»

Ogni volta che tornavo a Pramousquier dal Bon Esprit ero in uno stato di eccitazione, con la mente fervida per le nostre conversazioni e per i racconti di Emma. Spesso mi ci voleva un po' di tempo per tornare completamente alla mia vita, per cambiare tono, per concentrarmi sui dettagli più insulsi.

Cercavo di aggrapparmi alla sensazione di calore che mi dava Emma, alle sue parole gentili, prima che Laurence tornasse e dicesse qualcosa di sprezzante e critico. Questo disgusto sembrava quasi fisico, come se un estraneo avesse iniziato a entrare in casa, rendendo l'intimità tra noi ancora più impossibile.

Portai nella camera degli ospiti i miei vestiti e i libri che Emma mi aveva mandato con un biglietto, che citerò perché le sue parole esatte mi sono care: *Hai significato tanto per me, e sarà così per sempre, che tu lo sappia o no. Tutti i momenti felici sotto il tuo tetto ospitale, le tue visite a Saint-Tropez, i tuoi coraggiosi viaggi in auto avanti e indietro da Pramousquier. Ti abbraccio con affetto, Peggy cara...*

Quando Laurence bussò alla porta, dissi: «Sto dormendo». Alzai il volume del grammofono. Mi addormentai al suono dei violini e mi svegliai il pomeriggio seguente quando quattro rondini volarono nella mia stanza.

Le cose con Laurence erano peggiorate dopo la morte di Benita. Sembrava che ce l'avesse con me per quanto avevo pianto per lei. Per un anno aveva preso il mio dolore come un insulto. Come se fosse un rimprovero a lui, un modo per dire che non era abbastanza per me. Che il mio amore per lei era stato, in qualche modo, *di più.* Certo che lo era stato.

Una volta mi trascinò in mare con indosso ancora il vestito, le calze e le scarpe, poi, prima che potessi asciugarmi, fece delle storie per vedere il nuovo film di Al Jolson al cinema. Rimasi lì seduta a tremare di freddo, guardando Jolson che riempiva la sala con i suoni allegri del suo pianoforte, contenta del rumore, così nessuno avrebbe potuto sentire i miei denti che battevano.

Emma fu la prima persona a cui confidai quanto le cose con Laurence si fossero messe male. Mi disse: «Non puoi vivere così. Non ne vale la pena».

Guidando verso Saint-Tropez dopo un brutto litigio, respirai il gelsomino e sentii per la prima volta la fame. Ricordai il percorso con un'improvvisa lucidità. Quando arrivai al Bon Esprit, Emma mi guardò, con la mia guancia graffiata e il viso smunto, il vestito largo che indossavo perché non ci fosse nulla a sfregare contro la mia ferita. Mi abbracciò. «Peggy», disse, «è terribile come lui ti faccia a pezzi.» Mi invitò a sdraiarmi e mi portò una zuppa di cozze e carote.

«Vuoi che ti legga qualcosa?» mi chiese, e io annuii. Mi cullò la testa tra le sue braccia pesanti e mi lesse *Delitto e castigo*. Pur non sapendo che avevo amato quel libro anche a quattordici anni, scelse di leggermi proprio quello. La sua voce divenne più russa, gutturale e vigorosa. «Non sapeva», lesse, «e neppure si chiedeva dove andare; sapeva una cosa sola: che bisognava farla finita con tutto *questo* oggi stesso, una volta per tutte, subito; che altrimenti non sarebbe tornato a casa, perché *non voleva vivere così*.»

Il 21 luglio, esattamente un anno dopo la morte di Benita, Laurence disse che dovevamo andare a ballare. Non ero sicura se volesse farlo per saggezza o perversione. In un raro momento di fiducia, decisi di superarlo in astuzia. Indossai un abito argentato di Lanvin, con una profonda scollatura drappeggiata sulla schiena, abbastanza profonda da rivelare una lunga linea di ossa. Mi misi un cappello cloche blu sui capelli, inclinandolo leggermente, e indossai scarpe dello stesso blu elettrico, con tacchi a spillo e cinturini sottili che s'incrociavano sulle caviglie. Mi truccai le guance con il belletto e gli occhi con il kajal, tracciai il contorno delle labbra con un disegno ad arco di Cupido. Sul collo e tra i seni applicai il profumo Patou, lasciando asciugare le righe bagnate prima di aggiungerne altre.

Andammo in macchina in un locale di Saint-Tropez; Laurence voleva ascoltare la band di Harlem famosa per la sua versione del *Rag* di Chaplin. «Nessuno la suona più velocemente», disse, «il trombettista è straordinario.» Passammo vicino alle scogliere. Il mare era argentato e i gabbiani si alzavano sulle rocce bianche. Più vicino alla città, le strade divennero trafficate e dovemmo rallentare, restando fermi dietro le Bugatti. Gli yacht ingombravano il mare, larghi come navi da guerra. Saint-Tropez non era più solo nostra. «Guarda quanti volgari intrusi», commentò Laurence sospirando, come se mi leggesse nel pensiero. Con nostra grande sorpresa, Saint-Tropez era diventata un luogo ambito da starlette e aristocratici. Lì si vedeva sfilare sulle spiagge, con i servitori che portavano i loro grammofoni e ombrellini. Se avevamo lasciato Parigi quando era diventata troppo frenetica per via dei ragazzi di Harvard e delle modelle degli artisti dagli occhi completamente inespressivi, ora avremmo potuto lasciare i villaggi di pescatori perché diventavano parchi giochi per uomini che gettavano i loro soldi nei casinò. Una Rolls-Royce ci sorpassò tagliandoci la strada e dal finestrino una ragazza con i capelli di un bianco esagerato colpì ridendo la fiancata della nostra auto con la mano dal bracciale tempestato di diamanti. *Presto noi dovremo trasferirci altrove,* volevo dire, ma non riuscii a far uscire quella parola dalle mie labbra. La parola *noi*... non potevo dirgliela, soprattutto in quella particolare serata.

«Hai voglia di ballare?» chiese, appoggiandomi una mano sul ginocchio.

«Oh, ballerò», risposi, e sorrisi, poi mi coprii le labbra, in modo che non potesse vedere che il mio sorriso non corrispondeva a come mi sentivo. Il mio cuore era furtivo, il mio cuore era astuto.

Laurence aveva ragione: la band era eccezionale. Stavano sul palco, solenni e con gli occhi assonnati, in abiti di seersucker con papillon bianchi. Il trombonista era snello, con un sorriso sornione che sembrava prendersi gioco della folla. Anche la loro musica era flessuosa; serpeggiava nella sala, sensuale e languida come ci si sente dopo un'iniezione di morfina.

Mi allontanai da Laurence e vidi il trombonista che mi faceva l'occhiolino. Il dolore m'invase, mi sentii avvilita e cominciai a ballare con abbandono. Con le mani sulle ginocchia, i fianchi che ondeggiavano a tempo di rag. Ben presto mi ritrovai in piedi su un divanetto, poi su un tavolo, a ballare accanto a due ragazze che si muovevano come Mistinguett al Moulin Rouge. La ragazza accanto a me aveva i capelli rosso vivo, incredibilmente lucidi; indossava solo un top a fascia e calze a rete, e quando il trombettista faceva un assolo, lei sollevava le mani e di colpo, con gioia, scuoteva spasmodicamente il corpo.

Mentre ballavo sul tavolo, un uomo si avvicinò a me dalla folla. Assomigliava a Gesù. Aveva i capelli lunghi e lisci; e un dente rotto. Mi porse la mano, mi aiutò a scendere e, appena ebbi smesso di ballare, mi disse: «Emily ti sta cercando».

Mi guardai intorno con impazienza per cercare Emily. Era difficile immaginarla in quel locale notturno, perché era una ragazza seria e ingenua, con le gonne a pieghe e i cardigan che indossava ogni giorno da quando aveva iniziato a lavorare come segretaria di Emma Goldman. Ma eravamo diventate amiche, in un certo senso, e mi aveva dato dei volumi dei poeti romantici, i suoi libri di testo di quando era studentessa a Wellesley. Dopo che le ebbi raccontato della terribile morte di Benita, mi aveva regalato i suoi libri a brandelli con tutte le frasi che aveva sottolineato, versi sul lutto. Aveva solo un anno meno di me, ma sembrava molto più giovane, così candida e intensa, che parlava sinceramente di Verità e Poesia.

«Dov'è Emily?» chiesi all'uomo, ma la musica era molto alta e non riuscì a sentirmi. Mi prese di nuovo per mano e mi condusse fuori. Avevo le caviglie ammaccate, così mi tolsi le scarpe e le feci penzolare dai cinturini mentre ci incamminavamo insieme verso il mare. Il cielo era color indaco; l'unica luce era quella della luna rossa e delle navi, ferme e lampeggianti.

«Mi è piaciuto guardarti ballare», mi disse. Si accese una sigaretta e io sollevai il mento per osservare il suo sorriso lento e malizioso dietro la scintilla del fiammifero. Parlava con un accento britannico, che non sembrava adattarsi alla sua camicia stropicciata e ai modi da ruffiano.

Quella sera nel mio corpo si muoveva un'energia crepitante, quasi potessi condurre il dolore come una corrente elettrica e farlo passare da qualche altra parte. Forse era per questo che desideravo così tanto toccarlo.

«Ho mentito a proposito di Emily», aggiunse, sempre sorridendo. Mi offrì una sigaretta. «Lei non è qui. Devi saperlo che la cara Emily non si troverebbe mai *qui*, in questa palude decadente. Ma un giorno ti ho visto con lei al mercato. Eravamo amanti. Be', amici. A volte amanti.»

«Be', allora è fortunata.»

«Dici?»

«Certo.»

Si chinò; era molto alto; si chinò e mi baciò. La sensazione mi fece trasalire, perché era da tanto tempo che non sentivo quella ruvidità; mi ero abituata solo al tocco delle labbra dei miei figli, allo sfiorare tenero e rapido dei loro continui baci. Lasciai che le mie labbra accogliessero le sue; lui mise una mano sulla parte nuda della mia schiena e fece scivolare le dita giù sotto l'argento, per un attimo.

«Stavi ballando come una persona in difficoltà», disse, dopo che ci fummo separati.

«Mia sorella...» iniziai a spiegare, ma lui mi prese la mano prima che potessi finire e ci incamminammo verso una collina, una foresta. Quando il terreno cominciò a essere in pendenza, lui mi precedette, con una specie di andatura saltellante, agile come un gatto.

Lo raggiunsi e attraversammo la pineta, poi salimmo le scale di pietra di una torretta. Le colline erano piene di torri di pietra di quel tipo, i resti dei Mori e delle loro battaglie, ma non c'ero mai entrata. Mentre salivamo le scale, mi disse, con una sorta di disinvoltura, come se l'informazione fosse troppo banale per interessarmi davvero, che si chiamava John Holms; era in vacanza in Costa Azzurra per il resto dell'estate; conosceva Emily da Londra. Lei gli aveva scritto una lettera feroce sulla sua recensione di *Gita al faro* sul «New Statesman». *Deve essere molto ottuso per non apprezzarne tutta la vitalità,* gli aveva scritto. «Mi ha fatto giustamente a pezzi», disse, «e io ho pensato: "Devo conoscere questa ragazza".»

«E si è innamorata perdutamente di te», conclusi stuzzicandolo. «Scommetto che stava andando in estasi.»

«Sì. Ma Emily s'innamora una volta alla settimana», commentò. «Però è meravigliosa.»

«Vero? Anch'io sono un po' innamorata di lei.»

Ormai ci eravamo inerpicati sul vestibolo aperto. Sotto di noi si vedevano i campi, i vigneti e il mare. «Qui è dove i

Mori sparavano con l'artiglieria», mi spiegò, alzando la mano per mimare il movimento di un fucile. Temevo che cominciasse a parlare dei Mori o delle battaglie, così mi avvicinai a lui e lo baciai di nuovo.

Mi avvolse le braccia intorno alle spalle, mi tirò verso di sé e fece scivolare di nuovo la mano sotto l'argento.

«Pensi che potresti innamorarti un po' di me?» mi chiese.

«Forse un po'», risposi. Mi sfilai il vestito e ci spostammo insieme verso il pesante muro di pietra. Mi protesse dalla pietra grezza, girandosi, in modo che fosse la sua pelle a sfiorare il parapetto scuro del castello. Sentii la sua pelle calda contro di me e sospirai, come se finalmente avessi lasciato andare il dolore. Ripensai al suo nome, *John Holms*, e poi ricordai. Era lui, mi aveva detto Emily, elencando i suoi numerosi amanti, che aveva ucciso sei uomini.

«Sei come una bambina che gioca con la dinamite», mi disse Emily quando le raccontai del castello e della serata.

Ridacchiò, però, con quella particolare risatina americana, dolce, un po' nervosa. Eravamo sedute nel giardino di Emma e tra noi c'era il manoscritto finito. Mi sembrava incredibile, dopo anni passati con Laurence che sgobbava su un romanzo che sembrava non concretizzarsi mai, vedere Emma completare il suo lavoro così rapidamente. Per festeggiare, lei stava cucinando un'omelette con timo, formaggio Boursin e fette sottilissime di salsiccia. Io avevo contribuito con tre bottiglie di quello che lei considerava un «ottimo Chablis».

«Non dirlo a Emma. Ti prego.» Mi appoggiai allo schienale e avevo la sensazione di poter levitare da un momento all'altro.

Emma uscì con il pranzo e, mentre si sedeva, Emily cominciò a ridacchiare e si strinse le mani. «Peggy si sta vedendo con l'affascinante John Holms!»

«Oh, non è niente», mi schermii.

«Non è niente? Ma guardati. Stai arrossendo come una rosa appena sbocciata!»

«Be', perché non dovrei provare qualcosa al posto del dolore? Perché dovrei spegnere tutti i desideri...»

«Certo, non dovresti», disse Emma, con la sua dolce autorità. «Laurence è uno sciocco e un imbecille. Dio sa se ti meriti un po' di affetto.»

«Affetto», sottolineò Emily sorniona, versandosi un bicchiere di vino. «Posso garantirti che John te ne darà molto, di *affetto.*»

«Festeggiamo il libro», dissi rivolgendo lo sguardo a Emma. Sembrava piuttosto stupita mentre reggeva il manoscritto. L'aveva intitolato *Vivendo la mia vita.*

La mattina seguente, io ed Emily saremmo andate in auto fino a Parigi con il manoscritto per consegnarlo a un giovane assistente editoriale che l'avrebbe trasportato, camuffato da libro di cucina, fino a New York e poi agli editori di Emma alla Alfred Knopf. «Vogliono che sia in due volumi», spiegò Emma, senza un minimo di modestia. «Sarò la prima donna ad avere un'autobiografia in due volumi.»

«Due volumi», ripetei io, poi facemmo tintinnare i bicchieri e mangiammo l'omelette.

«Peggy è famelica», osservò Emma. E infatti lo ero. Mangiai quasi tutta l'omelette, poi andai in cucina a cercare una baguette.

Quando tornai, Emily ed Emma stavano girando le pagine. La prima era vuota. «Non hai una dedica», notò Emily.

«Fammi rimediare subito.» Emma prese la penna e sulla pagina bianca scrisse: *A Peggy.*

Alla fine dell'estate eravamo ormai perdutamente innamorati. John era una strana creatura e un genio. Si arrampicava sempre sugli alberi. Era alto e snello e si muoveva come un felino. La sua barba scura e appuntita lo faceva assomigliare davvero a Gesù, anche alla luce del sole. Non ero l'unica a pensarlo. A volte, come una specie di numero da baraccone, si esibiva muovendosi sulle mani e sui piedi. In effetti, riusciva a farlo abbastanza velocemente. Detestava camminare, lo trovava noioso e ordinario.

Era un uomo di lettere, ma nel suo caso significava che parlava sempre e raramente scriveva. Non era mai senza un quaderno pieno di frasi e frammenti scarabocchiati a matita che non permetteva mai a nessuno di leggere.

Entrambi eravamo sposati, o quasi. Io ero sposata per legge, ma ero già convinta di dover lasciare mio marito. John viaggiava con una donna che desiderava così tanto diventare sua moglie da usare già il suo cognome. Dorothy. Non le ci volle molto per fiutare l'energia animale che c'era tra noi. Era pazzo di me, ma era allergico a prendere decisioni. Uno dei suoi amici lo definì «un totale deterioramento della volontà».

La primavera precedente un'indovina mi aveva predetto che presto avrei incontrato l'uomo che avrei poi sposato. Forse non l'avrei presa così sul serio se non avessi cercato di essere salvata.

Emma prestò a me e a John il suo villino per un pomeriggio; lui era agile e attento, ma desideroso – come sempre – di dare istruzioni. Come se io non avessi fatto abbastanza pratica. Emma lasciò sul tavolo della cucina una ciotola di prugne quetsche blu con un biglietto: *Per favore, cambia le lenzuola.* Non credo che le importasse particolarmente che ci stessimo innamorando; voleva solo aiutarmi a fuggire.

Con lei, che non era mai stata una moglie, mi sentivo in imbarazzo per certe tendenze, certi schemi. Avere bisogno di Laurence per salvarmi dalla mia famiglia, poi sognare un altro uomo che mi salvasse da Laurence. L'uomo che l'indovina mi aveva promesso.

«Non ascoltare quelle sciocchezze», mi disse. «Sei migliore di così.»

Per lo più ci incontravamo all'aperto. Nell'incredibile caldo d'agosto del *Midi.* John mi aspettava a gambe incrociate, sotto una volta di pini. Segnava l'albero con una sciarpa, così avrei saputo in quale punto della foresta trovarlo. Indossava una sottile camicia bianca, con pantaloncini olivastri sgualciti. Intagliando un ramo, fischiettando, bevendo whisky. Una fiaschetta in una mano, un coltello nell'altra. Alzava lo sguardo su di me, mentre avanzavo tra gli alberi, con un prendisole e un cappello di paglia.

Mi sedevo in grembo a lui; mi inginocchiavo. Mi era tornato un desiderio costante. Per anni avevo pensato di aver perso quel bisogno, come se fosse stato assorbito dai miei figli, come se fosse qualcosa che prendevano, come il latte o le lezioni. Per anni avevo pensato al mio corpo come a qualcosa di meccanico e pratico, un dispositivo per gli altri, un insieme di membra e seni che consolavano e nutrivano. Ma in quei pomeriggi di agosto, con John, il mio corpo tornò a me. In quei pomeriggi, con lui, in riva alle onde azzurre, sulla sabbia calda, vicino ai pini, gli alberi che lui aveva segnato con dei foulard, in modo che non dovessi cercarlo o perdermi, ma che potessi trovarlo facilmente.

Si tuffò dall'alta scogliera, come un uccello, come se il suo corpo fosse leggero e alato.

Nuotammo insieme, ma io non riuscivo a fendere l'acqua come lui, con bracciate veloci che in qualche modo non facevano increspare le onde.

Sdraiati sulla sabbia, con i capelli bagnati e lucidi, la pelle macchiata d'acqua, le nuvole dorate e l'unico suono degli usignoli...

«Emily pensa che, se Laurence lo scopre, ti ucciderà.»

«Lo ucciderò io», replicò lui allegramente, girandosi su un fianco e toccandomi il naso. Diceva che non gli importava che il mio naso fosse brutto; gli piaceva guardarmi mentre mi muovevo, diceva che mi muovevo come un folletto veloce, scattando come un uccello.

«Lo ucciderò io», ripeté, con un tono indifferente che suppongo avrei dovuto trovare agghiacciante.

«Hai mai ucciso qualcuno prima d'ora?» chiesi, facendo finta di non aver sentito il racconto di Emily. Non dubitavo di Emily; John aveva una vigilanza che sembrava quasi biblica, come quegli uomini dell'Antico Testamento che erano responsabili della vita della loro tribù. Aveva quell'acutezza fisica, un modo di muovere il corpo avvolgente e intelligente.

«Sei volte», disse, scalciando un po' di sabbia.

«Sei volte?» ripetei ridendo. «È stato in una rissa?»

Mi batté di nuovo il naso. «Bird Bones», disse, usando il soprannome – «ossi d'uccello» – con cui aveva preso a chiamarmi dopo aver visto la fragilità del mio corpo nudo, «non puoi essere così ingenua.»

«Raccontami», lo esortai. «Ti amerei comunque, anche se tu fossi un assassino.»

«È stato durante *la guerra.*» Si alzò a sedere e guardò in lontananza. «Avevo diciotto anni e fui messo a capo di una compagnia. Ero stato a Rugby e poi a Sandhurst, quindi suppongo che pensassero che fossi di *qualità superiore.*»

Non l'avevo mai sentito parlare con sarcasmo e la cosa mi turbò. Non riuscivo a capire come potesse guardare verso il mare con il bagliore del sole, ma ci riusciva e, sebbene sembrasse non voler parlare, non poté smettere.

«I tedeschi attaccarono, entrando nella mia trincea. Ero assolutamente terrorizzato. Terrore puro. Ero da solo; i miei uomini erano stati mandati fuori senza un mio ordine. Corsi giù per la trincea, uccidendoli. Li uccisi colpendoli alla testa con una spranga di ferro. Devo averli colpiti molto forte. Sono molto forte. In seguito, quando scoprii che erano tutti morti, scoppiai a piangere.»

Si accese una sigaretta e continuò a parlare, con il corpo rivolto verso il mare.

«Mi diedero la Croce militare per quest'azione. Fu la prima volta che mio padre fu orgoglioso di me. Poi scoprii che tutti i miei uomini, tutti, erano stati uccisi. Ero così furioso per il fatto che fossero stati mandati fuori senza un mio ordine... Non potevo perdonarlo. Dovetti comandare un'altra compagnia e farli marciare per trenta ore senza cibo verso Dio sa dove. Alcuni uomini caddero e noi li abbandonammo. Li abbandonammo e continuammo a marciare come degli asini. Credevo nell'esercito, ma non potevo sopportarlo. Quando raggiungemmo Dio sa dove, da qualche parte lungo la Somme francese, fummo fatti prigionieri dai tedeschi e messi in un campo di prigionia.»

«Per quanto tempo?»

«Due anni.» Tirò fuori il coltello e disegnò un cerchio nella sabbia. «Era meglio della trincea. Chissà perché, lì dentro c'erano tutti ragazzi di Oxford. Hugh Kingsmill e altri. Ho imparato da loro, sulla letteratura. Ho letto ogni minuto di quei due anni. Faceva così freddo che stavamo a letto per la maggior parte del tempo. Ho fatto arrivare dei libri dall'Inghilterra e in quel periodo mi sono istruito. Ho letto tutta la filosofia. Riuscivo a discutere con quei damerini. Dovevo essere insopportabile. Pensavo di essere Socrate. Poiché ero un ufficiale, la marina mercantile mi permetteva di bere alcolici, ma il cibo era scarso. Scarsissimo. Trovavi un pezzo di pane o di cioccolato e lo dividevi in tante parti quanti erano gli uomini. Un giorno mi arrampicai in cima alla recinzione perché non riuscivo più a stare lì rinchiuso. Le guardie cominciarono a spararmi, ma i miei amici mi fecero scendere. Erano tutti omosessuali. Io no. Non volevo. Non ne ho voluto sapere, non per disgusto o vigliaccheria, ma solo che io...»

Si voltò di nuovo verso di me, e i suoi occhi non erano lucidi di lacrime ma sembravano diffidenti e più chiari; si sdraiò vicino a me, poi sopra di me, mettendo la testa accanto alla mia spalla. «Mi piace la tua forma, Bird Bones.» E mi passò la mano sul fianco.

«Emily pensa che dovremmo trasferirci tutti in Inghilterra in autunno», dissi dopo aver fatto l'amore e spazzolato via la sabbia con le mani, sfregando le ginocchia e il collo dei nostri corpi intrecciati.

«Oh, lo so, lei pensa che dovremmo vivere in un castello nella brughiera dello Yorkshire. Ha questo sogno a occhi aperti, di noi che viviamo tutti lì e scriviamo come indemoniati, come le Brontë.»

«Vorresti tornare in Inghilterra?» chiesi.

«Suppongo che dipenda da chi viene con me», rispose. Poi mi prese in braccio e mi fece roteare fino a stordirmi. Mentre mi faceva girare, sorrideva, come se non avesse appena descritto i suoi peggiori momenti di sofferenza. Imitò la voce femminile ed eccitata di Emily: «*Potremmo scrivere come le Brontë!*».

«E tu dove sei stata?» mi chiese Laurence quando tornai. Quel giorno ero stata imprudente, trattenendomi più del dovuto. All'inizio della relazione, mi assicuravo di tornare quando sapevo che Laurence sarebbe stato ancora nel suo studio. Avrei avuto il tempo di fare un bagno, vestirmi e ricompormi. Ma ultimamente trovavo difficile lasciare John. Sentivo una resistenza fisica, e mi ero trattenuta sempre più a lungo durante le nostre uscite, fino a questa volta, quando tornai a casa a inizio serata.

«Da Emma», risposi tagliando corto, e gli passai accanto. Avevo la sabbia nei capelli e un lungo morso sul collo.

Lui aveva gli occhi arrossati. Sembrava sempre aggirarsi come una bambola di pezza che incombeva sulle teste dei bambini come in un macabro spettacolo di marionette.

Mi sentivo ancora a disagio in sua presenza; il mio corpo, anche se cullato e soddisfatto, improvvisamente formicolava, il cuore mi batteva forte. Sapevo di non poter più condividere la mia vita con lui. I nostri litigi diventavano sempre più violenti. Sospetto che avesse intuito il mio tradimento. Solo una settimana prima mi aveva spinto giù dalle scale, quando avevo bussato alla porta del suo studio, poi aveva dato fuoco alla mia sciarpa e al mio maglione. Mi era salito sulla pancia quattro volte finché non avevo finto di svenire.

Ora gli passai accanto. «Sembri stanco», gli dissi. «Perché non dormi? Vado a controllare i bambini.»

Non avevo idea di che ora fosse. Avevo la sensazione di muovermi per una forza cieca che mi spingeva ad andare avanti. Adele era molto severa sull'orario in cui mettere a letto i bambini e temevo di essere arrivata tardi. Ma quando entrai nella stanza, erano entrambi seduti sui loro letti affiancati. Sindbad indossava un pigiama blu che aveva mandato mia madre; era di tela e avrebbe dovuto essere stirato, ma non avendo l'elettricità non era possibile. Immaginai la faccia mortificata di mia madre nel vedere il nipote con il suo pigiama sgualcito e la nipote, con i capelli aggrovigliati e spettinati, nuda, che teneva in braccio una bambola che sembrava essere stata amputata.

«Bricconi», dissi, e loro saltarono giù dal letto e corsero da me.

Poco dopo aver conosciuto John, ritrovai la capacità di guardare i miei figli. Dopo la morte di Benita li avevo guardati sentendomi in colpa, ma ora li vedevo come se fossero usciti dall'ombra. La loro pelle sembrava soffusa di luminosità. Pegeen mi mostrò un disegno che aveva fatto. Aveva tre anni, ma già sapeva disegnare figure riconoscibili. «Una renna», mi spiegò, «con le mele di un albero sulla luna accanto al fiume e con alcune bolle blu.»

«Stupendo», dissi. «Lo manderò a Parigi. È molto meglio delle vecchie opere noiose di quelle gallerie soffocanti.»

Sindbad, che stava diventando un po' tiranno, borbottò: «Non mi piacciono le bolle».

A Pegeen vennero le lacrime agli occhi e io proposi di leggere loro un libro se fossero stati gentili l'uno con l'altra. Mi arrampicai sul letto di Pegeen e pensai: "Mi sto davvero nascondendo nella stanza dei bambini? Potrei essere più sottomessa?".

Poi mi dissi: "Non me ne frega niente se Laurence lo scopre". Lessi loro *I piccoli figli della montagna* e pensai: "Che venga qui e mi strangoli mentre leggo ai suoi figli di una luna gelida in Svezia".

La mattina dopo dissi a John che poteva stare nella nostra dépendance per gli ospiti. «È un critico letterario di Londra», spiegai a Laurence. «Forse può darti dei consigli sul tuo romanzo. È amico di Emily.»

Quando John arrivò, a inizio serata, portando con sé solo una borsa di tela e alcune riviste, li presentai brevemente e osservai mio marito soppesare John: le sue spalle larghe, il suo bel petto. «Una stretta di mano viscida», fu l'unico commento di Laurence mentre tornavamo a casa. «È stato come toccare un pesce morto.»

«Sono molto stanca», dissi. «Credo di aver preso troppo sole.»

Andai nella stanza degli ospiti e mi sdraiai. Dalla finestra vedevo la luce della dépendance. «Quando Laurence spegnerà la luce, verrò da te», avevo detto a John.

Camminai tra i pini nella mia camicia da notte bianca. Vedevo John alla finestra, che guardava giù attraverso gli alberi, e alzammo le mani nello stesso momento, salutandoci in sincronia.

«Non è terribile?» dissi di Laurence. «Capisci perché lo disprezzo?»

«È francese? Ha uno strano accento.»

«Sua madre era americana.»

«Emana insicurezza.»

«Be', probabilmente è colpa mia. Quando ci siamo conosciuti era il Re di Boemia, che si pavoneggiava in giro.»

Mi sdraiai sul letto. I cuscini e le lenzuola erano ricoperti da un tessuto di fiori ricamati. I tappeti persiani erano consumati, le pareti dipinte di un grigio pallido. «Questa dépendance non ha armonia», cercai di scusarmi, «mi dispiace. Ho passato l'ultimo anno nella nebbia...»

«Non me ne può fregare di meno dell'arredamento», disse lui.

Mi sedetti sulle sue ginocchia e tirai fuori dalla tasca il suo portafoglio. «Hai una fotografia qui dentro?» chiesi. Sapevo così poco della sua vita. Mi aveva detto che odiava suo padre, che era stato governatore generale dell'India. Nel portafoglio c'era solo una fotografia, un ritratto ingiallito di Sandhurst; John era bello, con le labbra piene, serio nella sua uniforme.

«Com'era Sandhurst?»

«Rigida. Un sacco di figli di Sir e Lord. Vuoi sentire i loro nomi?»

«Vorrei sentire i loro nomi.»

«Sdraiati sul letto e te li dirò.»

Si sdraiò accanto a me e cominciò a sussurrare: *Osbert Beake, Peregrine Cust.*

«No», dissi ridendo. «Dimmene altri.»

Scostò la spallina della camicia da notte e mi accarezzò la clavicola. *Tufton Beamish, Hercules Wedgewood.*

Stavamo ridendo entrambi; mi sporsi e mi aggrappai alla sponda del letto per evitare di rotolare giù. «È davvero così divertente?» chiese sorridendo.

«Dimmene altri...»

Stavo ancora ridendo e non sentii la porta aprirsi; non sentii Laurence entrare. John si alzò a sedere sul letto e lo guardò, sorpreso. Riconobbi in Laurence certi tratti fisici che si manifestavano prima che si scagliasse contro di me: le guance arrossate, il passo accelerato. Così mi sorpresi quando si gettò su John, tirandolo giù dal letto. Cominciarono a spingersi, con una tale forza che non potevo sopportare di guardare. John mise una mano intorno al collo di Laurence; Laurence gli tirò un calcio con una rapidità improvvisa e poi, una volta che John lo lasciò libero, si precipitò in salotto e tornò con un candelabro in ferro battuto. Corsi fuori e vidi Joseph, il nostro giardiniere, che doveva essersi svegliato per il rumore degli uomini che si picchiavano. «Si uccideranno», dissi.

Joseph, che si avvicinava ai settant'anni, entrò in casa e qualcosa nel suo modo di fare, piacevole, calmo, persino un po' divertito, doveva aver fatto vergognare entrambi. Laurence lasciò cadere il candelabro e uscì dalla stanza, spingendomi da parte con uno sguardo di disprezzo. John si mise la borsa in spalla e raccolse le sue riviste. Non sembrava minimamente turbato. Mi baciò sulla guancia e sussurrò: «Troverò un albergo per noi ad Avignone».

Quella notte dormii accanto a Pegeen. Ascoltai il suo respiro, dolce e regolare. "È finita", pensai, "non si può tornare indietro." Provai un sollievo improvviso, poi solo paura. Al mattino mi svegliai e vidi Pegeen che mi fissava. Avevo già sospettato che fosse insolitamente sensibile, come tutti i bambini, ma quella mattina ebbi la sensazione che mi vedesse con una comprensione repentina e ultraterrena. Prima che io andassi da John nella foresta, lei fingeva sempre di avere mal di pancia. *Maman,* diceva, *come mi fa male. Come mi fa male!* Ogni volta che tornavo dalle mie uscite con lui, quando andavo a rimboccarle le coperte insisteva perché spingessi le lenzuola più sotto il materasso, più strette di quanto facessero le cameriere, come se m'incoraggiasse a compiere un atto di clausura. Ora mise la sua manina sulla mia collana. D'un tratto, in silenzio, sentii il tocco morbido sulla mia gola. Trovò il piccolo fermaglio e cominciò a tirarlo. «Maman, via. Maman, via.» Disse che voleva indossare la mia collana, così la aiutai. La presi in braccio e le mostrai come aprire il fermaglio. Le sue mani toccavano le mie e ci aiutammo a vicenda a fare quello scioglimento.

Quell'autunno io, Pegeen e John ci spostammo di città in città. A Marsiglia ci stabilimmo vicino al porto, dove le strade profumavano di *bouillabaisse* e di vento salato. Pegeen adorava i panni stesi sopra i balconi, che schioccavano nella brezza. A Aix mangiò così tanti *calissons* che si lamentò tutta la notte per il mal di stomaco, e per settimane l'odore delle mandorle o della glassa la fece star male. John era gentile con lei, sorprendentemente paziente. Per un certo periodo ci sentimmo quasi come una piccola famiglia.

Ma alla fine i problemi mi trovarono. Succedeva sempre.

Quando aprii la porta dell'albergo e vidi un uomo teso e zelante con un impermeabile London Fog, pensai che fosse un investigatore privato, ingaggiato da Laurence per trovarmi. Era ottobre, a Lione. Ero sparita da Pramousquier da due mesi.

«Possiamo parlare?» mi chiese gentilmente.

«È qui per riportarmi da mio marito?»

Premetti la testa contro il centrino bianco e mi versai del tè. Nella stanza accanto, Pegeen era ancora nel suo pigiama a righe e giocava a un gioco che aveva inventato, Nomi. Su una pagina aveva scritto l'alfabeto e mi aveva chiesto di cerchiare la mia lettera preferita. Poi si teneva occupata cercando di scrivere il maggior numero di nomi che riusciva a evocare. Quella mattina era la R, e lei aveva già riempito la pagina: Rosalie, Ruth, Rachel, Rifka, Rita, Rosalind.

«Suo marito», rispose l'uomo, «non mi riguarda.»

Gli dissi che poteva togliersi l'impermeabile. «La fa sembrare un detective.»

Allora si mise a ridere. Improvvisamente sembrò più giovane, solo una trentina d'anni, con gli zigomi alti e lo sguardo intenso da star del cinema.

«Lei è un detective?» chiesi. Non capivo perché fosse lì, soprattutto se non era stato mandato da Laurence. *Trovi mia moglie*, mi immaginavo che dicesse, *trovi mia figlia.*

«Non sono un detective vero e proprio», rispose. «Ma sono qui con la speranza che lei mi aiuti in un'indagine.»

«Ah», feci, e impallidii. «È di Fleet Street? La manda Dorothy? Non voglio finire in una di quelle storie scontate. EREDITIERA FRIVOLA SEDUCE EROE DI GUERRA.»

«Lei sembra coinvolta in un dramma romantico», commentò lui con leggero disgusto. «Ma non è per questo che sono qui. Di certo saprà perché.»

«Non lo so proprio.» Mi porse un biglietto da visita. Pierre Voss, Gestione operativa, Francia, Guggenheim Brothers.

«Vedo che l'hanno mandata i miei zii. Daniel o Simon?»

«Sono tutti terribilmente preoccupati. Abbiamo bisogno che rilasci una qualche dichiarazione a sostegno di sua sorella.»

«Mia sorella», ripetei. «Cosa intende dire?»

A quel punto sembrò piuttosto terrorizzato, mentre un'ombra della luce dell'applique si posava sul suo viso, come un taglio scuro.

«Non l'ha saputo?»

«Non le parlo da secoli.»

«Non voglio essere io a dirglielo. Ma sua madre e i suoi zii la stanno chiamando freneticamente da giorni. Perché, vede, c'è stato...» Si morse il labbro.

Ero talmente presa dalla frenesia che non avevo letto i giornali, ascoltato la radio, controllato i telegrammi.

«La polizia di Parigi vorrebbe parlare con lei e mi hanno mandato per accompagnarla all'interrogatorio. Naturalmente i fratelli vogliono che lei mi dica quello che sa prima di parlare con gli investigatori...»

«Che cosa ha fatto Hazel?» lo interruppi. Pensai che forse avesse rubato per gioco dei gioielli a una delle nemesi delle cavallerizze. Aveva fatto del male a un altro animale innocente. Era l'estate in cui la figlia di James Joyce faceva i capricci, dandosi fuoco ai capelli e dormendo nei cimiteri. Ma Hazel non era né giovane né tormentata; era una donna dignitosa e viveva a Londra con il suo secondo marito, Milton. La sua vita sembrava incentrata sul porto e su Chaucer. Di tanto in tanto mi mandava i quadri che aveva fatto della loro biblioteca o dei suoi figli.

«I suoi figli.» Pierre pronunciò le parole mentre io le pensavo. «I figli», disse, «sono entrambi morti.»

«Ma com'è possibile?»

Si sedette sul divano e notai che aveva gli occhi umidi e le sue lunghe dita tremavano. Disse che Hazel era andata nell'attico di un amico e che i bambini le erano caduti dalle braccia. Tredici piani, dall'Hotel Surrey.

«Caduti dalle braccia? Non capisco. Devo parlarle.»

«Al momento è nascosta al sicuro. Non potrebbe nemmeno lasciare l'edificio senza richiamare giornalisti e detective.»

«Quindi l'hanno nascosta in un sanatorio», immaginai, «Solomon e Daniel.»

«Sì, a Park Avenue. Uno di quegli edifici anonimi. È sotto shock, come può immaginare.»

«E perché è venuto qui lei? Per dirmi di nascondermi anch'io?»

«Sembra che l'abbia già fatto.»

«Per altri motivi.»

«Può venire con me, adesso? È piuttosto urgente. La accompagnerò a Parigi.»

«Ho qui mia figlia.»

«Possiamo riportarla da suo padre.»

«No, vede, non possiamo.» Stavo per aggiungere altro, ma non lo feci. Invece dissi: «Cosa... non capisco... se è stato un incidente, perché sono coinvolti i detective?».

«Glielo diremo alla stazione di polizia.» Tutta quella condiscendenza, tutto quel disgusto. Mi tornò in mente come Daniel una volta mi avesse detto che non stavo bene per la mia mania di raccogliere fiammiferi. Preoccupazione o disprezzo, in ogni caso ero chiaramente un problema, un ostacolo.

«Una situazione complicata», aggiunse lui, dandomi una pacca sulla spalla e accompagnandomi alla porta.

Adele arrivò, per fortuna: l'avevo chiamata in preda al panico. «Ho bisogno che tu porti Pegeen da Emily.» Mentre guardavo Pegeen preparare la sacca da viaggio, cercai di pensare a qualcosa di allegro da dire. Una calamità – la lite tra Laurence e John – ci aveva portato lì, dove ora ci aspettava una tragedia ancora più grande. E poi mia figlia fece un'espressione così malinconica e rassegnata, mentre stringeva il manico della sua sacca, la rassegnazione come un rimprovero. *Ancora una volta devo spostarmi*, sembrava dire, *e come lo odio*. Chi poteva darle torto?

Durante il viaggio verso Parigi avevo la nausea. Chiesi a Pierre di farmi scendere dall'auto, ma lui si rifiutò. «Non scapperò», gli promisi. «Deve capire che, dopo quello che mi ha detto, mi sento piena di bile.»

«Mi dispiace», disse. Mi porse una specie di busta e io sputai nella piega. In quel momento pensai a mia madre, a come doveva aver cercato disperatamente di contattarmi, e se Laurence avesse risposto ai suoi messaggi? *Sua figlia è scappata, quella sgualdrina.*

Mi colpì la sincronicità delle nostre scomparse, la mia e quella di Hazel. Sapevo del sanatorio in cui era stata mandata, perché di tanto in tanto le ragazze della Jacobi venivano mandate lì per «curarsi»: le infermiere le portavano in letti con baldacchini di mussola chiara, morbidi, garzati, eccessivamente quieti. Una porta si chiudeva e ci si spogliava. Non ricordavo chi avesse raccontato il proprio soggiorno, ma solo che una volta arrivate si era senza nome. Alle pazienti venivano dati piccoli nastri e per giorni sarebbero state freddamente identificate come il colore della seta. Malva, turchese, avorio. I loro scandali erano minori, ma importanti. Gravidanza, furto, oppio. Rosa, una ragazza arcigna dall'espressione amareggiata, aveva posato su un tappeto di pelle di montone, con le gambe divaricate, nello sfarzoso salotto di casa Frick. Noi avevamo ridacchiato, avevamo fatto congetture. «Perché sta varcando la porta bianca?» Le ragazze tornavano sempre, finché non tornavano. Vivian era stata mandata a Neuchâtel; alla zia di Helen – ci avevano raccontato – era stata somministrata carne cruda e stricnina, per la sua condizione. La cura del riposo, aveva detto Helen, una tortura per l'alta società. «Quando mia zia è uscita dalla porta bianca, era timida e magra come un chiodo. Non riuscivo a guardarla, era come se fosse stata sbiancata. Assente», aveva raccontato Helen, e tutte noi tremavamo coi nostri abiti neri e i capelli spettinati. Serviva da avvertimento. Se ci fossimo spinte troppo oltre, avremmo potuto essere mandate a *riposare.* Era indispensabile tenere segrete le nostre disavventure. Avevamo calcolato i rischi, stabilendo che farsi fotografare nude e l'esaurimento erano i crimini più probabili.

Ora Hazel si trovava in quel posto. Di certo, se aveva perso i suoi due figli, aveva bisogno di consolazione, di conforto. Pensai al suo sguardo ferito, al modo in cui la sua espressione poteva diventare velata e distante, come se vedesse il mondo attraverso la nebbia più fitta.

«Oh», dissi a Pierre, «devo assolutamente parlare con mia sorella.»

In una stanza piena di signori, Pierre scambiò saluti e ricevette le congratulazioni per avere rintracciato Peggy, la figlia di mezzo. Ora che eravamo solo in due, ero di fatto la sorella maggiore.

Mi dissero che mia sorella era sotto shock. Si rifiutava di parlare con gli investigatori.

«Perché dovrebbe parlare con gli investigatori? I figli le sono scivolati dalle mani. Avete mai provato a reggere due bambini piccoli? Si agitano e scalciano, e Hazel è sempre stata maldestra.»

«È così?»

«Sì.»

«Be', è piuttosto complicato.»

Pierre aveva menzionato il Surrey. Chiesi perché fosse a New York.

Così lui mi raccontò i dettagli principali della storia e io immaginai il resto. In un giorno d'autunno non molto tempo prima – un giorno che avevo trascorso con John nei campi di lavanda, affranta dal dolore ma ancora, incredibilmente, innocente – Hazel si era svegliata nel suo appartamento di Londra. Tardi, come faceva spesso. Mia sorella non era disciplinata né puntuale; non si era mai preoccupata degli appuntamenti; non aveva mai posseduto un orologio; spesso si addormentava nel pomeriggio o si svegliava per leggere a notte fonda. Ma negli ultimi tempi la situazione era peggiorata, diventando più difficile da liquidare come stranezza della personalità o indolenza. Era qualcosa di più oscuro. Una sorta di letargia latente.

Quella mattina Milton, suo marito, voleva fare colazione, un tovagliolo lindo, un uovo sodo in una tazza di Tiffany, l'anatra blu maculata. Aveva cercato la tazza – un mio regalo di nozze, tra l'altro – ma aveva trovato il sottile lato bianco sporco di tuorlo giallo, un pezzo di guscio aggrappato al becco dell'anatra. Milton non era pignolo, ma quella singola trasandatezza nella sua domenica mattina lo aveva fatto infuriare. Cosa c'era di sbagliato in quella donna? aveva pensato. Le sue buone maniere, la sua pulizia vacillavano. Non era sicuro di quanto tempo l'uovo dovesse rimanere nell'acqua bollente; il rivoltante tuorlo di un giorno rimaneva nonostante i ripetuti strofinamenti. Era allora che aveva pensato di dover divorziare da lei? C'era dell'altro, naturalmente. Non avrebbe divorziato per un grumo di tuorlo d'uovo del giorno prima.

Ma tra sé e sé aveva pensato: "Basta". Basta con il vestito sbottonato, la carrozzina sbloccata. Com'era scivolata giù dalla collina di Hyde Park, mentre lui era seduto sulla panchina a leggere Chaucer, come aveva rincorso, lui, la carrozzina in fuga con i due figli dentro che piangevano. Come Hazel lo aveva guardato con aria assente. «Perché mai mi stai urlando contro?» aveva detto. «Sono cose che succedono.»

«Di certo non stavi prestando attenzione.»

«Perché devi sempre fare lo *studioso* pedante?» Aveva pronunciato quella parola con disprezzo, come se lui fosse un becchino o un mistico, dedito alla ciarlataneria. Era lei che andava dai cartomanti e tornava a casa con previsioni assurde. «Devo incontrare un personaggio importante in Toscana. Perché sogghigni? Benji s'innamorerà di una bella donna nordica e avrà cinque figli dai capelli bianchi.»

Le assurdità non lo infastidivano quanto il sincero bisogno della moglie di credere alle assurdità. Era vuota, pensava. Desiderava i prodigi e il fantastico.

Quando l'aveva conosciuta, aveva parlato di Barnard, di quanto le piacesse studiare con il professor Devison. Incontrare una donna che era rimasta affascinata dal poco conosciuto Devison, anche suo professore alla Columbia, lo aveva entusiasmato, e lei lo aveva accompagnato alla British Library, prima che nascessero i bambini, prendendo le schede, con i loro lunghi numeri, e risparmiandogli di scavare nelle pile, la claustrofobia di tutti quei volumi.

Quando le aveva detto che voleva divorziare, lei lo aveva fissato con aria assente. «Sai che possiedo una fortuna», gli aveva detto. «Come farai ad andare avanti?»

Era sembrato meschino e triste, il modo in cui sua moglie pensava che il suo amore per lei fosse stato solo una forma di agiatezza, mentre lui non era come il marito di sua sorella che, quando visitava Londra, insisteva per andare in Savile Row a comprare pipe e cappelli e pantaloni stretti, Harris Tweed, mohair, acqua di colonia spagnola.

Il giorno in cui avevo trovato una dépendance per John, pericolosamente vicina allo studio di scrittura di Laurence, mia sorella era stata più attenta con il suo tradimento. Aveva assunto la governante dei vicini, dopo aver insistito che non voleva o non aveva bisogno di una *domestica*, e aveva detto al marito che avrebbe portato i bambini nel Devonshire. Lui le aveva annunciato il divorzio in modo freddo, come se stesse accennando all'estrazione di un dente del giudizio. «È ora di divorziare», aveva detto, «non voglio sentire discussioni. Semplicemente non ti amo. Questo è un dato di fatto. Non so nemmeno se tu mi ami. Possiamo tagliare l'arto incancrenito prima di diventare entrambi infelici.»

"Arto incancrenito", aveva pensato lei. "Lui mi considera qualcosa di rancido e carnoso." Aveva riempito quattordici valigie con i vestiti dei bambini, i loro giocattoli, i loro certificati di nascita. Sul transatlantico le avevano chiesto i biglietti. «Non ce li ho», aveva risposto. «Non ho avuto il tempo di farli. Sono partita piuttosto all'improvviso.»

Per un attimo l'assistente di bordo l'aveva guardata come se fosse salita dal ponte di terza classe. I capelli spettinati, la governante indifferente, i due bambini che piangevano.

«Oh», aveva detto lei a voce alta, facendo una dichiarazione che sarebbe diventata una prova. C'era una prova nel tuorlo d'uovo, una prova nel suo insistere con il facchino di non essere un arto incancrenito. «Questo è Benjamin Guggenheim», aveva detto indicando il figlio, con i suoi occhi azzurri, splendidi e luminosi. «Io sono Hazel Guggenheim, madre di Benjamin, figlia di Benjamin. Mi deve credere», aveva detto, mentre cercava i certificati di nascita. «Non sono Mrs Waldman.» Aveva strappato piuttosto placidamente il certificato di matrimonio.

I passeggeri si erano allontanati e già sussurravano di segni e di cattivi presagi. *Sapete che suo padre è affondato sul* Titanic. *Non mi sorprende che abbia un esaurimento nervoso.* Quando Hazel aveva trovato il portafoglio, era sembrata ricomporsi. Stranamente, anche il portafoglio era un mio regalo; l'avevo comprato a Milano, da Furla; compravo sempre a Hazel regali che sembravano piuttosto banali, come se volessi aiutarla ad avere ciò che spesso perdeva, quelle cose comuni, pratiche.

Aveva compilato un assegno al facchino sconcertato e si era appoggiata allo schienale, lasciando che il suo piccolo Terence le si sistemasse in grembo. «Terry», aveva detto, «guardiamo insieme l'oceano.»

In seguito, una donna gentile sulla nave avrebbe detto al «Telegraph» che Hazel sembrava tenere ai suoi figli. Aveva accennato ad andare sul ponte, aveva detto, ma non aveva dato segno di voler creare problemi. «Mi è dispiaciuto per lei, a dire il vero, pareva molto agitata; non singhiozzava, ma sembrava che lo facesse, se capite cosa intendo. Ho detto a mio marito: "Non ho mai visto una donna così sola".»

Gli uomini della stazione di polizia continuavano a raccontarmi la storia di mia sorella. La sua indicibile tragedia. Dopo essersi sistemata nell'appartamento di mia madre, era andata a trovare nostra cugina.

«Conosce Rosa?» mi chiese uno di loro.

«Sì», risposi, «è nostra cugina. Vive a Park Avenue. È sposata con un uomo che colleziona porcellane rare e attrezzature navali. Non voglio essere superiore. È solo che non capisco perché Hazel sia andata a trovarla; non sono molto amichevoli. Ma suppongo che avesse bisogno di qualcuno con cui confidarsi. Se suo marito la stava lasciando, non poteva certo dirlo a mia madre.»

Era strano essere interrogata. Sentivo il bisogno di spiegare la mia percezione dei movimenti di Hazel, come se fossi io quella sospettata.

«È andata lì, e Mrs Lake era fuori a prendere il gelato. È arrivata presto.»

«Sì, ha problemi con il tempo. È una specie di mania. Spesso si presenta nel giorno sbagliato. Una volta, nel Sud, l'ho aspettata per sette ore alla stazione ferroviaria.»

«Ma ha insistito per entrare nell'appartamento e la cameriera l'ha fatta entrare. I bambini stavano scatenando un putiferio e Hazel ha detto che doveva dar loro dell'acqua.»

«Sì», dissi, «sono sicura che è così.»

«Ma poi è andata sulla terrazza dell'attico. Sa perché l'avrebbe fatto?»

«Perché era una giornata calda, perché voleva sentire la brezza. O vedere il parco. O allontanarsi dalla cameriera, che probabilmente era piuttosto ostile.»

«La cosa strana è che, quando è uscita fuori, si è avvicinata al parapetto. Avrebbe potuto sedersi sull'altalena o sulle sedie della terrazza. Ma Hazel ha camminato fino al bordo, dove non c'erano né cancello né ringhiera. Perché avrebbe dovuto camminare fino a lì?»

«Non capisco perché lo chiedete a me. Sicuramente mia sorella potrà spiegarlo.»

«I suoi zii hanno pensato che lei potesse aiutarci, conoscendo sua sorella. Sarebbe molto utile, perché la storia è piuttosto confusa.»

«Non è stata arrestata, vero? Voglio dire, sicuramente se non fosse stato un terribile incidente, l'avreste arrestata.»

«Questo è un problema. Molte persone ritengono che dovrebbe essere arrestata. Se una donna cammina verso il bordo di un edificio di quattordici piani e i suoi due figli finiscono morti sul cemento.»

«Non... non credo che succederebbe. La gente crede che lei...»

Non riuscivo nemmeno a dirlo. Appoggiai la testa sul tavolo. Da qualche parte Pegeen stava vestendo le sue bambole e Sindbad leggeva un fumetto. Già immaginavo la voce graffiante di Pegeen, con i capelli che le ricadevano sugli occhi, che chiedeva: *È una persona cattiva?*

«Ho i miei figli», dissi. «Dovrei stare con loro.»

Fu allora che mi ricordai di Benita che si librava nel suo appartamento; di come aveva cercato di prendersi cura di ciò che era dentro di lei. Quando pensavo a lei, a volte mi sembrava di non avere il diritto di avere figli.

Emma mi invitò a stare con lei al Bon Esprit. Il vento che arrivava dal mare era già pungente, ma lei aveva intenzione di rimanere per tutto l'inverno. Quando ci sedemmo in giardino, ci avvolgemmo nelle coperte. Raccogliemmo le ultime prugne tardive dai suoi alberi.

«Rimani quanto vuoi», mi disse. «Ho cucito delle tende per la camera degli ospiti.» Mi portò tè e biscotti alla cannella. Cercava sempre di sfamarmi; era un lato di lei che non avevo previsto, di certo non quando l'avevo immaginata come una giovane e affascinante rivoluzionaria che contrabbandava cianuro nella prigione.

Quando si sedette sul letto, mi resi conto che non l'avevo mai vista con i capelli sciolti. Mi fece pensare ai piccioni in una piazza di Venezia: lo stesso grigio, una tonalità cupa. Ma lei aveva un'aria terrena e reale, una saggia, con rughe di saggezza. Pensai che ero fortunata a stare con lei, invece che con mia madre. Anche se la sua compagnia mi faceva sentire la mancanza di Benita. La presenza di nessun altro mi aveva mai portato tanto conforto.

Ero innamorata di John, ma non lo trovavo esattamente un conforto. E lui aveva problemi a lasciare Dorothy. Anzi, sembrava che volesse sposarla. Ma non riusciva a lasciarmi andare. Credo che volesse plasmarmi. Vedeva due parti diverse della mia anima, una passionale, l'altra banale, e voleva alimentare la prima fino a far scomparire la seconda.

Inoltre, non stava facendo molti progressi con la scrittura e credo che volesse un'allieva. Tutti pensavano che fosse geniale. Ma poteva essere piuttosto pieno di sé. Djuna una volta gli aveva detto che era come «Dio sceso per il fine settimana». («E che fine settimana!» aveva commentato lui.) Non era la persona di cui avevo bisogno. Non in quel momento.

Emma si sedette accanto a me e mi prese la mano. Senza cercare di farmi diventare qualcosa di diverso da quel che ero.

«Cosa pensi sia successo?» le chiesi.

«Le credo», disse, leggendomi l'articolo. «Un bambino ha iniziato a cadere e quando lei ha allungato la mano per afferrarlo, il bambino più grande è caduto. Ha detto che è successo all'improvviso.»

Emma continuò a leggere l'articolo. Volevo che si fermasse, ma non sapevo come chiederglielo.

«Vedi», disse Emma. «Lo useranno contro di te.»

«Oh, lo so. I pettegolezzi, le ragazze della sinagoga diranno che amavo di più Benita, che ho rovinato Hazel ignorandola.»

Emma sembrò voler dire qualcosa, ma non lo fece.

«Ci hanno sempre odiato», continuai. «Ci chiamavano le Googs. Una vedova con tre figlie, un padre che aveva portato la sua amante sulla nave. Ora Hazel sarà un motivo in più per disprezzarci. La Medea di Park Avenue, così la chiamano. È la vecchia maledizione. Non ci lascerà andare.»

«La maledizione?»

«Siamo state maledette dalla morte di mio padre. Quanto durano le maledizioni? Sarò la prossima? Suppongo di sì.»

«Non voglio sentire queste sciocchezze. Favole. Sei sopravvissuta. Tu sei la sopravvissuta.»

«Quando hai detto che l'avrebbero usato contro di me», chiesi di punto in bianco, «a chi ti riferivi?»

Ecco di cosa si trattava: un messaggio consegnato da avvocati. L'indomani, mentre si sarebbe svolta la sepoltura dei miei nipoti, dovevo recarmi a Nizza nello studio di Graunstein e Halbert; la mia presenza era richiesta alle tre, Laurence Vail – *Vail contro Vail* – aveva chiesto il divorzio e l'affidamento.

«Ho intenzione di presenziare», disse Emma prendendomi per mano. «Non permetterò che questi uomini ti distruggano.»

Fu fedele alla sua parola. Mi aiutò a lottare per i bambini, e poi a difendere la mia posizione quando accettai di rinunciare a Sindy e lui voleva anche Pegeen. Gli scrisse un telegramma tutto in maiuscolo, con parole così forti che le ricordo esattamente come apparivano sulla carta sottile: HA PAURA CHE NEI MOMENTI DI VIOLENZA TU POSSA FARE A LORO QUELLO CHE HAI FATTO A LEI.

«Se qualcuno avesse bisogno di testimoni», disse, «potrebbe chiedere a qualsiasi proprietario di caffè di Saint-Tropez.»

Tentò un'altra strada, dicendo a Laurence che ero in una condizione di fragilità, che era abbastanza chiaro per chiunque. Erano mesi che non mangiavo abbastanza. Ero un fascio di terminazioni nervose, tenute insieme da un vestito con la cintura. Mi ripromisi di mangiare quando tutto questo fosse finito. *Tutto questo.* E quando sarebbe stato?

Dopo la *conciliazione* – questo è il termine legale: una parola dolce, pensai, per la dichiarazione congiunta della nostra intenzione di separare le nostre vite – io e Laurence lasciammo l'ufficio del giudice e andammo al primo caffè che trovammo. Lui bevve Borgogna. Io bevvi whisky. Si macchiò la bocca di rosso e mi diede degli orecchini. Io spinsi dall'altra parte del tavolo un maglione che avevo fatto con le mie mani. «Per te», dissi, e poi scoppiammo a piangere, insieme.

PARTE TERZA

MODERNISMO

«È bello fiorire tardi nella vita;
credo che forse lo si apprezzi di più.»

Peggy Guggenheim

15.

CAMERA DA LETTO IN PRESTITO

1937

Quasi quarantenne, tornai a Parigi con un sogno forte e strano come quello di mio padre. Non stavo fuggendo da consigli di amministrazione e fratelli avidi, né inseguivo l'abbraccio di una ragazza con gli occhi sensuali e piume di pavone nel corsetto. Non ho mai avuto la dignità di mio padre, non ero affascinante. I giornali mi descrivevano spesso come *delicata*. «Bird Bones», mi chiamava lui. Ora anche solo ricordare quell'espressione mi faceva soffrire. A volte avevo ancora la sensazione che la sua morte fosse avvenuta per colpa mia: l'avevo lasciato operare pur sapendo quanto alcol avesse in corpo. E poi il suo cuore aveva ceduto.

Avevo trentanove anni quando un uomo vestito di bianco mi accompagnò lungo la passerella inclinata della *Queen Mary*. Sulla nave, avevo fatto del mio meglio per non essere riconosciuta: indossando abiti scozzesi poco eleganti; viaggiando con valigie di pelle milanesi senza iniziali, senza monogramma. Avevo trovato il modo di nascondere gli occhi affinché nessuno potesse dire che erano seri. Era una specie di travestimento, quella trasandatezza. Nessuno poteva dire quello che dicevano quando ero arrivata a Parigi a diciotto anni. *Eccola, l'americana, l'ereditiera.*

Era dicembre, quasi Natale. Mia madre era morta. Stavo per aprire una galleria con il resto della mia eredità. Potevano chiamarmi dilettante, se volevano, come avevano sempre fatto. Mi sarei limitata a fare spallucce e a commentare: *Guardate questo quadro strano, sbilenco. Non vi fa provare qualcosa a cui non riuscite a dare un nome?*

L'uomo vestito di bianco, un impiegato della Cunard, mi

consegnò un biglietto numerato con il nome dell'autista. Nemmeno lui, pur sapendo il mio cognome, riusciva a capire perché fossi venuta a Parigi. Forse pensava che fosse per visitare gli atelier e scegliere un guardaroba primaverile; o forse immaginava che fossi come mia sorella Hazel, a caccia di un aristocratico stordito. Pazienza. Si sbagliavano su di me da quando avevo quattordici anni. Mi faceva comodo. Se pensavano che fossi affamata d'amore o frivola, non mi avrebbero ostacolato quando avrei preso il nome di mio padre e l'avrei collocato dov'era sempre stato il suo posto: tra le nuvole, al di sopra del mondo mortale del movimento e dell'industria.

Quando la gente sentiva la parola *Guggenheim*, non volevo che pensasse all'annegamento di mio padre. Volevo che pensasse a colori violenti e a una bellezza strana, a come avevo distrutto tutto ciò che era convenzionale e timido, in me stessa e in quella città.

Sebbene non avessi chiesto nulla, quella prima sera al Crillon mi portarono un vassoio d'argento: clementine in una ciotola di cristallo e un servizio da tè scintillante: tolto il coperchio, rivelava un nido di menta galleggiante e profumata. Mi consegnarono una scatola di carta da lettere e buste azzurre, con inciso lo stemma dell'hotel. Sulle buste avevano già impresso il mio nome. *Dalla stanza di Peggy Guggenheim.* Quella pila di fogli, sottili come veline, mi sembrava inutile e vana.

Quando eravamo piccole, mia madre pretendeva sempre la sua scorta di carta intestata. Insisteva perché io e le mie sorelle passassimo un'ora al giorno a scrivere lettere all'America. *Cosa dobbiamo dire?* chiedeva Hazel, che spesso trovava difficile rispettare i severi compiti di mia madre. Io scrivevo lettere elaborate, abbellendo avventure o facendo riferimento a Baudelaire. Non avevo bisogno di suggerimenti, né di incoraggiamento. Benita scriveva della moda delle ragazze francesi, scriveva dei suoi *giorni deliziosi* nella sua calligrafia ordinata e precisa. *Che cosa devo dire?* insisteva Hazel. *Di' loro che sei stata al Louvre,* rispondeva mia madre in tono brusco. *Racconta quello che hai imparato su Maria Antonietta.* Nonostante il suo scarso interesse per la storia, la voce di mia madre s'inteneriva sempre quando parlava della terribile regina. La entusiasmava il fatto che il Crillon ci desse sempre la suite occupata da Maria Antonietta. *Suonava quel pianoforte,* diceva mia madre, indicando l'oggetto scuro e pesante che pareva incombere, troppo grandioso, nella stanza della musica.

Non l'avevo chiesto, ma bevvi il tè. Avevo preso il raffreddore durante la traversata atlantica. Avevo passato sei giorni nella mia cabina a studiare *Surrealism* di Herbert Read. Avevo rifiutato gli inviti a ballare di un ragazzo di Yale con i baffi sottili che doveva pensare che avessi venticinque anni; e di un giornalista svizzero che diceva di diffidare di chiunque apprezzasse veramente i romanzi di Hemingway. Mentre attraversavamo la Manica, dondolando sulle onde scure, cerchiai una frase di Hugnet e la ricordo ancora con precisione: *Il surrealismo mira a esteriorizzare tutti i desideri dell'uomo, tutte le sue ossessioni e le sue disperazioni; gli dà i mezzi per liberarsi, per avventurarsi fuori.* Aveva assolutamente ragione. Il Surrealismo non faceva altro che confessare i fuochi che già ci bruciavano. La parte di me che trovava conforto in quei quadri era la stessa che aveva amato sdraiarsi sulla tigre di mio padre, che si era sentita stranamente in pace sulla sua pelliccia selvaggia.

La sera, sulla nave, le mie tranquille serate di lettura erano a volte punteggiate da frammenti di tromba o dal riff di un corno francese, nei momenti in cui un singolo strumento era più forte della sinfonia. Rimanevo con i miei surrealisti durante i pasti, poi a volte mi sentivo di colpo assurdamente affamata, sospinta di nuovo nel mio corpo, e allora, vagando per i piani, trovavo le porte dei ristoranti chiuse per la notte. Con tali abitudini, segregata nella mia cabina, non riuscivo a capire come fossi arrivata a Parigi rauca, con il naso rosso e una brutta tosse, una specie di starnuto pruriginoso. Poi mi ricordavo che non ero sempre onesta con me stessa. A volte ero uscita sul ponte con una camicia da notte leggera, a notte fonda. Ero rimasta in piedi contro il parapetto, con il vento e le onde, vicino all'oscurità dell'oceano, a piangere.

Prima ancora di sognare una galleria, avevo incontrato alcuni pittori surrealisti nella ressa chiassosa dei cocktail party e delle inaugurazioni londinesi. I loro quadri erano stregoneschi e ammalianti, come entrare nei sogni di un'altra persona. Strani e osceni. Curiosamente avvincenti. Alcuni di loro mi sono rimasti impressi nella mente come se fossero i miei stessi ricordi irrintracciabili. C'era un busto con occhi azzurri rabbiosi, appollaiato su una distesa spoglia e solitaria, che emetteva una specie di vapore febbrile. Mi metteva a disagio, ma stavo diventando più interessata al mio stesso disagio. Breton, quello che chiamavano il loro papa, diceva che il Surrealismo voleva *moltiplicare le vie di penetrazione negli strati più profondi del campo mentale.*

Quando pensavo di aprire la mia galleria, immaginavo i critici che dicevano: *Oh, Peggy Guggenheim, non è altro che un portafoglio.* O che il Surrealismo era solo l'ultima moda passeggera e che io c'ero cascata. Ma a volte, quando guardavo quei quadri, provavo un brivido che mi faceva capire che rivelavano qualcosa: una sensazione simile a quella che avevo provato con mio padre anni prima, quando avevo cercato di trovare un linguaggio per quel Braque: *Deve sembrare qualcosa di bello in cui si è imbattuto, forse per caso.* Quella sensazione di essermi imbattuta in qualcosa, o di esserci finita dentro, l'ho provata spesso con i surrealisti, come se avessi messo un piede in fallo e fossi caduta in una fenditura della terra.

A Londra avevo conosciuto Roland Penrose. Aveva i capelli quasi neri, gli occhi quasi blu. Sembrava quasi bello, ma c'era questo *quasi.* Sua moglie portava il nome di una festa o di un santo: Valentine. Mi aveva detto che suo nonno si chiamava barone Peckover. «Oh, no!» avevo esclamato ridendo.

«È vero», aveva detto lui toccandomi il gomito. «Era un ricco banchiere, anche se, naturalmente, non ricco come tuo nonno.»

Credo che nessuno lo fosse, ero tentata di dire, *tranne Rockefeller.* C'erano sempre questi uomini, figli di banchieri o di avvocati, che mi cercavano, come se condividessimo qualche rituale proibito.

Sembrava strano aver incontrato Penrose solo due settimane prima e trovarmi ora a guardare il suo dipinto in quel volume. Era il ritratto di una donna. La forma della testa era familiare, ma la pelle era blu e delle ali le coprivano gli occhi; piccoli pesci arancioni le sporgevano dalle labbra. Stavo studiando quel quadro, chiedendomi perché non mi creasse lo stesso disagio degli altri, perché non mi avvinghiasse con quella gravità storta, ma confidando in quella differenza, nel fatto che il mio occhio *avesse* ancora qualcosa, come con mio padre, tanti anni prima... e in quel momento bussarono alla porta.

Era una donna in divisa color malva chiaro. Si affaccendò in giro, sollevando la buccia d'arancia bianca e a spirale. Sembrava che mi conoscesse bene; si aggirava con la disinvoltura di una vicina di casa. «*Où sont les enfants?*» chiese.

«*Les enfants*», ripetei ridendo. Pegeen aveva dieci anni; Sindbad quasi tredici.

Spiegai che i bambini erano in Svizzera con il padre. «A sciare», dissi. Quando mi guardò perplessa, feci un movimento con le spalle piegate, mimando di sollevare delle racchette. Annuì e sembrò riflettere su un'altra domanda. Non volevo essere scortese, ma non era un argomento di cui volevo parlare. *Où sont les enfants.*

Tornai a fissare il quadro della donna blu, notando ora le spine intorno al collo, un'unica peonia, i cui petali scivolavano verso lo sterno. Passò del tempo. Non sentii i passi, la sua partenza. Quando alzai lo sguardo, era in piedi come prima, vicino al vassoio d'argento. Era perfettamente immobile; sembrava impietrita e terrorizzata. Poi scoppiò a piangere, con un tremito sommesso, che interruppe, ricomponendosi. «Mi dispiace molto», disse con tanta gentilezza, la sua voce pura e leggera. Prima che potessi confortarla, fuggì dalla stanza. Prima che potessi confortarla, disse: «Mi dispiace tanto per tutte le cose che le sono successe».

Cosa mi era successo? Mia madre era morta, sì. Ma, anni prima, il dolore più profondo: Benita. Forse il grande amore della mia vita. Ero stata io a dirle: *Non permettere che ti dicano che sei in pericolo. Grugnisci e ulula.* C'era Hazel. I suoi figli che le cadevano dalle braccia. E il mio stesso figlio, perso per anni: Laurence se lo era preso con il divorzio. Ci eravamo divisi i figli come re Salomone aveva diviso un bambino. A volte una minima cosa mi faceva pensare a Sindy: vedere nella vetrina di un negozio la caramella alla menta che gli piaceva; o il suono delle scarpe lucidate di un altro ragazzo, che ticchettavano sul marciapiede; e sentivo il mio corpo dissolversi in particelle che potevano semplicemente staccarsi. Fegeen era rimasta con me, ma mi preoccupavo anche per lei; spesso mi sembrava che non ci fosse abbastanza pelle tra i suoi nervi e il mondo. Sedersi su una sedia traballante poteva darle le vertigini. Continuava a piangere.

Per un certo periodo, John mi aveva fatto credere di poter sopportare tutto questo. Era l'uomo più intelligente che avessi mai conosciuto e mi aveva insegnato tanto. Ma io ero sempre la sua allieva e, alla fine, aveva avuto difficoltà a trasformare il suo genio in qualcosa. Aveva scritto solo una poesia nei sei anni in cui eravamo rimasti insieme. E quando morì, in cuor mio sapevo di averlo ucciso. Avevamo litigato e desideravo non rivederlo mai più... e poi le parole successive del chirurgo erano state: «Se n'è andato». Ero stata pazza a lasciare che lo operassero. Sapevo quanto aveva bevuto la sera prima. Una volta che se ne fu andato, era stato difficile non sentirsi... non proprio perseguitata, ma che la costante della mia vita sarebbe sempre stata la perdita. *Non voglio sentire queste sciocchezze,* aveva detto Emma. *Tu sei la sopravvissuta.* Eppure, l'antica maledizione persisteva. Potevo affrontarla o fuggire da essa, ma in ogni caso era lì.

Il giorno di Santo Stefano, il Crillon era troppo silenzioso. Andai nella sala della musica e trovai qualche disco da suonare al fonografo: *Melodia in fa* di Rubinstein, *Träumerei* di Schumann. A quel punto, alla vigilia del 1938, io e i miei amici avevamo ormai smesso di accendere la radio. Nel mio piccolo appartamento di Londra, a volte me ne dimenticavo e, per abitudine, ascoltavo le notizie. Sulla BBC, la voce dell'annunciatore diventava tersa, un tono che in seguito avrei imparato a riconoscere come di avversione. *Oggi al Reichstag, oggi pomeriggio a Monaco.* Una voce vibrante entrava nell'aria della mia cucina. La sua voce arrabbiata, con le aspre sillabe tedesche e tutta un'esclamazione: *Abgeordnete! Geschichte Eu-*

ropas! Poi il calmo tono oxfordiano di un traduttore si diffondeva nell'etere, una ripetizione impassibile delle parole del pazzo. «Non si deve permettere ai membri di una razza straniera di esercitare un'influenza sulla nostra vita politica, intellettuale e culturale. Ci rifiutiamo di concedere ai membri di una razza straniera una posizione predominante nel nostro sistema economico nazionale.» Sembrava tutto abbastanza logico, pronunciato da una voce lontana e corretta. Ma poi, in seguito, mentre preparavo la cena, guardavo Pegeen che disegnava sul suo libro di scuola e pensavo: "Una razza straniera. Be', è un'espressione generica. Si riferisce a noi, ovviamente".

Sapevo che, se avessi continuato ad ascoltare, presto sarebbe stato più specifico e brutale, così spegnevo la radio, di colpo, come si potrebbe afferrare un ragno veloce. Attraversando la Manica, avevo sentito la sua voce nel salone di bellezza della *Queen Mary*, che sproloquiava di *ciance yiddish*, di *poveri disgraziati* e dell'*attacco bolscevico agli ebrei*. «È fuori di testa, vero?» aveva detto la parrucchiera, mentre mi tingeva i capelli di nero abissino. «È un pazzo», avevo risposto, «per favore lo spenga.» Lei lo aveva fatto. Lo facevamo tutti. Sembrava sufficiente; sembrava sensato spegnere la sua voce e ascoltare invece i suoni di una sinfonia.

Quella sera andai a una cena organizzata da Joyce da Fouquet. Erano anni che non vedevo quella gente: Nora e James che tenevano banco e la mia cara amica Helen, un tempo sposata con Leon e ora con Giorgio, il loro figlio. Il ristorante era buio, rumoroso e chiassoso, proprio alle spalle degli Champs-Élysées, quella strada ampia e regale, un fianco muscoloso. All'interno tutto era lussuoso e scintillante: legno lucido, panchette di velluto nero, un bancone d'oro battuto. Era un luogo in cui era bello essere ubriachi e ricchi. Sapere qual è il proprio posto nel mondo.

Mi ci volle un po' per attraversare il bar affollato e raggiungere il loro privé; una volta trovata la piccola festa, mi rattristò vedere quanto fossero diventati stanchi. James ora portava una benda sull'occhio e un bastone, ma aveva ancora la sua torreggiante dignità. Era sempre stato molto gentile con me, quando lo avevo conosciuto anni prima, quando ero una giovane moglie. Non avevo mai capito perché. Helen diceva sempre: «James ti adora». Quella sera indossava un abito stretto come un corsetto e scarpe da tennis beige, con l'aspetto affascinante di un re disinvolto. Che abbraccio mi diede!

Nora aveva un'aria severa e divertita, ed era difficile capire se il suo sguardo fosse scettico verso di me o solo verso la folla che lo circondava sempre. Non riuscivo a immaginare come doveva essere. Entrambi i miei mariti si ritenevano dei geni, e io passavo la maggior parte del tempo a pungolarli, a placarli, invece eccola lì, lei, con un uomo così brillante, e tutti lo sapevano. Tutti sapevano che ci stava mettendo una vita a scrivere quel libro sulla veglia. Erano passati sette anni e non aveva ancora un titolo.

Suo figlio Giorgio, il marito di Helen, era molto civettuolo, sempre vestito in modo eccessivamente vistoso, come un playboy italiano, con la cravatta vaporosa, le ghette, il sorriso incerto, come se non fosse mai sicuro dell'approvazione. "Dov'è la figlia?" mi chiesi.

La stessa Helen aveva un'aria tesa e preoccupata, anche se era vestita benissimo, con un tubino color rame, i capelli a boccoli e una stola di pelliccia. Era una di quelle donne che gli altri definivano impeccabili.

Mi accomodai sull'unica sedia vuota, vicino al gruppo di accoliti che circondavano sempre James. I suoi schiavi, i suoi assistenti, i suoi figli. Helen era molto affezionata a loro. Si vestivano come modelli in miniatura di James, con gli stessi occhiali rotondi, gli stessi capelli lisciati all'indietro. Quando lui accavallava le gambe, le accavallavano anche loro. Quando diceva qualcosa di anche solo vagamente spiritoso, gettavano indietro la testa e ridevano come se lui fosse la persona più piacevole del mondo. E naturalmente lo era. Mi ha sempre colpito il modo in cui le persone reagivano di fronte al genio, così diverso da come reagivano con me. Lo guardavano dal basso in alto, lo guardavano come se potesse salvarli.

Ma non vedevano la sua tristezza. Io la percepivo sprigionarsi da lui come un vapore. "Dov'è la figlia?" pensai di nuovo. Si chiamava Lucia. Poi mi ricordai che era in Svizzera. In un sanatorio, mi aveva detto Helen. Per un'infiammazione al cervello. L'avevo incontrata una volta, anni prima. Aveva un bel fisico e un modo intenso di ballare, spingendo in avanti il petto e le gambe. Senza vergogna. In qualche modo libera. Mi ricordava un pesce che saltava fuori dall'acqua pulita e illuminata dal sole.

Anche Pegeen era in Svizzera, ma sulle piste, con suo padre. Era delicata, nostra figlia, ma in generale credevo ancora che avrebbe vissuto una vita bellissima. A volte, però, la vedevo aggrapparsi a Adele, gridando mentre veniva mandata a lezione – di tennis o di danza –, e mi chiedevo se non le mancasse un sostegno primordiale, perché in un certo senso non aveva trovato il suo equilibrio in questo mondo.

Anche se non ci vedevamo da anni, fu facile catturare lo sguardo di Joyce. Non lo veneravo come gli altri. Capivo che aveva bisogno di conforto. Provai una tale compassione per lui, pensando a sua figlia, che mi avvicinai e gli presi la mano, che lui strinse per un po', mentre intorno a noi gli ospiti cenavano con il cibo che molto probabilmente aveva pagato Helen.

Fu in quel momento che notai Sam. Avvertii una specie di shock; probabilmente ero rabbrividita. Era seduto vicino a Joyce, dandogli le spalle, e si stava accendendo la pipa. Mi piacquero i suoi zigomi alti, gli occhi verdi, l'aria distratta come se fosse finito nella nostra festa nel bel mezzo di un sogno. "Dove l'ho già visto?" mi chiesi, perché aveva un'aria familiare, come può esserlo una persona che conosci o sai già che amerai.

Non mi guardò, non ricambiò il mio sguardo.

Cinque anni prima avrei potuto accettarlo come una sconfitta e andare avanti, pensando di essere piuttosto brutta, piuttosto sfacciata, con gli occhi sfiniti di una madre; o mi sarei trovata qualche altro difetto. Ma in quel momento, mentre sentivo la mia vita ricominciare, non riuscii a distogliere gli occhi. Anche quando questo lo mise a disagio. Lo vidi trasalire sotto il mio sguardo. Mi sembrò di osservare uno di quei quadri di Londra; guardando lui, ritrovai lo stesso strano elemento inconoscibile, un che di caotico e ruvido.

«Chi è quel giovane?» domandai a Helen quando si avvicinò per chiedermi una sigaretta, appoggiandomi allo schienale.

«Beckett?» disse lei, alzando le sopracciglia. «Un po' giovane per te, no?»

Mi raccontò che lui voleva diventare un poeta. Aveva scritto un opuscolo su Proust che era piaciuto a molti. Per il momento lavorava per Joyce come una specie di segretario. Poi abbassò la voce. Lucia era stata pazza di lui, sussurrò. Ma lui le aveva spezzato il cuore.

Continuai a fissarlo. Notai com'era rigido il suo corpo, separato dagli altri, e come lui non guardava mai veramente nessuno. Spesso sembrava riflettere su una questione complicata che probabilmente non ti avrebbe mai raccontato. I suoi vestiti erano orribili, francesi e troppo stretti. Possedeva un'unica giacca da sera blu, alla quale – avrei scoperto in seguito – era inspiegabilmente affezionato.

Come sarebbe stato bello vivere vicino a un uomo che parlava raramente, pensai. Tutti quelli con cui ero stata – Laurence, John, persino Humphrey, con cui ero andata a letto negli ultimi tempi e che mi aveva dato consigli per la galleria – passavano la maggior parte del tempo ad attirare su di sé l'attenzione, a parlare senza sosta. Io correvo in giardino a leggere Tolstoj solo per sentire la mia voce.

Audace com'ero, non ebbi il coraggio di avvicinarmi, di presentarmi, di salutarlo. Ma continuai a fissarlo, come una sorta di sfida: *Mi guarderai?* Sono sicura che avevo un leggero sorriso diabolico in faccia e qualcuno, osservandomi, avrebbe potuto pensare: *Sta cercando di collezionarlo, come colleziona sculture strane o sbilenche.*

Finita la cena, andammo a casa di Helen in rue Scheffer. Era molto borghese, con un pianoforte a coda, un vassoio di tortine apparse all'improvviso come clandestine sulla credenza; e Giorgio si alzò per cantare. C'era anche Beckett e mi sembrò che finalmente mi guardasse. Solo quando iniziai a raccogliere le mie cose capii che doveva averlo fatto. Mi bloccò nel guardaroba, mentre cercavo la mia pelliccia in mezzo a una pila. Aveva una voce musicale e dolcissima, che sembrava non appartenergli. Dietro di noi, Giorgio continuava a cantare e il resto della sala si unì a lui, e questo coro di appartenenza, di allegria, pareva lontano da noi, facendoci sentire più vicini, senza bisogno di parlare.

Eravamo soli, in silenzio, e sentivo che non dovevo parlare. Mi limitai a guardarlo negli occhi e a sorridergli, con il labbro leggermente increspato, come a dire: *Sapevo che saresti venuto da me.*

Lui ricambiò il sorriso, come se anche lui l'avesse sempre saputo. Poi, nervosamente, anche se non c'era bisogno di essere nervosi visto che ero chiaramente incuriosita, disse: «Posso accompagnarti a casa?».

Tornati al Crillon, lo invitai a salire in camera mia per un *digestif.* Avevo un brandy di mele di cui ero golosa, di un marrone intenso e dorato; si serviva con una specie di grande contagocce di vetro. Mi ritrovai a immaginare l'effetto che avrebbe potuto avere su quell'uomo allampanato, con la sua andatura rigida; come avrebbe potuto scioglierlo. Era stato difficile bere con soddisfazione con Laurence e John: poiché entrambi bevevano molto, sentivo di dovermi trattenere. Ma ora stavo tornando al fascino dell'alcol: il cedimento rilassato e sornione, il fuoco in gola.

Nella mia suite regale, Beckett sapeva a malapena cosa fare del proprio corpo. Indicai l'austero divano bianco: rivestito di seta, duro. «Siediti», dissi, voltandogli le spalle per versare i nostri brandy. E quando mi voltai di nuovo, vidi che si era sdraiato. Aveva allungato il corpo su tutto il divano. Mi fece ridere: i piedi che sporgevano oltre il bordo. Quella ridicola giacca blu. Sembrava così improbabile.

Poi disse: «Per favore, riposati qui con me».

Non me l'aspettavo: il suo desiderio franco, o il modo in cui lo aveva espresso. Ma mi piaceva essere sorpresa. Finimmo a letto e ci rimanemmo fino alla sera del giorno successivo.

L'unica volta che uscì fu nel primo pomeriggio, per andare a prendere una bottiglia di champagne. Non era un uomo dall'azione decisa, tranne quando si trattava di portare lo champagne a letto. Era una delle sue specialità.

L'unico motivo per cui non rimanemmo a letto per giorni fu che avevo in programma una cena con Arp. Non potevo rimandarla perché non c'era modo di raggiungerlo. Lui non possedeva un telefono. Invitai Beckett a unirsi a noi, ma si affrettò a scuotere la testa. Sembrava quasi addolorato all'idea. Lasciò la mia stanza piuttosto bruscamente, dicendo solo: «È stato bello finché è durato».

Non mi aspettavo nemmeno questo. La sua perentorietà. Quasi crudele. Furono le sue esatte parole. Chi potrebbe mai dimenticarle? Bruciavano, ma con il tempo, a mano a mano che lo conoscevo meglio, mi sembrarono del tutto in linea con il suo carattere. Ha sempre avuto un modo fatalista di vedere le cose.

In quel momento, mi dissi che la sua partenza era un dono. O almeno, una prova. Ora avevo il mio lavoro. La mia galleria. Avevo me stessa su cui contare.

Arp mi aspettava alle otto. Mi sembrava giusto lasciare un uomo a letto per incontrare un artista. Quello era il mio lavoro. Mi lisciai i capelli e scelsi un vestito.

Solo sei settimane prima avevo firmato un contratto d'affitto a Londra per uno spazio in Cork Street, proprio nel cuore di Piccadilly, che un tempo era stato un banco dei pegni. La prima volta che lo visitammo, ce ne andammo con la polvere sulle spalle. Avremmo chiamato la galleria Guggenheim Jeune.

Era un'idea di Wyn. Io non avrei avuto il coraggio.

Wyn Henderson era la mia arma segreta. Aveva un fisico robusto ed era madre di due figli maschi adolescenti. Era un po' come un toro, un toro bonario, con i modi di chi ha passato anni a comandare i suoi ragazzi. Non sapevo dove fosse il padre. Quando incontravi i suoi figli, erano tremendamente educati, senza l'insolenza, il roteare degli occhi, la mano sul fianco e il ghigno costante della maggior parte dei ragazzi della loro età. Lei indossava abiti semplici, beige, di un tessuto grossolano. «L'ho preso quando sono andata a fare la spesa da Marks & Spencer», mi diceva. Con Wyn filava tutto liscio come l'olio. Io dormivo sempre fino a tardi o dimenticavo gli appuntamenti, e spesso dovevo sforzarmi di uscire da una sorta di nebbia in cui ero vissuta gli ultimi anni, quando, come aveva detto la cameriera, *mi erano successe tutte quelle cose.* Wyn non avrebbe tollerato il mio disordine e sapevo che, se la galleria avesse avuto qualche possibilità, avrebbe tratto vantaggio dal fatto che ero un po' terrorizzata da lei.

Niente storie. Su su. Muoviti. Wyn ci aveva messo meno di un giorno a trovare lo spazio in Cork Street, contrattando con il proprietario un affitto assurdamente basso. Per pagarlo, avrei avuto bisogno di più soldi di quelli rimasti nel fondo fiduciario di cui vivevo e che regalavo da quando avevo ventun anni. Era rimasto ben poco. «Devi smettere di dare i tuoi soldi alle lesbiche e agli anarchici», diceva mia madre. «Devi sposare un uomo con delle proprietà. Dopo tutto quello che mi avete fatto passare voi ragazze, probabilmente lascerò il mio fondo all'orfanotrofio di Warwick.»

Ma non l'aveva fatto. Ora il suo fondo avrebbe reso possibile il mio progetto: la galleria di cui non le avevo mai parlato. Avevo giurato di non dirle nulla finché la notizia non fosse stata resa pubblica, non potendo sopportare la sua furia, ma poi lei era morta prima che ciò accadesse. Non potei sopportare nemmeno quello. Anche verso la fine della sua malattia, i medici gliel'avevano tenuta nascosta come se non dovesse sapere dei suoi stessi malanni. Dopo che si fu diffusa ai polmoni, si erano degnati di mostrarle una radiografia in cui il polmone era una massa bianca. Sembrava una luna piena.

Quando firmai un contratto d'affitto di diciotto mesi, io e Wyn bevemmo sherry in un pub con delle teste di tigre. Il contratto iniziava il primo gennaio. «È piuttosto presto, no?» dissi. «Quando dovremmo fare la prima mostra?»

«È già fissata per il 24 gennaio», mi rispose Wyn, e si strofinò i capelli, che erano molto rossi e s'intonavano con le rose del suo vestito di Marks & Spencer.

«Manca appena un mese.»

«Meglio che tu ti metta al lavoro, allora», commentò lei,

in un tono così allegro che fui tentata di rimboccarmi subito le maniche.

Quando mi preoccupavo per la galleria, e mi succedeva spesso, cercavo di evocare mio padre. Quali erano i suoi strumenti? Sapeva ben poco di ingegneria, eppure aveva avuto il coraggio di tentare un'impresa di levitazione: quegli impossibili ascensori dritto nel cielo. Forse aveva portato con sé i progetti, un rotolo nascosto sotto il braccio, mentre saliva un gradino dopo l'altro per incontrare Thomas Edison. Metà della città pensava che la torre fosse un pugno nell'occhio, l'altra metà un miracolo. Anche quest'arte era così. Ma non c'erano progetti per l'arte; non c'erano istruzioni per la propulsione, per convogliare la giusta quantità di energia elettrica.

Davanti a uno sherry con Wyn, m'imposi una sicurezza che non avevo. «Andrò a Parigi e parlerò con Brâncuşi», dissi, come se facessi sempre questo genere di cose. «Marcel me lo presenterà. Le sculture di Brâncuşi sono magnifiche. È molto venerato in Europa, ma a Londra nessuno ne ha mai sentito parlare.»

«Non ne ho mai sentito parlare nemmeno *io*», replicò Wyn. «Come ti ho detto quando mi hai intervistato, gli unici artisti viventi che conosco sono Dalí e Picasso.»

«Si ritiene che siano entrambi degli egocentrici», commentai. «Marcel mi ha detto che sono tutti e due dei subdoli bastardi.»

Wyn non credeva ai pettegolezzi; la vidi trasalire. «Il punto», disse, «è che la galleria non deve limitarsi ad appendere le opere alle pareti. Dobbiamo essere un luogo di scoperta. Se ci mettiamo al lavoro e prendiamo la cosa molto seriamente, il 24 gennaio tutta Londra conoscerà Brâncuşi.»

«Non ne sono sicura», ribattei ridendo.

«Ho messo insieme una lista di giornalisti», mi spiegò risistemando le ciliegie sulla sua mousse. «Sapevi che ci sono settantaquattro giornalisti d'arte a Londra? Ho intenzione di chiamare personalmente ognuno di loro. Immagino che possiamo enfatizzare l'elemento di novità, la prima donna ad aprire una galleria d'arte moderna a Londra eccetera, e poi, naturalmente, ci sarà un certo *frisson* tra i giornali mondani, il "Tatler" e così via, per via del nome.»

Lo aveva suggerito Wyn la prima volta che ci eravamo allontanate dallo spazio vuoto, che aveva ancora bisogno di un po' di lavoro. Quando avevo provato ad aprire la finestra, mi erano cadute in mano delle scaglie di vernice. «Guggenheim Jeune», aveva detto, «come Bernheim-Jeune, in rue Laffitte. Quello non è più tanto *jeune,* ma sono stati i primi a esporre Vincent Van Gogh. Ed è ancora molto chic. Ha un suono gradevole e dolce, vero? Guggenheim Jeune. E tu sei giovane, rispetto a tutti questi vecchi signori dai denti marci, con le loro battute di caccia e gli impressionisti.»

«Davvero, Wyn. Non hai idea. Quando la gente sente il nome Guggenheim, pensa a banche, baffi e mogano brunito.»

«Be', ora non più», disse lei con aria di derisione. *Ora non più.*

Eravamo in Cork Street, in attesa che il camion di un sarto si spostasse dal marciapiede. Sulle strade pioveva e la nebbia si alzava sul Tamigi. Avvertii una piccola scossa quando mi resi conto che volevo vendicarmi della Guggenheim Brothers da quando avevo quattordici anni. Dopo la morte di mio padre, dopo lo sperpero della sua fortuna, dopo la nostra caduta in disgrazia, ci avevano considerato con condiscendenza e disprezzo infiniti. Al ricordo di quei giorni, mi veniva voglia di conficcarmi un chiodo nella pelle, tutti i miei cugini che ci parlavano con toni di tesa compassione.

«Vuoi debuttare in società?» mi aveva chiesto una volta mia cugina Eleanor, come se stesse compiendo un gesto di beneficenza. «Se fossi in te, eviterei tutto il trambusto che comporta essere una debuttante. È davvero terribilmente noioso, ma se vuoi la festa, chiederò a mio padre se posso prestarti il mio vestito.»

«Farò nascondere uno stormo di uccelli nel soffitto», avevo detto, «e quando li libereranno, saranno morti per la mancanza d'aria. Sarà meraviglioso, un mare di uccelli morti che scendono su di te e sulle tue sorelle. Sarete ricoperte di piume nere.»

Era stato bellissimo vedere l'espressione del suo viso quando avevo pronunciato queste parole.

All'epoca avevo sedici anni e avevo cominciato a chiamarmi Raskol'nikov, come l'assassino di *Delitto e castigo*. Eleanor non mi aveva prestato il suo vestito.

"Vendetta", pensai. Era una parola volgare e non del tutto accurata.

Che cosa volevo? Onore, un trono, un trionfo. Quando la gente sentiva il nome Guggenheim, non volevo che pensasse a Solomon, con la sua collezione di Antichi Maestri a Park Avenue, o a Simon, nel suo ufficio di senatore accanto al presidente. Forse avrebbe pensato a me, una donna quasi giovane in un abito completamente scuro, con le mani su una scultura che non era alata né piumata, ma che comunque assomigliava in qualche modo a un uccello in volo.

Dopo quella prima notte con Sam, non ero sicura che l'avrei rivisto. Di certo non mi aspettavo di incontrarlo mentre attraversavo la strada a Montparnasse. Quando accadde, però, non mi sorprese: la sua sagoma allampanata contro la luce violenta del crepuscolo, il suo sorriso asciutto, come se se lo aspettasse. Come se avessi semplicemente risposto alla sua chiamata. Il suo corpo era troppo lungo ovunque andasse. Anche quando era in piedi, sembrava in qualche modo drappeggiato su un divano. E quella giacca blu, di nuovo. Non ne aveva un'altra?

Mi baciò selvaggiamente, senza esitare, come se volesse assaggiare qualcosa nella profondità nella mia bocca. Sentivamo il vociare delle donne sopra di noi, che si sporgevano dai loro balconi di ferro, ritirando il bucato e fumando nella penombra. Regalammo loro uno spettacolo.

Per le due settimane successive fummo inseparabili. Fu il nostro periodo più felice. Se avessi potuto vivere solo due settimane, estrapolate da tutta la mia vita, sarebbero state quelle due. Stavamo a casa di Mary Reynolds in rue Hallé, un nido come un pacco regalo, tappezzato di mappe e con un giardinetto nascosto sul retro. Ci rinchiudemmo praticamente in quell'appartamento. Non lasciammo la nostra camera in prestito per giorni interi.

Mary era in ospedale e mi aveva detto che potevo stare a casa sua, se lo volevo. E io ero inquieta al Crillon. Faceva troppo parte del mio passato. Così dissi: «Sì, Mary, mi piacerebbe molto». Ripensando al passato, mi vengono in mente tutte le cose che non le ho chiesto, come: *Di cosa hai bisogno? Cosa posso fare per te?* Ma in quegli anni avevo sempre l'impressione di aver già fatto tanto. E cosa ne avevo ricavato? Djuna che mi dava dell'egoista. Mina che diceva che avevo degradato il suo lavoro per sempre.

Sam fu diverso da loro fin dall'inizio: meno concentrato su ciò che potevo dargli, più curioso delle mie attività. Quella prima sera in rue Hallé rimanemmo a letto per ore, dopo aver scopato, parlando del suo lavoro e del mio. Quando gli raccontai della galleria, sorrise. Era la reazione più visibile che avessi mai visto passare sul suo volto. Mi chiese cosa mi piacesse del Surrealismo e io gli risposi che apprezzavo la sua sfrontatezza. Il fatto che non avesse mai bisogno di spiegarsi. Il suo arrogante disordine. L'arte di cui mi fidavo di più, in quei giorni, non cercava di compiacerti. Non aveva bisogno di essere come ti aspettavi.

Annuì a quelle parole, ascoltando con attenzione. Mi prendeva sul serio. Quando tacqui, passò molto tempo prima che parlasse. Succedeva spesso.

Alla fine disse: «Non è una cosa da poco, quando ci si trova veramente sorpresi da qualcosa. Non credo accada molto di frequente».

Era alto, austero, snello. Ma aveva una strana bellezza, contorta e vigile. Mi faceva venire in mente i trespoli o i rami, oggetti allungati e pericolosi. Il suo corpo era cesellato, il che non mi sorprendeva se ricordavo che in gioventù era stato un pugile, però sembrava sorprendente se si considera che, a quanto pareva, stava a letto tutto il giorno e beveva tutta la notte.

La casa di Mary in rue Hallé – numero 14, incastrata fra i binari del treno – si trovava nel cuore di Montparnasse, così lontana dalla Parigi che avevo conosciuto da ragazza, scrivendo appunti accurati sulle mie giornate al Louvre, che l'avrei considerata un altro paese. L'appartamento in sé era un'opera d'arte. Era la più grande collaborazione di Mary con Marcel: vecchie mappe che rivestivano le pareti dal soffitto al pavimento, tende fatte di corde appese l'una vicina all'altra, un mappamondo illuminato dall'interno. I suoi orecchini pendevano da piccoli chiodi su una parete – cerchi d'argento battuto che catturavano la luce del sole, talismani di legno massiccio, ogni gioiello gemellato – e per il resto della mia vita, mentre collezionavo i miei, una parte di me paragonava sempre la mia collezione alla sua; come catturava lo sguardo da tutte le direzioni. E poi il suo giardino, lussureggiante e selvaggio come una giungla, pulsante di vita vegetale, mentre tutto all'interno era concepito con tanta cura. Avevo sempre saputo che la sua casa era piena di gente – non solo Marcel e Man Ray, ma anche Breton, Djuna, Cocteau, lo stesso Joyce – ma quando io e Sam abitammo lì non dovemmo condividerla con nessuno. Era il nostro piccolo mondo.

A neanche dieci minuti da noi – dall'altra parte del cimitero, vicino a Port Royal – Sam affittò una stanzetta all'Hôtel Liberia. Ma non vi mise piede per quelle due settimane invernali. Mi faceva una certa tenerezza il modo in cui la descriveva: macchie sui muri, cerchi umidi del colore della ruggine, il più grande a forma di ovaia. Una branda, una scrivania. Niente che non fosse marrone o bianco. Solo una coppia di amanti al piano di sopra, che interrompevano sempre la sua quiete.

Era un uomo che amava il silenzio, questo era stato subito chiaro. Aveva organizzato tutta la sua vita in modo da non avere il rumore dei bambini, della chiesa, di una moglie. Per la sua stanza silenziosa e squallida pagava venti franchi la settimana, che versava regolarmente alla *patronne*, anche se poteva a malapena permetterseli con la piccola somma che riceveva da Joyce e con la paghetta che sua madre gli mandava dall'Irlanda ogni mese. Aveva trentadue anni ma sembrava, per molti versi, un ragazzo.

«Raccontami delle tue giornate», gli chiesi.

«Sono un tipo riservato», si affrettò a rispondermi. E questo fu tutto. Nient'altro.

Così provai un'altra strada. Gli dissi: «Raccontami di Proust». Allora parlò per ore.

Condivise le sue idee sulla scrittura – il modo in cui l'attenzione viene paralizzata dalla noiosa dedizione alla routine, qualcosa sui sudari come fasce – ma sembrava che stesse parlando soprattutto della vita. «La tragedia non riguarda la giustizia», disse. «La tragedia riguarda il peccato di essere nati.»

Sentivo che era un uomo che avrebbe potuto capire se gli avessi detto: *Siamo state maledette.* Ma non gliene avevo ancora parlato.

Tutta la vita era abitudine, continuò. L'abitudine non era altro che un compromesso quotidiano tra un individuo e il suo ambiente. «Siamo bloccati in certi adattamenti finché non passiamo ad altri, e questi momenti di transizione sono pericolosi, vulnerabili, fertili; i momenti in cui siamo più vivi. Quando la noia diventa sofferenza.» Non era uno scambio che tutti avrebbero fatto, diceva, ma a lui andava bene così.

«L'abitudine è la zavorra che incatena il cane al suo vomito», disse Sam. Poi i suoi occhi tremolarono di disgusto. «Sto cercando di non usare tante metafore.»

«E che mi dici di questo?» Indicai le nostre lenzuola sgualcite. «È una pausa dalla tua tipica routine?»

«Ti assicuro», rispose sorridendo, «che non sono né annoiato né sofferente.»

Restavamo a letto, fumando e bevendo champagne direttamente dalla bottiglia, mangiando piccoli éclair che lasciavano strisce di crema sulle lenzuola. La vista di quelle strisce indurite mi fece ridacchiare, riportandomi alla memoria mia madre con il suo Lysol. *Sono troppo primitiva per essere bohémienne,* le avevo detto allora. Forse l'avevo finalmente superato.

16.

UCCELLO NELLO SPAZIO

1938

Il giorno di Capodanno scrissi a Emily: *Sono a Parigi a lavorare sodo per la mia galleria e a scopare.* Durante l'autunno, tutte le mie relazioni non erano state incentrate tanto sul bisogno di uomini quanto sul divertirmi con loro. Prevedevo il suo scetticismo: aveva sempre pensato che mi dedicassi troppo agli uomini. Così le assicurai che non mi stavo rendendo ridicola. *Trovo gli uomini molto stimolanti, ma ora, grazie a Dio, ho le mie stesse forze e il mio io interiore su cui contare.*

Naturalmente allora non mi rendevo conto, o non volevo ammettere a me stessa, che avevo appena incontrato un uomo che mi avrebbe cambiata per sempre.

Fin dall'inizio io e Sam eravamo stati stranamente, inspiegabilmente onesti l'uno con l'altra. Un giorno, a letto, mi confidò che trovava un po' umiliante il suo lavoro con Joyce. Trascrivere sotto dettatura era la parte migliore, in realtà. Lavori strani. Commissioni. Ma era l'unico modo per restare a Parigi. Aveva bisogno di soldi, così traduceva e registrava in modo coscienzioso i paragrafi dell'uomo più anziano. In cambio, riceveva una somma umiliante, un vestito, alcune cravatte. Aveva un solo completo suo, quindi avrebbe dovuto indossare quegli abiti di seconda mano, ma per qualche motivo non ci riusciva. Forse per orgoglio, o semplicemente perché erano troppo grandi. Spesso la gente lo guardava confusa, perché il suo viso era così elegante e altero, così bello, ma il suo unico abito blu era stranissimo e dozzinale.

Una volta, mi raccontò, con Joyce e gli altri assistenti si era ubriacato così tanto che lo avevano lasciato a Versailles. Si era svegliato nei giardini, con le allucinazioni, la testa che gli risuonava come per un colpo di pistola. “Come sono finito qui?” aveva pensato, e sul suo vestito c’erano ancora le macchie di quella sera. Non era mai riuscito a toglierle.

Eppure, mi disse, il lavoro valeva la pena. Amava Parigi: la pietra dorata, la Senna tranquilla. Poteva cambiare da un momento all’altro, mi disse. La cosa più speranzosa che gli avessi mai sentito dire.

Diceva che Parigi era come uscire di prigione in primavera. Mi regalò questa immagine nonostante il suo desiderio di smetterla di vedere il mondo come un poeta. Eppure non riusciva a liberarsi delle sue metafore.

Aveva immaginato tante cose, prima che ci incontrassimo, però mai una donna come me, in abito di seta e pellicce, con la fortuna di una regina.

A volte, gli confessai, non mi fidavo di ciò che amavo.

«Abbraccia l’arte del momento», mi suggerì. «Come se fosse un essere vivente.»

«Tranne quando mi porta fuori dal letto?»

Annuì solennemente. «Tranne quando ti porta fuori dal letto.»

Anche se era gennaio, Parigi sembrava come non mai un’evasione primaverile. In sua compagnia, la città fremeva di improvvisi momenti di comunione: le esplosioni rosso vivo dei gerani alle finestre, coltivati con cura, o il bucato appeso ai fili, stranamente tenero e intimo, i calzini di sconosciuti. Vedemmo un albero che cresceva cespuglioso e selvatico nel cortile di un elegante edificio rosa; e io feci notare il piacevole contrasto: la casa decorosa, il giardino selvaggio. «È questo che fa un quadro», gli dissi. «Un buon quadro, perlomeno. O una storia d’amore. Lascia che qualcosa di selvaggio cresca da una crepa nella sua compostezza.»

Mi ascoltò attentamente, con il suo sguardo assente. Poi alla fine scosse la testa. «Il caos ha la sua noiosa routine», concluse. Tuttavia mi piaceva che si sforzasse di analizzare le cose che dicevo, invece di lusingarmi con il consenso o liquidarmi con la condiscendenza. Le nostre menti avevano qualcosa da dirsi. Non mi ero mai sentita così con qualcuno dopo John. Spesso nemmeno con lui.

Durante una delle nostre passeggiate pomeridiane, vedemmo una bella donna in accappatoio, che fumava appoggiata a un balcone del terzo piano, con i figli che giocavano dietro di lei. Non prestava loro la minima attenzione. La sua piccola negligenza – una sigaretta, un sogno a occhi aperti – metteva in risalto la mia: i miei figli erano così lontani... Ma la sua bellezza era interessante per me, faceva parte del paesaggio, piuttosto che essere minacciosa, qualcosa che mi riportava verso me stessa, facendomi vergognare.

Per tutto il tempo che avevo trascorso a Parigi, la bellezza delle donne parigine mi era sempre parsa un affronto. Mi sembrava una ferita aperta, mal nascosta dietro tutta la mia ricchezza, che un serio chirurgo di Cincinnati, pagato bene con soldi estratti dalle viscere della terra, non fosse riuscito a darmi nemmeno una rozza approssimazione della bellezza che quelle donne avevano per natura e senza sforzo.

Con Sam, però, la mia faccia non sembrava umiliante com'era sempre stata. «Mi piace il tuo naso», mi disse. «Non vorrei sbarazzarmi di un solo metro quadrato di esso.»

Avvertii il suo affetto, eppure mi fece male.

A volte cercavo di parlare con lui dei miei figli, ma Sam trovava sempre il modo di portare le nostre conversazioni su altri argomenti. Si era costruito una vita lontana da quel tipo di cure per il prossimo. Un giorno accennai alla pittura di Pegeen: l'anno prima aveva dipinto qualcosa di straordinario, gli raccontai; il primo soggetto in cui riuscivo davvero a scorgere l'emergere di uno stile particolare. «L'ha intitolato *Ragazze negli archi*», aggiunsi quasi timidamente, invogliandolo a interessarsi, orgogliosa del fatto che fosse stata così decisa a scegliere il suo titolo, così sicura. Sei ragazze con le mani rigidamente tese davanti a sé, in piedi davanti a degli archi, sì, ma anche in bilico su altre soglie: tra innocenza e sessualità, infanzia e fertilità. Una, ma solo una, con una macchia scura sulla guancia che potrebbe essere scambiata per una lacrima.

«Hai detto che è in Svizzera?» chiese, ma quando feci cenno di sì lui si era già girato dall'altra parte, strizzando gli occhi, come se stesse guardando verso le Alpi.

Proprio quando avevo rinunciato a fargli dire qualcosa, iniziò a raccontarmi una storia. Non sembrava avere nulla a che fare con quello di cui avevo appena parlato.

A Natale, mi disse, il giorno prima del nostro incontro, aveva guardato *Tempi moderni* da solo al cinema. Rideva per le débâcle. Adorava la grazia di Chaplin. Ma senza capire bene il perché, continuò, si era ritrovato con gli occhi gonfi di lacrime. "Cosa c'è, perché sto piangendo?" si era chiesto. E poi aveva capito: era Lucia. La ragazza con la cicatrice sul mento. Il suo vestirsi come Chaplin alle feste, il modo in cui lui la guardava muoversi nella stanza, con i suoi pantaloni larghi e la giacca del padre, inciampando e mimando, con i capelli corti e scuri che sobbalzavano. Era questo che lo aveva fatto piangere, mi spiegò: pensare a lei immobile, in camicia di forza a Ginevra, sapendo che se l'avesse amata di più sarebbe stata ancora a Parigi, vivace e danzante.

Mi commosse sentirlo descrivere un sentimento così disarmante. Non era una cosa che faceva spesso.

«A volte la noia lascia il posto alla sofferenza», gli dissi. Cercavo di fargli capire che avevo ascoltato, che ricordavo, che comprendevo qualcosa del prezzo che si può pagare per i momenti di grande sentimento; che potevano comunque valere la pena.

«No», ribatté bruscamente. «Non è affatto quello che sto cercando di dire.»

Dopo una settimana di isolamento a casa di Mary, per poco non rovinai tutto rispondendo al telefono. Sam mi guardò storto quando mi vide alzare il ricevitore, ma ormai era troppo tardi.

«Hai visto Sam?» Dall'altra parte c'era la voce di Helen, in preda al panico.

Sussurrai a Sam: «È Helen».

Lui sollevò gli occhi al cielo e si mise il cappello in testa.

Helen alzò la voce. «So che sei andata via con lui l'altra sera. James è terrorizzato. Sai che spesso ha tendenze suicide. Colm aveva dovuto trascinarlo fuori dalla Senna.»

«Credo che tu stia esagerando. Sembra che non voglia andare da nessuna parte. È terribilmente letargico.»

«Dovrebbe essere al lavoro. Ha un lavoro, sai.»

«Forse preferirebbe scopare con me.»

«Oh, Peggy, sei imperdonabile.»

«Non sei l'unica a cui piacciono gli uomini più giovani.»

«A James si spezzerà il cuore se gli rubi il suo assistente preferito. Hai intenzione di portarlo sul tuo yacht? Forse lo inviterai a Saint-Tropez?»

«È bello in questo periodo dell'anno.»

«Stai solo cercando di dare scandalo.»

«Per cosa, ottenere più pubblicità per la mia galleria se inizio a girare con il pupillo di James Joyce?»

«Be', credo che sia un'idea terribile. A Beckett piace spezzare i cuori. Lo sanno tutti.»

«Oh, gli piace spezzare i cuori?» ripetei le sue parole in modo che lui potesse sentirle.

Sam mi lanciò il cappello e sogghignò. Feci cadere un mazzo di dalie in modo che Helen sentisse lo schianto, poi le dissi che dovevo pulire un mazzo di fiori gocciolanti. L'avrei richiamata più tardi.

«Per favore, di' a Sam di tornare al lavoro. Abbiamo trenta pagine da dettare. Sono scene meravigliose. Joyce preferisce Sam a chiunque altro.»

«Glielo dirò», ma la mia voce non prometteva nulla.

Quando misi giù il telefono, Sam sembrava davvero seccato. «Grazie per aver svelato il segreto», disse. «Volevo rintanarmi qui e sparire con te».

«È questo che fai con tutte le donne? È molto più facile, immagino.»

«Come hai visto alla festa, non sono molto a mio agio con le folle.»

«Oh, ma io adoro le folle! Perché non vieni a cena con me stasera? Arp arriva di nuovo da Meudon. Parleremo della mostra di sculture che voglio dedicargli quest'anno. Anche se credo che la maggior parte delle persone troverà le sue opere troppo bizzarre.»

«Ah sì?» fece Sam. Ma la sua voce era tagliente. Non gli piaceva che me ne andassi.

Cercai di riconquistarlo raccontandogli una cosa divertente che mi aveva detto Arp. Quando gli avevo chiesto come faceva a sapere di aver finito un'opera, mi aveva risposto semplicemente: «Lavoro finché nel suo corpo non è confluita una quantità sufficiente della mia vita».

Io e Sam ridemmo di questo. Non si potevano prendere sempre troppo *sul serio* gli artisti. Nemmeno a loro piaceva. Tuttavia, Sam scosse la testa. «Rimarrò qui a leggere.»

Sorrisi. Mi ero preparata a quel momento. «In questo caso, ho un libro che potrebbe piacerti. Parla di un uomo che sta a letto tutto il giorno e cerca di scrivere, ma legge soltanto.»

Sam ricambiò il sorriso. Era uno che stava al gioco. Trovai *Oblomov* e glielo porsi. La mia era una presa in giro affettuosa, ma sapevo che c'era anche una parte di me che desiderava punzecchiarlo. Era la vecchia frustrazione che avevo avuto con John: vedere un genio che non faceva uso del proprio talento. Detestavo l'idea che mio padre fosse morto prima di poter sfruttare appieno il suo.

Ma non dissi nulla di tutto ciò. Non sono nemmeno sicura che ne fossi consapevole. Invece dissi: «Puoi leggerlo tutta la notte. È un libro molto lungo. E ti porterò la cena».

Mi guardò, sconcertato e soddisfatto. Non solo gli permettevo di nascondersi da Joyce, ma stavo facendo progetti per noi, come se avessimo già concordato una strana forma di relazione. Sistemò le sue lunghe membra sul nostro letto. Il letto di Mary. Ma già lo sentiva nostro.

«Ti aspetterò qui.»

«Sei una strana creatura», dissi.

«Ma non sembri troppo sconcertata.»

«Ho conosciuto molti uomini strani. Sono abituata a quelli come te.»

Subito dopo mi aveva già sollevato con le sue forti braccia, dopo aver posato il libro e il cappello sul pavimento, e stava sollevando il suo corpo sopra il mio. «Lo farò per tutto il pomeriggio», disse sorridendo.

Alla fine, naturalmente, dovetti incontrare Arp. Ma a quel

punto avevo i capelli scompigliati, il vestito fuori uso e il corpo di Beckett in quel letto preso in prestito sembrava più importante di tutte le opere surrealiste non incorniciate di Parigi.

Era buffo: proprio quando avevo finalmente trovato la sensazione di comunione che desideravo da tanto tempo, avevo anche una vita abbastanza piena da allontanarmene. Alla fine di quelle due settimane, cominciai ad alzarmi da quel letto e a dirigermi verso la fumeria d'oppio di Cocteau in rue de Cambon. «Ho del lavoro da fare», gli dissi. «Ho il terrore che la galleria sia un fiasco.»

«Non lo sarà», replicò. Quasi con severità, come se fossi stata sciocca a preoccuparmi. E poi, più dolcemente: «Spero che tu lo sappia».

La sua voce, mentre lo diceva, era seria e piena di un senso di possibilità che quasi mai aveva. Mi commosse il fatto che se ne rendesse conto. Ma c'era anche amarezza nella sua voce, ogni volta che me ne andavo. «Preferirei che tu restassi a letto», diceva. Anche se nei mesi successivi avrei imparato quanto gli piacesse andare e venire.

Quando diceva: «Preferirei che tu restassi», cominciai a chiedermi se era perché desiderava *me* o per il fatto che le mie partenze gli ricordavano il lavoro che lui non stava facendo.

«Non stai scrivendo il romanzo perfetto?» gli chiesi una volta.

«Non se Joyce mi fa comprare francobolli tutto il giorno.»

«Perché non ti licenzi? È terribilmente degradante.»

«Per fare cosa? Non sono altro che un poeta ubriaco.»

«Sai di essere molto di più, e lo sa anche lui. Ha letto qualcuno dei tuoi lavori?»

Un guizzo di umiliazione gli attraversò il viso. Mi domandai se fossi la prima persona a fargli notare come Joyce lo trattava. Se n'era già accorto da solo, ma era diverso sentirselo dire.

Per cambiare argomento, buttai lì: «Credo che dovresti conoscere Cocteau».

Cercai di evocare la scena per lui, in modo cinematografico:

la stanza d'albergo di Cocteau piena di fumo d'oppio, l'odore dolce. Il modo in cui lui fissava continuamente il proprio riflesso. Era così bello che non si poteva certo biasimarlo.

Sam scosse di nuovo la testa, con maggiore enfasi. «Ho già conosciuto abbastanza fumatori d'oppio», disse. «Non ho bisogno di incontrarne altri.»

«Ma Sam, *guarda.*» Andai alla scrivania e tirai fuori lo schizzo bizzarro di un cavallo. «Non è meraviglioso il modo in cui il cavallo sembra essere un po' tessuto e un po' carne?»

Vidi qualcosa guizzare sul suo volto: un'espressione ironica e affascinata. I suoi occhi si spostarono sul disegno, assorbendolo, ma poi, dopo un attimo, il suo sguardo si portò di nuovo sul mio seno. Lui mise la mano sui miei capezzoli nudi. Mi staccai da lui, elettrizzata, e in qualche modo ancora più elettrizzata al pensiero di lasciarlo, solo per qualche ora, per poi tornare da lui una volta finito il mio lavoro. Avere una vita che non ruotava intorno a un uomo, che poteva di fatto rimpiazzarlo, anche quando lo desideravo disperatamente, era una droga nuova.

«Sei incredibilmente seducente», gli dissi. «Ma devo lavorare.»

Qualche mese prima, due giorni dopo aver firmato il contratto d'affitto per la galleria, Wyn si era presentata nel mio appartamento di Bloomsbury con una scatola di bigliettini avoriati. La scritta *Guggenheim Jeune* era in minuscolo, di un marrone chiaro invece del previsto blu scuro. L'indirizzo e il numero di telefono erano stampati sotto, decentrati. L'effetto era sorprendente. Il biglietto sembrava un elegante errore. C'era qualcosa di leggermente sfocato nella tipografia, ma era così sottile che non si riusciva a individuare la causa dell'irregolarità. «Sono perfetti», dissi.

Era novembre. Mi ero trasferita lì alcuni mesi prima dallo Yew Tree Cottage, la nostra sconclusionata casa di campagna. Non avevo ancora disfatto le valigie. Avevo oziato per settimane, leggendo le memorie della moglie di Tolstoj e sistemando Pegeen in un collegio vicino a Wimbledon. Le scatole erano qualcosa che non volevo aprire, per paura di trovarci John. Mi sentivo male al pensiero di mettere su un'altra casa. Ma ora, con Wyn accanto, avevo ritrovato di colpo le energie. Le file di scatole mi mortificavano. Accesi una sigaretta e mi sedetti su un baule. «Questo è pieno di libri di John», dissi a Wyn. «Non posso sopportare di aprirlo.»

«Non preoccuparti di disfare i bagagli adesso», ribatté lei. Aprì la finestra e fece uscire il fumo. «Credo che i biglietti da visita siano venuti abbastanza bene. Avevano cercato di rifilarmi dei disegni sciccosi in stile Art Déco, come se non sapessi niente di tipografia. Alla fine ho creato io stessa questi caratteri. Non esistono lettere così inclinate e semplici. Ho tagliato dei vecchi timbri di gomma. Mi ci sono volute circa dieci ore.»

«Sono storte di proposito?» chiesi, preoccupata per un attimo che lo stile fosse solo un errore.

«Certo», rispose lei. «Un ottavo di pollice tra alcune lettere, ma un nono tra le lettere del tuo nome.» Sembrava molto soddisfatta di sé. Avrei voluto prendere in prestito un po' della sua sicurezza.

«Sei davvero meravigliosa», dissi. «Non so cosa farei senza di te.»

Si arrampicò su uno scatolone e frugò negli armadietti finché non trovò del tè. Lo bevemmo e parlammo dello spazio e di dove avremmo messo le nostre scrivanie. La luce al secondo piano era molto bella e le dissi che avremmo dovuto fare tutte le inaugurazioni presto per evitare il bagliore delle lampadine. Le pareti erano ammaccate e decidemmo di sistemarle, senza dipingerle. Dipingere era troppo costoso e comunque avremmo avuto delle opere d'arte per coprire i punti più sbiaditi.

«Non voglio che sia scoraggiante», spiegai. «Non sopporto quando si va in una galleria e si ha l'impressione di dover essere riverenti. Non mi dispiace se è un po' sporca e confortevole, più simile a uno studio.»

L'idea mi venne solo mentre la dicevo ad alta voce, pensando a Solomon nel suo soffocante attico, con i nomi di Rembrandt e Renoir sussurrati come se fossero una sorta di papi santificati. Pensai, con un fremito improvviso, che sarebbe rimasto inorridito da ciò che io sognavo; lo avrebbe visto come disdicevole, troppo caotico, appena un gradino sopra un bordello.

Wyn aveva cominciato a disegnare alcuni schizzi di dove avremmo potuto collocare la dichiarazione d'intenti dell'artista quando ricevetti una telefonata. Ancora oggi non ricordo chi fu a darmi la notizia. Un avvocato, un medico, forse Isaac o Henry o uno dei miei cugini. A causa del temporale, la linea era molto disturbata. Impallidii e feci cenno a Wyn di uscire dalla stanza. «Quando?» chiesi. Chiunque fosse, mi rispose che mia madre era morta in serata, ora di New York. Sebbene fosse malata di un cancro fulminante ai polmoni, era difficile pensare a mia madre come a qualcosa di diverso da una sentinella instancabile. Nei suoi ultimi anni era diventata più gentile, in grado di stare vicino a me e ai miei figli senza quel controllo severo.

Per anni da quando, ventunenne, avevo lasciato New York, lei mi aveva inviato le pagine mondane del «New York Times» sottolineando i matrimoni delle mie amiche e cugine. *Guarda qui*, scriveva a margine, come se potesse correggere il mio disinteresse. Mi mandava pagine patinate di «Harper's Bazaar» con la mia migliore amica d'un tempo, Fay Lewisohn, vestita con l'ultimo abito da sera di Molyneux. Sotto un titolo, L'EBREA, si parlava del suo ballo annuale per l'Opera di New York. Il tema, aveva rivelato Fay, sarebbe stato il carnevale. *Non sarà divertente?* aveva scritto mia madre sul suo biglietto avoriato.

Ma negli ultimi mesi della sua vita mi aveva mandato solo fotografie di lei con il respiratore di Both. Sembrava rinchiusa in un razzo. La sua testa sporgeva da un contenitore di ferro; le aperture sui lati permettevano alle infermiere di controllare il suo battito cardiaco. L'aria le veniva pompata nei polmoni attraverso un ventilatore. In seguito mi aveva detto che era come giacere in una tomba sferragliante. «Mi verrai a trovare?» mi aveva chiesto, con una voce improvvisamente dolce e giovanile. «Sei davvero l'unica figlia che mi è rimasta.»

Le avevo promesso che sarei andata durante le vacanze di Natale, dopo aver preso Pegeen da scuola e averla portata da suo padre. Anche se per anni avevo evitato New York, sapevo che sarei dovuta restare con lei. Sentivo la vita che la abbandonava ogni volta che parlavamo. La immaginavo nel suo appartamento al Plaza, sdraiata sul letto alto, sotto le lenzuola rigide e non sgualcite, accanto al ritratto di Lenbach di Benita, Hazel e me da bambine: le nostre calzine con i volant e i cappelli di paglia. «Dovresti toglierlo», le avevo detto. «Deve turbarti.»

«Non dirmi cosa devo fare!» aveva ribattuto.

L'ultima volta che mi aveva telefonato, le avevo detto che avevo prenotato i biglietti e che sarei arrivata molto presto, il giorno di Natale. «Molto presto», avevo detto. L'infermiera doveva averle dato della morfina. «Oggi ho visto le nuvole», mi aveva detto, «le nuvole sopra Central Park mi chiamavano.» La amavo in quei momenti, quando parlava come in un sogno. E forse era vero. Forse quando si sta morendo il mondo ordinario diventa spettrale.

Morì a novembre, prima della mia visita di Natale. «Non ha sofferto affatto», disse la voce. Con chi sto parlando? avrei voluto chiedere allora. Non ne ha idea? Non ha sofferto affatto. Invece mi limitai a dire in tono distaccato: «Grazie per l'informazione. Immagino che ci saranno giornalisti in giro. Le sarei grata se non dicesse loro dove si trova Hazel».

Non ha sofferto affatto.

I giornalisti cercavano spesso di trovare Hazel. Noi davamo risposte vaghe, un sanatorio a Park Avenue. Ma la cercavano ancora, quattro anni dopo lo scandalo. Anche in questa tranquilla strada di Bloomsbury, di tanto in tanto mi giravo e vedevo un giovane in trench, che manovrava con un registratore e un microfono. *Sua sorella parlerà con la polizia? Perché sua sorella non vuole incontrare gli investigatori?*

L'uomo parlò di testamenti e trust e del funerale in questa o quella sinagoga, ma io non ascoltavo più.

Una volta riattaccato il telefono, scoppiai a piangere. "Se Benita fosse qui, potrei abbracciarla", pensai. "Potremmo parlare di come nostra madre stilasse sempre le liste con i nomi di chi avrebbe invitato ai suoi tè." Niente la rendeva più felice. Mrs Gladys Straus, Mrs Fanny Loeb, Mrs Adele Lewisohn. Poi prendeva la matita e cancellava alcuni dei nomi che lei stessa aveva scritto, scrivendo a margine: N.B. *Non buona.*

Wyn entrò quando mi sentì piangere. «La chiamata era da New York. Riguardava mia madre.» Non riuscivo ancora a crederci. «Speravo di andare a trovarla, ma è morta prima che potessi arrivarci.» Quando alla fine andai a New York, per sistemare alcune faccende burocratiche, feci in modo di tornare prima. Lì ero orfana, non c'era altro che il passato.

Wyn sembrò piuttosto sbigottita quando le raccontai della morte di mia madre; doveva essere imbarazzante vedere me, la *patronne*, tremante e con gli occhi rossi. Mentre ero al telefono, avevo tracciato un solco profondo sul tavolo con un coltello da burro, e ora mi alzai, trovai una spugna nel lavandino e iniziai l'inutile sforzo di cercare di lavare via un'incisione nel legno. Mi aspettavo che Wyn si scusasse, borbottasse qualcosa di comprensivo e scappasse via. Invece si sedette. Tirò fuori alcuni bigliettini da una scatola e li dispose a ventaglio vicino alle mie mani. Guggenheim Jeune, Guggenheim Jeune. Ne prese uno come un mago che scelga una carta. «Prendi questo», disse. «Devi portarlo con te quando vai a trovare Brâncuşi.»

Ma Brâncuşi era in viaggio, e allora mi rivolsi a Cocteau: le sue visioni oniriche emergevano come volute vaporose nella sua tana fumosa. Schizzi e progetti per la sua opera teatrale, *I cavalieri della Tavola Rotonda*: cavalieri medievali e un albero bruciato in una torre di pietra; lenzuola illustrate che mi misero nei guai con un doganiere britannico. Non gli piacevano i peli pubici.

Naturalmente ero interessata a sapere chi avrebbe partecipato all'inaugurazione e chi no. L'invito di Wyn aveva fatto il giro di Londra e rimasi sbalordita dalla quantità di conferme che ricevetti. Wyn mi mandava lettere al 14 di rue Hallé quasi ogni giorno, aggiornandomi sui numeri. Nella mia mente calcolavo come avrei potuto permettermi vino e fiori per una folla di duecento persone. Avrei comprato un bel vestito e forse un nuovo paio di orecchini. Ne avevo visti di bellissimi in un atelier della Rive Gauche: anelli di ottone intrecciati, piuttosto d'effetto. Quasi troppo. Quasi.

Quel giorno il cielo era grigio e una lettera scivolò dal mucchio sul pavimento di cemento bagnato; era fradicia quando la raccolsi e la portai dentro. Non era di Wyn; il mio nome era scritto in una grafia diversa.

Nella camera da letto di Mary, Sam russava. Il suo odore era quasi putrido. Avevo cercato di comprargli un cappotto di tweed su misura, ma lui insisteva nel voler indossare quell'orribile giacca blu che aveva comprato da un gentile venditore in Marocco. Per qualche motivo, era il suo unico concetto di decoro. Diceva che quel colore gli ricordava Marrakech.

Quando lessi la lettera, quasi sussultai. Era di Hilla Rebay, la baronessa che faceva il bello e cattivo tempo nel museo di mio zio Solomon a New York ed era anche, com'era noto, la sua amante. Rispondeva alla mia offerta di vendere loro un Kandinskij, uno dei preferiti di mio zio e al quale Duchamp mi aveva esortato a rivolgermi. Lui sarebbe stato la nostra seconda mostra.

La baronessa voleva farmi sapere che non intendevano acquistare l'opera, ma voleva anche che sapessi che stavo sminuendo il nome della famiglia. *Il nome dei Guggenheim,* scrisse, *è diventato famoso per la grande arte, ed è davvero di pessimo gusto sfruttarlo, insieme al nostro lavoro e alla nostra fama, per sminuirlo a scopo di lucro.*

Sfruttare il loro nome? Come se non fosse anche il mio.

Mi precipitai in camera da letto, sbattendo la porta dietro di me nella speranza che il rumore potesse svegliare Sam. Lui continuò a dormire, immobile come un sasso. Lo scossi per svegliarlo.

«Sam», sibilai, «ascolta questo.» E gli lessi la lettera.

Mi ascoltò, dapprima intontito, poi incuriosito.

«Certo che è un'assurdità», commentò. «Sta dicendo il contrario di quello che intende.»

«In che senso?»

«Non ha paura che tu sminuisca il nome della famiglia, ha

paura che tu *faccia* il nome della famiglia. Che farai il loro lavoro meglio di come lo stanno facendo.»

«Mio zio ha sempre creduto di essere migliore di mio padre, ma non ha mai avuto la sua scintilla geniale.»

Sam annuì. Riflettendo. Senza dire niente.

Così continuai a parlare. «In effetti, mio padre mi ricorda te. O tu mi ricordi lui.»

«Lucia diceva sempre la stessa cosa.»

Dopo un attimo, aggiunsi: «Doveva essere follemente innamorata di te», risentita che lui l'avesse tirata di nuovo in ballo.

«Era come se volesse che qualcuno la spezzasse», disse, rabbuiandosi per le sue stesse parole. «Sono stato piuttosto crudele con lei.»

«Come?»

«Un giorno sono stato piuttosto brusco. Le ho detto: "Non vengo qui per te. Vengo qui per tuo padre". È stata una scena terribile. Lei ha detto che ho un cuore duro, e spesso mi chiedo se non abbia ragione.»

Un cuore duro sembrava un po' eccessivo. O forse era solo una pallida scusa. Stava cercando di dirmi quello che non era disposto a darmi.

Qualche giorno dopo arrivò una lettera da Pegeen, in Svizzera, triste e piena di nostalgia. *Mamma, mi mancate tu e i tuoi amici, ho così bei ricordi di Hayford Hall. Mi mancano Djuna ed Emily e i loro scherzi maligni. Ti ricordi quando siamo andate al cinema e ti ho chiesto come fai a sapere chi sono i cattivi?*

Quando lessi questo primo pezzo, mi sentii orgogliosa, perché io avevo pochissimi ricordi felici della mia infanzia. Mi ero sempre sentita un po' in colpa per aver tenuto i bambini fuori dalla sala principale di Hayford, ma vedendo i *bei ricordi,* sembrava che lei non si fosse sentita esclusa, dopotutto. Poi continuai a leggere. Lei scriveva: *A volte mi chiedo se le persone cattive siano più vicine a me di quanto io abbia sempre pensato.* Suo padre le stava facendo del male? Oppure mi stava mandando un avvertimento, o un segnale. L'aveva in qualche modo messa contro di me? O forse ero stata io stessa a farlo.

Dopo aver letto la lettera, provai un senso di terrore come non provavo da anni. Il suo tono era per lo più infantile, ma c'era un'oscurità nella sua voce che sembrava nuova. Come se qualcosa si fosse risvegliato dentro di lei, una parte di lei che non conoscevo, anche se forse avevo contribuito a crearla. Mi sedetti in giardino, aspettando che Sam uscisse. Volevo leggergliela, chiedergli: *Cosa devo fare? Dovrei invitarla qui?*

Mi vidi lei che arrivava come uno spettro biondo, con i suoi occhi accusatori, i suoi bellissimi capelli dorati, le gambe storte e simile a un pony, dicendo sempre qualcosa di straziante come *Potresti avere un altro figlio? Vorrei tanto una sorellina.*

Probabilmente lui stava dormendo, come faceva spesso. Questa sua abitudine m'infastidì allora più che mai. Se gli chiedevo perché dormisse così tanto, mi rispondeva in modo stupido e divertente, tipo: *Non sono vivo. Sono ancora nell'utero.* Questo era in parte causa del suo problema con le donne, sosteneva: era facile per lui sentirsi soffocare perché aveva un ricordo così vivido di essere stato intrappolato dentro sua madre prima della nascita.

Eppure mi ritrovavo a voler aprire le pieghe della sua riservatezza. Superare i confini della nostra vita di clausura, in quell'appartamento preso in prestito. Per vedere quanto peso potessimo sopportare.

Alla fine andai in camera da letto. Non stava dormendo. Stava scarabocchiando qualcosa, ma quando sentì la porta aprirsi, lo mise via.

«Posso leggerti questa lettera?» gli chiesi senza aspettare la sua risposta. Sembrò sorpreso dalla menzione di mia figlia, anche se l'avevo nominata molte volte. Ogni volta mi rivolgeva lo stesso sguardo, come se gli stessi tendendo un'imboscata con qualche segreto.

Non riusciva a capire perché fossi così preoccupata per la lettera di Pegeen. Era infelice in Svizzera, tutto lì. Forse sarebbe dovuta tornare. Sembrava che non gli importasse molto in un senso o nell'altro. Se i suoi occhi si erano fatti attenti quando avevo letto la lettera sul museo di mio zio, ora era l'opposto: una vacuità ottusa si posò sul suo sguardo. Era stato interessato a quella parte della mia vita; questa non lo riguardava. Lo vidi lanciare un'occhiata in direzione del foglio su cui stava scarabocchiando. Le sue domande erano svogliate. Perché era così terribile per lei ricordare che mi aveva chiesto delle persone cattive?

Cercai di spiegarglielo. Perché aveva fatto quelle domande e poi erano morti tutti. I suoi cuginetti erano precipitati per sette piani sul marciapiede sottostante. Era inconcepibile. E quello che non potevo dire: perché forse anch'io ero una delle persone cattive. Una madre che l'aveva abbandonata più e più volte. Allora ero solo vagamente consapevole che stavo mettendo tutto il resto in secondo piano. Come se tutti potessero stare al sicuro mentre io mi concentravo a organizzare la bellezza.

Dopo la lettera di Pegeen iniziai a vedere figlie ovunque. Camminando verso la *boulangerie* per comprare una baguette fresca, passai davanti a una giungla nascosta in un cortile tra vecchi edifici in pietra, rigoglioso di rovi di more dietro un cancello di ferro cigolante, e vidi un bambino e una bambina che dondolavano fianco a fianco su un'altalena, spinti dalla madre.

Andando all'ufficio postale per spedire una lettera a Wyn – una serie di istruzioni per i ristoratori – passai davanti a una madre e sua figlia sedute al tavolino di un bar sul marciapiede, entrambe con una certa severità negli occhi. La madre aveva una sigaretta tra le dita, una bottiglia di Coca-Cola sul tavolo, un bastone appoggiato al muro dietro di lei. La ragazza doveva avere quattordici o quindici anni, non molto più grande di Pegeen. Avevano una certa naturalezza, niente di stucchevole o di esibito. Non parlavano nemmeno.

Ma i loro corpi si avvicinavano facilmente. Avevano attraversato questo mondo in compagnia l'una dell'altra.

Il nostro ultimo giorno nella camera in prestito, io e Sam passammo ore a vagare per il cimitero. Allora non sapevamo che quello sarebbe stato il nostro ultimo pomeriggio nel clima improvviso e rubato di quei giorni, della loro lussuria e frenesia. L'aria profumava di muschio e di terra; le pietre erano meravigliosamente screziate, ricoperte dai licheni in punti che mi ricordavano la pelle invecchiata. Sam non amava tenermi per mano, ma nel cimitero sentivo spesso il suo palmo fresco e asciutto nel mio.

Le tombe più decorate sembravano confessionali, piccole stanze di marmo.

«Mi piacerebbe averne una», dissi. «Voglio che la gente visiti la mia tomba e confessi tutti i suoi peggiori segreti.»

«Sei una pettegola», mi disse. «È un'altra delle tue collezioni.»

Avevo imparato che questo era uno dei modi migliori per farlo alzare dal letto: la prospettiva di essere vicino alla morte. Era uno dei pochi modi di passare il tempo che lo coinvolgeva davvero. Entrambi vivevamo vicino alla morte, io e Sam. Per lui era una questione di temperamento, per me di circostanze. Erano morte tante persone che amavo.

A quei tempi avevo ancora l'abitudine di consultare le indovine; mi davano un senso di ordine. Ogni loro verdetto era una specie di mobiletto che organizzava tutte le mie perdite. E a volte mi chiedevo se il destino avesse preso l'abitudine di mandare delle persone sulla mia strada proprio dopo che avevo perso qualcuno di cui mi sembrava impossibile fare a meno. Avevo conosciuto John nell'anniversario della morte di Benita. Avevo conosciuto Beckett poco dopo aver perso mia madre. Non si trattava di una sostituzione, bensì di un balsamo. Sembrava che Emma avesse ragione. Continuavo a sopravvivere.

Ripensandoci, quel pomeriggio al cimitero fu la fine della nostra innocenza. Stavamo seppellendo qualcosa che non sapevamo di seppellire: la perfezione di quei primi giorni. La nostra camera in prestito, un mondo a parte.

Quella settimana andò a letto con un'altra. Una donna sposata che, secondo Sam, non significava nulla per lui. «Fare l'amore senza essere innamorati è come prendere un caffè senza brandy», diceva. Ma sembrava che il caffè gli piacesse molto. Non risposi alle sue chiamate per una settimana.

Non importava. Avevo l'inaugurazione il 24 e dovevo andare a Londra, ma prima visitai la mostra surrealista alla Galerie Beaux-Arts, così sublime da farmi quasi dimenticare il mio cuore sofferente. Non avevo mai visto nulla di simile: un taxi decrepito in un cortile di rue du Faubourg Saint-Honoré, con un coccodrillo impagliato sul sedile del conducente e un manichino dietro: foglie ai suoi piedi, lumache sul corpo. In qualche modo la pioggia cadeva dentro l'auto. All'interno della galleria, i quadri erano illuminati da torce elettriche e l'aria profumava di caffè. C'era un telefono a forma di aragosta, una zuppiera piumata, una sedia con gambe umane. In quella sala, tra quegli oggetti antropomorfi, ebbi un ricordo improvviso di Benita nel suo salotto borghese, che emetteva i suoi dolci latrati, immaginando che il parto l'avrebbe collegata a una certa selvatichezza interiore. Più forte che mai, ebbi la sensazione di entrare nel sogno di qualcun altro... o forse in uno dei miei, prima ancora di averlo fatto.

Poco prima di partire per Londra per l'inaugurazione, ebbi un ripensamento. Volevo vedere Sam. Mi sembrava sciocco serbare rancore. Aveva scopato con un'altra, e allora? Anch'io, un sacco di volte. Quello che provavo per lui – quello che succedeva quando eravamo in una stanza insieme, quando parlavamo o quando camminavamo per strada – contava più di quegli stupidi giochi da innamorati che consistevano nel punire in modo sfuggente. Lui credeva nella galleria; forse poteva venire con me a Londra, per vedere ciò che avevo creato. Volevo almeno salutarlo prima di partire, per avere la sua benedizione.

Ma non riuscii a contattarlo. Non rispondeva al telefono. Non riuscivo a trovarlo da nessuna parte. Quando finalmente sentii Nora, non potevo credere a quello che mi disse. Era stato *accoltellato*. All'inizio ero sicura di non aver sentito bene. Ma era così: un protettore li aveva aggrediti per strada, pretendendo dei franchi. La sua orribile e pesante giacca, che avevo sempre odiato, gli aveva salvato il polmone sinistro e il cuore. Sembrava un'altra delle sue metafore, ma era solo la semplice verità.

All'ospedale, trovai Joyce che vagava alla ricerca della stanza di Sam; era mezzo cieco e si muoveva a tentoni nel labirinto di corridoi. L'odore di Lysol era insopportabile. Chissà come, sapevo per istinto dove andare, quasi il corpo di Sam emanasse una sorta di calore, o di profumo, che potevo seguire. Presi per un gomito Joyce e lo guidai. Ci sedemmo ai lati di Sam, scioccato e confuso; non tanto per quello che era successo, quanto per l'importanza che aveva assunto. Perché tutto quel clamore? Sembrava un po' pallido.

«Almeno non indossi quell'orribile giacca blu», dissi. «Per una volta.»

Si mise a ridere, e fu evidente che gli fece male. Non dissi nient'altro che potesse divertirlo. Non volevo che parlasse troppo.

Cominciai a pensare, in modo frenetico, che forse sarei rimasta; avrei lasciato che si occupasse Wyn dell'inaugurazione. Forse avrei potuto convincere Marcel, che si era imposto di non parteciparvi mai, a fare un'eccezione.

Ma Sam non ne volle sapere. «Devi andare», disse. Mi sedetti accanto a lui sul letto, tenendogli una mano. Fece quel sorriso storto. «Insisto che tu ti alzi subito da questo letto.» Per un attimo ci ritrovammo entrambi nella nostra camera in prestito, con il nostro solito braccio di ferro. *Ti prego, resta. Devo andare.* Ora lui diceva: «Vai».

La nostra storia d'amore durò un altro anno, in varie stagioni di agitazione e dolore, gonfiandosi e scemando come le fasi lunari. Ma non ci fu più nulla di così puro come la felicità di quelle prime settimane nell'appartamento di Mary. Dopo la mia partenza per Londra, un'altra donna lo curò per riportarlo in salute. Suzanne. Alla fine l'avrebbe sposata. Non credo che scopassero molto, ma lei si prese cura di lui.

«Suzanne fa le tende», disse una volta a Helen. «Peggy fa le scenate.»

Eppure non riuscivo a rinunciare a lui. Affittai una stanza all'Hôtel Liberia per stargli più vicino, ma lui mi disse che era troppo. Così mi trasferii in un appartamento vuoto che Hazel teneva ancora sull'Île Saint-Louis. Con pochi mobili, vibrante di fantasmi, ma con una bella luce parigina. La domenica mattina potevo stare a letto per ore a guardare la luce del sole che s'increspava sul soffitto dalla Senna. Avevo sempre desiderato vivere vicino a un fiume.

Sam m'invitò alla festa per i cinquantasei anni di Joyce, e camminammo per tutta Parigi alla ricerca del regalo perfetto: un bastone da passeggio intagliato nel prugnolo e il vino giusto dalla Svizzera. Che gioia quella festa: il modellino di Dublino in miniatura nel soggiorno, con un nastro verde come un trifoglio che lo attraversava. Il Liffey! Joyce ballò una giga e poi fu ora di andarsene.

Quella sera Sam mi riaccompagnò a piedi all'Île Saint-Louis, sul ponte con la migliore vista di Notre-Dame, e sentivo il calore della sua ambivalenza sprigionarsi da lui come una febbre, per decidere se sarebbe salito con me o no.

Eccoci lì, in mezzo a tanta bellezza: l'ampio fiume che amava tanto, il suo leggero sciabordio contro la roccia; gli anelli di ottone delle barche sui muri di pietra, che catturavano il chiarore della luna. Ma aveva paura di ciò che avrebbe potuto promettere attraversando l'acqua. Non aveva mai voluto promettermi nulla. Mi ero detta che per me andava bene così. Più che farmi promettere qualcosa, volevo essere presa sul serio.

Alla fine mi accompagnò fino alla porta di casa, ma non oltre.

Nel frattempo la mia galleria andava bene e io cercavo di acquisire una nuova opera quasi ogni giorno. Brâncuşi mi invitava spesso a pranzo nel suo studio e mi cucinava le costolette di maiale nel forno di fusione. Le bruciava sempre e poi si scusava, ma io sapevo che lo faceva apposta. Era così che le preferiva. A modo suo, era un principe. Alla fine pagai quattromila franchi francesi per il suo *Uccello nello spazio.* Di tutto ciò che possedevo, era la cosa che amavo di più. Eliminava ogni dettaglio superfluo per dare risalto alla pura sensazione del volo verso l'alto.

Quando io e Sam smettemmo di andare a letto insieme, iniziammo a fare lunghe passeggiate ebbre a tarda notte, attraversando la Senna, poi di nuovo indietro, e poi di nuovo di là, visitando tutta Parigi: champagne direttamente dalla bottiglia, nella piazza alla base del Panthéon; alzando lo sguardo sulle travi svettanti della Torre Eiffel, ricordavo i sogni di mio padre di traghettare le persone direttamente in cielo. Da ragazza, non mi aveva quasi disturbato il fatto che mio padre se ne fosse andato, mi bastava sapere che stava facendo qualcosa di straordinario. Provavo lo stesso per Sam; confidavo che il suo genio potesse giustificare l'incostanza della sua presenza.

Dopo che ebbi finalmente allestito una mostra per il suo amico van de Velde, festeggiammo un fine settimana allo Yew Tree Cottage. Un pomeriggio, sulla spiaggia, Sam si tolse la camicia, i pantaloni, la cintura, i calzini, le scarpe, tutto, ed entrò nudo nel mare gelido. Nuotò al largo, un puntino scuro all'orizzonte; poi tornò a riva, riemergendo dalle onde, usò la camicia come asciugamano e non disse mai una parola su ciò che aveva appena fatto. Aveva bisogno di poter fare cose del genere, senza dare spiegazioni. Non avrei mai potuto concedergli la sua privacy: volevo troppo da lui. Dovetti prendermi tanti altri amanti, solo per poter rimanere nella sua vita senza farmi spezzare il cuore sei volte al mese.

Sapevo che aveva una grande intensità dentro di sé e sentivo di essere capace, forse solo io, di tirarla fuori. Lui la pensava diversamente. Insisteva sul fatto che una certa parte di lui era morta dentro. Il suo cuore duro, lo chiamava. Come lo aveva definito lei. Nient'altro che una pietra.

Quell'anno passammo momenti bellissimi insieme: un viaggio a Digione, dove vedemmo le tombe dei duchi di Borgogna al Musée des Beaux-Arts, e le statuette funerarie di marmo sotto ogni tomba: i *Pleurants*. I piangenti. Ognuna scolpita in modo intricato in una qualche espressione addolorata. Non una città dei morti, bensì una città di coloro che sono rimasti. Il luogo in cui avevo sempre vissuto. Era sempre un piacere guardare le cose belle con Sam. Non c'era una mente la cui compagnia mi piacesse più della sua. Quello che ricordo anche di Digione: io che cercai di entrare nel suo letto d'albergo, lui che mi respinse.

Oh oh oh pietra. La tenerezza che provavo per lui era arrendevole, violenta. Il peso del mio amore non corrisposto era diventato per me quasi piacevole, come se, amandolo troppo ostinatamente, condividessi con lui un peso che normalmente lui non condivideva con nessuno.

Alla fine fu un'indovina a convincermi che tra noi era finita. Accadde a Natale, quasi un anno dopo il nostro incontro. Disse che era arrivato il momento di sposarlo o di dire finalmente addio a quell'uomo.

E così feci.

Ma prima di tutto questo – quell'anno di fasi crescenti e calanti, di partenze e di ritorni – fu inaugurata la mia galleria. Era la sera del 24 gennaio. Freddo pungente, luna luminosa. Strane luci brillavano inquietanti nel cielo, archi cremisi tremolanti all'orizzonte; in alcune zone della città sembrava che le strade fossero in fiamme. Le guardie del castello di Windsor avevano persino chiamato i vigili del fuoco. C'era una certa magia. L'inaugurazione fu un trionfo. Amavano Cocteau, ma ancora di più amavano l'*occasione*, il senso di un mondo che veniva creato. E dovetti ammettere che amavano me. Non avevo mai preso in considerazione questa possibilità. Che potesse valere la pena di entusiasmarsi per me. Avevo sempre pensato che se la galleria avesse avuto successo, sarebbe stato *nonostante* me. Non esposi le lenzuola nella galleria, come avevo promesso al doganiere, ma le appesi nel mio ufficio, peli pubici e tutto il resto, e invitai la gente a vederle. Mi faceva sorridere immaginare mia madre che le strofinava freneticamente con il Lysol.

Tutti quelli che presenziarono dissero che avevo organizzato una grande festa. «Non lo si può negare», dissero. Un giornalista sostenne che avevo un modo di parlare «convulso in modo accattivante». Chi l'avrebbe mai immaginato, dopo tutti quegli anni: il mio gesticolare scomposto finalmente utile per qualcosa. Era il titolo che avevo scritto per me stessa tanti anni addietro, prima del mio ballo delle debuttanti. PEGGY GUGGENHEIM SBIGOTTISCE LA FOLLA. Finalmente avevo fatto cadere dal cielo gli uccelli morti.

Ma niente mi rese più felice di un telegramma spedito da Parigi quella sera. Era un messaggio di congratulazioni, firmato da *Oblomov*.

EPILOGO

1958

Si dice che Venezia sia più bella quando si è innamorati, ma io la preferisco da sola. Si finisce per innamorarsi della città in ogni caso; c'è a malapena spazio per qualcun altro.

Sono tante le cose di cui mi sono innamorata: le alghe verdi che crescono sui gradini di pietra dei palazzi. I mattoni storti. I gondolieri che sudano e fumano. La dolce sporcizia di ogni cosa. I ponticelli illuminati dalle lanterne di notte. I frammenti di immondizia che galleggiano nei canali più piccoli. Le persiane rotte, appese ad angoli strani. Il modo in cui i canali non hanno una sola tonalità di verde, ma venti, a seconda del sole: assenzio torbido. Occhio di pavone. Calce viva. Ho imparato ad amare la sfumatura di sporcizia e disordine. Il senso di qualcosa che ribolle sotto tutta questa bellezza. Le stanze delle torture dietro il tesoro di Palazzo Ducale. Come mi disse mio padre al museo, tanti anni fa, quando indicò il caos di un dipinto che adoravo e disse: *Questa è la vita.* Poi fece cadere una moneta, *e questa è la morte.* Questa città è entrambe le cose.

Chiamano la mia casa il *palazzo non finito,* il che significa che sono libera di farne ciò che voglio. Tutti i loro rigidi regolamenti aristocratici non possono raggiungermi qui, nella mia casa che non sarà mai terminata, dove mi addormento al suono dello sciabordio dell'acqua e tengo *L'angelo della città* di Marini davanti alla mia porta sull'acqua, con la sua erezione puntata verso il cielo.

Ogni aprile inizio a prendere il sole sul tetto. È così che la città sa che è primavera.

Vent'anni fa, mentre i tedeschi si avvicinavano sempre di più, non riuscivo a pensare ad altro che a raccogliere quanta più bellezza possibile. «Un quadro al giorno», dissi, e una volta detto vennero tutti a bussare; avrei potuto comprarne dieci al giorno, venti. Gala si dimenticò di quanto mi disprezzasse il tempo necessario per vendermi *La nascita dei desideri liquidi*; comprai per mille dollari *Uomini in città* di Léger il giorno in cui Hitler invase la Norvegia. Mary mi definì terribile, indifferente, dicendo che non facevo nulla per la gente e che mi interessavano solo le mie opere d'arte; che mi sarei fatta largo tra una fila di profughi solo per portare al sicuro la mia arte. Nella Resistenza la chiamavano «Mary la gentile», ma non era sempre gentile con me.

La mia collezione. L'unico problema era trovare un posto dove metterla. Non c'era spazio nell'appartamento sull'Île Saint-Louis; e rinunciai alla mia casa in place Vendôme dopo due settimane, una volta tolte tutte quelle orrende modanature rococò, perché non c'era un posto dove tenere i quadri al sicuro sottoterra in caso di bombardamento aereo. Il Louvre non voleva conservare le opere e così di lì a poco io e Nellie fuggimmo dalla città con la mia Talbot decappottabile blu, dirette verso i miei figli in campagna; con i tedeschi nelle vicinanze, che accendevano fuochi di petrolio che annerivano l'aria; il cappotto bianco di Nellie ormai scuro di fuliggine quando ci fermammo a pranzo a Fontainebleau. Alla fine fu René ad aiutarmi a trasferire i dipinti in America. «Spediscili come vassoi da portata», suggerì, e così li impacchettammo con lenzuola, pentole e lampade, ci assicurammo che il mio nome ebreo non fosse da nessuna parte sulle casse e li spedimmo su una nave oltremare.

Noi li seguimmo in aereo: io, i bambini, Laurence e quella strega di Kay, con il suo crudele senso dell'umorismo e l'amante che l'aspettava in America, e Max, che solo anni dopo mi avrebbe spezzato il cuore. Volammo tutti su un Clipper sopra il mare blu scuro, bevendo whisky e mangiando zuppa di funghi da tazze di porcellana, mentre i bambini stavano male nei loro cuscini salvavita. Quando ci fermammo a fare rifornimento alle Azzorre, comprai un cappello da sole grande come un isolotto e tutti mi diedero della ridicola, cosa che ero e sono ancora.

D'inverno Venezia si svuota, il rumore e il trambusto spariscono, ma c'è un prezzo: il cielo è grigio, la cupezza incessante. A palazzo, però, c'è sempre qualcuno di passaggio. I miei libri degli ospiti sono pieni di schizzi. Eugene disegnò uno dei miei Lhasa Apso appollaiato su una colonna, come il leone alato sopra San Marco; Giacometti disegnò qualcosa di confuso e poi vi scrisse sotto: *Non c'è assolutamente modo che io riesca a fare bene questo disegno stasera.* Wyn venne a trovarci e scrisse: *A differenza di Catullo, sono venuta a Venezia per accoccolarmi sul cuscino dei miei sogni!* Paul Bowles firmò il suo commento «Alla signora Bowles», il titolo con cui mi ero spacciata per sua moglie per affittare una casa dagli antisemiti di East Hampton. Max portò Dorothea e ufficializzò la nostra riconciliazione, come se fosse un atto giudiziario, firmando: *Pace sempre, un vero amico è tornato per sempre.* La poesia di Sindbad non riuscivo a sopportare di leggerla, per il suo verso finale: *Questa città dove non sempre si trova l'amore.*

Proprio la settimana scorsa ho ospitato a cena un giovane poeta americano. Gregory Corso, amico di Ginsberg; praticamente lo *venera.* Anche se preferisco lo stesso Corso. È sfacciato e rozzo e ha scontato tre anni di prigione quando non aveva ancora ventun anni. Ama la poesia visceralmente, come la si può amare davvero solo quando ci ha salvato da qualcosa.

In ogni caso, ci divertiamo. Adora i miei occhiali a farfalla e il fatto che la mia camera da letto dia proprio sul canale. Adora che io mi svegli con l'acqua sotto la mia strana e ridicola testiera: la libellula d'argento di Calder che penzola. Adora che in primavera non mi vergogni di mettere a nudo il mio corpo invecchiato alla luce di Venezia perché tutti lo vedano. Che lasci cuocere il mio nasone al sole. Adora che i miei pavimenti contengano grossi pezzi di madreperla. «I miei genitori adottivi non hanno mai avuto merda del genere», ha detto. «Credimi.»

Ogni volta che lo vedo, vorrei tagliargli i capelli. Mi sento per metà sua madre e per metà sua amante. Mi dice che Pegeen è Persefone e io sono Demetra, gelosa del suo amato, che cerca di riportarla indietro dagli inferi. Ma Ralph non è certo il re degli inferi. Non riuscirei a immaginarlo re di nulla. Sospetto che Corso voglia solo andare a letto con Pegeen. Vuole anche mangiare il nero di seppia. Me lo ha detto in tre diverse occasioni, come se non ne avesse mai parlato prima.

Divaga sempre su piccoli battibecchi d'oltreoceano, di cui francamente non m'importa nulla. Ha scritto cinque pagine di scuse ad altri tre poeti che temeva di aver offeso, solo perché li ha criticati in un giornale olandese che non leggeranno mai. Quando gli ho detto: «Non lo leggeranno mai», è sbottato. «Oh, Ashbery ha già letto una traduzione. Non mi perdonerà mai. Koch e O'Hara forse sì.»

«Quindi sono arrabbiati.» Scrollai le spalle. «E allora?»

Mi ha guardato, ammutolito come un discepolo, così ho continuato: «Se perdessi il sonno per ogni donna con il cui marito sono andata a letto, figuriamoci per tutti quelli che ho offeso...».

«Non dormiresti più.»

«Esatto», esclamai ridendo. «E io dormo come un sasso.»

L'ultima volta che Corso è stato qui, mi ha chiesto se avevo dell'eroina e io ho riso più forte di quanto ricordassi da tempo. Non sembrava troppo infastidito. Ha chiesto a tutti i suoi amici in America di infilare un po' di hashish nelle loro lettere, se possono. Si è consolato firmando il libro degli ospiti con una poesia che non ho capito ma che ho amato lo stesso. *A tutte le tele viene nostalgia del mare, certo. Gli occhiali a farfalla tremano!*

Mi ha detto che ha assillato Ferlinghetti per avere le copie finite del suo nuovo libro e che si sta dando da fare per mettere insieme un'antologia per un editore tedesco. L'antologia è l'altra sua grande ossessione, a parte i tre poeti che possono o no avercela con lui, e la preferisco come argomento di conversazione. Il lavoro dietro un'antologia non è poi così diverso da quello di una galleria d'arte, se non per il fatto che, una volta terminato, non ci si può camminare in mezzo.

Non puoi sentire l'opera intorno a te, che ti tiene compagnia.

Mi ha letto alcuni versi di una poesia che sta componendo su Venezia, ma non mi sono piaciuti quanto gli strani frammenti che ha annotato nel mio libro degli ospiti. Troppa mussolina e fantasia, ragazzi ubriachi in calzamaglia dorata sui ponticelli, violini cantilenanti e un'atmosfera strappalacrime. Quando ha iniziato a parlare di gondole che trasportavano bare a San Michele, puzzando debolmente al sole, gli ho detto: «Perché non scrivi di *questo*?».

Poco dopo la mezzanotte, si è autoinvitato nella mia cucina e mi ha preparato un panino perfetto: focaccia spessa riscaldata nel forno, sottili scaglie di spalla di maiale, Taleggio morbido, cipolle cotte fino a diventare dolci. «Servi troppi cocktail e poco *cibo*!» mi ha detto. Si muoveva con agio nella mia cucina sconosciuta, con la disinvoltura di un ospite abituale, di chi sta sempre con gli altri e cucina per loro per guadagnarsi la pagnotta. Ma era così bello sentirsi accuditi. Anche in quel modo semplice. Essere nutriti. Mi ha detto che scorge in me un certo dolore. «Tu sei quella che io definisco "una che vive la vita"», mi ha detto. «Ti addolora sentirla scivolare via.»

Nella sua compassione c'era un filo di crudeltà. Ma non aveva torto. L'ho portato all'angolo del mio giardino, per visitare il terreno dove sono sepolti tutti i miei cani. Abbiamo portato una brocca d'acqua da versare sulla loro tomba. L'ha presa sul serio. Mi prende sul serio. Come fece mio padre al museo. Credeva che avessi visto qualcosa e che potessi condividerlo. Ed è quello che ho cercato di fare nella mia vita.

In ogni caso, Corso capisce quanto ho vissuto e gli piace sentirne parlare. Di certo quando ha saputo che avevo avuto una storia d'amore con Sam, ha voluto senz'altro sentirne parlare. Così gli ho raccontato della nostra bella settimana nell'appartamento di Mary in rue Hallé, con le mappe di Marcel alle pareti e le nostre lenzuola sporche, il cimitero in fondo al viale. Ripensandoci, mi è sembrato chiaro che era stato uno dei pochi a vedermi come qualcosa di più di un'ereditiera viziata o della possibilità di un assegno mensile;

a pensare che potessi fare qualcosa di importante. Riuscivo ancora a sentire la nitida derisione nella voce di Laurence quando avevo cercato di aiutare Mina a vendere i suoi paralumi e lui aveva detto: *Hai proprio i geni della venditrice ambulante.*

Raccontare a Corso di Sam è stato come trasformare la nostra storia d'amore in una composizione, dopo tutti questi anni. Tutto quel dolore si è organizzato in un significato: le notti in cui non veniva nel mio letto. Quanto lo imploravo! Come il modo in cui guardavo la mia vita da una certa distanza, da ragazza, quasi fosse un quadro e anche le parti più brutte potessero diventare belle.

A volte si riesce a vedere pienamente la forma di un oggetto solo quando lo si guarda da lontano. È così che considero il modo in cui Sam ha creduto in me; in cui io ho creduto in lui. Facile definirlo un genio adesso, ma io l'ho capito allora, quando era solo un segretario esaltato, che comprava i francobolli a Joyce e si svegliava dopo la sbornia nei giardini di Versailles.

Ho detto a Corso che l'amore è sempre la cosa più bella, anche quando è doloroso. Poi ho riso, ricordando Madge. *È un suicidio essere sentimentali.* Cosa penserebbe di me adesso?

Pensavo che Corso avrebbe passato la notte con me, ma non l'ha fatto. Tuttavia mi ha detto che con me si sentiva un uomo, mi ha preso in braccio e mi ha baciato. Forse era solo per simpatia, forse ho raggiunto quell'età. Tuttavia, il desiderio non mi ha mai sfiorato senza qualche domanda, soprattutto quella sui soldi.

Qualunque fossero le sue ragioni, è stata una bella sensazione. È stato bello essere una donna tra le braccia di un uomo, a Venezia di notte. Le ombre tremolanti dell'acqua s'increspavano contro i muri del palazzo e mi hanno fatto ripensare a quella notte con Sam, mentre tornavamo a casa di Hazel sull'Île Saint-Louis, con la Senna scintillante di chiarore lunare, mentre lui cercava di decidere se restare con me o andarsene. Mi accompagnò fino alla soglia di casa mia e poi se ne andò. In un certo senso, mi accompagnò alla porta del resto della mia vita – la galleria e tutto ciò che ne seguì – anche se allora non potevo saperlo.

Quella sera ho detto a Corso una cosa curiosa, che non ho mai detto a nessuno: che, ripensandoci, credo che Sam sia stato il grande amore della mia vita. Che mi ha accompagnato fino a quella porta. E alla fine è stato sufficiente così.

Quando le cose con Sam finirono, ero arrivata a credere che fosse il mio destino: una fine dopo l'altra. Tutti gli altri se n'erano andati o erano morti: prima mio padre, poi Benita. John. Mia madre. Anche Hazel se n'era andata, quando i suoi bambini erano precipitati nel cielo. O ero l'unica a essere sfuggita alla maledizione, o ero quella che ne aveva subito il peso maggiore. La maledizione di continuare.

Sembrava una serie di finali solo perché non riuscivo a vedere ciò che stava appena iniziando, che stavo creando qualcosa di più grande di me, più grande di tutti noi: la nostra famiglia, il nostro nome, la maledizione. Potevo vedere l'inizio di un nuovo mondo che si stava delineando, strano come i nostri sogni e che non dava retta a nessuno. Fatto di linee audaci, bronzo fuso, vernice schizzata sulla tela. Non ho creato io quel mondo, ma l'ho aiutato a sopravvivere.

Da bambina immaginavo che mio padre fosse risalito dal fondo del mare, con le tasche piene di gioielli, e avesse trovato la strada per un posto migliore: un quadro fatto di pennellate frastagliate, di bellezza disordinata, di luce impenitente. Sapevo che mi avrebbe aspettato lì. E ora sono arrivata.

NOTA AL TESTO

Quando morì di cancro nell'ottobre del 2022, Rebecca Godfrey stava lavorando alla *Principessa d'argento* da dieci anni. Aveva scritto quasi trecento pagine di una bozza di manoscritto, assemblato da diversi documenti, ed era determinata a finire il romanzo nel tempo che le rimaneva. Quando iniziò a sembrare probabile che ciò non sarebbe accaduto, Rebecca fu chiara sui suoi desideri: voleva che il romanzo fosse completato piuttosto che pubblicato in forma incompiuta.

Nei suoi ultimi mesi di vita, trascorsi in una stanza d'ospedale a Lower Manhattan, Rebecca cercò di lasciare il maggior numero possibile di appunti per il materiale che non aveva ancora scritto.

Suo marito, Herb Wilson, seduto accanto al suo letto, trascrisse scene e idee per la Parte terza, dedicata perlopiù al rapporto di Peggy con Samuel Beckett e all'apertura della sua prima galleria, la Guggenheim Jeune, che avrebbe segnato l'inizio della sua carriera come una delle più influenti collezioniste d'arte del XX secolo. Rebecca parlò inoltre con tanti buoni amici di come desiderava che finisse il libro, dettando anche uno schema dettagliato alla sua migliore amica, Janet Johnson, immaginando una coda finale nel palazzo di Peggy a Venezia.

Durante le mie visite a Rebecca in ospedale, parlavamo spesso dei suoi desideri per il finale del libro, in particolare della relazione con Beckett: voleva dare a Peggy, come diceva lei, «un po' di felicità e di trionfo».

Dopo la morte di Rebecca, la sua agente ed esecutrice letteraria, Christy Fletcher, mi contattò per chiedermi se volessi aiutarla a finire il romanzo. È stato un onore che me lo abbia chiesto e un compito sconfortante, per molti motivi.

Quando ho cominciato a lavorare a questo libro, ho ereditato un enorme archivio di materiali raccolti da Herb, Janet, Christy e dalla madre di Rebecca, Ellen Godfrey: si trattava di una bozza quasi definitiva della Parte prima; un vasto materiale di bozze per la Parte seconda, che comprendeva in gran misura (ma non tutta) la versione finale qui presente; un file di lavoro per la Parte terza, con le scene e gli appunti che Rebecca aveva dettato a Herb; la bozza del finale che Rebecca aveva dettato a Janet; e numerosi altri materiali delle prime stesure assemblati dai file che Rebecca ha lasciato; oltre a pensieri e indicazioni di amici che avevano visto il manoscritto attraverso molte revisioni, tra cui Janet e Stephanie Savage, collaboratrice e confidente di lunga data di Rebecca.

La maggior parte di questo libro rispecchia la voce di Rebecca e i suoi materiali. È tutto la sua visione. Le prime due parti sono quasi interamente scritte da lei, con un editing che ha cercato di rimanere fedele alle sue indicazioni editoriali – per quanto io e altri potessimo discernerle e ricrearle – e qualche composizione originale da parte mia nei due capitoli finali della Parte seconda, *Il mese pericoloso* e *Bird Bones*. La Parte terza rappresenta più la mia scrittura, anche se ho incorporato tutto il materiale lasciato da Rebecca, comprese molte scene, in particolare quelle dedicate a Peggy e Wyn che danno vita alla Guggenheim Jeune, e alcuni dialoghi tra Peggy e Beckett. L'*Epilogo* è un mio tentativo di realizzare la visione che Rebecca aveva descritto a Janet prima di morire.

Il processo di lavorazione di questo libro è stato diverso da qualsiasi altro compito creativo intrapreso da me in precedenza: una collaborazione postuma con Rebecca che ha portato avanti la sua visione nel miglior modo possibile, completando l'enorme lavoro che lei aveva già svolto, aggiungendo alcune mie parole per realizzare una concezione che era assolutamente, fortemente sua. In Peggy, Rebecca ha trovato e scolpito un personaggio degno della sua luminosa anima:

sottile, divertente e acutamente osservatrice, ironica e determinata, viva nella ricca infinità dell'esperienza. Ora ha lasciato a tutti noi il dono della sua visione: sorprendente, originale, indimenticabile.

LESLIE JAMISON
Brooklyn, 2023

NOTA DELLA TRADUTTRICE

«La maggior parte di questo libro rispecchia la voce di Rebecca e i suoi materiali [...] con un editing che ha cercato di rimanere fedele alle sue indicazioni editoriali»: per rispettare l'approccio al testo di Leslie Jamison – curatrice di questo romanzo postumo di Rebecca Godfrey – anche la traduzione e la revisione dell'edizione italiana hanno cercato di mantenersi il più possibile aderenti all'originale, anche nelle eventuali imperfezioni, limando solo le più evidenti. Come Leslie, anche la traduttrice ha cercato di conservare il più possibile la voce e la visione di Rebecca.

(Nella punteggiatura dei dialoghi si sono seguite le norme redazionali della casa editrice.)

RINGRAZIAMENTI

Rebecca cominciò a comporre i ringraziamenti per questo libro nelle settimane precedenti la sua morte, ma non riuscì a finirli. Ecco quello che mi dettò:

Questo libro non sarebbe stato possibile senza l'amore paziente, la bellezza e l'intelligenza di Ada e Herb.

È iniziato dopo che scoprii l'autobiografia «scandalosa» di Peggy nell'armadio della camera da letto di mia nonna Mary Swartz, due giorni dopo la sua morte. Lo spirito di Mary era una guida, così come il carisma, l'eleganza e il coraggio delle sue due figlie, Ellen Godfrey e Diane Williams.

Nel 2010 ci siamo trasferiti in una città inaspettatamente creativa e idilliaca, e lo spirito e il talento delle madri e degli artisti che vi ho incontrato sono stati di ispirazione e straordinari: Jenny Offill, Hallie Goodman, Samantha Hunt, Dawn Breeze, Jackie Goss, Rebecca Wolff, Maggie Goudsmit, Melora Kuhn, Amy Huffnagel e Diann Bauer.

Alla Columbia University sono stata sollevata sulle alte vette dell'apprendimento da Binnie Kirschenbaum, Lucy Brock-Broido, Elissa Schapell, Leanne Shapton, Leslie Jamison e dai molti studenti (troppi per essere citati qui) che mi hanno sorpreso con la loro intensa innovazione e sorprendente bellezza: Devyn Defoe, Madelaine Lucas, Tibo Halsberghe, Amber Medland, Naima Coster, Zoma Galaxia Crum-Tesfa, Nicola Goldberg, Iris Cohen, Natty Berry, Sean Conroe, Bethany Hughes.

Non avrei potuto scrivere questo libro senza l'analisi e l'indagine innovative di Mary Dearborn e Deirdre Bair, entrambe donne che si sono rifiutate di accettare il ritratto convenzionale di Peggy come dilettante affamata di sesso e hanno visto in lei un'intelligenza e una tragedia che hanno contribuito a formare questo ritratto. Un grande aiuto mi è stato dato dalla dinamica e pionieristica gallerista Beatrice Monti della Corte von Rezzori.

Grazie a Robin Desser per la sua lealtà e il suo amore per questo personaggio perduto. Non avrei potuto chiedere un editor più elegante e «peggyano» di David Ebershoff, e guardo sempre con ammirazione al suo gusto sofisticato per la moda e la politica di un tempo segreto. Fin dall'inizio, Christy Fletcher si è assicurata in ogni modo che questo libro potesse nascere.

Grazie anche a Sarah Reiter per essere sempre fedele e anticonformista, e un'assistente genuinamente radicale, e a Nik Slackman per la sua presenza gentile e disponibile.

Grazie a Paul La Farge, Sarah Stern, Gary Shteyngart, Esther Won e Johnny Won Shteyngart per il calore e l'amore di sempre, e a Janet Johnson, Stephanie Savage, Fi Campbell e Juliette Consigny per tutto.

Ci sono molte altre persone e istituzioni che Rebecca voleva ringraziare: Mary Gaitskill, Darcey Steinke, Karen Cinorre, Sam Levy, Lisa Farjam, Quinn Shepard, la MacDowell Colony, il Writers' Trust del Canada, Josh Ferris, la Authors' Guild, Paul Williams e Leslie Berger, Elizabeth Sacre, il dottor Abraham Chachoua, Melissa Martinez, Lila Margulies, Andrew Carboy, Lanny Jordan Jackson, Robert Irish, Ariel Dearie, Colm O'Leary, Callie Garnett, Aaron Peck, Doretta Lau, Brigitte e Marian Lacombe, Hannah Appelbaum, Dean Jamieson, Mitchell Watson, Mel Sokolow, Caitlin Harris, Abbie Jones, Josiah Powe, Cecilia Twanmo e naturalmente Dave Godfrey.

Rebecca è morta prima di avere la possibilità di compilare un elenco completo delle sue fonti. Le opere che hanno maggiormente dato forma alla sua comprensione della vita di Peggy Guggenheim e alla scrittura di questo romanzo includono il libro di memorie della stessa Guggenheim, *Una vita per l'arte*; *Mistress of Modernism: The Life of Peggy Guggenheim* di Mary Dearborn; il libro di memorie inedito *Here Goes* di Laurence Vail (gli episodi dell'arresto e della prigionia di Vail a Parigi sono particolarmente debitori di questo manoscritto: a volte Rebecca cita Vail nei suoi dialoghi); *Samuel Beckett: una biografia* e *Parisian Lives: Samuel Beckett, Simone de Beauvoir, and Me*, entrambi di Deirdre Bair; *Peggy Guggenheim: una vita leggendaria nel mondo dell'arte* di Anton Gill; e le lettere e gli scritti selezionati di Emma Goldman e Samuel Beckett. Se una fonte è stata omessa da questo elenco, è stato fatto inavvertitamente.

A nome di Rebecca, vorrei anche ringraziare Leslie per aver visto con precisione ciò che andava fatto, Christy per aver messo insieme tutti i pezzi, Stephanie ed Ellen per aver fornito alcuni importanti punti di vista e Janet per il suo singolare e incrollabile sostegno a Rebecca in tutto questo. E Rebecca: vorrei che ne avessimo avuto ancora.

HERB WILSON
Tivoli, N.Y., 2024

***

Sono diventata l'agente letteraria di Rebecca nel 2008, in un periodo di grande cambiamento per entrambe, non da ultimo perché eravamo incinte delle nostre figlie, che sarebbero nate a distanza di un mese l'una dall'altra. Sebbene Rebecca fosse a volte riservata sulla sua vita privata, era assolutamente trasparente sul suo lavoro, sul suo processo di scrittura, sulla sua motivazione e sull'impegno verso la propria identità di artista. Questa franchezza e schiettezza si sono mantenute anche quando si è ammalata. Quell'estate mi ha detto che aveva bisogno di poter parlare senza imbarazzo di cosa sarebbe successo *se*. Poi alla fine è diventato *quando*... Era l'unico modo per assicurarsi che io avessi chiaro cosa voleva che accadesse alla sua opera quando non sarebbe stata più qui a dirigerla lei stessa.

Ci sono alcune persone direttamente coinvolte nella pubblicazione di questo libro che so che Rebecca vorrebbe ringraziare: David Ebershoff, Andy Ward, Maddie Woda e Craig Adams alla Random House; le mie colleghe Sarah Fuentes e Melissa Chinchillo; e Jocasta Hamilton, Kiara Kent, Kristin Cochrane e Sylvie Rabineau.

Infine, il mio personale ringraziamento a Herb Wilson, Ellen Godfrey, Janet Johnson, Stephanie Savage e Leslie Jamison per aver trovato la strada attraverso il loro dolore per sostenere questo sforzo in ogni momento. Grazie a Robin Desser per essere stata presente in tutti questi anni. Niente sarebbe stato possibile senza tutti voi.

CHRISTY FLETCHER
13 febbraio 2024

INDICE

Finito di stampare nel mese di aprile 2025
presso Grafica Veneta – via Malcanton 2, Trebaseleghe (PD)

Questo libro è fabbricato da Grafica Veneta S.p.A.
con un processo di stampa e rilegatura certificato 100% carbon neutral
in accordo con PAS 2060 BSI

Certificato PEFC
Questo prodotto è realizzato con materia prima da foreste gestite in maniera sostenibile e da fonti controllate
PEFC/18-31-226
www.pefc.it